Anna zieht nach Crovie, ein winziges Fischerdorf am Moray Firth in Schottland, um einen Neuanfang zu wagen: Jahrelang stand sie als Köchin im Schatten ihres Ex-Freundes, dem Besitzer des Restaurants, in dem sie schuftete. Nun hofft sie, in der alten, an der Steilküste gelegenen Fischerhütte, die sie von ihren Ersparnissen gekauft hat, zu sich zu finden.

Als sie beginnt, die Umgebung und ihre Nachbarn kennenzulernen, erwacht in ihr etwas, das sie verloren glaubte. Sie entdeckt ihre Liebe zum Kochen wieder und eröffnet kurzerhand ein improvisiertes Pop-up-Restaurant direkt am Meer. Nach und nach freundet sie sich auch mit den Menschen an, die in Crovie leben, und findet heraus, wer sie wirklich sein will – und mit wem.

Bewegend und mit ebenso viel kulinarischer Leidenschaft wie Gefühl für die besondere Landschaft erzählt Sharon Gosling die Geschichte einer zweiten Chance und einer außergewöhnlichen Liebe.

Sharon Gosling

Fishergirl's Luck

Roman

Aus dem Englischen
von Sibylle Schmidt

DUMONT

Dieses Buch wurde klimaneutral produziert.

Deutsche Erstausgabe
Juni 2022
DuMont Buchverlag, Köln
Alle Rechte vorbehalten
Copyright © Sharon Gosling, 2021
Die englische Originalausgabe erschien 2021 unter dem Titel ›The House Beneath the Cliffs‹ bei Simon & Schuster, London.
© 2022 für die deutsche Ausgabe: DuMont Buchverlag, Köln
Übersetzung: Sibylle Schmidt
Umschlaggestaltung: Lübbeke Naumann Thoben, Köln
Umschlagabbildung: © Haley Tippmann
Satz: Fagott, Ffm
Gesetzt aus der Meridien und der Brandon Grotesk
Druck und Verarbeitung: CPI books GmbH, Leck
Gedruckt auf säurefreiem und chlorfrei gebleichtem Papier
Printed in Germany
ISBN 978-3-8321-6584-0

www.dumont-buchverlag.de

*Für Ella, die mich dazu gebracht hat, dieses Buch zu schreiben,
für Angela und Polly, die es als Erste gelesen haben,
und für Marie, deren Haus mich dazu inspiriert hat.*

*Na, mein Selkie-Mädchen,
haben dir die Blumen gefallen? Der Kleine hat sie für dich
ausgesucht. Ich hätte etwas Edleres als Narzissen
genommen, aber er meinte, Gelb sei doch deine
Lieblingsfarbe, und er hat ja recht. Ich sage das nur, damit
du mich nicht für einen Geizkragen hältst, weißt du.
Ich liebe dich.*

*P.S. Habe noch mehr Rote Bete gekauft. Ist ja schließlich
Muttertag. Damit du nicht behaupten kannst, ich würde
dich nicht verwöhnen. Steht im Küchenschrank.*

1

Der Frühlingshimmel über dem Meer war strahlend blau, nur hie und da segelten ein paar Wölkchen, als schwebe Zuckerwatte im Wind über der Nordsee. Anna fuhr bis an den Rand der Klippe, hinter der die Straße abrupt zu enden schien, und dann an dem Schild vorbei, das nur Anwohnern die Zufahrt gestattete.

Rundum erstreckten sich grüne Weideflächen, bis die Abhänge so steil wurden, dass sie für Vieh nicht mehr begehbar waren. Die schmale abschüssige Straße tauchte zwischen grasbewachsenen Felsen ab, auf denen Wildblumen von Böen gezaust wurden. Linker Hand zeigte ein hölzerner Wegweiser den Fußweg zum Dorf an, während sich die Straße in einer Haarnadelkurve weiterschlängelte. Sie war so eng, dass Anna sogar in ihrer winzigen Blechbüchse von einem Auto fürchtete, die Biegung nicht zu schaffen. Dahinter kam Crovie in Sicht, ein Dorf, das aus einer Reihe bunter Häuser bestand, die wie farbenfrohe Napfschnecken an dem schmalen Uferstreifen unterhalb der Klippen hafteten.

Weiter unten wurde die Straße etwas breiter, gesäumt von ein paar Holzhütten, bevor sie schließlich an einem steinigen Strand endete, der sich im Bogen bis zu einer hohen grasbewachsenen Klippe erstreckte. Von hier aus konnte man über das Meer bis zum Horizont blicken, vorbei an den welligen grünen Klippen oberhalb der Häuser. Es war Ebbe, und an dem schmalen Strandstreifen glänzten nasse schwarze Felsen und kleineres Gestein in der Sonne. Anna hielt an und schaltete den Motor aus. Sie blickte in die endlose blaue Weite und versuchte, ihre Gedanken zu sortieren – was ihr nur etwa zwei Minuten gelang, denn dann fiel ein Schatten über das Auto, und jemand klopfte energisch an die Scheibe. Ein alter Mann starrte aufgebracht herein, und Anna öffnete das Fenster.

»Hal...«, begann sie.

»Parken ist hier nicht erlaubt«, raunzte der Mann. »Nur für Anwohner.« Vorwurfsvoll wies er mit seinem Stock auf die Rückseite eines Schilds, das Anna übersehen hatte. »Touristen müssen oben parken und den Fußweg nehmen.«

»Ich bin aber Anwohnerin«, erklärte Anna. »Ich ...«

»Ferienwohnungen gelten nicht«, fiel der Alte ihr ins Wort. »Touristen parken oben.«

Anna beschloss, sich aus ihrer unterlegenen Position zu befreien, löste den Gurt und öffnete die Tür. Als sie ausgestiegen war, überragte sie den Alten zwar um einiges, aber er wirkte deshalb nicht weniger angriffslustig. Die krummen Schultern waren immer noch wuchtig, früher war er bestimmt ein kraftvoller Mann gewesen, und sein runzliges, wettergegerbtes Gesicht ließ auf ein Leben in der Natur schließen.

»Ich bin keine Touristin, sondern Anwohnerin«, begann Anna erneut. »Die neue Besitzerin vom Haus Fishergirl's Luck.« Sie setzte ein Lächeln auf und streckte dem Mann die Hand hin. »Schön, Sie kennenzulernen, Mr ...«

Er wich zurück, als hätte sie ihm etwas Ekelhaftes hingehalten, und musterte Anna mit angewidertem Blick von Kopf bis Fuß. »Sie?«, knurrte er. »Sie sind das?«

»Ich ... ja. Mein Name ist Anna Campbell. Ich ...«

Zu ihrer Bestürzung wandte der Mann sich ab und spuckte auf den Boden. »Diese elende Bude«, wetterte er. »Der alte Robbie hätte sie dem verfluchten Meer überlassen sollen.« Und damit humpelte er davon, schneller, als Anna es angesichts seines Alters für möglich gehalten hätte.

»Warten Sie«, rief sie ihm nach. »Bitte, ich möchte hier keinen schlechten Start. Können wir uns nicht noch kurz unterhalten?«

Doch der Alte blieb nicht stehen. Anna blickte ihm betroffen nach und lehnte sich ans Auto. Sie fühlte sich schwächlich. Keine fünf Minuten war sie hier, und schon hatten sich ihre schlimmsten Befürchtungen bestätigt. Crovie war kein paradiesischer Zufluchtsort, im Gegenteil: Sie war hier unerwünscht. Ihr wurde flau im Magen, und sie atmete in tiefen Zügen die feuchte salzige Luft ein. Über ihr segelten kreischende Möwen, und Anna kam es vor, als würden die Vögel sie auslachen.

Und sie haben recht, dachte sie. *Was hast du dir nur dabei gedacht? Wieso bist du nicht ins Ausland gezogen, wie Cathy dir geraten hat? Du hättest in Italien oder Spanien, irgendwo im warmen Süden, ein Haus mieten können. Wieso hier, um alles in der Welt? Und weshalb warst du auch noch so blöd, das Haus zu kaufen? Warum nur?*

Schließlich richtete Anna sich auf und betrachtete das Dorf. Es bestand aus einer einzigen Reihe von Häusern auf einem leicht gebogenen Uferstreifen unterhalb der mit Gras bewachsenen Klippen. Vor den Häusern gab es keine Straße, nur einen schmalen Betonweg. Bei Sturm wurden unvorsichtige Fußgänger schon mal von Brechern ins Meer geschwemmt, hatte Anna gelesen, und bei Flut war dieser Weg oft unpassierbar. Das war Anna außergewöhnlich und romantisch vorgekommen, doch jetzt wurde ihr klar, dass nur Ersteres zutraf. Die Fassade der meisten Häuser befand sich seitlich, nicht Richtung Ozean. Schutz vor den Elementen war hier wichtiger als eine spektakuläre Aussicht.

Anna hatte sich das kleinste Haus von ganz Crovie gekauft. Sie konnte es von ihrem Standpunkt aus sehen. Es kehrte dem Meer den Rücken zu, schien kaum mehr als ein Steinschuppen zu sein. Der Eingang war den hinteren Häusern und den Klippen zugewandt, und die furchterregende Straße war der einzige Weg zu ihrem neuen Zuhause, das sie sich, ohne es jemals besichtigt zu haben, zugelegt hatte – weil sie es nicht einmal einen Tag länger in Geoffs Luxuspenthouse in Kensington ausgehalten hätte.

»Du bist so was von blöd, Anna«, murmelte sie vor sich hin. »So unfassbar dumm.«

Aber es half alles nichts, jetzt konnte sie nur losgehen und sich die Schlüssel zu ihrem neuen Domizil abholen. Anna schloss den Wagen ab, atmete noch einmal tief durch und marschierte los.

Das letzte, der Straße am nächsten gelegene Gebäude war gar kein Wohnhaus, stellte sie verwundert fest. An der weiß gestrichenen Giebelseite, die schon etwas schmuddelig wirkte, war in großen grauen Buchstaben die Aufschrift *Crovie Inn* zu lesen. In den Fenstern hingen noch Speisekarten, doch das Gasthaus schien schon länger geschlossen zu sein. Anna fragte sich, wo der nächste Pub sein mochte. Vermutlich in Gardenstown, dem benachbarten Küstendorf in der großen Bucht des Moray Firth, an der auch Crovie lag. Als Anna sich jetzt umdrehte, konnte sie Gardenstown am anderen Ende des steinigen Strandes erkennen. Die Häuser der Ortschaft waren zahlreicher als in Crovie und schmiegten sich in die Nischen zwischen den Klippen. Der Hafen war zwar nicht groß, konnte aber immerhin als solcher bezeichnet werden. In Crovie gab es nur eine Mole mit Anlegestellen für ein paar Boote. Im Moment lag dort lediglich eine betagte Holzjolle vertäut, die auf Felsen hockend die Rückkehr der Flut erwartete.

Kein Wunder, dass die meisten Gebäude Ferienhäuser sind, dachte Anna. *Wer ist denn schon so verrückt, freiwillig hier zu leben?* Selbst jetzt, bei strahlendem Sonnenschein und Ebbe, wirkte das Dorf nicht gerade einladend; faszinierend schon, aber nur für einen Ferienaufenthalt, nicht auf Dauer. Anna hatte auch gelesen, dass die Ansiedlung während der sogenannten Clearances entstanden war, als im achtzehnten Jahrhundert die Bewohner der Highlands zugunsten der Schafzucht von Gutsherren vertrieben worden waren. Die ersten Menschen, die sich in Crovie niedergelassen hatten, waren also notgedrungen hierhergekommen. Es war einer der wenigen Orte, für den die Engländer keine Verwendung gehabt hatten. Aus der Ferne hatte Anna sich eingebildet, der Ort sei eine Art Symbol für die Widerstandskraft der Unterdrückten. Aber für welche Haltung genau, wusste sie selbst nicht ganz. Schlauheit? Kühnheit? Hoffnung? Oder war es ihr nur so vorgekommen, weil sie in diesem Moment einfach keine Alternative gehabt hatte?

Nur blöd, dachte sie erneut. *Einfach idiotisch.*

Und dann fand sie sich auf einmal vor ihrem Haus wieder. Genau wie die kleine Ortschaft hatte sie der Name anfänglich in Begeisterung versetzt. Er stand auf dem Briefkasten unter einem kleinen Fenster links von der Eingangstür: *The Fishergirl's Luck*. Die Tür war in einer heiteren himmelblauen Farbe gestrichen, die aber in der salzigen Meeresluft abzublättern begann.

Anna starrte auf den Eingang zu ihrem neuen Zuhause. Auf der Website des Maklers hatte sie Bilder der Innenräume gesehen, konnte sich aber nur noch an eine schmale Holztreppe zu einem Raum unterm Dach erinnern, in dem höchstens ein Bett für eine Person Platz fand. Und an ein Flair von Gemütlichkeit, das aber vielleicht durch raffinierte Fotos erzeugt worden war. Angesichts der Größe des Hauses konnte sich im Erdgeschoss nur ein einziger Raum befinden. Fishergirl's Luck war wirklich kaum mehr als ein Schuppen, hatte wahrscheinlich früher als Lager oder Ähnliches gedient.

Sie rief sich zur Vernunft. Das Haus hatte fließend Wasser, Strom und eine Dusche, um Himmels willen, es war schließlich keine Bruchbude. Von außen wirkte es dürftig, konnte aber innen ganz anders sein. Und die abblätternde Farbe an der Tür war nun wirklich unwichtig. Anna sagte sich, dass sie vermutlich viel zu lange in Vorzeigeräumen gelebt hatte, in teuren und stilvollen, aber charakterlosen Apartments.

Anna holte tief Luft und klopfte dann energisch an die Tür. Die Post vom Makler hatte einen Brief vom Hausbesitzer enthalten, in dem er schrieb, er werde ihr den Schlüssel persönlich aushändigen. So etwas wäre in London nicht passiert, aber erstens war sie hier nicht in London, und zweitens hatte Anna keinerlei Erfahrungen mit Immobilienkäufen. Das war Geoffs Domäne gewesen. Während er stetig berühmter wurde, war Anna mit ihm über zwanzig Jahre lang in immer luxuriösere Domizile umgezogen, in denen ihr dennoch nur ein Teil vom Schrank und eine Hälfte vom Waschbecken zur Verfügung gestanden hatte.

Der Wind zerrte an Annas Haaren, während sie wartete. Ihr fiel auf, dass es neben dem Haus einen Streifen Land gab, vom Weg durch einen schiefen Zaun mit einem Törchen abgegrenzt. Eine Art Garten, der aber betoniert war, vermutlich weil er bei Flut immer unter Wasser stand.

Ein paar Minuten vergingen, ohne dass sich im Haus etwas rührte. Vielleicht war Robert MacKenzie furchtbar schwerhörig. Der feindselige Alte hatte ihn wahrscheinlich nicht umsonst »der alte Robbie« genannt. Der Hausbesitzer musste ein Greis sein.

Nachdem Anna noch einmal geklopft hatte, hörte sie hinter sich ein lautes Knarren. Sie fuhr herum und sah eine Frau mit kurz geschnittenem silberweißem Haar und Lachfältchen um die Augen in der Tür des Hauses gegenüber.

»Suchen Sie jemanden?«, erkundigte sich die Frau. Im Gegensatz zu dem alten Griesgram hatte sie keinerlei schottischen Akzent.

»Ich sollte hier eigentlich jemanden treffen«, erklärte Anna mit erhobener Stimme, um den heulenden Wind zu übertönen. »Robert MacKenzie, kennen Sie den?«

»Er wohnt gar nicht in Crovie«, antwortete die Frau verwundert. »Ist er wirklich hier mit Ihnen verabredet?«

»Ich … ja«, sagte Anna, die sich nach den anstrengenden letzten Wochen plötzlich furchtbar erschöpft fühlte. »Also, ich habe das Haus gegenüber gekauft. Er muss mir den Schlüssel übergeben …«

»Ach so!«, rief die Frau aus. »Sie sind Anna Campbell!«

»Ja«, sagte Anna verdutzt.

»Robbie hat Sie angekündigt, aber ich dachte, Sie würden erst nächste Woche kommen. Verspätung sieht ihm eigentlich nicht ähnlich, vielleicht hat er einen Einsatz mit dem Boot.«

Anna sah sie verständnislos an.

»Er gehört zur Crew des Rettungsboots von Macduff«, erklärte die Nachbarin lächelnd. »Vielleicht gab es einen Notfall, und er hatte keine Zeit, sich bei Ihnen zu melden. Ich rufe gleich mal Barbara an, sie wird das wissen. Wollen Sie nicht auf eine Tasse Tee reinkommen? Sie sehen aus, als könnten Sie eine gebrauchen.«

Einen kurzen Moment lang fürchtete Anna, in Tränen auszubrechen.

»Oh«, sagte sie. »Ja. Ja, gern. Das wäre sehr nett.«

»Ich bin übrigens Pat«, erklärte die Frau, als sie beiseitetrat, um Anna einzulassen. »Pat Thorpe.«

2

Pat Thorpes Heim hieß »Die Weberkate«, Weaver's Nook. Es war dreistöckig, und wer immer es entworfen hatte, musste sehr erfinderisch gewesen sein, um so dicht an den Klippen ein so geräumiges Haus zu gestalten. Die Haustür war seitlich über eine Treppe zu erreichen, neben der ein kleiner Sitzplatz mit Rattanmöbeln eingerichtet war.

»Gäste führen wir durch diese offizielle Tür«, erklärte Pat und wies in Richtung Treppe, »aber wir selbst nehmen den ›Handwerkereingang‹, wie mein Mann das nennt.«

Sie öffnete eine Seitentür und ging einen schmalen Flur entlang, Anna folgte ihr. Am Ende befand sich wiederum eine Tür, durch die man in eine geräumige, behaglich warme Küche mit grauem Fliesenboden kam. Die Steinwände waren weiß getüncht, und in einem großen offenen Kamin stand ein Holzofen. Die Küchenschränke waren in einem sonnigen Gelb gestrichen, rustikale Stühle umgaben einen langen Eichentisch. Pat bat Anna, Platz zu nehmen, füllte den Wasserkocher, schaltete ihn ein und ging nach oben, um zu telefonieren. Anna sah sich in der Küche um und betrachtete bewundernd eine Anrichte voller Keramik in leuchtend bunten Farben.

Als Pat wieder herunterkam, berichtete sie, dass Robert MacKenzie tatsächlich bei einem Rettungseinsatz war. Ein

Ausflugsboot aus Lossiemouth war im regen Schiffsverkehr des Firth in Probleme geraten.

»Scheint aber nicht so dramatisch zu sein«, bemerkte Pat, während sie sich mit dem Tee beschäftigte. Der köstliche Duft von frisch gebackenem Shortbread, das auf einem Teller neben dem großen Herd abkühlte, erfüllte die Küche. »Mit etwas Glück ist Robbie bald hier. Obwohl … Ich kann mir vorstellen, dass du an deinem Umzugstag nicht gleich ewig mit den neuen Nachbarn plaudern willst. Du bist doch bestimmt müde, oder?«

»Ein bisschen«, gab Anna lächelnd zu. »Und mein erstes Gespräch hier ist auch ordentlich schiefgelaufen.«

»Wie das denn?«

»Ich war gerade zwei Minuten hier«, berichtete Anna, »als ein älterer Mann mir klarmachen wollte, dass ich mein Auto auf dem Touristenparkplatz abstellen muss.«

»Ach herrje. Hatte er einen Stock? Und sah aus, als hätte er es früher mit Mike Tyson aufnehmen können?«

»So in etwa, ja.«

»Das war Douglas McKean«, erklärte Pat seufzend. »Oje, nimm es nicht so schwer. Der hat nichts gegen dich persönlich, es geht ihm um dein Haus. Da gab es irgendwelche Streitigkeiten, die Jahrzehnte zurückliegen. Bren hat er deshalb auch schon gehasst. Obwohl, ehrlich gesagt: Ich wüsste nicht, wen dieser Mann überhaupt mag. Außer den alten Robbie vielleicht. Douglas ist der letzte Ureinwohner von Crovie sozusagen. Er ist hier geboren und aufgewachsen, und mit Neuankömmlingen kommt er gar nicht zurecht. Ich sollte wohl Mitgefühl mit ihm haben, aber das fällt mir schwer, offen gestanden. Er ist einfach zu unausstehlich.«

Anna lächelte, erleichtert, offenbar nicht die einzige Person zu sein, die den Alten in Rage brachte. »Seit wann lebst du hier?«

»Frank und ich haben das Unternehmen vor fünfzehn Jahren gegründet, als Altersvorsorge. Vielleicht nicht eine unserer allerbesten Ideen, aber inzwischen kann ich mir gar nicht mehr vorstellen, anderswo zu leben.«

»Was für ein Unternehmen ist das denn?«

Pat bot Anna den Teller mit Shortbread an. »In der Hochsaison bieten wir hier in unserem Haus Bed and Breakfast an, und wir haben noch ein zweites, das wir als Ferienunterkunft vermieten. Frank ist gerade dort, um ein paar Reparaturen zu machen. Die Buchungen lassen von Jahr zu Jahr nach, aber da wir auch nicht jünger werden, passt das schon. Und wir leben sehr gern hier. Aber du, Anna – was führt dich nach Crovie?«

»Tja.« Anna blickte in ihren Teebecher. »Lange Geschichte. Oder nein ... eigentlich eher kurz, nur nicht so interessant. Mein Vater ist gestorben und hat mir ein bisschen Geld etwa zu dem Zeitpunkt hinterlassen, als meine langjährige Beziehung in die Brüche ging. Da ist mir klar geworden, dass ich bald vierzig werde und abgesehen von ein paar Sachen, die in das alte Auto meines Dads passen, nichts mein Eigen nennen kann. Als ich mein Elternhaus ausgeräumt habe, fielen mir Fotoalben in die Hände. Meine Eltern hatten ihre Hochzeitsreise nach Schottland gemacht, und es gab ein Foto von ihnen in Crovie. Das sah so toll aus, dass ich es gegoogelt habe. Dabei bin ich auf Fishergirl's Luck gestoßen«, sie hielt einen Moment inne, »und habe es spontan gekauft, weil ich es nach dem Verkauf meines Elternhauses ohne Hypothek bezahlen konnte und eine Unterkunft brauchte. Ich dachte mir, ein kompletter Neuanfang wäre vielleicht gut …« Anna sah Pat mit schiefem Lächeln an und fügte hinzu: »Was vielleicht auch nicht meine allerbeste Idee war.«

»Ach, sag das nicht«, erwiderte Pat. »Du hast das Haus doch noch gar nicht von innen gesehen. Bren hat es sehr geliebt. Und ich freue mich auf jeden Fall riesig, dass wieder jemand darin wohnen wird.«

»War Bren die vorherige Besitzerin?«, fragte Anna.

»Ja. Bis heute hat niemand anders dort gewohnt. Sie hat es vor vielen Jahrzehnten umgebaut. Hat das Gebäude ihrem Vater abgekauft, von dem Geld, das sie in der Heringsfischerei angespart hatte. Das hat sie jedenfalls erzählt. Aber Douglas McKean behauptet, sie hätte ihren Vater irgendwie übers Ohr gehauen. Bren war auf jeden Fall eine echt eindrucksvolle Frau. Hat ihr Leben lang hier alleine gewohnt, bis sie vor, na, fünf Jahre wird es her sein, gestorben ist. Fünfundneunzig ist sie geworden und ohne Hilfe zurechtgekommen, bis sie einschlief und nicht mehr aufstand. Seither war das Haus unbewohnt. Offen gestanden, glaube ich, dass der alte Robbie sich nicht davon trennen konnte. Die beiden waren sich sehr nah.«

Anna hörte, wie die Handwerkertür auf- und wieder zuging.

»Ah, da kommt Frank«, sagte Pat und stand auf, als jemand in der Küchentür erschien.

Frank Thorpe war ein großer kräftiger Mann etwa Mitte Sechzig, mit einem freundlichen Gesicht, das aussah, als lache er viel und gern. In einer Hand hielt er eine Vorhangstange, in der anderen einen Maschinenkoffer. Als Frank seine Frau erblickte, strahlte er, als habe er das Wiedersehen seit Wochen herbeigesehnt. Anna erhob sich, angesteckt von dem sonnigen Lächeln.

»Aha!«, rief Frank aus. »Der Besuch ist also für uns! Ich habe mich schon gefragt, wem wohl das Auto gehört.«

»Das ist Anna, Frank. Sie ist die neue Besitzerin vom Fishergirl's Luck«, erklärte Pat.

Frank stellte den Koffer ab und lehnte die Stange an einen Küchenschrank. Dann schüttelte er Anna die Hand und sagte herzlich: »Prächtig, prächtig. Willkommen in Crovie, junge Frau.« Er hielt den Maschinenkoffer hoch. »Wenn du Hilfe brauchst in deinem Häuschen, sag Bescheid, ja?«

»Die Arme ist gerade angekommen, als Robbie zu einem Einsatz gerufen wurde, und nun hat sie keinen Hausschlüssel«, berichtete Pat, während sie ihrem Mann Tee eingoss.

»Hm, ich kann dir das Türschloss knacken, wenn du willst«, verkündete Frank zwinkernd, setzte sich und griff nach seinem Becher.

Anna blinzelte verblüfft. »Ähm, also ...«

»Ach Frank, benimm dich«, schalt Pat. »Willst du dich der neuen Nachbarin als Erstes mit solchen Fähigkeiten präsentieren?«

»Ist nur ein Hobby, ich versprech's dir«, bemerkte Frank grinsend. »Ich habe das für Bren auch schon gemacht, weißt du. Vor Jahren hat sie mal ihren Schlüssel im Sturm fallen lassen, und schwups war er im Meer verschwunden. Und einen Schlosser kriegst du hier nicht, da kannst du warten bis zum Sankt-Nimmerleins-Tag. Deshalb habe ich ihr erst mal Zutritt zum Haus verschafft, bis Robbie mit einem Ersatzschlüssel kommen konnte.«

»Von Robert MacKenzie«, begann Anna, um ein weniger heikles Thema anzuschneiden, »habe ich das Haus gekauft. Er war wohl mit Bren verwandt, wenn er das Haus nach ihrem Tod geerbt hat?«

»Neffe zweiten Grades oder so«, antwortete Pat. »Die Verwandtschaftsbeziehungen hier sind äußerst verworren und rätselhaft. Jeder ist auf irgendeine Art mit allen anderen verwandt.«

»Na ja, ich warte lieber, bis er selbst hier ist«, sagte Anna. »Ich möchte nicht gleich mit noch jemandem aneinandergeraten.«

»Douglas McKean«, erklärte Pat, als Frank sie fragend ansah.

»Ach herrje, dieses alte Schandmaul«, sagte Frank. »Beachte den am besten gar nicht. Aber wegen Robbie brauchst du dir keine Sorgen zu machen, das ist einer von den Guten. Der ist immer für jeden da, deshalb fährt er auch noch mit dem Rettungsboot aus, obwohl er damit eigentlich schon mal aufgehört hatte. Robbie würde sich nie beklagen, wenn ich dir die Tür schon mal öffne. Und außerdem ist Fishergirl's Luck jetzt dein Haus, oder? Du kannst doch damit machen, was du willst.«

»Lass dich nicht überreden, Liebes«, riet Pat und setzte noch einmal Teewasser auf. »Frank will nur ein bisschen angeben. Er wäre offenbar in einem vergangenen Leben gern Einbrecher gewesen, dabei ist er in Wirklichkeit ein richtiger Softie.«

Frank sah Anna an und verdrehte grinsend die Augen, während er sich rasch eine Handvoll Kekse schnappte, als Pat ihnen den Rücken zukehrte.

»Du brauchst gar keine Grimassen zu schneiden, Frank Thorpe«, sagte Pat streng, ohne sich umzudrehen. »Und wenn du meinst, du könntest vor dem Essen das ganze Shortbread verputzen, blüht dir was, das kann ich dir sagen.«

Frank seufzte theatralisch. »Einmal Lehrerin, immer Lehrerin, wie? Augen im Rücken ...«

»Mit dir im Haus bleibt mir ja nichts anderes übrig, oder?«

Obwohl Anna dem Geplänkel lächelnd zuhörte, hatte sich ein Hauch Wehmut in ihr Herz geschlichen. Solche Gespräche waren ihr vertraut, wenn auch nicht aus ihrer Beziehung mit Geoff. Sie fühlte sich vielmehr an die Zeit erinnert, als ihre Eltern noch jung und glücklich gewesen waren – bis zu dem Moment, als auf den Monitoren im Krankenhaus die Lebensenergie ihrer Mutter erlosch und damit auch das ursprünglich heitere Naturell ihres Vaters.

Anna starrte auf ihre Finger, die den Teebecher umklammerten. Ihre Mutter war jünger gewesen als sie selbst, als sie an Krebs starb. Und was hatte Anna vorzuweisen in ihrem Leben? Eine berufliche Laufbahn, die sie für einen Mann aufgegeben hatte, der nur sich selbst liebte, und ein Haus, kaum größer als ein Schuhkarton, in einem Dorf, in dem sie eine Fremde war.

Plötzlich merkte Anna, dass es still geworden war, und als sie aufblickte, sahen Pat und Frank sie so erwartungsvoll an, als hätten sie etwas gesagt und keine Antwort bekommen.

»Entschuldigung.« Anna strich sich übers Gesicht. »Ich habe echt anstrengende Tage hinter mir.«

»Kann ich mir vorstellen«, erwiderte Pat mitfühlend.

»Wisst ihr«, Anna sah Frank an, »vielleicht nehme ich dein

Schlossknacker-Angebot wirklich an. Wenn du meinst, dass Mr MacKenzie nichts dagegen hat ...«

»Ganz sicher nicht«, erwiderte Frank. »Wir rufen Barbara an und sagen ihr, dass du schon im Haus bist und er nicht eigens herfahren muss, wenn er wieder an Land ist. Dafür ist er bestimmt dankbar.«

3

Kurz darauf sah Anna dabei zu, wie Crovies Version des rosaroten Panthers im Schloss ihres neuen Eigenheims herumstocherte. Ansonsten gab es im gesamten Dorf keinerlei Anzeichen von menschlicher Aktivität. Der Wind nahm zu, während die Sonne langsam unterging, und schmetterte gischtende Wellen an die Ufermauer, was sich wie Zischen und Seufzen zugleich anhörte. Möwen ließen sich auf den Böen durch die Luft tragen und kreischten unaufhörlich. Anna blickte die Häuserreihe entlang, die weiter hinten an den Felsen endete. Die zerklüfteten grünen Klippen leuchteten golden im Abendlicht, Schatten entstanden in den Nischen. Die Klippen ähnelten Wellen, und einen Moment lang kam es Anna vor, als läge das kleine Dorf zwischen zwei Meeren und könne jederzeit vom Wasser verschlungen werden.

»Na bitte!«, rief Frank aus, als die Haustür mit einem metallischen Klacken aufsprang. Stolz strahlend sah er Anna an.

»Oh, vielen, vielen Dank«, sagte sie unendlich erleichtert.

»War mir ein Vergnügen. Kann ich dir noch beim Kistentragen helfen?«

»Danke, aber ich habe gar nicht so viele Sachen dabei. Ich denke, ich komme vorerst zurecht. Ich werde mich erst mal … mit dem Haus vertraut machen.«

Frank nickte und trat zurück. Er schien zu verstehen, dass sie ihr neues Heim zum ersten Mal alleine betreten wollte. »Okay, aber klopf einfach bei uns, wenn du irgendetwas brauchst, ja? Gegen elf gehen wir ins Bett, aber bis dahin können wir mit anpacken und haben auch sonst noch allerlei zu bieten. Werkzeug, Tee, Schokolade, Whisky, einen Plausch – wonach dir der Sinn steht. Melde dich einfach.«

Anna lächelte. »Lieben Dank. Ich hatte gar nicht damit gerechnet, gleich so nette Nachbarn zu bekommen.«

Frank zuckte die Achseln. »Na, das versteht sich doch von selbst. Wir freuen uns, dass du hier einziehst und neues Leben in das Haus kommt. Vielleicht hast du Lust, morgen mit uns zu frühstücken? Halb zehn? Aber kein Stress, ganz wie du magst.«

Damit überließ er Anna sich selbst. Sie zögerte noch einen Moment, bevor sie tief Luft holte und über die Schwelle trat. Direkt hinter der Haustür befand sich eine weitere Tür, sodass man zunächst in einem kleinen Vorraum mit Wänden aus Kiefernholz stand, der offenbar als Windfang diente.

Als Anna die zweite Tür aufschob, schlug ihr ein Schwall abgestandener Luft entgegen. Der Raum lag im Halbdunkel, nur schwaches Licht drang durch die kleinen Fenster. Anna tastete nach einem Schalter und zuckte zusammen, als plötzlich das grelle Licht einer Deckenlampe aufleuchtete. Dass sich geraume Zeit niemand mehr hier aufgehalten hatte, ließ sich auf den ersten Blick erkennen: Sämtliche Flächen waren von einer dicken Staubschicht bedeckt.

Anna hatte beim Kaufpreis nicht verhandelt, weil Mobiliar und Einbauten mit enthalten waren. Das hatte sie als praktisch empfunden, weil sie keine eigenen Möbel besaß und es aufgrund der besonderen Lage von Crovie schwierig war, neue anzuschaffen. Der Makler hatte zwar erwähnt, dass einiges »erneuerungsbedürftig« sei, aber erst jetzt wurde ihr klar, wie er das gemeint hatte: Sie konnte jetzt einen Haufen alten Plunder ihr Eigen nennen.

Im Wohnzimmer zu ihrer Linken, unter dem Fenster mit Blick zum Weg, standen ein durchgesessenes Sofa, bezogen mit grobem blauen Stoff, der an den Armlehnen so abgewetzt war, dass die Füllung herausquoll, und ein verstaubter Couchtisch aus Kiefernholz. Die zwei fadenscheinigen, orangebraun gemusterten Sessel gegenüber dem Zweisitzer stammten allem Anschein nach aus den Siebzigern. An der Wand gegenüber befand sich ein offener Kamin, der einen kleinen Holzofen beherbergte. Die Treppe, die Anna auf den Maklerfotos so gut gefallen hatte, führte hinter dem Kamin ins Obergeschoss und wirkte nicht malerisch wie auf den Bildern, sondern eher baufällig. Der Boden des Wohnzimmers war von einem abgewetzten blauen Teppich bedeckt, der nicht zum Farbton des Sofas passte.

Rechter Hand führte eine weitere Tür zu dem winzigen Badezimmer, in dem sich eine kleine Dusche, ein Waschbecken und eine weiße Keramiktoilette befanden. Zum Glück sah hier trotz Staubschicht alles sauber und sogar relativ modern aus.

Anna schloss die Badezimmertür und ging geradeaus weiter. Nach sechs Schritten befand sie sich in ihrer neuen Küche. Laut Beschreibung auf der Maklerseite hatte sie einen Kachelboden und war mit Herd, Spüle und Kühlschrank ausgestattet, alles andere war Anna beim Kauf egal gewesen. Sie hatte gar nicht gewusst, ob sie nach der Trennung von Geoff jemals wieder in einer Küche stehen wollte, außer um Toast zu machen und Fertiggerichte in eine Mikrowelle zu schieben. Jetzt allerdings war sie doch ein wenig bestürzt. Es gab zwar Schränke, Regale, eine Arbeitsfläche und sogar einen Mini-Esstisch mit zwei Stühlen in der Nische unter der Treppe, aber der Raum war so klein, dass er in Geoffs Fahrstuhl gepasst hätte. Man konnte hier höchstens Brot toasten.

Über der antiquierten weißen Keramikspüle befand sich ein winziges Fenster mit Meerblick. Es war kleiner als ein DIN-A4-Blatt und mit Fensterläden ausgestattet, die es wahrscheinlich vor Brechern schützen sollten. Anna stützte sich auf das Spülbecken und starrte nach draußen auf die graugrünen Wogen.

»Oh Gott, was habe ich nur getan?«, murmelte sie.

Na komm schon, mein Mädchen, hörte sie plötzlich eine vertraute Stimme in ihrem Kopf. *Nicht gleich aufgeben.*

Tränen traten ihr in die Augen. *Dad.*

Das hatte er zu ihr gesagt, als Anna nach der Ausbildung zur Köchin ihre erste Stelle bekam und er beim Umzug in die neue Unterkunft half. Das war nun beinahe zwanzig Jahre her, doch es war ihr noch immer lebhaft in Erinnerung. Bei ihrer Ankunft fanden sie in dem Hotel in West End, Annas neuem Arbeitsplatz, allerdings nicht die erhoffte geräumige Wohnung mit Blick über die Dächer von London vor, sondern eine stickige kleine Dachkammer. Das einzige Fenster war ein uraltes Oberlicht, das sich nur öffnen ließ, indem man auf einen Stuhl stieg. Aber Anna musste zumindest nichts dafür bezahlen, was ihr perfekt vorgekommen war, als sie die Stelle annahm. Ihr Vater war dagegen gewesen – aber schon damals war Anna Geoff gefolgt.

»Mach doch lieber etwas Eigenes, mein Schatz«, hatte ihr Vater gesagt, als sie ihm von der Stelle als Assistenzköchin berichtet hatte. »Du solltest deine Laufbahn nicht danach ausrichten, was Geoff tut. Was ist denn mit diesem Restaurant in Lancaster? Der Chefkoch hatte doch gesagt, er hätte etwas Interessantes für dich, wenn er das Lokal eröffnet. Das hörte sich an, als würdest du da mehr tun können, als den ganzen Tag nur Möhren zu putzen.«

»Aber mein neuer Job ist in *London*, Dad«, hatte Anna argumentiert. »Geoff sagt ...«

»Anna. Es ist mir einerlei, was Geoff sagt. Vor einem Monat war er noch in der Ausbildung, genau wie du. Warum sollte er irgendetwas besser wissen?«

»Er ist aber so begabt«, hatte Anna eingewandt. »Er wird ganz bestimmt ein Star, ich spüre das.«

»Und du, Anna?«, hatte ihr Vater gefragt. »Wann willst du deine Begabung entfalten?«

Anna hatte die Augen verdreht und erwidert: »Nur weil ich einen kleinen Wettbewerb gewonnen habe, bin ich noch lange nicht die neue Hoffnung am Kochhimmel, Dad.«

»Hat dir das Geoff eingeredet? Denn du hast in dem Wettbewerb besser abgeschnitten als er. *Ich* weiß das noch, auch wenn *er* gerne möchte, dass es in Vergessenheit gerät. Und bei diesem Wettbewerb als ›Junges Talent des Jahres‹ geehrt zu werden, klingt für mich nach einer *großen*, keiner kleinen Auszeichnung, Anna.«

»Ach, du kennst dich in der Szene nicht so aus, Dad«, hatte Anna widersprochen. »London ist mir wichtig und Geoff auch. Weil ich ihn liebe.«

Ich hätte auf dich hören sollen, Dad, dachte Anna jetzt und wischte sich die Augen. Ihr Vater hatte ihr damals noch von einer anderen attraktiven Stelle erzählt, aber Anna hatte sich auf keine Diskussion mehr eingelassen. Danach hatte er sie wie immer unterstützt, ohne sich weiter einzumischen. Ihr Vater hatte ihr seit jeher mit Rat und Tat zur Seite gestanden.

Nun bist du eben hier, hätte er vielleicht gesagt, wenn er sie jetzt erlebt hätte. *Willst du dir nicht erst mal den Rest von deinem neuen Haus angucken?*

Vorsichtig stieg Anna die Treppe hinauf, die doch robuster zu sein schien, als sie aussah. Auf dem Treppenabsatz rechts stand ein Kleiderschrank unter dem Dachgiebel, und durch ein kleines Fenster fiel Tageslicht herein. Eine Holzwand linker Hand mit einer Tür unterteilte den ehemaligen Dachboden. Als Anna durch die Tür trat, fand sie sich in einem kleinen Raum wieder. Im rechten Teil war gerade genug Platz für das schmale Bett, auf dem zu Annas Erstaunen eine neue, noch in Plastik eingepackte Matratze lag.

Linker Hand stand eine niedrige Kommode, offenbar eigens für die kurze Wand des Zimmers angefertigt. In der Giebelwand am Ende befand sich das größte Fenster des Hauses. Es war gewölbt, um unters Dach zu passen, und endete kaum eine Handbreit über dem Boden. Außen waren Fensterläden befestigt, innen dämpfte ein dünner Musselinvorhang die Strahlen der untergehenden Sonne. Bis auf dicke Staubflocken war der Raum leer.

Anna setzte sich probeweise auf das Bett. Wie sollte sie denn hier leben? Sie hatte wieder genau denselben Fehler gemacht wie damals, als sie drei Jahre in diesem scheußlichen Londoner Dachgemach verbringen musste: sich etwas schöngeredet. Wieso nur hatte sie sich eingebildet, für den niedrigen Kaufpreis etwas Besseres als The Fishergirl's Luck zu bekommen? Es war wirklich genau so, wie Geoff oft gesagt hatte: Ihr fehlte der Realitätssinn.

Anna beschloss, für eine Nacht hierzubleiben. Sie war zu erschöpft, um sich eine andere Unterkunft zu suchen, aber morgen würde sie diesem Ort den Rücken kehren. Zumindest hatte sie eine saubere Matratze und neues Bettzeug im Auto.

Auf dem Weg zum Parkplatz fiel ihr auf, dass vor einigen Häusern hölzerne Schubkarren standen, beschriftet mit einer Zahl, die der Hausnummer entsprach. Am Auto angekommen, bemerkte Anna weitere dieser Karren neben den Müllcontainern am Ende des Platzes. Auf einer stand sogar die Nummer ihres Hauses, und ihr wurde klar, dass man damit auf dem schmalen Weg Lasten transportieren konnte. Eine praktische Einrichtung, um das Leben an einem so unzugänglichen Ort zu erleichtern.

Weil Anna für eine Nacht ohnehin nicht viel brauchte, ließ sie ihre Karre aber stehen. Aus dem Karton mit dem Bettzeug – sie hatte alle Kisten sorgfältig beschriftet, obwohl sie nur so wenige Sachen dabeihatte – nahm sie Decke und Kissen heraus. Sie zögerte kurz, dann öffnete sie einen weiteren Karton. Ganz obenauf lag ein Foto in einem Silberrahmen, ein Erinnerungsstück an eine glücklichere Zeit. Das Bild war entstanden, als Anna etwa vier gewesen war, vermutlich an einem Strand in Wales. Sie saß auf den Schultern ihres Vaters, weiße moppelige Beinchen baumelten über seine Schultern. In der Hand hielt sie ein schmelzendes Eis, das ihr schon über die Finger rann und ihrem Vater gleich aufs Haar tropfen würde. Annas Mutter versuchte das zu verhindern, indem sie, auf Zehenspitzen stehend, mit einer Hand den Arm ihres Mannes umklammerte und die andere ausstreckte, um die Tropfen aufzufangen. Die beiden lachten, und nicht zum ersten Mal dachte Anna, wie bezeichnend es für ihre Eltern war, dass sie ausgerechnet dieses Foto mit einem schönen Rahmen versehen und aufs Kaminsims gestellt hatten. Das Bild war der erste Gegenstand gewesen, den Anna nach dem Tod ihres Vaters eingepackt hatte. Es erinnerte sie an eine simple Form von Glück, die sie in ihrem Erwachsenenleben bislang nicht gefunden hatte – und wohl auch nicht mehr finden würde.

Mit Foto, Bettzeug und einer Tüte Lebensmittel kehrte sie in ihr winziges Haus zurück, deponierte die Einkäufe in der Küche und ging nach oben. In der Dachkammer stellte Anna das Foto neben das Bett, zog die Schuhe aus, entfernte die Plastikhülle von der Matratze und ließ sich darauf fallen. Dass sie angezogen war und seit dem Frühstück nur Pat Thorpes Kekse gegessen hatte, war ihr einerlei. Zum Donnern der Brandung am Fuße von Fishergirl's Luck sank Anna in tiefen Schlaf.

4

Als sie aufwachte, knurrte ihr Magen laut. Rundum war es stockfinster, und einen Moment lang wusste Anna nicht, wo sie war. Erst das Rauschen der Wellen brachte sie zurück nach Crovie, in das kleine Haus und zu sich selbst. Der Holzboden war kalt an den Füßen, als sie aufstand und nach dem Lichtschalter suchte. Sie tastete umher, bis sie ihn neben dem Türrahmen spürte, und blinzelte dann im hellen Licht, um das Zifferblatt ihrer Armbanduhr zu erkennen. Es war kurz vor fünf.

Auch im Untergeschoss war es kalt, aber nirgendwo waren Holzscheite zu sehen, und außerdem hätte Anna sowieso keine Streichhölzer zur Hand gehabt. Es gab zwar einen Elektroheizer oben im Schlafzimmer und einen weiteren unter der Treppe, aber sie war zu verschlafen, um sich mit der Bedienung herumzuschlagen. Stattdessen tappte Anna in die Küche und packte die Tüte mit Lebensmitteln aus, die nur das Nötigste enthielt: Brot, Tee, Milch, Butter, Marmelade, Käse, Eier, Salz und Pfeffer. Argwöhnisch beäugte Anna den Herd, das Schlimmste befürchtend. Doch als sie den Mut fand, den Backofen zu öffnen, erwies er sich zum Glück als sauber. Sie schaltete den Grill ein und legte zwei Scheiben Toast hinein. Als sie Tee kochen wollte, fiel ihr auf, dass sie weder Kessel noch Becher hatte. Es würde wohl auf Leitungswasser hinauslaufen, das hoffentlich nicht aus dem Meer kam. Als der Toast fertig war, setzte Anna sich damit aufs Sofa und aß mechanisch. Sie fühlte sich benebelt, und die ganze Situation erschien ihr vollkommen unwirklich.

Als sie zur Decke aufblickte, sah sie, dass sich zwischen den dicken Holzbalken, die das Obergeschoss stützten, Nischen befanden, die als Ablage genutzt werden konnten. In einer Ecke lag ein einzelnes Buch. Anna stand auf und nahm es herunter. Es handelte sich um ein in weiches braunes Leder gebundenes Notizbuch, das Rezepte enthielt, in einer feinen ordentlichen Handschrift geschrieben. Anna fragte sich, ob es Bren, der einstigen Eigentümerin, gehört hatte und ob der alte Robbie es beim Ausräumen übersehen hatte.

Das Rezeptbuch ihrer eigenen Großmutter war einer von Annas größten Schätzen, sie hatte als kleines Mädchen oft gemeinsam mit ihrer Mutter danach gekocht. Wenn Anna heutzutage die Rezepte ausprobierte, kam es ihr vor, als erführe sie mehr über ihre Großmutter, die sie leider nicht mehr kennengelernt hatte. Und auch ihrer Mutter, die viel zu früh aus dem Leben geschieden war, fühlte Anna sich dabei näher.

Dieses Rezeptbuch war vielleicht ein ähnliches Vermächtnis, und Anna nahm sich vor, es Robert MacKenzie zurückzugeben. Vielleicht hatte er Kinder und Enkel und konnte beim Kochen mit ihnen die Erinnerung an die Frau bewahren, der das Notizbuch gehört hatte. Ein so liebevoll geführtes Buch durfte auf keinen Fall verloren gehen. An einigen Stellen gab es kleine Skizzen, an anderen waren mit winziger Schrift Zusätze und Erfahrungen notiert. Dieses Rezeptbuch war ein Juwel, das bewahrt werden musste.

Anna legte es auf den Couchtisch und widmete sich wieder ihrem Toast. Obwohl sie sich erschöpft und benommen fühlte, war ihr klar, dass sie nicht wieder einschlafen würde. Deshalb beschloss sie, einen Spaziergang zu machen. Für die zehn Minuten, die sie für eine Runde durchs Dorf brauchte, konnte die Haustür unverschlossen bleiben. Und an der inneren Tür steckte außerdem ein Schlüssel, den Anna abziehen und mitnehmen konnte.

Als sie nach draußen trat, blieb sie einen Moment stehen und ließ sich den Wind um die Nase wehen. Dann wandte sie sich nach rechts, um den Teil von Crovie zu besichtigen, den sie noch nicht kannte. Das frühe Morgenlicht, in London schmutziggrau, war hier frisch und klar, obwohl der größte Teil des Dorfs noch im Schatten der Klippen lag. Die Flut lief auf, Wellen schwappten an die Uferböschung. Weiter hinten leuchtete das Meer azurblau und türkis. Anna atmete in tiefen Zügen die feuchte salzige Luft ein, bevor sie losmarschierte. Sie war seit jeher Frühaufsteherin, was ihr bei ihrem Beruf sehr entgegenkam. Um diese Uhrzeit wäre sie in ihrem alten Leben schon unterwegs zu ihrer Schicht im Restaurant gewesen, während der sie sich nur wenige Fünfminutenpausen in der Gasse bei den Mülltonnen erlauben konnte. Doch das lag jetzt endgültig hinter ihr.

Anna betrachtete die Häuser, an denen sie vorbeikam, und sah zu ihrem Erstaunen, dass an weniger steilen Stellen der Klippen zwischen den Gebäuden Treppen zu weiteren Häusern führten. Hie und da gab es auch kleine Gärten, in denen Gras wuchs und wilde Blumen blühten: violette Wicken und Disteln, weiße Gänseblümchen, blaue Glockenblumen und ein gelb blühendes Gewächs, dessen Namen Anna nicht kannte.

An den Klippen zum Ende des Dorfes hin waren die Häuser kleiner und einstöckig, hatten höchstens im Dach ein zusätzliches Fenster. Sie waren auch nicht zueinander gewandt, sondern trotzten mit der Vorderfront dem gnadenlosen Ozean. Die Häuser waren kaum größer als ihr eigenes. Anna versuchte sich vorzustellen, wie es sich wohl früher angefühlt hatte, darin zu leben. Beengt, feucht und kalt auf jeden Fall. Sie fand es erstaunlich, was Menschen alles aushalten und durchstehen konnten.

Jetzt schien in diesen Häuschen niemand mehr zu wohnen, zumindest nicht auf Dauer. Die meisten waren durch Schilder in den Fenstern als Ferienunterkünfte ausgewiesen. Hier wirkten die hohen Klippen besonders steil und drohend, und nach einer Weile fiel Anna auf, dass etwas fehlte: das Geschrei von Seevögeln. Sogar sie schienen sich vom hinteren Teil des Dorfes fernzuhalten.

Es roch modrig und nach verfaulendem Tang. Anna sah, dass an einigen Stellen der Klippen offenbar früher einmal die Schicht aus Gras und Erde abgerutscht und auf die Häuser gestürzt war. Eines wirkte komplett düster und verlassen, in einem anderen sah sie noch Vorhänge in den von Spinnweben verhangenen Fenstern. Eine Wand war mit einer blauen Plane gesichert, deren Enden im Wind flatterten. Ein rostiges Rohr hing herab, aus seiner Verankerung gerissen.

Am äußersten Ende des Dorfes, wo der Weg an einer hohen schroffen Klippe endete, auf der sich nur Vögel niederlassen konnten, gab es eine kleine Grasfläche, umgeben von einer niedrigen Mauer. Drei Bänke standen dort. Anna ließ sich nieder und sah zu, wie die Farben der eigentümlichen Häuser von Crovie in der frühen Morgensonne zu leuchten begannen. An einem Pfahl vor ihr endeten die öffentlichen Trockenseile, die den gesamten Uferweg entlang zwischen Pfosten gespannt waren. Früher hatte man daran die Fischernetze getrocknet oder außerhalb der Saison ausgebessert. Inzwischen wurden die Seile anscheinend für Wäsche genutzt, denn an einigen waren mit Klammern Bettlaken und Kleidungsstücke befestigt.

Während Anna das Rauschen der Wellen und die erfrischende Meeresluft genoss, merkte sie, dass noch jemand außer ihr schon auf den Beinen war. Im ersten Moment fürchtete sie, die nahende Gestalt sei womöglich Douglas McKean. Sie hätte dem alten Griesgram nirgendwo aus dem Weg gehen können und wollte sich frühmorgens kein übellauniges Geraunze anhören müssen. Doch als die Person näher kam, sah Anna, dass es sich um eine alte Frau handelte, deren weißes Haar vom Wind gezaust wurde. Sie ging mit schnellen entschlossenen Schritten, und als sie die kleine Grünfläche erreichte, blieb die Frau nicht stehen, sondern nickte Anna nur lächelnd zu. Dann ergriff die alte Dame mit ihrer runzligen Hand den Holzpfosten und umrundete ihn zweimal.

»Das ist eine alte Tradition«, erklärte sie und deutete auf einen Schriftzug auf dem Holz. »Man muss zweimal herumgehen.«

»Ach so, ich ...«, begann Anna, doch die Frau warf ihr nur ein weiteres Lächeln zu und marschierte davon.

Anna stand auf und betrachtete den Pfahl genauer. Tatsächlich war auf einer Seite *Nordpol* und auf der anderen *Südpol* zu lesen. Das erklärte allerdings noch lange nicht, weshalb man den Pfosten zweimal umrunden sollte.

Als sie wieder auf den Dorfweg blickte, war die Frau verschwunden. Anna schlenderte gemächlich zurück und trat bald aus dem Schatten der Klippen. Die Sonne ließ die Farben der Blumen in halbierten Fässern und Hängekörben neben den Haustüren erstrahlen. Trotz der salzigen Meeresluft schienen die Pflanzen hier gut zu gedeihen. Hinter einem Haus entdeckte Anna sogar eine erhöhte Terrasse mit einer bezaubernden, üppig blühenden Rose, die über das Geländer rankte.

Vom Meer her hörte sie ein Brummen, und als Anna zur Mole schaute, sah sie ein Motorboot ablegen. Darin stand die Frau mit der weißen Mähne, die zweimal Crovies Nord- und Südpol umrundet hatte, und eine zweite, nicht genau erkennbare Gestalt steuerte das Boot. Doch als es schnell Richtung Gardenstown fuhr, drehte die Gestalt sich um und winkte. Obwohl Anna nicht sicher war, ob die Geste ihr oder irgendjemand anderem galt, den sie nicht sehen konnte, winkte sie zurück.

Als sie wieder bei ihrem Haus ankam, stand ein Korb vor der Tür, in dem sich eine Flasche Rotwein, eine braune Papiertüte mit vier Scones, eine Dose mit einer Kerze und ein verschlossener Umschlag befanden. Als Anna ihn öffnete, kamen ein Messingschlüssel und ein kurzer Brief zum Vorschein.

Liebe Ms Campbell,
willkommen in Crovie und im Fishergirl's Luck. Es tut uns sehr leid, dass Sie gestern Abend den Hausschlüssel nicht bekommen haben und dass wir es vor Ihrer Ankunft nicht geschafft haben, das Haus richtig vorzubereiten. Die Zeit ist uns davongelaufen! Wir hatten noch viel mehr machen wollen, als nur die Matratze auszutauschen.

Anbei Ihr Schlüssel und das Körbchen, das eigentlich für Ihren Empfang gedacht war. Wir wünschen Ihnen ganz viel Freude mit Ihrem Haus und hoffen, dass Sie schon dabei sind, sich einzugewöhnen.
Herzliche Grüße
Ihre MacKenzies

»Und, wie war deine erste Nacht?«, fragte Frank Thorpe, als Anna sich ein paar Stunden später am Küchentisch im Weaver's Nook niederließ.

»Oh, ähm … gut. Gut.«

»Das klingt nicht sehr enthusiastisch«, bemerkte Pat, während sie Anna Tee eingoss. Vor ihr stand das üppigste Frühstück, das sie seit Jahren zu Gesicht bekommen hatte. »Hast du schlecht geschlafen? An das Meer muss man sich manchmal erst gewöhnen.«

Anna lächelte ihre Gastgeberin an. »Nein, daran lag es nicht, ich mochte das Wellenrauschen. Es ist nur … Mir ist sehr schnell klar geworden, dass ich einen furchtbaren Fehler gemacht habe. Ich hätte das Haus nicht kaufen sollen.«

Pat starrte sie bestürzt an. »Ach nein, Liebes, sag doch so was nicht! Du bist doch kaum fünf Minuten hier!«

»Ich weiß, ich weiß. Aber das Haus ist so renovierungsbedürftig. Und so klein! Ich meine, das wusste ich natürlich, aber wenn man das dann konkret erlebt … Es ist einfach nicht das Richtige für mich.«

»Was muss denn alles gemacht werden?«, erkundigte sich Frank. »Ich dachte eigentlich, das Haus sei in gutem Zustand. Das Dach ist doch wohl hoffentlich nicht schadhaft, oder?«

»Ich glaube eigentlich nicht«, antwortete Anna, die diese

Vorstellung dennoch sehr beunruhigend fand. »Aber es ist sehr schmutzig und, na ja ... eben einfach alt.«

»Ach so«, sagte Pat. »Ja, es ist bestimmt staubig. Es steht schon so lange zum Verkauf, niemand hat sich bislang dafür interessiert. Und Robbie hatte vorgehabt, alles ordentlich zu putzen, bevor du einziehst.«

Anna lächelte. »Ja, ich weiß.«

Pat schaute von ihrem Teller auf. »Ach, dann habt ihr euch jetzt doch getroffen?«

»Nein. Ich war heute Früh spazieren, und als ich zurückkam, stand ein Korb mit meinem Schlüssel, ein paar Sachen und einem Briefchen vor der Tür. Eine ganz liebe Geste. Und ich habe auch kein Vorzeigehaus erwartet.« Noch während Anna das aussprach, überlegte sie, ob das stimmte. Alle Wohnungen, in denen sie mit Geoff gelebt hatte, waren minimalistisch eingerichtet und nahezu steril gewesen. Zum einen weil sie beide nie lange genug zu Hause waren, um überhaupt Unordnung zu machen, zum anderen, weil es Geoffs Vorstellung entsprach. Vielleicht hatte sie ganz einfach vergessen, wie es sich anfühlte, in einem bewohnten Haus zu leben. »Aber das ist auch nicht der Hauptgrund. Ich weiß einfach nicht, was ich mir dabei gedacht habe, nach Crovie zu ziehen. Vollkommen absurde Idee.«

Frank sah seine Frau an. »Erinnerst du dich noch an den Morgen unseres ersten Tages hier?«

Pat trank einen Schluck Tee und grinste. »Und ob. Ich habe genau das Gleiche gedacht.«

»Du siehst«, sagte Frank zu Anna, »bei uns war es genauso. Und wir dachten genau wie du, dass wir einen schrecklichen Fehler gemacht hätten. Es war auch keine Hilfe, dass es gleich in der ersten Nacht entsetzlich gestürmt hat. Kam uns vor wie der Weltuntergang. Du hast sogar geweint, Pat, nicht wahr?«

»Ja, hab ich«, gab sie zu. »Als ich nach unten in die Küche kam – da gab es die zusätzliche Toilette hier unten noch nicht – und Wasser aufsetzen wollte, zog es unter der Tür durch, als wären wir in der Antarktis. Der Boden war nass, weil es durch den Spalt hereingeregnet hatte, der Teppich roch nach feuchtem Hund, ich bekam den Holzofen nicht an, und es gab keinen Strom. Ich hockte mit durchnässten Pantoffeln auf der untersten Treppenstufe und heulte mir die Augen aus dem Kopf, weil ich dachte, wir hätten unser ganzes Geld für eine Bruchbude ausgegeben.«

»Und mir ging es keinen Deut besser«, fügte Frank hinzu. »Es hat wirklich gedauert, bis wir uns in das Haus und in das Dorf verliebt haben. Aber so ist es dann gekommen. Und ganz bestimmt wird das bei dir genauso sein, Anna. Du musst dem Ganzen nur eine Chance geben.«

Anna lächelte höflich, dachte aber, dass sie sich ganz sicher nicht in diesen dreckigen Schuppen verlieben würde, der gegenwärtig ihr Zuhause war.

»Nimm dir wenigstens ein paar Wochen Zeit«, riet Pat, als könne sie Annas Gedanken lesen. »Mach das Haus wohnlich, damit du dich dort wohlfühlst. Das ist ja kaum möglich, solange es noch von der Vorgängerin geprägt ist.«

»Ja, stimmt schon«, räumte Anna ein. »Das fühlt sich komisch an, damit hatte ich nicht gerechnet.«

»Wir können dir dabei helfen«, bot Frank an. »Sachen raus- und reinräumen – gar kein Problem, ich packe wirklich gerne mit an.«

»Danke«, sagte Anna, gerührt von der Fürsorglichkeit der beiden. »Ehrlich gesagt, ich glaube, Saubermachen ist erst mal das Allerwichtigste. Kann ich mir von euch Putzzeug borgen?«

Was sie mit dem Haus auch anstellen würde, sagte sich Anna, während sie ein weiteres Stück Bratspeck aufspießte – vielleicht würde sie es auch als Ferienhaus behalten, aber wer wollte schon eine Unterkunft, in der es nur ein Einzelbett gab –, Fishergirl's Luck musste auf jeden Fall erst einmal gründlich geschrubbt und gewienert werden.

5

Die Küche nahm Anna sich als Erstes vor, weil ihr als Köchin ein schmutziger Arbeitsbereich zutiefst zuwider war. In einem der Schränke entdeckte sie einen Handbesen und eine Kehrschaufel und fegte damit den Boden, dann säuberte sie die Platten aus Eichenholz. Es machte ihr Freude zu sehen, wie die Maserung zum Vorschein kam, wellenförmig wie die Wogen, die Anna durch das kleine Fenster über der Spüle sehen konnte. Das Meer zeigte sich heute von seiner sanften Seite, und Anna hätte gerne dem Rauschen gelauscht, aber das Fensterchen konnte nicht geöffnet werden. Anna vermutete, dass die Unwetter der Grund dafür waren, und dachte an den schlimmen Sturm, von dem Pat und Frank berichtet hatten. Wie mochte es sich wohl anfühlen, so ein heftiges Unwetter in diesem kleinen Haus zu erleben?

Anna hatte Gewitter immer gemocht. In dem Haus, in dem sie aufgewachsen war, hatte es einen Wintergarten gegeben, und sie hatte eine frühe Kindheitserinnerung daran, wie ihr Vater sie einmal nachts geweckt und nach unten getragen hatte, um ihr ein nahendes Gewitter zu zeigen. Ihre Mutter bereitete heiße Schokolade zu, während ihr Dad am Boden mit Kissen und Decken von dem alten Korbsofa eine Art Nest baute. Alle drei machten es sich darauf gemütlich und sahen durch das Glasdach dem Gewitter zu. Noch heute erinnerte sich Anna an das Donnergrollen, das grellweiße Leuchten, als Blitze den Himmel zerrissen, den Geschmack des heißen Kakaos und die raunende Stimme ihres Vaters, als er ihr das Phänomen aus naturwissenschaftlicher Sicht erklärte, obwohl sie noch viel zu jung war, um alles verstehen zu können.

Jetzt hielt Anna inne und schaute hinaus auf die Wellen. *Dad und Mum hätten es hier wunderbar gefunden*, dachte sie. *Ich weiß es ja sogar. Sie haben sich in ihren Flitterwochen bestimmt viele Orte in Schottland angeschaut, aber nicht alle sind in dem Album verewigt. Crovie schon.*

Hatte Trauer eine Rolle beim Kauf von Fishergirl's Luck gespielt? Und Einsamkeit? Der Wunsch, eine Verbindung herzustellen zu etwas, das für immer verloren war? Vermutlich schon. Anna verfluchte sich für ihre Rührseligkeit. Als ob ein Haus Einsamkeit vertreiben und Anna zurückbefördern könnte in eine Zeit, als sie sich behütet und geliebt gefühlt hatte. Sie wünschte, sie könnte mit ihrem Vater über Fishergirl's Luck sprechen.

Bitte sag mir, was ich tun soll, Dad, dachte sie. *Hier kann ich doch nicht leben, oder? Wie soll das gehen? Hier finde ich nicht, was ich brauche. Was habe ich mir bloß dabei gedacht?*

Hastig putzte Anna weiter, um die Stille zu übertönen.

Der Herd und seine Umgebung entpuppten sich als erfreuliche Überraschung. Nachdem der Staub entfernt war, glänzten wunderschöne dunkelgrüne Kacheln in der Morgensonne, und als Anna den Backofen einschaltete, erwachte er zwar etwas langsam zum Leben, funktionierte aber einwandfrei. Auch die Kochfläche war im Nu wieder blitzblank. Nach einer Behandlung mit Scheuerpulver erstrahlte die Spüle in neuer Schönheit, wiewohl sie ein paar Macken und Risse aufwies, die sich auch durch noch so eifriges Schrubben nicht mehr beheben ließen.

Dann kamen Schränke und Schubladen an die Reihe, die zwar ausgeräumt worden waren, aber müffelten. Und schließlich der Kühlschrank, der nicht annähernd so übel roch, wie Anna befürchtet hatte, und der winzige Esstisch.

Nachdem die Mission saubere Küche erledigt war, stellte Anna fest, dass sie nicht nur erschöpft, sondern trotz des üppigen Frühstücks bei Frank und Pat schon wieder hungrig war. Kleider, Handtücher, die meisten Toilettenartikel und sämtliche Küchenutensilien befanden sich noch im Auto. Anna gestand sich ein, dass sie auf jeden Fall noch mindestens eine Nacht hier verbringen würde, und beschloss, ihre gesamten Habseligkeiten ins Haus zu schaffen. Es war einfach zu lästig, wegen jeder Kleinigkeit erneut zum Auto zu traben.

Es war immer noch still im Dorf, wofür Anna dankbar war, weil sie in ihrem verschwitzten Zustand niemandem begegnen wollte. Als sie ihren alten Fiat erreichte, sah sie, dass unter einem Scheibenwischer ein Stück Papier steckte, das im Wind flatterte. Sie zog es heraus. Mit krakeliger Schrift, die Anna für die unfreundliche Botschaft als passend empfand, stand da:

Hier dürfen nur ANWOHNER parken!

Anna schaute sich unwillkürlich um, aber weit und breit war niemand zu sehen. Sie hätte auf den alten Griesgram Douglas McKean getippt, aber der wusste ja schon, dass sie Fishergirl's Luck gekauft hatte, wieso sollte er dann so etwas schreiben? Anna zerknüllte den Zettel und steckte ihn mit unbehaglichem Gefühl ein.

Keine Sorge, teilte sie der feindseligen Person stumm mit. *Ich bleibe ohnehin nicht lang.*

Diesmal machte Anna Gebrauch von ihrem Holzkarren, um die Sachen zu transportieren. Auf dem Rückweg begegnete sie doch noch einigen Leuten, die sie grüßten und deshalb als Verfasser des Zettels wohl nicht infrage kamen. Aber wer konnte schon ahnen, was in den Köpfen der Menschen vorging?

Nachdem Anna das Badezimmer geputzt hatte, probierte sie die Dusche aus. Das Wasser war zum Glück ordentlich heiß, der Druck auch in Ordnung. Erfrischt schlüpfte sie in Sweatshirt, Jogginghose und die bequemen Hüttenschuhe, die Geoff immer als unattraktiv und prollig geschmäht hatte.

Als sie aus dem Badezimmer kam, staunte Anna, wie hübsch und einladend die Küche in ihrem sauberen Zustand wirkte.

Anna beschloss, ein Omelette zu machen; die spärlichen Vorräte, die sie mitgenommen hatte, ließen ihr auch kaum eine andere Wahl. Sie packte ihre Lieblingsbratpfanne aus, eine Kupferpfanne (von ihrem allerersten Lohn erstanden und seither liebevoll gepflegt). Während Anna die Eier schlug, dachte sie schmunzelnd an ihre Ausbildung zurück. Ein Omelette zuzubereiten, war das Erste, was sie an der Berufsschule gelernt hatte, gleich am ersten Tag. Dabei hatte Anna zu Anfang genauso überheblich wie die anderen in ihrer Klasse reagiert. Die Unterstellung, dass sie etwas so Simples nicht zubereiten konnten, hatten alle als Beleidigung empfunden – obwohl es, wie sich dann herausstellte, der Wahrheit entsprach. Die Basis der Kochausbildung bestand zunächst einmal darin, sich einzugestehen, dass man viel weniger wusste, als man glaubte. Und dass man erst einmal üben musste, die allereinfachsten Schritte richtig zu machen. Ihre Lehrerin, Madame Chaubert, hatte erklärt, wer sich für zu gut halte, um die simplen Techniken perfekt zu beherrschen, würde niemals herausragend kochen können. Ihrer Ansicht nach waren sich Starköche und -köchinnen immer bewusst, dass sie noch viel zu lernen hatten. Deshalb war der erste und wichtigste Schritt der Ausbildung, das Lernen zu lernen. Und da konnte man gleich mit etwas so Einfachem anfangen, wie ein Ei richtig aufzuschlagen.

Jetzt fiel Anna auch wieder ein, dass Geoff sich damals geweigert hatte, das Omelette zu machen. Stattdessen hatte er erklärt, seine Eltern würden wohl kaum viel Geld dafür ausgeben, dass er etwas lernen solle, was er bereits seit seinem sechsten Lebensjahr perfekt beherrsche. Er hatte sogar gedroht, sich beim Rektor zu beschweren, worauf Madame Chaubert erwiderte, dass er das von ihr aus gerne tun könne. Daraufhin hatte Geoff das Omelette schneller zubereitet als die Lehrerin, dabei aber ihre Anweisungen komplett ignoriert. Mit dieser Szene war er Anna zum ersten Mal aufgefallen, und sie hatte seine Selbstgefälligkeit als ebenso unangenehm wie beeindruckend empfunden. Damals hatte sich Anna noch wie ein Mäuschen gefühlt, das zwar talentiert war, aber noch viel zu lernen hatte. Geoff dagegen hatte sich mit diesem Auftritt einen gewissen Ruf verschafft, den er auch in seiner Karriere beibehielt, und genau das war seine Absicht gewesen. Jeder wusste, wer er war, und das liebte er.

Inzwischen hatte Anna allerdings kapiert, dass sie sich von seinem aufgeblasenen Gehabe hatte blenden lassen.

Nach ihrem Mahl fühlte sie sich gestärkt, und weil sie auf keinen Fall in trüben Erinnerungen versinken wollte, machte sie sich mit frischen Kräften erneut ans Werk. Sie staubsaugte den Teppichboden und stellte fest, dass sich die abgetretenen Stellen leicht mit strategisch gut platzierten Möbeln oder einem neuen Läufer überdecken ließen. Für künftige Feriengäste würde das ausreichen, sagte sich Anna gerade, als jemand laut an die Tür klopfte.

»Meine Güte!«, rief Pat aus, nachdem Anna sie hereingebeten hatte. »Du warst aber fleißig! Das sieht schon richtig wohnlich aus, findet du nicht?«

»Doch«, gab Anna zu und sah sich in dem lichtdurchfluteten Zimmer um. »Viel hübscher als vorher auf jeden Fall.«

»Na, ich will dich nicht aufhalten«, bemerkte Pat. »Wollte nur Bescheid sagen, dass wir für Samstagabend ein paar Freunde einladen wollen, unsere üblichen Verdächtigen aus Crovie und Gardenstown. Wir würden uns freuen, wenn du auch dabei wärst. Dann lernst du gleich ein paar Leute kennen.«

»Ah. Das ist sehr nett von euch, aber …«

»Ist nichts Großartiges«, fügte ihre Nachbarin hinzu. »Wir treffen uns häufig am Wochenende bei jemandem aus der Runde. Und wenn du mit von der Partie bist, fühlst du dich vielleicht gleich ein bisschen mehr aufgenommen hier. Das kann doch nicht schaden, oder? Selbst wenn du dann doch beschließt, nicht bleiben zu wollen.«

»Es ist nur so«, erwiderte Anna, »wenn die Räume ein bisschen besser aussehen, werde ich ein paar Fotos machen und das Haus bei Airbnb reinstellen, bis ich weiß, was ich längerfristig damit machen möchte. Deshalb bin ich nicht sicher, ob ich am Wochenende überhaupt noch hier sein werde.«

Pats Lächeln wirkte ein bisschen traurig. »Ach so. Tja, schade.«

»Tut mir leid«, sagte Anna, die sich jetzt schuldig fühlte.

»Du brauchst dich nicht zu entschuldigen, Liebes, du musst tun, was für dich richtig ist. Und falls du es dir noch anders überlegst, komm am Samstag einfach vorbei, ab sieben. Du brauchst nur kurz zu klopfen, die Tür ist nicht abgeschlossen.«

*Hey, mein Selkie-Mädchen,
hast du gemerkt, dass Delfine gerade ganz schön angesagt sind? Er zeichnet sie überall in seine Schulhefte, auf den Einband und an den Rand. Ist das irgendwie beunruhigend, müssen wir uns Sorgen machen? Hat es etwas Besonderes zu bedeuten, oder ist das ganz normal? Letzte Woche war es Geologie, das Badezimmer ist immer noch voller Steine. Vielleicht sollte ich mal mit Miss Carmichael darüber sprechen. Wieso bekommt man nur für Kinder keine Gebrauchsanweisung? Schließlich ist nichts anderes so kompliziert. Und so teuer.
Man missversteht sie so leicht.
Ich liebe dich.*

*P.S. Ja, es gibt noch mehr Rote Bete. Aber verlang bitte nicht, dass ich ein Glas aufmache. Man fühlt sich gestützt und getragen von der Liebe, und dann macht sie einen fix und fertig mit dem Geruch von eingelegter Roter Bete. Darauf lasse ich mich nicht ein.
P.P.S. Ich kann Miss Carmichael doch nicht anrufen, ich glaube, sie steht auf mich. Kannst du das nicht machen?*

6

Am nächsten Tag hatte Anna eine Fahrt nach Fraserburgh geplant, einen 30 Kilometer entfernten, etwas größeren Ort, wo sie einiges für das Haus kaufen wollte. Auf der Liste standen ein großer Läufer, um die fadenscheinigen Stellen im Teppichboden zu kaschieren, und ein neuer Vorhang für das Schlafzimmer. Anna hatte sich von Frank ein Maßband geborgt, um den alten abzumessen. Ein Wasserkessel musste auch angeschafft werden. Um das Häuschen zu vermieten, musste es natürlich noch weitaus besser ausgestattet werden, aber vorerst wollte sich Anna einen Tee kochen können. Und sie musste sich etwas einfallen lassen, um das Sofa und die Sessel etwas attraktiver zu gestalten. Als sie am Abend vorher die Liste begonnen hatte, war die unversehens immer länger geraten.

Auf der gewundenen Straße nach oben piepte Annas Handy, als es außerhalb von Crovie wieder ein Netz gefunden hatte. Sie hielt in einer Ausweichstelle und hörte die Nachricht von Cathy ab.

Du bist bestimmt beschäftigt und hast kein Netz, sagte Annas langjährige beste Freundin, *aber wenn du wieder in der Zivilisation bist, ruf mal an, ja? Nur damit ich weiß, dass du noch lebst.*

Anna lächelte und kam dem Wunsch ihrer Freundin sofort nach.

»Meine Güte«, war Cathy am anderen Ende zu hören, »wenn das nicht mal unsere tollkühne Polarforscherin aus Kensington ist. Ich hab schon befürchtet, die Erde ist doch eine Scheibe und du bist vom Rand gefallen.«

Anna lachte. »Beinahe«, sagte sie. »Aber keine Sorge, ich bin gesund und munter. Hatte nur kein Netz.«

»Hab ich mir gedacht. Schön, dich zu hören jedenfalls. Und, wie ist alles? Oder kannst du noch nichts sagen? Erzähl mir von Crovie. Und wie waren die ersten Nächte im eigenen Haus?«

Anna erstattete Bericht und erklärte, dass der Ortsname »Crivvie« ausgesprochen wurde. Es fühlte sich gut an, mit einem Menschen zu sprechen, den sie fast so gut kannte wie sich selbst. Cathy und sie hatten sich in der zweiten Klasse der Grundschule kennengelernt und waren seither eng befreundet. Nur diese Freundschaft hatte Annas Beziehung mit Geoff überdauert, alle anderen waren im Laufe der Zeit mangels Pflege eingeschlafen. Anna wusste nur zu gut, dass sie daran selbst Schuld hatte und dass die Dauer dieser Freundschaft vor allem Cathys Hartnäckigkeit zu verdanken war.

»Jedenfalls, um es kurz zu machen«, schloss Anna, »war es eine komplett idiotische Fehlentscheidung.«

»Aber du bist doch nicht mal zwei Tage da«, wandte Cathy ein. »Kann ja sein, dass du andere Erwartungen gehabt hast, aber ganz ehrlich, Anna: Ich habe dich seit Ewigkeiten nicht mehr so begeistert erlebt wie in dem Moment, als du mir von deinem Umzug nach Crovie erzählt hast. Und außerdem – wo willst du denn sonst hin?«

»Weiß nicht. Irgendwohin, wo ich zumindest die Chance habe, einen Job zu ergattern.«

»Aber du wolltest dir doch eine Auszeit nehmen, um in Ruhe zu überlegen, was du jetzt machen möchtest, oder nicht?«

Anna seufzte und strich sich übers Gesicht. »Doch, schon.«

»Also, schau mal«, begann Cathy. »Für mich hört sich das ganz so an, als müsstest du dringend mal ein wenig ausspannen. Nach dem vielen Stress im Restaurant ist es ganz normal, dass du erst mal aus dem Tritt kommst – ganz zu schweigen von allem anderen, was in den letzten Monaten passiert ist. Ich finde, du solltest dir auf jeden Fall ein paar Wochen freinehmen. Zumindest als Urlaub. Den hast du echt verdient. Und du *brauchst* ihn auch.«

»Ich hätte nach Spanien gehen sollen, wie du vorgeschlagen hast«, sagte Anna düster.

Cathy lachte. »Ach, da wärst du bestimmt genauso durcheinander gewesen. Gönn dir eine Auszeit, und komm endlich mal zur Ruhe. Das Haus gehört dir, du musst keine Miete zahlen und verlierst auch kein Geld, wenn du es eine Weile für dich selbst nutzt. Das ist doch praktisch, oder?«

Anna nagte an ihrer Unterlippe und blickte über das Meer, das in der Sonne glitzerte. »Ja, schon.«

»Und wenn ich dich so höre, scheint das Haus zumindest als Ferienunterkunft eine vernünftige Investition zu sein«, fuhr Cathy fort. »Solche ausgefallenen Orte liegen im Trend. Und deine neuen Nachbarn wirken doch total nett.«

»Ja, stimmt. Sie haben mich am Wochenende zu einer kleinen Party eingeladen, damit ich ein paar Leute kennenlerne.«

»Das ist doch super!«, rief Cathy aus.

»Meinst du?«, fragte Anna zweifelnd.

»Na klar! Macht immer Spaß, neue Leute zu treffen!«

»Ich glaube, ich weiß gar nicht mehr, wie das geht«, gestand Anna. »Kann mich nicht mal erinnern, wann Geoff und ich zuletzt ausgegangen sind. Und wenn wir irgendwo eingeladen waren, wollten immer alle nur mit ihm reden.«

»Eben«, erwiderte Cathy. »Jetzt stehst du nicht mehr in seinem Schatten. Und selbst wenn du nicht ewig in Crovie bleiben solltest, was spricht dagegen, neue Menschen kennenzulernen?«

Ihre Freundin hatte recht. Es war wichtig, für neue Erlebnisse und Begegnungen offen zu sein. Und dafür eignete sich Crovie ebenso gut wie andere Orte – umso mehr vielleicht, wenn sie nicht dort bleiben würde.

Du solltest anfangen, öfter Ja statt Nein zu sagen, befahl sie sich. *Verschließ dich nicht. Sei offen für neue Erfahrungen, und fang gleich hier damit an.*

»Du hast völlig recht«, sagte Anna schließlich. »Ich brauche Urlaub, und ich brauche neue Freunde. Ein Weilchen kann ich auf jeden Fall noch bleiben. Dann kann ich auch das Haus schön machen. Ich werde den Tag damit verbringen, Sachen für Fishergirl's Luck einzukaufen.«

Am anderen Ende trat ein kurzes Schweigen ein. Dann sagte Cathy behutsam: »Kleiner Rat von mir ... Meide die Zeitschriftenregale. Vor allem die Illustrierten.«

Anna stockte einen Moment lang das Herz. »Wieso?«

»Die neue Fernsehshow startet nächste Woche, und seine eingebildete Visage ist auf etlichen Magazinen abgebildet. Nur für den Fall, dass du sie lieber nicht sehen möchtest.«

Anna seufzte. »Nee, will ich wirklich nicht. Danke dir.«

Wieder ein Moment Stille. Dann fragte Cathy: »Du kommst klar, oder? Ihn zu verlassen, war das Beste, was du tun konntest, Anna. Auch wenn du dich gleich anschließend ans Ende der Welt verdrückt hast.«

»Mhm«, machte Anna. »Ich weiß. Es ist nur ...«

»Ja«, sagte Cathy sanft. »Verstehe ich schon. Aber es wird besser. Und du weißt ja auch, dass es bei uns jederzeit ein Zimmer für dich gibt. Jetzt solltest du erst mal deinen Neuanfang feiern, finde ich. Diese Party kommt da gerade recht. Zieh dir was Cooles an und schinde ein bisschen Eindruck.«

Anna lachte. »So eine Art von Party ist das nicht. Und Crovie ist auch nicht gerade der Ort für coole Klamotten. Außerdem bin ich für so was ohnehin noch nicht bereit.«

»Dann lass doch deine Kochkünste für dich sprechen«, redete Cathy unbeirrt weiter. »Ich meine, die Leute da werden dich sowieso lieben, aber ganz besonders, wenn du sie mit Köstlichkeiten wie deinen gefüllten Peperoni verwöhnst. Verflucht, dein Essen fehlt mir. Und du. Ganz schrecklich.«

»Ja, du fehlst mir auch«, sagte Anna lächelnd. »Ich ruf dich einfach oft an, okay? Ich hab dich lieb. Dicke Umarmung auch für Steve. Dem würde es hier übrigens wahnsinnig gut gefallen. Jede Wiese, die keine Weide ist, wurde in einen Golfplatz umgewandelt. Wenn ich Fishergirl's Luck vermiete, könnt ihr ja meine ersten Gäste sein.«

Nachdem sie sich verabschiedet hatten, fuhr Anna nicht gleich weiter, sondern beobachtete gedankenverloren, wie eine leere Chipstüte vom Wind umhergewirbelt wurde. Sich einzubilden, dass sie Geoff und ihre Geschichte durch den Umzug hierher abschütteln könnte, war eine naive Illusion gewesen. Anna fragte sich, ob er wohl auch solche Momente hatte, ganz in Erinnerungen versunken. Aber wie sie ihren Ex kannte, würde er auf den Titelseiten der Illustrierten vermutlich beim Verlassen eines angesagten Clubs zu sehen sein, am Arm ein blutjunges Model. Das wäre nicht das erste Mal. Dieser Gedanke war scheußlich schmerzhaft, und Anna holte tief Luft, um ihn zu vertreiben. Es war sinnlos, sich damit zu quälen. Sie hatte dieses Leben endgültig hinter sich gelassen; es hatte nichts mehr mit ihr zu tun.

Anna startete den Motor und fuhr weiter. Sie war nicht sicher, ob sie wirklich für die Party am Samstag etwas kochen wollte. Sie hatte eher daran gedacht, mit einer Flasche Wein und gutem Knabberzeug anzurücken.

Als sie Stunden später mit einem voll beladenen Auto auf der Küstenstraße zurückgondelte, genoss sie den Anblick des glitzernden Ozeans und der leuchtend grünen Wiesen auf der anderen Seite. Entlang der Route gab es einige kleine Ortschaften, die dem Meer nicht ganz so schutzlos ausgeliefert waren wie Crovie, aber dennoch wirkten, als kämpften sie angestrengt um ihre Existenz.

Dieses Mal bewältigte Anna die Haarnadelkurven am Hang schon etwas souveräner. Als sie ihre Tüten aus dem Kofferraum holte und in die Schubkarre packte, bemerkte sie in einiger Entfernung eine Gestalt mit einem Gehstock, eine Kappe tief ins Gesicht gezogen. Zweifellos Douglas McKean. Sie knallte den Kofferraumdeckel zu, machte sich mit ihrer Karre auf den Weg und übersah den knurrigen Alten vorsätzlich.

In den nächsten Tagen war Anna damit beschäftigt, das Haus mit ihren Einkäufen zu verschönern. Mit den hübschen weinroten Baumwolldecken und neuen Kissen, die sie gefunden hatte, wurden das Sofa und die Sessel umgestaltet. Irgendwann würde sie die Sitzmöbel ersetzen müssen, aber das Sofa war erstaunlich bequem und sah mit seinem neuen Überwurf schon viel besser aus. Ein dazu passender Läufer aus weinroter Wolle mit blauen und beigen Akzenten verdeckte die abgetretenen Stellen im Teppichboden. Als Anna im Schlafzimmer den neuen Musselinvorhang anbrachte, bewunderte sie die Aussicht über das schimmernde Meer und überlegte kurz, ob sie auf dem Fußboden ein Sonnenbad nehmen sollte.

Nachdem sie beschlossen hatte, noch eine Weile in ihrem Haus zu bleiben, packte Anna auch die restlichen Kartons aus. Ihre Kleidung verstaute sie in dem Schrank und in der Kommode im Obergeschoss. Und während sie ihr Kochzubehör einräumte, wurde ihr klar, dass sie sich vom ersten Eindruck hatte abschrecken lassen. Die Küche war zwar klein, aber so sinnvoll und praktisch eingerichtet, wie Anna selbst es nicht hätte besser machen können.

Ihre Kochmesser bewahrte sie nach wie vor in einer robusten Leinentasche auf, einem Geschenk ihres Vaters zur bestandenen Abschlussprüfung. Der dicke Stoff war inzwischen fadenscheinig, aber Anna würde diese Tasche erst aufgeben, wenn sie auseinanderfiel oder die Klingen nicht mehr ausreichend geschützt waren. Bevor sie den Vertrag für Fishergirl's Luck unterzeichnet hatte, waren diese Messer ihr kostbarster Besitz gewesen. Sie war so vertraut mit ihnen, als seien sie Teil ihrer eigenen Hand, und mit ihnen zu arbeiten, war wie nach Hause zu kommen. Als Anna die Messer in der Hand wog, merkte sie, dass sie sich tatsächlich darauf freute, in ihrer neuen Küche zu kochen. Und zum ersten Mal musste sie sich dabei keine unterschwellig abfälligen Kommentare von Geoff über ihre Rezeptideen anhören. In diesen Raum war er ihr nicht gefolgt. Die winzige Küche gehörte nur ihr ganz alleine. Bei diesem Gedanken wurde Anna unerwartet warm ums Herz.

Als der Samstag näher rückte und Anna sich schon ein wenig mit ihrem Haus vertraut gemacht hatte, fiel ihr Cathys Vorschlag, die Partygäste zu bewirten, wieder ein. Bei der Vorstellung zu kochen, begann Annas Gehirn sofort zu arbeiten. Gegen Häppchen war schließlich nichts einzuwenden, oder? Ein paar Leckereien, nichts allzu Aufwendiges. Es würde bestimmt Spaß machen, die neue Küche gebührend einzuweihen, und zwar mit *eigenen* Kreationen. Nie wieder würde Anna nach einem Rezept von Geoff Rowcliffe kochen müssen. Bei diesem Gedanken trat ein breites Lächeln auf ihr Gesicht.

Nachdem sie mit ein paar Ideen herumgespielt hatte, fuhr Anna am Freitagmorgen wieder nach Fraserburgh. Danach war die Küche voll von Kräutern, Gewürzen, Ölen und allerlei Kleinigkeiten, die Anna verlockt und auf Ideen gebracht hatten. Umgeben von Obst und Gemüse hatte sie ihre Freude am Einkaufen wiederentdeckt und über Geschmäcker und Aromen nachgedacht. Eine Supermarktkette war natürlich nicht mit einem Feinschmeckermarkt wie dem Borough Market in London zu vergleichen, aber der hatte Annas Ansicht nach inzwischen ohnehin den authentischen Charakter und die Vielfalt eingebüßt, die über ein Jahrhundert typisch für ihn gewesen waren. Viel zu häufig fand man dort jetzt irgendwelche Fertigprodukte, die mehr für Touristen, Hipster und Banker geeignet waren als für Menschen, die ihre Mahlzeiten selbst kochen wollten.

Am späten Abend war der Kühlschrank bis zum Rand angefüllt mit Häppchen, denn als Anna einmal angefangen hatte, konnte sie nicht mehr aufhören. Diese plötzlich wiedererwachte Freude am Kochen kam für sie selbst überraschend. Sie hatte befürchtet, dass sie die womöglich mitsamt ihrem alten Leben in London zurückgelassen hatte.

Nachdem sie die Küche aufgeräumt und ihre Kochutensilien wieder verstaut hatte, stellte Anna fest, dass sie begann, sich jetzt doch noch ein wenig in Fishergirl's Luck zu verlieben. Als sie die Stufen zum Schlafzimmer hinaufstieg, strich sie mit der Hand über die Steinwand und dachte sich, dass das Haus auch gut einen frischen Anstrich vertragen könnte.

7

Kaum war Anna am nächsten Morgen aufgewacht, dachte sie auch schon wieder an Essen. Sie hatte vom Kochen geträumt und erinnerte sich vage daran, dass sie ein Festmahl kreiert hatte. Während sie zusah, wie die Morgensonne Muster auf die Balken an der Decke zeichnete, versuchte Anna, sich an weitere Details aus dem Traum zu erinnern. Früher, als junge leidenschaftliche Köchin mit großen Plänen, hatte sie so oft von Gerichten geträumt, dass sie sich ein Heft ans Bett gelegt hatte, um gleich nach dem Aufwachen Notizen zu machen, bevor die Einzelheiten verflogen. Im Laufe der Zeit jedoch hatte ihr Unbewusstes diese Hinweise eingestellt, weil sie nie zum Einsatz kamen. Anna hatte so viele Jahre für andere gearbeitet, dass sie fast nie Gelegenheit gefunden hatte, eine selbst kreierte Mahlzeit zuzubereiten. Daran hatte sich auch nichts geändert, als Geoff sein eigenes Restaurant eröffnete und die Möglichkeit gehabt hätte, auf ihre Ideen zu hören. Doch er hatte nie Interesse daran gezeigt.

Anna stand auf, ging nach unten und füllte den Wasserkessel. Tee war immer ein guter Start in den Tag. Als sie die Milch aus dem Kühlschrank nahm und dessen Inhalt sah, wurde Anna klar, dass sie schon mehr als genug für das Treffen bei Pat und Frank gekocht hatte. Aber sie hatte einfach Lust, ihrem neu entdeckten Kreativitätsschub weiter nachzugeben.

Etwas Süßes fehlt noch, dachte sie. *Ich könnte ein Dessert machen.*

Während sie überlegte, fiel ihr Blick auf Brens Rezeptbuch. Vielleicht war darin etwas Passendes zu finden, es wäre doch eine schöne Idee, etwas von Bren mitzubringen. Nachdem Anna eine Weile in dem alten Buch geblättert hatte, entdeckte sie neben einer entzückenden kleinen Zeichnung von zwei Himbeeren an einem Zweig ein verlockend klingendes Rezept für Himbeer-Haselnuss-Shortbread. Am Rand stand in winziger, kaum lesbarer Schrift eine Notiz:

Auch köstlich mit Mandeln, aber für die Dominoabende lieber mit Haselnüssen, die hasst DM. Sonst frisst der gierige Kerl alles weg. Besser gehackt, nicht gemahlen. Juni 1983

Anna schmunzelte und fragte sich, ob mit DM wohl Douglas McKean gemeint war. Haselnüsse waren ohnehin nicht im Haus, aber sie hatte eine Tüte geschälte Mandeln erstanden, und den herrlich rubinroten schottischen Himbeeren hatte sie auch nicht widerstehen können. Und so kam Brens Mandel-Himbeer-Shortbread bei der Party zu Ehren.

»Na, hungern wird hier jedenfalls keiner, soviel steht fest«, sagte Frank später und lachte schallend, als er die diversen Teller und Schalen auf dem Küchentisch betrachtete.

»Du hättest dir nicht solche Mühe machen sollen«, meinte Pat. »Wir hatten doch ausdrücklich gesagt, dass du nichts mitbringen musst.«

»Hat aber gar keine Mühe gemacht«, erwiderte Anna. »Ich hatte richtig Spaß dabei, deshalb habe ich es wohl auch ein bisschen übertrieben. Und ich möchte mich dafür entschuldigen, dass ich nicht früher zugesagt habe. Diese Woche hat mich etwas überfordert, ehrlich gesagt.«

»Dafür musst du dich doch nicht entschuldigen!«, rief Frank aus. »Wir freuen uns riesig, dass du hier bist. Und dann noch dieses Bankett!«

»Ja, das sieht fantastisch aus«, pflichtete Pat ihrem Mann bei. »Und so toll angerichtet – wie bei einer Kunstausstellung. Wie symmetrisch alles ist! Ich kann nicht mal ein T-Shirt akkurat falten.«

Anna lachte. »Alte Gewohnheit. In der Küche, in der ich zuletzt gearbeitet habe, gehörten Pinzette und Wasserwaage zur Grundausstattung.«

»Also, von mir gibt's keine Klagen«, verkündete Frank, mopste sich eine Garnele auf einem Zitronengrasspieß und verputzte das Ganze in einem Bissen. »Mhmm, himmlisch.«

»Frank!« Pat gab ihrem Mann entrüstet einen Klaps auf den Arm. »Was fällt dir ein! Jetzt ist da eine Lücke, und die Gäste sind noch nicht mal da!«

»'tschuldigung«, sagte Frank ohne das geringste Anzeichen von Reue. »Also, Anna, was kann ich dir zu trinken anbieten? Es gibt Wein in allen Farben, Bier, Gin Tonic, sogar Orangensaft, falls dir danach zumute ist. Obwohl wir bisher noch keine Abstinenzler im Dorf haben, soweit ich weiß.«

Anna kicherte. »Weißwein wäre prima. Ich bin dankbar für Alkohol, offen gestanden. Etwas nervös bin ich ja schon.«

»Ach, keine Sorge«, sagte Pat beruhigend, während Frank sich dem Kühlschrank zuwandte. »Unsere Gäste sind allesamt reizend.«

»Leben eure Freunde in Crovie?«

»Die meisten, aber nicht alle. Zumindest noch nicht«, antwortete Pat. »David und Glynn kommen an den Wochenenden und in den Ferien aus Inverness. In ihrem Haus haben schon Davids Eltern ihren Urlaub verbracht, er gehört also quasi zum Urgestein. Glynn fühlt sich auch pudelwohl in Crovie. Die beiden wollen ihren Ruhestand hier verbringen, sind aber noch weit davon entfernt. Unsere Freundin Rhona«, fuhr Pat fort, »kommt ursprünglich aus Fraserburgh, wollte aber nach ihrer Scheidung nicht mehr dort leben und wohnt seither in Gardenstown. Marie und Philip kommen aus Edinburgh, sie sind beide Anwälte und haben furchtbar viel zu tun, sind aber so oft hier, wie sie können. Und Terry und Susan ...«

»Das kann ich mir niemals alles merken«, fiel Anna ihr schmunzelnd ins Wort.

»Du musst dir wirklich keine Gedanken machen, Mädchen«, bemerkte Frank, während er Anna ein Glas Weißwein reichte und mit der anderen Hand rasch eine gefüllte Peperoni stibitzte. »Sobald unsere Horde das hier gesehen hat, werden die dir alle aus der Hand fressen.«

Um acht Uhr war die Runde vollzählig. Zuerst kamen David und Glynn, die Wein mitbrachten und die Thorpes herzlich umarmten. Danach traf Rhona mit Marie und Philip ein, zuletzt Terry und Susan. Alle begrüßten Anna freundlich, und nach einer Weile wurde sie entspannter und nahm an der lebhaften Unterhaltung teil, die sich schon bald ihrem Kauf von Fishergirl's Luck zuwandte.

»Es ist wunderbar, dass Brens Haus wieder bewohnt wird«, erklärte Rhona, eine hochgewachsene Frau mit sonnengebräunter Haut, Sommersprossen, haselnussfarbenen Augen und einer Lockenmähne, die sie immer wieder aus dem Gesicht strich. »Als ich gesehen habe, dass der alte Robbie es zum Verkauf anbietet, hätte ich mir es am liebsten selbst gekauft. Aber ich hätte keinen Platz für meine Werkstatt dort.«

»Was für eine Werkstatt ist das denn?«, erkundigte sich Anna.

»Ich bin Töpferin und mache hauptsächlich Geschirr – Becher, Teller, Schüsseln und so.«

»Die Sachen sind wunderschön«, warf Susan ein, »ideale Geschenke. Ich glaube, in unseren Familien und Freundeskreisen hat inzwischen jeder mindestens einen Becher. Wir selbst besitzen ein ganzes Service und lieben es heiß und innig.«

Die anderen murmelten zustimmend, und Pat erklärte: »Unsere Teebecher sind auch von ihr, die mit der dunkelblauen Glasur. Die Farbe erinnert mich immer an das Meer im Zwielicht.«

»Oh, ja!«, sagte Anna. »Die fand ich auch auf Anhieb toll. Großartig, wenn man so eine Begabung hat.«

»Ah, ich bin immer noch am Lernen«, erwiderte Rhona. »Ich habe erst mit dem Töpfern angefangen, als ich nach Gardenstown gezogen bin. Die Werkstatt gehörte zum Haus dazu, und weil ich immer schon mal töpfern wollte, habe ich mir dann gesagt: Du wirst auch nicht jünger, Rhona, also jetzt oder nie. So viele andere Dinge habe ich ewig aufgeschoben. Damit wollte ich Schluss machen.« Sie lächelte Anna warmherzig an. »Vielleicht kennst du so was ja auch.«

Anna lachte leise. »Und ob. Deshalb habe ich mir wahrscheinlich Fishergirl's Luck gekauft.«

»Das ist ganz schön mutig«, bemerkte Terry. »Nicht nur, hier etwas zu kaufen, sondern auch in Crovie leben zu wollen. Ich bewundere dich, Anna.«

Anna verzog bedauernd das Gesicht. »Das war tatsächlich der Plan, ja. Aber ich habe schon am ersten Tag gemerkt, dass die Idee nicht so gut war. Ferien hier verbringen, ja. Aber leben? Eher nicht.«

Ihre Äußerung löste allgemeines Gelächter aus.

»Ich kann dich sehr gut verstehen«, sagte Glynn. »Als David zum ersten Mal mit mir hier war, konnte ich mir nicht mal vorstellen, noch einmal herzukommen, geschweige denn, auf Dauer hier zu wohnen. Es war mir absolut schleierhaft, wie man hier leben kann ... oder wieso jemand das überhaupt will. Aber irgendwann zieht Crovie einen in seinen Bann.«

»Philip und mir ging es anfänglich genauso«, berichtete Marie. »Inzwischen haben wir unser Haus fünfundzwanzig Jahre, und obwohl das Wetter manchmal schwierig ist, sind wir total gern hier. Und die Menschen sind auch sehr nett.«

Vielleicht lag es am Wein – Anna hatte aus Nervosität ziemlich schnell ein paar Gläser geleert –, aber sie spürte in diesem Moment ein wohlig-warmes Gefühl in der Brust.

»Ich hoffe, die Frage macht dir nicht aus, Anna«, sagte Terry, während er sich aus den Schüsseln bediente, »aber wie soll es mit deiner beruflichen Laufbahn weitergehen? Du hast doch sicher deine Stelle aufgegeben, wenn du vorhattest, hier zu leben. Bekommst du die denn wieder? Oder hast du vor, etwas ganz anderes zu machen?«

»Offen gestanden, habe ich gerade nicht die geringste Ahnung«, antwortete Anna und schwenkte den Wein in ihrem

Glas. »Als ich London verlassen habe, hatte ich eigentlich vor, auch mein Leben als Köchin aufzugeben.«

»Oh, das wäre aber jammerschade!«, rief Susan aus. »Du bist doch eindeutig ein großes Talent. Alles hier schmeckt fantastisch!«

»Danke.« Anna lächelte. »Es ist nur ... Ich glaube, ich stecke beruflich gerade in einer Sackgasse, und ich weiß noch nicht, wie ich da rauskommen soll. Auch aus diesem Grund habe ich das Haus gekauft. Ich musste keinen Kredit aufnehmen, um es zu bezahlen, und kann mit meinen Ersparnissen und dem Erbe meines Vaters etwa ein Jahr lang leben, ohne arbeiten zu müssen – vielleicht sogar noch ein bisschen länger, wenn ich sparsam bin. Diese Zeit wollte ich nutzen, um mir zu überlegen, was jetzt aus mir werden soll. Weil ich mich seit Jahren ein bisschen ... weiß nicht ... verloren fühle. Als triebe ich ziellos durch mein eigenes Leben.«

Rhona nickte mitfühlend. »Ja, ich weiß genau, was du meinst, ich kenn das auch.«

»Aber als ich gestern gekocht habe, wonach mir gerade der Sinn stand«, Anna zeigte auf die Platten, die Frank und Pat herumreichten, »ist mir klar geworden, wie sehr es mir gefehlt hat, meine eigenen Gerichte zu kreieren. Ich liebe es, und es gehört zu mir, nimmt den größten Teil von mir ein. Deshalb weiß ich gerade nicht recht. Ich werde mal sehen, wo ich arbeiten will. Und dort werde ich dann wohl auch leben.«

»Du solltest das Crovie Inn wiedereröffnen«, schlug Philip vor. »Die Küche ist voll ausgestattet, es gibt nur niemanden, der sie nutzt.«

Es gab begeisterte Ausrufe, aber Anna wiegelte ab. »Nein, nein, ein eigenes Restaurant ist nicht mein Ding. Ich habe keine Führungsqualitäten, ich brauche jemanden, der mir Anweisungen gibt.«

»Wie kommst du denn darauf?«, fragte Frank.

Anna öffnete den Mund, um zu antworten, und schloss ihn dann wieder. Ihr wurde bewusst, dass diese Meinung gar nicht von ihr selbst stammte, sondern von Geoff. Und die hatte sie so oft zu hören gekriegt, dass sie gar nicht mehr auf die Idee gekommen war, sie zu hinterfragen.

»Ich habe keine Erfahrung«, antwortete sie schließlich, etwas erschüttert von ihrer Erkenntnis. »Und für so ein großes Projekt auch nicht die finanziellen Mittel.«

»Also, ich finde die Idee super, und vom Essen her würde das auf jeden Fall funktionieren«, ließ sich Terry hören. »Wo hast du denn in London gearbeitet? Das muss ja wohl im Fine Dining gewesen sein, nach all diesen Köstlichkeiten zu schließen.«

Anna trank einen großen Schluck Wein. Die Nervosität kehrte zurück. Einen Moment lang überlegte sie, ob sie einen falschen Namen angeben sollte. Aber dann wurde ihr klar, dass nichts anderes als die Wahrheit infrage kam. »Im Four Seasons.«

»Donnerwetter«, sagte David beeindruckt. »In dem Lokal von Geoff Rowcliffe? Hat das nicht letztes Jahr noch einen Michelin-Stern bekommen?«

»Ja, haben wir«, sagte Anna leise.

Ein kurzes Schweigen trat ein, dann lachte Rhona und sagte: »Crovie hat jetzt eine Sterneköchin! Wer hätte das gedacht!«

»Nein, ich habe keinen. Der ist für die Küche, unter Geoffs Leitung.«

Susan schnaubte. »Ach bitte. Ich gehe jede Wette ein, dass die ganze Arbeit an den anderen hängen bleibt. Ist doch immer so.«

Anna gestattete sich ein kleines Lächeln. »Na, jedenfalls bin ich dort nicht mehr.«

»Wie lange hast du im Four Seasons gearbeitet?«, fragte Pat.

»Seit der Eröffnung. Plusminus fünfzehn Jahre. Eine lange Zeit. Zu lang, ehrlich gesagt.«

»Ich mag Geoff Rowcliffes Fernsehshows«, warf Marie ein. »Ich glaube, ab nächster Woche gibt es eine neue, oder?«

»Ja, ich hab gestern etwas darüber gelesen«, sagte Rhona, und Anna wurde sofort mulmig. »Hört sich ziemlich gut an. Er hat überall im UK entlegene kleine Lokale besucht und von den Betreibern neue Rezepte gelernt. Schade nur, dass es hier nichts gibt, was er sich mal anschauen will. Ich stand schon immer auf den. Und offenbar hat er sich vor Kurzem von seiner langjährigen Partnerin getrennt. Schon wieder eine versäumte Gelegenheit! Na komm schon, Anna, mach das Gasthaus wieder auf, dann kannst du Geoff Rowcliffe für mich herlocken.«

Alle lachten. Anna merkte, dass Pats Blick auf ihr ruhte, und starrte in ihr Glas. In diesem Moment klingelte es an der Haustür. Anna, die den kürzesten Weg hatte, witterte ihre Chance auf einen Themawechsel. »Soll ich rasch aufmachen?«

»Na klar, Liebes, nur zu.« Pats Lächeln wirkte, als habe sie Anna durchschaut. »Das wird der alte Robbie sein. Er hatte schon angekündigt, dass er später kommt.«

Um dem peinlichen Gespräch so schnell wie möglich zu

entkommen, eilte Anna nach draußen in den Flur. Als sie dem alten Robbie die Haustür öffnete, erwartete sie einen runzligen alten Knaben wie Douglas McKean. Stattdessen stand jemand vor ihr, der Robert Redford in seinen Vierzigern verblüffend ähnlich sah. Sie starrte den Mann fassungslos an.

Er hielt in jeder Hand eine Flasche Wein und strahlte Anna an. Nach ein paar Sekunden allerdings verblasste das breite Lächeln, und er sagte: »Sie sind bestimmt Anna, oder?« Er klemmte sich eine der Weinflaschen unter den Arm und streckte Anna die Hand hin. »Ich bin Robert MacKenzie. Von mir haben Sie Fishergirl's Luck gekauft.«

Anna öffnete den Mund, aber ihr Gehirn schien wie ausgeschaltet. Schließlich schüttelte sie Robert die Hand und trat beiseite, um ihn einzulassen.

»Natürlich, Entschuldigung«, sagte sie hastig. »Tut mir leid. Kommen Sie rein, wir sind alle im Wohnzimmer. Schön, Sie kennenzulernen.«

Sein Lächeln war inzwischen erstorben. *Wohl nicht weiter verwunderlich bei dem unmöglichen Empfang,* dachte Anna und hätte sich am liebsten geohrfeigt.

»Entschuldigung, wirklich«, wiederholte sie, um sich zu erklären. »Aber Sie sind ... gar nicht alt.«

Er blinzelte und sah sie stirnrunzelnd an. »Bitte was?«

Anna überlegte kurz, ob sie vielleicht Opfer eines absonderlichen Dorfbrauchs geworden war, dann sagte sie: »Also, seit ich hier bin, werden Sie von allen nur ›der alte Robbie‹ genannt. Und der erste Mensch, dem ich in Crovie begegnet bin, war Douglas McKean, der zweifellos sehr alt ist. Pat hat gesagt, sie wären Freunde, und deshalb dachte ich irgendwie, Sie seien auch ...«

»Alt«, vervollständigte Robert McKenzie ihren Satz. Das breite Lächeln war zurückgekehrt. »Na ja, manche Leute würden das auch behaupten. Aber es hat eher damit zu tun, dass mein Sohn auch Robert heißt, deshalb bin ich hier in der Gegend der alte Robbie und er ...«

»Der junge Robbie.«

»Ganz genau.« Robert grinste. »Tut mir leid, dass wir Sie durcheinandergebracht haben.«

Anna verzog das Gesicht. »Und mir tut es leid, dass ich Sie so belämmert angestarrt habe. Vielleicht tauge ich nichts als Nachbarin und sollte lieber als Eremitin leben.«

Robert lachte. Es war ein Klang tief aus dem Bauch, der Anna zum Lächeln brachte. »Ach, das sollten Sie in diesem Teil der Welt lieber bleiben lassen«, sagte er. »Da wird man ganz schnell verrückt.«

Stimmengewirr und Lachen war zu hören, als Pat aus dem Wohnzimmer spähte. »Alles klar hier? Kommt lieber schnell rein, bevor die anderen den Rest von Annas Leckereien verschlingen.«

Für den Rest des Abends wurde die lebhafte Unterhaltung fortgesetzt. Es gab Gespräche über Freunde und Familien, und für Anna wurden Klatsch und Anekdoten aus der Dorfgeschichte zum Besten gegeben. Sie lachte mit den anderen über besonders komische Episoden von einstigen Anwohnern, die noch immer sehr vermisst wurden. Schauplatz etlicher Geschichten war das Crovie Inn, ein ehemals beliebter Treffpunkt, wo man noch lange nach der offiziellen Schließungszeit bewirtet wurde. Natürlich wurde auch vom Fishergirl's Luck berichtet, mit solcher Herzlichkeit, dass Anna sich wünschte, sie hätte Bren noch persönlich kennenlernen können.

»Weißt du noch, als wir dieses schlimme Unwetter hatten, nachdem wir gerade mal ein halbes Jahr hier wohnten?«, sagte Pat zu Frank. »Der Sturm war so heftig, dass unser Dach beinahe davongeflogen wäre. Und wir haben uns Sorgen um Bren gemacht.«

»Ja, na klar weiß ich das noch«, erwiderte Frank. »Die Wellen waren so hoch, dass ich dachte, sie reißen Fishergirl's Luck mit ins Meer. Als zum dritten Mal eine Woge an unsere Haustür geklatscht war, hab ich beschlossen, Bren zu uns rüberzuholen, obwohl es schon ein Uhr nachts war. Hab mich eingemummelt und durch den Sturm gekämpft, und dann stand ich an ihrer Tür und klopfte eine gefühlte halbe Stunde, bis Bren endlich aufmachte, im Morgenmantel und sehr verschlafen. Ich hatte sie aufgeweckt!«

Pat lachte. »Danach haben wir nicht mehr versucht, sie zu retten. Bren war eine der zähesten Personen, die ich jemals kennengelernt habe. Die Gute, wir vermissen sie noch immer.«

»Ach, ich habe ganz vergessen zu erwähnen«, sagte Anna und deutete auf den inzwischen schon halb geleerten Teller mit Shortbread, »dass ich gestern ein altes Rezeptbuch von Bren im Haus gefunden habe. Das Rezept für das Himbeer-Mandel-Shortbread stammt von ihr.«

»Wie schön!«, rief Susan aus und nahm sich noch einen der Kekse. »Bren konnte großartig backen.«

»Ich wollte das Rezeptbuch eigentlich mitbringen«, sagte Anna und sah Robert an. »Es gehört ja deiner Familie. Wenn du willst, hole ich es gleich.«

Robert lächelte. «Weißt du, ich finde, es sollte bei dir bleiben. Du hast bestimmt bessere Verwendung dafür als wir. Und mir gefällt auch die Vorstellung, dass es an dem Ort bleibt, wo die ganzen Rezepte gekocht wurden.»

»Bist du sicher?«, fragte Anna gerührt. »Das ist sehr nett von dir.«

»Bren hat uns vieles hinterlassen, womit sie uns im Gedächtnis bleibt. Ich habe übrigens gestern meinen Kleinen in ihrem Boot mit rausgenommen«, sagte Robert zu der ganzen Runde. »Hat eine Weile gedauert, es wieder auf Vordermann zu bringen, aber jetzt ist es so weit. Ich glaube, der Junge wird mal ein guter Seemann. Bren hätte ihm nichts Besseres vermachen können.«

»Ach, wunderbar«, bemerkte Marie. »Aber bei seiner Herkunft auch nicht erstaunlich, dass der Junge sich auf dem Meer wohlfühlt, oder? Das liegt ja in der Familie bei euch. Beide Großväter, du auf dem Rettungsboot, Großmutter, Mutter, Tante ...«

Robert strich sich durchs Haar, und Anna bemerkte den goldenen Ehering an seinem Finger. »Er würde eben alles tun, um seinen geliebten Delfinen zu folgen. Jetzt hat er sich in den Kopf gesetzt, dass er das Boot benutzen kann, um Delfine zu retten, die sich in Fischernetzen verfangen haben. Er musste mir hoch und heilig versprechen, niemals ohne Barbara oder mich rauszufahren. Er ist ein guter Junge, aber manchmal geht irgendwas mit ihm durch.«

»Hat deine Frau auch beruflich mit dem Meer zu tun?«, fragte Anna.

Robbie warf ihr einen schnellen Blick zu, der Anna durch Mark und Bein ging. Ein abruptes Schweigen trat ein, und sie hatte das Gefühl, etwas vollkommen Falsches gesagt zu haben.

»Robbies Mutter ist vor ein paar Jahren gestorben«, sagte Robert schließlich. »Barbara ist seine Großmutter. Sie hilft uns viel und ist selbst eine exzellente Seefrau. Bis vor ein paar Jahren gehörte sie zum Team des Rettungsboots.«

»Das … das tut mir leid«, stammelte Anna. »Ich wusste nicht …«

Robert schüttelte lächelnd den Kopf. »Du brauchst dich nicht zu entschuldigen. Und ja, Cassie war auch Seefrau. Sie fühlte sich sogar so sehr mit dem Meer verbunden, dass ich immer gesagt habe, sie müsse in Wahrheit ein Selkie sein.«

8

Am nächsten Tag ging Anna mit David, Glynn und deren Irish Setter spazieren, einem großen zappeligen Hund mit zottigem rostroten Fell. Die drei hatten, vom Wind gezaust, vor der Tür gestanden und Anna spontan gefragt, ob sie mitkommen wolle. Sie hatte sofort zugestimmt, eingedenk ihrer neuen Devise *Offen sein und möglichst oft Ja sagen*. Außerdem war sie gerührt von der netten Geste.

»Frag bitte nicht«, verkündete David, als Anna dem quirligen Hund offiziell vorgestellt wurde, der absurderweise den Namen »Bill« trug. »Dafür ist Glynn verantwortlich. Die Abmachung war, dass ich die Rasse aussuchen darf und sie den Namen. Klang verlockend, aber ich hätte mir denken können, dass die Sache einen Haken hat.«

»Ich finde den Namen super«, erklärte Anna und lachte, als Glynn daraufhin David triumphierend angrinste.

Sie schlenderten den Uferweg entlang, stiegen am Parkplatz über einen Zaunübertritt und wanderten einen steilen Pfad an den grasbewachsenen Klippen entlang. An einigen Stellen verlief er so gefährlich nah am Abgrund, dass man problemlos auf die Dächer der darunterliegenden Häuser schauen konnte.

Anna sah Bill nach, der voraussprintete und sich immer wieder umdrehte, um zu überprüfen, ob noch alle da waren.

Der Wind war stark und böig an diesem Morgen, peitschte ihnen ins Gesicht, und Anna konnte sich gut vorstellen, wie mühsam das Begehen dieses Wegs bei Regen oder im Winter sein mochte. An den abschüssigsten Partien sah man die Spuren eines Erdrutschs, hier war das Gras verschwunden und der rötliche Boden kam zum Vorschein. Der Anblick erinnerte Anna an die verlassenen Häuser, die ihr bei der ersten Dorferkundung aufgefallen waren.

»Das wollte ich gestern Abend schon fragen«, sagte sie. »Hat es im Dorf mal einen Erdrutsch gegeben? Ein paar Häuser am Dorfende sehen beschädigt aus.«

»Ja, vor einigen Jahren bei einem Unwetter«, antwortete David. »Es war ganz furchtbar. Unser Haus ist noch glimpflich davongekommen, es hätte viel schlimmer ausgehen können. Die Landräte reden immer wieder davon, die Klippen abzusichern, aber hier weiß keiner, wie das gehen sollte.«

»Und die offenbar auch nicht«, fügte Glynn hinzu, »im letzten Jahr war gar nicht mehr die Rede davon.«

Anna runzelte die Stirn. »Das ist ein bisschen beängstigend, oder?«

David nickte. »Ja, ist es. Und seither hat es noch mehrmals kleinere Erdrutsche gegeben. Andererseits existiert das Dorf seit über zwei Jahrhunderten und hat schon Schlimmeres überstanden. Der große Sturm von 1953 hat an der Küste ganze Häuser ins Meer gerissen, Crovie war davon auch betroffen. Ist dir aufgefallen, dass neben einem der größeren Häuser eine Lücke ist? Da stand früher mal ein Haus, aber es war so beschädigt, dass man es abreißen musste. Und dieser Sturm setzte auch der Fischerei ein Ende. Die Fischer haben damals zu viele Boote verloren, und die Gemeinde war zu klein, um sich von diesen Verlusten zu erholen. Echt tragisch.«

»Mein Haus gab es damals schon, oder?«, erkundigte sich Anna.

»Ja«, bestätigte Glynn. »Und Bren war bestimmt zu Hause und hat das Unwetter nicht weiter beachtet, so wie sie drauf war.«

»Kanntest du sie gut?«

»David mehr als ich. Ich bin ihr nur ein paarmal begegnet, aber das hat ausgereicht, um zu erkennen, was für ein starker Mensch sie war. Dafür hätte allerdings auch ein kurzer Blick genügt. Sie war damals schon eine alte Dame mit weißem Haar, aber immer noch eine Wucht. Eine dieser robusten alten Ladys, von denen man glaubt, dass sie unsterblich sind. Ich wünschte, sie wäre es. Bren war eines der letzten Bindeglieder zu Crovies Vergangenheit.«

»Ich habe noch Kindheitserinnerungen an sie«, sagte David. »Es kommt mir vor, als hätte sie seit jeher gleich ausgesehen. Bren lächelte immer und hatte grundsätzlich Karamellen für uns Kinder dabei. Bis kurz vor ihrem Tod ist sie noch selbst zur Mole gegangen, um dort von Robert die Einkäufe in Empfang zu nehmen, die er in Gamrie für sie erledigte. Hoffentlich sind wir mit fünfundneunzig auch noch alle so rüstig wie Bren MacKenzie.«

»Ich würde zu gern mehr über sie erfahren«, sagte Anna.

»Dann solltest du am besten mit Robert reden«, schlug Glynn vor. »Macht ihm bestimmt Spaß, dir Geschichten über sie zu erzählen.«

Anna seufzte. »Ach, ich glaube, dem gehe ich lieber aus dem Weg, bis ich wieder weg bin«, sagte sie.

»Wieso das denn?«, fragte David. »Etwa weil du seine verstorbene Frau erwähnt hast? Niemand hatte dich eingeweiht. Das würde Robert dir niemals übel nehmen, warum denn auch? Cassie ist seit fünf Jahren tot, und die beiden Robbies reden bestimmt oft über sie. Ich glaube kaum, dass sie ein Tabuthema ist. Das hoffe ich jedenfalls, das wäre nämlich sehr schade.«

Doch Anna konnte den Ausdruck in Robert MacKenzies Augen nicht vergessen, als sie nach seiner Frau gefragt hatte. Der Blick war schnell wieder verflogen, aber das änderte nichts an dessen Intensität. Anna fragte sich, ob es etwas Tragischeres geben konnte als einen Mann, der seine verstorbene Frau noch immer so sehr liebte. Auch Annas Vater hatte den Tod ihrer Mutter nie vollständig verkraftet. Das Haus war voller Fotos von ihr gewesen, und sie hatten oft von ihr gesprochen. Helen Campbells Tod hatte eine Lücke ins Herz ihres Mannes gerissen, die sich nie mehr geschlossen hatte, das wusste Anna.

Deshalb hatte Roberts Blick sie so sehr erschüttert – weil er ihr so vertraut war. Den gleichen Blick hatte sie bei ihrem Vater gesehen, als er ein Hochzeitsfoto von Helen und sich betrachtet hatte. Das war eine Woche vor seinem eigenen Ableben gewesen, Helen war damals seit fast dreißig Jahren tot. Manchmal hielt Liebe nur ein paar Monate, manchmal ein ganzes Leben lang. Die Dauer änderte aber nichts an der Heftigkeit, das gehörte nun einmal zu den unerklärlichen Gegebenheiten des menschlichen Herzens. Vielleicht machte es Anna wegen ihrer eigenen Trauer um ihren Vater so sehr zu schaffen, dass sie bei jemand anderem schmerzhafte Erinnerungen wachgerufen hatte. Jedenfalls lastete dieser Blick auf ihr, sie konnte den Ausdruck in Robert MacKenzies Augen einfach nicht vergessen.

»Wie ist Roberts Frau gestorben?«, fragte Anna und blickte hinunter auf die gischtenden Wogen. Sie hatten das Dorf inzwischen hinter sich gelassen, vor ihnen lag nur noch die wilde zerklüftete Küste. »Ist sie etwa ertrunken?«

»Cassie? Oh nein, sie ist an Brustkrebs gestorben«, antwortete David. »Ihre Bestattung war ein großes Ereignis. Cassie hat in Macduff als Grundschullehrerin gearbeitet, und die ganze Schule und etliche ehemalige Schüler kamen zur Beerdigung. Und so gut wie jeder Anwohner von hier bis Fochabers. Cassie MacKenzie wurde sehr geliebt.«

Das konnte sich Anna nach diesem Erlebnis mit Robert lebhaft vorstellen.

Die nächste Woche brachte Anna damit zu, die Wände im Haus zu streichen. Sie rollte ihren neuen Teppich auf, borgte sich Planen von Frank und fing mit dem Wohnzimmer an. Der Effekt war verblüffend. Das frische Weiß verstärkte das Licht, das durch die kleinen Fenster fiel, der Raum wirkte plötzlich viel größer. Es war anstrengende Arbeit, und als das Wetter während des letzten Anstrichs aufklarte, beschloss Anna, Cathys Rat zu folgen und sich wirklich ein wenig zu erholen. Endlich mal ausspannen, ohne ständig irgendetwas arbeiten zu müssen.

Doch schon am Donnerstag der selbst verordneten »Urlaubswoche« wurde Anna rastlos und unausgeglichen. Sie hatte erwartet, dass ihr Körper nach dem jahrelangen Stress für eine Pause dankbar sein würde. Urlaub bedeutete in Annas Vorstellung auch, endlich alle Bücher zu lesen, zu denen sie vorher nie gekommen war, die besten Schwimmplätze an der Küste ausfindig zu machen und ausgedehnte Wanderungen zu unternehmen, bei denen sie nur darauf achten musste, vor der Dunkelheit wieder nach Hause zu kommen. Auch morgens in Ruhe auszuschlafen und stundenlang in Cafés herumzusitzen, gehörte zu diesem Ferienprogramm.

Stattdessen wachte Anna in aller Frühe auf, und weil sie keine Ablenkungen hatte, geriet sie ins Grübeln. Sie dachte an ihren Vater, den sie furchtbar vermisste und in den letzten Jahren viel zu selten gesehen hatte. Und sie fing auch wieder an, über Geoff nachzudenken, mit dem ihr Vater nie warm geworden war. Warum nur war sie so lange mit Geoff zusammengeblieben? Wie war es ihm gelungen, ihr einzureden, dass sie nichts Besseres verdient hatte als dieses unbefriedigende Leben mit ihm? Anna wurde wütend auf sich selbst, weil sie so viele Jahre vergeudet hatte, die sie viel schöner hätte gestalten können.

Schließlich dachte sie daran, wie viel Freude ihr das Kochen für die kleine Party bei Pat und Frank gemacht hatte. Das war immerhin etwas: Ihre Leidenschaft – von der Anna gefürchtet hatte, sie verloren zu haben – war nur vorübergehend eingeschlafen und im Fishergirl's Luck aufs Neue erwacht. Ihr neues Problem bestand darin, dass Anna sich hier nur selbst bekochen konnte.

»Ich habe angefangen, wieder über das Kochbuch nachzudenken, das ich immer schreiben wollte«, berichtete Anna Cathy, nachdem im Haus endlich das WLAN installiert wurde, das für ein Ferienhaus ohnehin unverzichtbar war. »Vielleicht sollte ich damit mal loslegen. Mein Problem ist nur, dass ich gar keine eigenen Rezepte habe.«

»Na, dann fang einfach an, neue Gerichte zu kreieren«, schlug Cathy vor. »Eine Küche hast du ja. Und deine neuen Freunde werden sich garantiert die Finger lecken, wenn du für die kochst.«

»Aber das Haus ist zu klein, um hier mehrere Gäste zu bewirten«, wandte Anna ein.

»Dann lade sie immer nur paarweise ein, die haben sicher Verständnis dafür. Sie wissen doch alle, wie klein dein Haus ist. Also, ich finde, das Kochbuch ist eine super Idee! Dann kannst du endlich mal rausfinden, was du selbst wirklich kochen möchtest, oder? Und das hilft dir bestimmt auch, wenn du dir dann einen neuen Job suchst.«

»Ja, hast recht.«

»Na klar, ich hab doch immer recht, weißt du das nicht mehr?«

Anna grinste. »Sorry, hatte ich vergessen.«

»Pffft«, machte Cathy am anderen Ende. »Das darf nie wieder vorkommen! Ach, und bitte, bitte maile mir das Rezept für deine Schoko-Pistazien-Roulade, ohne die dreh ich durch.«

Als erste Gäste lud Anna Pat und Frank ein. Das lag buchstäblich nahe, und außerdem wollte Anna sich für die Einladung revanchieren, auch wenn die beiden das ganz sicher nicht erwarteten. Und je öfter Anna ihre neuen Nachbarn traf, desto mehr wuchsen sie ihr ans Herz.

»Habt ihr morgen Abend Zeit?«, fragte sie Pat beim Nachmittagstee, der inzwischen zu einem lieb gewonnenen Ritual geworden war.

»Abends treffen tatsächlich mal ein paar Feriengäste ein, ob man's glaubt oder nicht«, antwortete Pat. »Und die möchten dann gleich einen Happen essen. Tut mir leid.«

»Wie wär's mit Lunch?«

»Das wäre ganz wunderbar, wenn es dir nicht zu viel Mühe macht.«

»Überhaupt nicht«, erwiderte Anna. »Mein Terminkalender ist schön leer zurzeit. Gibt es irgendetwas, das ihr nicht mögt?«

»Nein, wir sind beide ganz pflegeleicht.«

»Ich würde Fisch machen, wenn euch das recht ist«, sagte Anna. »Den ich allerdings lieber irgendwo frisch als im Supermarkt kaufen würde. Wo mache ich das denn hier am besten?«

Pat überlegte. »Hm, es gibt leider keinen Fischhändler mehr in der Nähe. Aber die Fischer aus Gardenstown – wir sagen übrigens oft ›Gamrie‹, so hieß das Dorf früher – frieren ihren Fang dort ein, bevor er nach Fraserburgh transportiert wird.«

Anna nagte an ihrer Unterlippe. »Ich könnte doch mal hinfahren und schauen, ob da was zu holen ist.«

»Nach Gamrie kannst du auch zu Fuß gehen«, schlug Pat vor. »Das Wetter ist herrlich und die See ruhig heute. Wäre ein schöner Spaziergang.«

»Es gibt einen Fußweg zwischen Crovie und Gardenstown?«, fragte Anna überrascht.

»Ja. Ich zeig dir gleich draußen, wo er anfängt. Ich würde ja mitkommen, aber ich muss das Meerblickzimmer für die Gäste vorbereiten. Nicht dass ich mich beklagen würde. Von mir aus kann's jetzt endlich losgehen mit der Sommersaison.«

9

Der schmale Fußweg nach Gardenstown verlief oberhalb des Ufers entlang der großen Klippe. Pat erklärte, am Ende des Parkplatzes befinde sich der Einstieg. Zu Anfang sei es eher ein schmaler Pfad, der dann aber nach der Klippe breiter würde und auch betoniert sei.

»Etwa anderthalb Kilometer, dann bist du mitten in Gamrie«, sagte Pat. »Du solltest allerdings festes Schuhwerk anziehen. Bei Flut erreichen die Wellen den Pfad, und am anderen Ende ist der Strand sehr steinig. Dafür ist es aber wirklich ein wunderbarer Spaziergang.«

Es war windig, doch die Luft fühlte sich mild an, frühlingshaft für Anfang April. Zum Meer hin war der Weg mit dünnen Ketten zwischen rostigen Metallpfosten abgegrenzt. Von den zerklüfteten Felsen unterhalb stieg der Geruch von verfaulendem Tang auf, über Anna segelten kreischende Möwen im Wind. Zu ihrem eigenen Erstaunen hatte sie sich schon an diese Geräuschkulisse gewöhnt, obwohl die Laute schrill und durchdringend waren.

Auf der anderen Seite der großen Klippe kam Gardenstown in Sicht. Der Ort war wie Crovie von Menschen gegründet worden, die man aus den fruchtbareren Gegenden des Landes vertrieben hatte, und der älteste Ortsteil lag direkt am Meer. Hinter der Klippe war der Wind plötzlich nur noch eine frische Brise, und Anna stellte fest, dass Gamrie durch die Bucht eine viel geschütztere Lage hatte als der Nachbarort. Der kleine Hafenbereich war zusätzlich durch Kaimauern abgesichert, und etliche Boote lagen vor Anker. Die meisten schienen Sportboote zu sein, aber zwei oder drei sahen zumindest so aus, als könnten es Fischerboote sein.

Sie warf einen Blick auf ihre Uhr. Gleich drei. Da Anna häufig beim Billingsgate Fischmarkt eingekauft hatte, war sie mit den Zeiten vertraut. Die Fischer fuhren nachts aus und kehrten frühmorgens mit dem Fang zurück. Was in London auf dem Markt verkauft wurde, kam aus fast allen Teilen des Vereinigten Königreichs, wenn auch nicht aus dem kleinen Gardenstown im Moray Firth, wie Anna vermutete. Die Arbeitszeiten waren aber sicher ähnlich, mit etwas Glück sollte sie also noch jemanden erwischen, bevor die Fischer wieder ausfuhren.

Als Anna am Hafen ankam, sah sie niemanden, hörte aber Stimmen von einem der Fischerboote. Drei Männer, die Wollpullis unter den wasserfesten Latzhosen trugen, hievten Netze an Bord. Als Anna auf den Trawler zusteuerte, nickten die Männer ihr nur kurz zu und setzten dann ihre Tätigkeit fort.

»Hallo«, rief Anna hinüber. »Hat vielleicht einer von Ihnen einen Moment Zeit?«

Die drei warfen sich einen Blick zu, dann ließ einer von ihnen das Netz sinken, überquerte das Deck und lehnte sich freundlich lächelnd über die Reling. Ein breitschultriger junger Mann, schätzungsweise Ende zwanzig, mit kurzgeschnittenen dunklen Haaren, markantem Kinn und Dreitagebart. Die Augen unter den dichten Augenbrauen hatten die Farbe eines stürmischen Ozeans. *Der verdreht sicher vielen jun-*

gen Frauen den Kopf, dachte Anna. *Und dabei bleibt's bestimmt nicht.*

»Was kann ich für Sie tun?«, fragte er, während seine Kollegen unter Deck verschwanden.

Anna stellte überrascht fest, dass er keinen schottischen, sondern einen australischen Akzent hatte.

»Sie sind aber weit weg von zu Hause«, sagte sie. »Ein Kiwi, oder?«

Das Lächeln wurde breiter. »Feines Gehör. Die meisten Leute sagen aber ›Aussie‹ zu mir.«

»Ich will Sie nicht aufhalten«, fuhr Anna fort, »aber ich hab gehört, ich könnte hier vielleicht fangfrischen Fisch kaufen.«

Er stützte sich auf das Geländer. »Unser Fang ist für Fraserburgh bestimmt.«

»Ah, okay. Kommt vielleicht noch ein anderes Boot rein, das mir weiterhelfen könnte? Ich würde lieber bei regionalen Händlern einkaufen, als mir in Fraserburgh irgendwas in Plastik Verpacktes zu holen.«

Er schaute zur Seite und überlegte einen Moment. »Glaube eher nicht. Ich meine, Sie könnten ein Boot chartern und mit jemandem rausfahren …«

Anna schüttelte den Kopf. »Das kostet zu viel Geld, ganz zu schweigen von Zeit. Ich brauche nicht viel, nur für drei Personen.«

»Was für eine Fischsorte soll's denn sein?«

»Ist egal, Hauptsache frisch und schmackhaft.«

Der Fischer betrachtete Anna jetzt forschend. Dann sagte er: »Ah, Sie sind Anna Campbell. Die Köchin, die nach Crovie gezogen ist.«

Anna starrte ihn fassungslos an. »Woher wissen Sie das?«

Er grinste. »Kleiner Ort.«

»Aber ich war doch noch nie in Gardenstown – und bin erst seit Kurzem in Crovie!«

Die blaugrauen Augen funkelten belustigt. Er wusste um seine Wirkung und nutzte sie schamlos aus. »Merkt hier jeder, wenn eine hübsche Frau auftaucht«, sagte er. »Wenn die hübsche Frau auch noch Messer schwingt, wird getratscht. Und wenn die hübsche Frau frischen Fisch kaufen will, zählt ein Kiwi eins und eins zusammen.«

Anna verengte die Augen, um das Lächeln zu unterdrücken, das sich auf ihrem Gesicht breitmachen wollte. »Flirten Sie nicht mit mir, Kiwi. Sie könnten mein Sohn sein.«

Er lachte lauthals. »Nur wenn Sie viel älter sind, als Sie aussehen, Anna Campbell. Ich sag Ihnen was: Morgen bringe ich Ihnen was vom Fang vorbei, und Sie kochen mir dafür eins von Ihren Michelin-Stern-Gerichten. Wie wär das?«

Anna musste auch lachen. »Das geht gar nicht. Erstens kenne ich Sie überhaupt nicht, zweitens ist der Tisch schon voll besetzt. Wenn Sie wissen, wer ich bin, wissen Sie ja auch, wo ich wohne und dass ich nicht lüge.«

»Stellen Sie einfach einen Tisch draußen auf«, schlug er vor. »Dann haben Sie mehr Platz für Gäste.«

»Na klar«, erwiderte Anna trocken. »Ich sehe mich schon Bierbänke in mein Miniauto wuchten und dann am Ufer entlangschleppen. Das würde in den Küstendörfern jahrelang für Gesprächsstoff sorgen, nicht wahr?«

»Das müsste eben ein starker Mann für Sie machen«, lautete die Erwiderung, von der Anna nur hoffen konnte, dass sie als Scherz gemeint war.

»Ich hatte genug starke Männer in meinem Leben, besten Dank auch. Sie waren allesamt eine Enttäuschung.«

Er zog eine Augenbraue hoch und grinste noch breiter. »Dann haben Sie eben den richtigen noch nicht getroffen, Anna Campbell.«

Sie seufzte und schüttelte den Kopf. »Na, dann danke für nichts, Kiwi. Ich kaufe meinen Fisch anderswo.«

»Warten Sie«, sagte er, als sie sich abwandte, und sprang über die Reling aufs Kai. »Ich kann Ihnen wirklich was vom Fang bringen, etwa um sechs Uhr morgens. Nützt Ihnen das was?«

»Ja, aber das müssen Sie nicht machen, ich kann mir den Fisch gerne hier abholen.«

»Macht keine Umstände. Ist sogar einfacher für mich.«

Anna runzelte die Stirn. »Sie lassen ihn aber nicht mitgehen, oder?«

»Sehe ich aus wie ein Pirat?«, erwiderte er mit gespielter Entrüstung.

»Ein bisschen schon, ja.«

»Ist alles korrekt, versprochen. Soll ich die Fische vorher für Sie ausnehmen?«

»Ich dachte, wir hätten schon geklärt, dass ich Messerschwingerin bin.«

»Stimmt. Gut, dann sehen wir uns morgen, *avec poisson*.«

Anna erwog kurz, den Fischer nach seinem Namen zu fragen, entschied sich aber dagegen. »Na dann, danke, Kiwi.«

Er lachte. »Gern geschehen, Anna Campbell.«

»Aaah!«, rief Rhona aus. »Du hast den wundersamen Liam Harper kennengelernt. Der ist eine Augenweide, was?«

»Mhm«, machte Anna. »Das weiß er aber auch. Und wie.«

Rhona kicherte. »Recht hast du. Ist aber trotzdem ein süßer Kerl. Kann einem ganz aufmerksam zuhören, egal, was rundherum gerade passiert. Gibt nicht viele, die das beherrschen, habe ich festgestellt.«

Nachdem sie schon mal in Gardenstown war, hatte Anna beschlossen, Rhona einen Spontanbesuch abzustatten. Die Keramikerin wohnte in einem der zweistöckigen Häuser an der gewundenen Hauptstraße am Berg. Jetzt standen die beiden Frauen in der Töpferwerkstatt, die gleichzeitig Ausstellungsraum war. Der Eingang lag Richtung Straße, sodass Touristen schnell auf Rhonas Keramikarbeiten aufmerksam wurden.

»Deine Sachen sind wunderschön«, sagte Anna und bewunderte eine flache Schale mit heller Glasur, gefleckt mit Blau, Ocker und Meeresgrün, den Farben des Strandes bei Ebbe. »Ich kann gar nicht glauben, dass du das erst seit ein paar Jahren machst.«

Rhona lächelte. »Ja, komisch, nicht wahr, wenn man plötzlich entdeckt, wofür man eigentlich bestimmt ist. Fühlt sich an wie nach Hause zu kommen, und man fragt sich, wieso man das nicht früher gemacht hat.«

»Ich muss unbedingt ein paar Teller und Schalen mitnehmen«, sagte Anna, »so viel, wie ich tragen kann. Ich würde dich ja morgen auch gern zum Lunch einladen, aber ich habe leider nicht genug Platz. Kommst du demnächst mal?«

»Mach dir keine Gedanken, tagsüber geht es bei mir sowieso nicht. Und natürlich komme ich gern! Ich freue mich schon sehr darauf, aber mach dir keinen Stress, es eilt wirklich nicht. Du hast dich ja erstaunlich schnell eingelebt, wenn man bedenkt, dass du erst vor Kurzem hergekommen bist. Als ich hier eingezogen bin, herrschte monatelang Chaos.«

Anna überlegte. »Mhm, stimmt. Fühlt sich für mich selbst auch an, als sei ich schon viel länger als drei Wochen hier. Das bedeutet wahrscheinlich wirklich, dass ich mich einlebe.«

Rhona sah sie aufmerksam an. »Bedeutet das, dass du doch bleiben willst?«

»Das ist vielleicht ein bisschen übertrieben«, antwortete Anna mit einem Lachen. »Aber ich habe vor, meine Auszeit hier noch um ein paar Wochen zu verlängern, einen Monat vielleicht. Schauen wir mal, ich habe ja noch keine weiteren Pläne.«

»Hast du's gerade eilig?«, fragte Rhona. »Sonst könnten wir uns noch einen Gin Tonic genehmigen. Die Sonne steht schon tief, und ich muss heute Abend nicht mehr fahren. Wäre doch jammerschade, das traumhafte Wetter nicht zu nutzen. Das kann hier im Minutentakt wechseln, weißt du.«

»Ich kann mich nicht mal mehr erinnern, wann ich zum letzten Mal nachmittags Alkohol getrunken habe!«

»Dann wird's höchste Zeit, das mal wieder zu tun. Die Uhrzeit geht ja auch schon als früher Abend durch.«

Sie stellten Stühle in den Eingang der Werkstatt, der noch von der Abendsonne beleuchtet war.

Nachdem sie eine Weile geplaudert hatten und schon beim zweiten Glas angelangt waren, sagte Rhona: »Ich habe mir übrigens die erste Episode von Geoff Rowcliffes neuer Show angeschaut. War nicht schlecht. Er sieht gut aus, aber ich kann mir vorstellen, dass er ein ziemlicher Arsch ist.«

Anna musste lachen und verschluckte sich beinahe an ihrem Drink.

»Ja, sorry, aber irgendwie kommt er so rüber, finde ich«, fuhr Rhona fort. »Und ich wollte mich auch bei dir entschuldigen. Bin wahrscheinlich furchtbar ins Fettnäpfchen getreten, als ich mich neulich über ihn ausgelassen habe.«

»Was?«, sagte Anna bestürzt. »Nein, gar nicht.«

Rhona zuckte leichthin die Achseln. »Na ja, ich dachte mir, vielleicht ist es kein Zufall, dass Crovie auf einmal eine Spitzenköchin bekommt, nachdem der Spitzenkoch, bei dem sie gearbeitet hat, plötzlich von seiner langjährigen Partnerin getrennt ist.«

Anna verzog das Gesicht. »Ich nenne dich ab jetzt Sherlock.«

Rhona hob die Hand. »Ich will dir echt nicht zu nahetreten. Aber trotzdem: Entschuldigung, dass ich so unsensibel war.«

Anna schnaubte. »Wenn an dem Abend jemand unsensibel war, dann wohl eher ich. Der arme Robert. Musste sich von einer wildfremden Person dumme Fragen zu seiner verstorbenen Frau anhören.«

»Aber das konntest du doch nicht wissen!«

»Trotzdem …«

»Und außerdem«, sprach Rhona weiter, »ist es an der Zeit, dass Robert wieder ein wenig auflebt. Er ist so ein toller Mann, er sollte nicht ewig alleine sein. Das hätte Cassie auf keinen Fall gewollt. Vielleicht bist du gerade zum rechten Zeitpunkt hier aufgetaucht, Anna.«

Anna warf ihrer neuen Freundin einen prüfenden Blick zu. War die Bemerkung wirklich so gemeint, wie Anna glaubte? »Um Himmels willen, nein«, erwiderte sie mit Nachdruck. »Ich habe gerade erst eine komplizierte langjährige Beziehung beendet, auf gar keinen Fall werde ich mich gleich wieder auf eine neue einlassen!«

»Es muss nicht unbedingt kompliziert werden.«

»Na klar!«, sagte Anna lachend. »Robert hat ein Kind, war mit einer Frau verheiratet, die jeder hier kannte, und ist in dieser Gegend verwurzelt. Ich dagegen habe hier gerade eben erst ein Haus gekauft. Wir könnten uns doch hier nicht bewegen, ohne dass uns jeder dabei beobachtet. Aber der Gedanke ist ohnehin überflüssig, weil ich nicht bleiben werde und weil Robert noch immer seine Frau liebt. Auf so was werde ich mich bestimmt nicht einlassen.«

Ein kurzes Schweigen entstand. »Du scheinst dir das ja schon gut überlegt zu haben«, bemerkte Rhona dann.

Anna öffnete den Mund und schloss ihn wieder. Sie merkte, wie sie rot anlief. »Nein! Ich ...«

»War nur ein Witz, meine Liebe!« Rhona lachte. »Du hast natürlich in allen Punkten recht. Du bist viel vernünftiger, als ich es wäre, wenn Robert MacKenzie mich mal ein paar Sekunden länger anschauen würde als üblich.«

Später wanderte Anna auf dem Küstenpfad nach Hause. In beiden Händen trug sie Jutetaschen mit sorgfältig verpacktem Geschirr, und das Gewicht fühlte sich gut an, wie zwei Anker, die ihr das nötige Gewicht verliehen. Nach Herzenslust mit Rhona zu schwatzen und sich die Sonne auf den Bauch scheinen zu lassen – etwas so Entspannendes hatte Anna seit Ewigkeiten nicht mehr gemacht, sie hatte gar keine Zeit dafür gehabt. Geoff hatte nicht gewollt, dass sie alleine ausging, sogar an freien Abenden, war aber selbst oft ohne sie unterwegs gewesen. Im Nachhinein kam es Anna vollkommen verrückt vor, dass sie sich darauf eingelassen hatte. Dass sie eine Beziehung normal gefunden hatte, in der alles nur nach Geoffs Vorstellungen lief.

Nie wieder, dachte sie. *In Zukunft werde ich machen, worauf ich Lust habe, und mich nicht mehr den Wünschen von anderen unterordnen.*

Die Sonne war untergegangen, die Dämmerung setzte ein. Anna atmete in tiefen Zügen die frische Meeresluft ein und genoss das Glücksgefühl, das sie plötzlich überkam. Die Fischerboote waren aus dem Hafen verschwunden und auch nirgendwo am Horizont zu sehen. Anna ertappte sich bei dem Gedanken, was Liam Harper wohl gerade machte. Dann sagte sie sich streng, darüber nachzudenken, sei buchstäblich eine Schnapsidee, die nur auf den Gin zurückzuführen war. Weshalb sie derlei Erwägungen schleunigst aus ihrem Kopf verbannte.

10

Der Samstagmorgen war klar und sonnig, und um sechs Uhr wartete Anna an der Mole. Zu ihrem Erstaunen war sie nicht der einzige Mensch in Crovie, der schon auf den Beinen war – als sie das Haus verließ, kam ihr Douglas McKean entgegen. Anna wagte es, den Alten anzulächeln und »Hallo« zu sagen, doch er übersah sie einfach. Sie fragte sich, warum dieser Mann so feindselig war. Das musste doch ungeheuer anstrengend sein, vor allem für einen so alten Menschen. Pats Erklärung, er sei der letzte Ureinwohner von Crovie, reichte als Antwort nicht aus. Wenn die anderen Leute nicht zugezogen wären, säße McKean jetzt alleine zwischen verfallenden Häusern. Wahrscheinlicher war, dass sein sonderbares Benehmen tatsächlich mit Fishergirl's Luck zu tun hatte, wie Pat vermutet hatte.

Robert MacKenzie wusste sicher mehr darüber, aber aus diversen Gründen – dazu gehörte auch Rhonas Bemerkung vom Vortag – war Anna fest entschlossen, um diesen Mann einen weiten Bogen zu machen.

Ihre Gedanken wurden unterbrochen durch ein Motorbrummen, und kurz darauf kam ein Ruderboot mit Außenbordmotor hinter den Klippen hervor und steuerte langsam auf die Mole zu. Als Liam Harper Anna sah, strahlte er und rief: »Bin hoffentlich nicht zu spät!«, während er den Motor abstellte und ihr ein Tau zuwarf. Anna wand es rasch um einen Pfosten und hielt das Ende einfach fest, weil sie keine Ahnung von Seemannsknoten hatte. Liam stieg mit einer weißen Plastikkiste in den Händen aus dem Boot.

»Superpünktlich«, sagte sie. »Vielen Dank noch mal. Was haben Sie mir gebracht, und was bekommen Sie dafür?«

»Ich hoffe, das hier ist auch in Ordnung, es ist nämlich kein Fisch, sondern Hummer«, antwortete Liam, als er die Kiste abstellte.

»Passt bestens, vielen Dank.«

»Puh, da bin ich erleichtert«, sagte er grinsend, nahm ihr das Tauende aus den Händen und verknotete es fachmännisch. »Ich wollte auf gar keinen Fall einer der enttäuschenden Männer in Ihrem Leben sein. Und ich hab noch was für Sie, aber um das in Ihr Haus zu kriegen, müssen Sie mit anpacken.«

Er drehte sich um und deutete mit dem Kopf auf das Boot, in dem ein großer hölzerner Gegenstand lag.

»Was ist das denn?«, fragte Anna erstaunt.

»Ein Tisch für Ihren Garten, darüber haben wir doch geredet. Kommen Sie, helfen Sie mir mal.« Er sprang wieder ins Boot und hob den Tisch hoch.

»Wieso kaufen Sie mir einen Picknicktisch?«, fragte Anna, während sie ihn gemeinsam an Land wuchteten.

»Also ... das erste Geständnis«, antwortete Liam. »Ich hab ihn nicht gekauft. Der lag schon seit einer halben Ewigkeit bei einem Haufen Sperrmüll am Hafen herum. Ich hab ihn durchgecheckt und festgestellt, dass er in Ordnung ist und nur ordentlich sauber gemacht werden muss. Also habe ich mich erkundigt, ob ich ihn mitnehmen darf, und ich durfte.«

»Und das zweite Geständnis?«, fragte Anna und umklammerte das eine Ende des Tischs, während Liam an Land kraxelte.

Ein verschmitztes Grinsen erschien auf seinem Gesicht, während er den Tisch festhielt. »Nun ja, er ist eine Art Bestechung.«

Anna zog eine Augenbraue hoch. »Aha? Und was soll damit erreicht werden, Kiwi?«

Er lachte. »Ich wünsche mir immer noch ein Essen von Ihnen, Ms Sterneköchin.«

Anna verschränkte die Arme vor der Brust und schüttelte den Kopf. »Und wenn ich ablehne? Und Sie den Tisch alleine wieder ins Boot verfrachten lasse?«

»Das machen Sie nicht.«

»Ganz schön selbstsicher, wie?«

»Das hör ich nicht zum ersten Mal.«

»Kann ich mir denken«, erwiderte Anna trocken.

Er lächelte charmant. »Also, wie sieht's aus? Muss ja kein Feinschmeckermenü sein. Ich wäre auch mit einem Omelette zufrieden. Und ich bring den Wein mit.«

»Wenn es kein Feinschmeckermenü sein soll, können Sie doch auch selbst kochen.«

Er blickte auf seine Hände, plötzlich etwas verlegen. »Na ja, jetzt kommt das dritte Geständnis …«

»Und das wäre?«

Liam schaute auf, und sein Blick ging ihr durch Mark und Bein.

»Es geht gar nicht um das Essen. Sondern um die Gesellschaft.«

Anna zwang sich, nicht den Blick abzuwenden. Mit ihr

würde er kein so leichtes Spiel haben wie mit anderen. »Sie können nicht kochen, Liam, nicht wahr? Das ist der wahre Grund.«

Er grinste. »Da hat sich wohl jemand umgehört, wie?«

Anna zuckte die Achseln. »Ist ein kleines Dorf.«

»Da haben Sie recht. Kommen Sie, bringen wir das gute Stück ins Haus. Ich muss weiter, und Sie müssen Hummer zubereiten.«

Anna kochte die Meerestiere, löste das zarte Fleisch aus und stellte es in den Kühlschrank. Die leeren Hummerschalen gab sie zusammen mit Zwiebeln, Knoblauch, Möhren, Sellerie und reichlich Weißwein in den Dampfkochtopf und ließ alles köcheln. Den weichen Weißbrotteig, den sie schon angesetzt hatte, knetete sie noch einmal durch, formte Baguettes daraus, kerbte sie an der Oberfläche ein und ließ den Teig noch einmal gehen.

Zwischendurch notierte Anna Zutaten, Mengen und Vorbereitungszeiten, denn sie hatte tatsächlich fest vor, ein Kochbuch zu schreiben. Davon träumte sie schon seit Langem. Sie hatte Geoff beim Schreiben seines ersten Kochbuchs geholfen, weil er sich zu gut dafür war, die detaillierten Angaben für seine angeblich so genialen Rezeptideen zu machen. Das Buch sollte zeitgleich mit dem Beginn seiner ersten Fernsehserie erscheinen, und Anna hatte jede Menge Arbeit zusätzlich zu den Schichten im Restaurant bewältigen müssen. Als die Lektorin vom Verlag die Korrekturabzüge schickte, schlug sie Geoff vor, eine Danksagung hinzuzufügen. Die bestand dann aus einer kurzen Passage, die mit dem knappen Satz »Ich danke meiner Freundin Anna für ihre Unterstützung«

endete. Die Show wurde ein Riesenerfolg, und als die Nachfrage nach den Kochbüchern immer größer wurde, bestand Geoff darauf, vom Verlag einen »Profi-Ghostwriter« gestellt zu bekommen. Diese Person wurde künftig für die Arbeit bezahlt, die Anna umsonst gemacht hatte. In der Danksagung des zweiten Buchs wurde sie nicht einmal mehr erwähnt. Sie sprach auch nicht mit Geoff darüber, weil sie den Wunsch ohnehin peinlich fand. Schließlich war sie nur seine Freundin und Souschefin in seinem Restaurant, nicht wahr? Wofür erwartete sie denn Dank?

Cathy dagegen hatte mit ihrer Empörung nicht hinter dem Berg gehalten.

»Aber Geoff sagt immer, dass es in einem Team keine Egos geben kann«, hatte Anna damals eingewandt.

»Ach, nun hör aber auf!«, hatte ihre Freundin gefaucht. »Solche Sprüche klopfen doch nur Leute, deren eigenes Ego so gigantisch ist, dass sie die Leistungen anderer nicht anerkennen wollen!«

Für das Dessert ließ Anna sich wieder von Brens Buch inspirieren. Ein Rezept fiel ihr ins Auge, das Bren 1938 notiert und mit einem Kommentar versehen hatte. Damals musste sie siebzehn gewesen sein, rechnete Anna sich aus. Der Gewürzkuchen, eine schottische Spezialität namens »Broonie«, bestand aus Haferflocken, Buttermilch, Melasse und geriebenem Ingwer.

Hat Mrs Towrie in Stromness uns Heringsmädchen als Imbiss gebracht, hatte Bren geschrieben. *Habe nach den Zutaten gefragt, sie hat sie mir verraten. Vor dem Anschneiden eine Nacht ruhen lassen. Hält sich gut eine Woche und länger. Juli 1938.*

Weil Anna sich nicht viel unter der Beschreibung vorstellen konnte, recherchierte sie mit ihrem iPad die Heringsfischerei auf den Orkney-Inseln. Auf historischen Schwarz-Weiß-Fotos waren Frauen mit dicken Wollkleidern, Schals und knielangen Schürzen abgebildet. Im Hafen über Holztröge gebeugt, nahmen die Frauen mit scharfen Messern, deren Klingen in der Sonne glitzerten, Heringe aus. Zur Hauptsaison reisten diese sogenannten Heringsmädchen in Schottland, Irland und England umher, um die Abertausenden Heringe auszunehmen und zu pökeln, die täglich gefangen wurden.

Als Anna die Bilder betrachtete, fragte sie sich, ob wohl eine der jungen Frauen Bren war – vielleicht sogar an jenem Tag fotografiert, als Mrs Towrie den Heringsmädchen Gewürzkuchen vorbeibrachte. Und mit dem Geld, das Bren damals verdiente, hatte sie sich später Fishergirl's Luck kaufen können.

Eine halbe Stunde später schob Anna den Kuchen in den Ofen. Es würde keine Zeit bleiben, ihn eine Nacht ruhen zu lassen, aber Anna hatte Rezept und Geschichte so faszinierend gefunden, dass sie den Broonie unbedingt ausprobieren wollte. Sie beschloss, ihn mit Schlagsahne und Heidehonig zu servieren.

Anna wusch sich die Hände, nahm die Schürze ab und ging nach draußen, um den Tisch zu inspizieren. Die Sonne stand jetzt hoch am Himmel, und ein leichter Wind wehte durchs Dorf. Das Meer gab sich zahm, die Wellen plätscherten sachte an die Ufermauer. Anna checkte den Gezeitenkalender und die Wettervorhersage und entschied sich dafür, es zu wagen. Der Himmel war zu blau und die Sonne zu warm, um Liams Geschenk nicht zu nutzen, auch wenn sie mit ihren Gästen vorerst auf einem kahlen Betonstreifen sitzen musste. Vor ihrem inneren Auge sah Anna leuchtend rote Begonien in Blumenkästen, aber für solche Vorbereitungen blieb natürlich keine Zeit mehr.

Mit einer Bürste und einem Eimer voll Seifenlauge rückte Anna der Schmutzschicht auf ihrem neuen Möbelstück zu Leibe. Nach einer Stunde hatte sie das Ärgste entfernt und beschloss, dass der Tisch ihren Gästen schon standhalten würde, wenn er schon das wüste Schrubben überlebt hatte. Eigentlich wirkte er sogar so solide, als könne er noch weitere fünfzig Jahre gute Dienste leisten. In der warmen Sonne war er schnell getrocknet, und Anna breitete ein weißes Tischtuch darüber. Ihre Gedecke bestanden aus frisch poliertem Silberbesteck, Rhonas Tellern sowie Wasser- und Weingläsern, die Anna umdrehte, um sie vor Sand und neugierigen Insekten zu schützen.

»Ach, wie schön!«, rief Pat aus, als sie mit Frank eintraf. »Da fühle ich mich ja gleich wie im exklusivsten Restaurant der Welt!«

»Du machst wohl keine halben Sachen, wie?«, sagte Frank lachend zu Anna, als sie den beiden einen trockenen Sauvignon Blanc aus Neuseeland einschenkte. »Wo hast du denn diesen Tisch aufgetrieben? Das ist ja eine tolle Idee!«

Bei der Vorspeise, die aus einem Salat mit Räucherlachs, Gurke und Dill-Dressing bestand, berichtete Anna von ihrer Begegnung mit Liam. Pat und Frank lachten schallend, als Anna von seinem Vorstoß erzählte.

»Der Bursche traut sich ja was!«, bemerkte Pat. »Und, was hast du vor?«

»Bin mir noch nicht sicher«, antwortete Anna. »Aber ein

Abend mit ihm könnte ganz lustig werden. Als ich hierherkam, habe ich mir fest vorgenommen, offen zu sein und zu ganz viel Neuem Ja zu sagen, weil ich so viele Jahre lang nichts erlebt habe.«

»Uuuh, nicht ungefährlich«, witzelte Frank. »Das würde ich Liam aber nicht auf die Nase binden. Und anderen Typen auch nicht unbedingt.«

»Frank«, sagte Pat entrüstet zu ihrem Mann.

»Nee, gönn dir doch ruhig ein bisschen Spaß, Anna«, fuhr Frank unbeirrt fort. »Liam ist seit letztem Sommer hier. Im Winter ist er durch Europa getourt und dann wieder hergekommen. Aber wenn die Saison vorbei ist, geht er wohl nach Neuseeland zurück. Muss angeblich die Farm seiner Eltern übernehmen, weil sein Vater kränklich ist. Die Freiheit, hierherzukommen, wird er dann sicher nicht mehr haben.«

»Also sorgt Liam Harper wohl dafür, dass er besonders viel Spaß hat«, erwiderte Anna mit schiefem Lächeln.

Als Nächstes servierte sie die Hummersuppe, die mit großer Begeisterung verspeist und überschwänglich gelobt wurde. Anna selbst musste zugeben, dass sie exzellent geworden war. Sogar im michelingekrönten Four Seasons wären die Meerestiere mehrere Stunden älter gewesen als diejenigen, die Liam gefangen und sofort frisch angeliefert hatte.

Während alle speisten und sich lebhaft unterhielten, schlenderte ein Pärchen vorbei und grüßte lächelnd. Die beiden waren zweifellos Touristen, und Anna fragte sich, ob sie einen Besuch in Crovie eingeplant oder das Dorf erst durch den Wegweiser entdeckt hatten.

»Ach, im Sommer haben wir jede Menge Touristen«, sagte Pat, als Anna ihre Gedanken äußerte. »Die meisten bleiben allerdings nicht lange, sondern spazieren nur einmal durchs Dorf.«

Kurz darauf kamen die beiden aus der entgegengesetzten Richtung erneut vorbei. Sie waren bereits ein paar Schritte von Fishergirl's Luck entfernt, als der Mann umdrehte und sich über den Zaun beugte.

»Hallo, entschuldigen Sie bitte die Störung«, sagte er, »aber gibt es hier irgendwo ein Lokal, in dem man etwas essen könnte? Bei Ihnen sieht es so idyllisch aus, und das Essen duftet so köstlich, dass wir Hunger bekommen haben.«

»Leider nein, in Crovie gibt es keine Gastronomie mehr«, antwortete Anna.

»Das Nächste wäre The Garden Arms in Gardenstown«, sagte Frank freundlich. »In der anderen Richtung das Pennan Inn. Oder mal in Portsoy schauen, das liegt hinter Macduff.«

Der Mann lächelte. »Vielen Dank und noch mal Entschuldigung, dass wir beim Essen gestört haben. Riecht wirklich himmlisch.«

»Also«, sagte Anna langsam und sah Pat und Frank an. »Wenn es euch beide nicht stören würde … Es gibt noch reichlich Nachschub. Falls Sie Lust haben, sind Sie herzlich eingeladen.«

»Oh, das können wir doch nicht annehmen«, erwiderte der Mann, als seine Frau – die beiden trugen die gleichen Ringe – zu ihm trat. »Wir wollen wirklich nicht zur Last fallen.«

»Das tun Sie nicht«, versicherte ihm Frank, und Pat nickte bestätigend. »Es ist Annas Einladung.«

»Bitte, kommen Sie«, sagte Anna und stand auf. »Das Essen bleibt sonst nur übrig.«

Die beiden schauten sich an, und die Frau lächelte. »Also, wenn Sie ganz sicher sind ... Das ist ja total nett von Ihnen, vielen Dank.«

Und so wurde Liams Tisch – Anna nannte ihn insgeheim so, obwohl sie sich das zu verbieten versuchte – noch von zwei weiteren Gästen eingeweiht. Sie servierte ihnen Suppe, brachte mehr warmes Baguette und goss dem Paar Wein ein. In der nächsten Stunde erfuhren sie, dass die beiden, Anthony und Rose Linden, in York lebten und eine Woche in Portsoy Urlaub machten.

»Das schmeckt wirklich wahnsinnig gut«, bemerkte Rose, als sie ihre Suppe löffelte. »Und das Brot ist köstlich.«

»Und so ein schöner Platz«, fügte Anthony hinzu. »Wenn du hier weitere Tische aufstellen würdest, hättest du garantiert jeden Tag Hochbetrieb, Anna. Und das allein mit dieser Suppe.«

»Ein Freund von uns meinte schon, Anna solle das Crovie Inn wieder aufmachen«, warf Frank ein. »Ich finde die Idee spitze.«

»Aber ich bin doch gerade erst hergekommen«, protestierte Anna. »Und ich habe gar kein Kapital, um ein Restaurant zu eröffnen.«

»Dann fang einfach klein an«, schlug Anthony vor. »Im Sommer kommen doch sicher viele Touristen hierher. Dann hätten die Leute einen guten Grund, noch ein bisschen länger in Crovie zu bleiben. Und wenn auch nur an diesem einen Tisch hier.«

»Schöne Idee, aber ich weiß nicht, wie ertragreich so etwas wäre«, sagte Anna. »Außerdem habe ich nicht vor, auf Dauer hierzubleiben.«

»Also, ich kann nur sagen«, erwiderte Anthony, »dass wir allen Leuten von dem wundervollen Erlebnis erzählen werden, wie wir in Crovie von einer großartigen Köchin zum Essen eingeladen wurden.«

»Genau«, bestätigte Rose. »Von dieser Suppe werde ich noch wochenlang träumen. Ich würde dich ja nach dem Rezept fragen, weiß aber jetzt schon, dass ich sie niemals so hinbekommen würde.«

Erst lange nach vier Uhr nachmittags, als der Wein zur Neige ging, der Broonie verspeist und der Kaffee ausgetrunken war, löste sich die Runde auf. Pat und Frank halfen beim Abräumen, und als Anna wieder aus dem Haus kam, steckte Anthony ihr diskret ein paar Scheine zu.

»Herzlichen Dank für deine Gastfreundschaft«, sagte er. »Es war wundervoll, dich kennenzulernen und bei dir zu essen, Anna.«

»Das werde ich nicht annehmen«, erwiderte sie entschieden und gab ihm das Geld zurück, ohne auch nur einen Blick darauf zu werfen. »Es war mir eine Freude, euch zu bewirten, und ihr wart meine Gäste.«

»Ich möchte aber, dass du es annimmst«, insistierte Anthony, und Rose, die zu ihm trat, lächelte warmherzig. »So gut haben wir die ganze Woche noch nicht gegessen. Und ich weiß, welche Kochkunst dafür nötig ist und wie viel so eine Mahlzeit wert ist.«

»Bitte«, fügte Rose hinzu. »Das war so ein einzigartiges Erlebnis für uns.«

Anna gab nach. »Also gut, danke«, sagte sie. »Ich fand es auch wunderschön mit euch. Kommt uns doch mal wieder besuchen, wenn ihr Lust habt.«

Sie schüttelten sich die Hände, und Rose umarmte Anna spontan.

»Und glaub mir, Anna«, sagte Anthony. »Sollten wir hören, dass du das Crovie Inn übernommen hast, mieten wir uns in einem dieser Häuschen hier ein und buchen uns jeden Abend einen Tisch bei dir.«

11

In den nächsten Tagen schlug das Wetter um. Es wurde stürmisch, und heftige Regenschauer ergossen sich aus bleigrauen Wolken. Durch den zarten Vorhang in ihrem Schlafzimmer sah Anna, wie die Gäste von Pat und Frank tapfer die Dorfstraße entlangwanderten, obwohl die Wogen schon fast so hoch waren wie die Ufermauer. Anna fragte sich, was diese Urlauber wohl hierhergeführt hatte und ob ihre Erwartungen erfüllt wurden.

Nachdem Anna sich die ganze Woche im Haus verkrochen und an ihrem Kochbuch gearbeitet hatte, war sie am Sonntag mutig genug, dem Wetter zu trotzen und einen Spaziergang mit David und Glynn und dem lebhaften Setter Bill zu wagen. Danach lud sie die beiden auf eine warme Suppe und frisch gebackenes Brot zu sich ein. Sie aßen im Wohnzimmer auf der Couch, während Bill sich vor dem Kamin ausstreckte. Liams Tisch trotzte unterdessen draußen dem wüsten schottischen Wetter und wartete geduldig auf den nächsten Sonnentag, an dem die Gäste unter freiem Himmel bewirtet werden konnten.

Immer wieder musste Anna an Anthony Lindens Worte denken. *Dann hätten die Leute einen guten Grund, noch ein bisschen länger in Crovie zu bleiben.*

Sollte sie es wagen? Schönes Wetter war angekündigt, und

sie hatte keine Eile, Crovie zu verlassen. Was sprach dagegen, den Sommer hier zu verbringen?

Abends heulte der Wind ums Haus, und Regenschwaden klatschten an die Fenster. Weiter im Süden mochte es schon sommerlich sein, aber Anna war froh, dass sie sich einen reichlichen Vorrat an Brennholz zugelegt hatte.

»Also, ich mag das ja«, sagte Anna, als sie mit einem Becher Tee in der Hand unter eine Wolldecke gekuschelt auf dem Sofa lag und mit Cathy telefonierte. »Draußen kann von mir aus die Welt untergehen, solange ich es hier gemütlich habe.«

»Hört sich wirklich nach Weltuntergang an«, erwiderte die Freundin. »Oder nach brüllenden Monstern vor deiner Tür.«

»Rein können die jedenfalls nicht. Ich habe alles abgeriegelt und verschlossen.«

»Du spinnst doch echt«, sagte Cathy liebevoll. »Na, jedenfalls hörst du dich wieder mehr nach dir selbst an.«

»Das liegt am Kochen, glaube ich«, sagte Anna. »Seit dem ersten Lunch für Pat und Frank habe ich jeden Tag etwas Neues ausprobiert. Ich fühle mich schon richtig wohl in meiner Küche, es ist toll, dass ich hier ganz alleine schalten und walten kann, das hatte ich noch nie.«

»Ja, dein Lunch hat sich wirklich idyllisch angehört«, erwiderte Cathy sehnsüchtig. »Köstliches Essen von dir, guter Wein, das Meer – was will man mehr? Ich wäre auch gern dabei gewesen. Kann mir gut vorstellen, dass deine unerwarteten Gäste ihr Glück nicht fassen konnten.«

»Und sie haben mich auf eine tolle Idee gebracht«, gestand Anna.

»Willst du doch das Crovie Inn übernehmen?«

»Nein, aber erinnerst du dich an den Supper-Club-Trend, der vor ein paar Jahren in London anfing? Pop-up-Restaurants in Privatwohnungen? Ein paar Kollegen von mir sind da eingestiegen, weil sie kein Geld für eigene Räume hatten, aber mit ihren Kochkünsten bekannt werden wollten.«

»Ja, Steve und ich waren auch mal bei so einem Abend, das war super. So was willst du im Fishergirl's Luck machen?«

»Nicht abends, und es wäre immer wetterabhängig, aber ein paarmal die Woche könnte ich Lunch anbieten. An den Tisch passen acht Leute, aber ich würde nur sechs Plätze anbieten, damit jeder reichlich Platz hat und ich mich nicht übernehme. Ich könnte mir vorstellen, dass das gut laufen würde.«

»Meinst du denn, da kommen genügend Leute?«

»Pat sagt, in der Hauptsaison seien viele Touristen hier. Einen Versuch ist es wert, finde ich. Und wenn es nichts wird, habe ich mich jedenfalls nicht finanziell überstrapaziert. Würde mir auch die Gelegenheit geben, kontinuierlich neue Rezepte zu entwickeln.«

»An wie viele Gänge denkst du?«, erkundigte sich Cathy.

»Drei fände ich gut. Eine einfache Vorspeise, Hauptgericht, Dessert. So viele regionale Zutaten wie möglich und Saisonware. Wird Spaß machen zu gucken, was jeden Morgen mit dem Boot kommt.«

»Na, auf jeden Fall der schnuckelige Fischer, oder?«

Anna lachte. »Ja, wahrscheinlich.«

»Apropos«, fuhr Cathy fort, »erzähl mir doch noch mal, wie er dir schon beim zweiten Treffen dieses perfekte Geschenk gemacht und nach einem Date gefragt hat.«

»Hör auf damit«, schalt Anna ihre Freundin scherzhaft. »Ich habe dir doch gesagt, dass er ein Herzensbrecher ist. Mal ganz abgesehen davon, dass er viel zu jung für mich ist, selbst wenn er Interesse an mir hätte. Was er eindeutig nicht hat. Aber selbst wenn … Ich bin nicht an ihm interessiert. Thema beendet.«

»Das glaube ich eher nicht«, widersprach Cathy vergnügt. »Wir besprechen das ein andermal weiter.«

»Auf gar keinen Fall.«

»Werden wir ja sehen. Und was den Lunchclub angeht: super Idee, finde ich. Mach das. Soll ich dir ein Plakat gestalten?«

»Ist vielleicht noch ein bisschen früh dafür. Obwohl … Ich muss gestehen, dass mir der Gedanke tatsächlich bereits gekommen ist.«

Cathy lachte. »Na klar, mach ich. Schreib mir in einer Mail, was alles drauf sein soll, und ich lege los. Ich sehe es jetzt schon vor mir. Handlettering, Überschrift ›Lunch im Fishergirl's Luck‹.«

»Wusste ich doch, dass es sich irgendwann lohnen wird, mit einer der besten Grafikdesignerinnen von ganz England befreundet zu sein.«

»Mit Schmeichelei kommt man immer weiter. Und, was machst du sonst noch so heute Abend?«

Anna horchte auf das Tosen draußen und zog die Decke fester um sich. »Also, ich gehe höchstens noch in die Küche, um mir mehr Tee zu holen. Und vielleicht Schokokekse. Ich bin gerade damit beschäftigt, Rezeptbücher anzuschauen, in die ich seit Jahren keinen Blick mehr geworfen habe – mache mir Notizen, schreibe Ideen auf und so. Ein paar Rezepte von meiner Mum habe ich überarbeitet, und von Bren möchte ich auch einige in mein Kochbuch reinnehmen. Mir gefällt die Vorstellung, dass Bren auf diese Weise in Erinnerung bleibt.«

»Du hörst dich ja richtig inspiriert an«, bemerkte Cathy. »Freut mich sehr. Okay, ich muss jetzt aufhören. Fühl dich gedrückt. Und schreib mir, ja?«

Anna überlegte gerade, ob sie vielleicht doch lieber ein Glas Weißwein statt Tee trinken sollte und was sie zum Abendessen kochen wollte, als es laut an der Haustür klopfte. Hastig befreite Anna sich von der Decke und lief zum Eingang. Vermutlich wollten Pat und Frank wegen des Sturms schauen, ob bei ihr alles in Ordnung war. Doch vor der Tür stand ein tropfnasser Liam Harper.

»Liam!«, rief Anna aus und zog den Fischer ins Haus, wo sich sofort eine Pfütze am Boden bildete. »Wieso bist du bei diesem Wetter unterwegs? Und wieso *hier*?«

Er hielt die Hände hoch. In der einen befand sich eine Flasche Wein, in der anderen ein Karton Eier. »Bei dem Sturm können wir nicht rausfahren«, erklärte er, während ihm Wasser aus den Haaren übers Gesicht rann. »Da hab ich mich an das Omelette erinnert.«

Anna starrte ihn an. »Und wie bist du hergekommen? Doch nicht etwa mit dem Boot?«

Er schüttelte den Kopf, wobei die Tropfen herumflogen wie bei einem Hund. »Nee, wohl kaum. Bin zu Fuß gegangen. War ... erfrischend.«

»Du bist ein Spinner, Kiwi.«

»Das hab ich schon öfter gehört, weißt du.«

»Wundert mich nicht. Komm rein, aber zieh zuerst deine

Jacke aus, sonst überschwemmst du alles. Ich lege noch Holz aufs Feuer.«

Anna versorgte den Fischer mit einem Handtuch und einem Glas Wein und ging dann in die Küche, während er sich am Feuer aufwärmte. Die Öljacke hatte seinen Oberkörper trocken gehalten, aber die Cargohose war völlig durchnässt. Die Hosenbeine ließen sich mit einem Reißverschluss abtrennen, und Liam legte sie zum Trocknen an den Kamin. Aus dem Augenwinkel sah Anna, wie Liam sich die Haare frottierte, und versuchte, nicht auf seine muskulösen sonnengebräunten Waden zu starren. Sie sagte sich, dass sie eigentlich ärgerlich sein müsste, weil Liam sie in Zugzwang gebracht hatte. Bei diesem Wetter hätte sie ihn ja nicht wieder wegschicken können.

Doch sie empfand alles andere als Ärger.

»Es ist nicht so, dass ich Neuseeland, meine Eltern und die Farm nicht mag«, sagte Liam. Er saß auf dem Boden, an einen Sessel gelehnt, ein Bein aufgestellt, und schaute versonnen auf die züngelnden Flammen im Kamin. »Ich weiß nur nicht, ob ich für den Rest meines Lebens Farmer sein möchte. Unser Anwesen ist riesig und sehr abgelegen, da kann man nicht mal schnell auf ein Bier im Pub vorbeischauen.«

»Liegt es im Norden oder im Süden?«

»Im Süden, in Central Otago.«

»Ist bestimmt wunderschön dort.«

»Ja. Warst du mal da?«

»Nur auf der Südinsel, aber ich fand es fantastisch. Wir waren hauptsächlich in den Weinregionen, weil mein Ex dort für seine Show gedreht hat. Ich weiß noch, dass ich mir vorstellen konnte, dort zu leben, wenn es nicht so weit weg gewesen wäre von England. Mein Vater lebte damals noch, er hätte mich dann nicht mehr besuchen können.«

Liam nickte. »Ja, das sagen viele.«

»Also ist dein Europaaufenthalt quasi dein letzter Ausflug in die Freiheit, bevor du sesshaft wirst?«

Er grinste. »So in etwa. War die Idee meiner Mutter, sie wollte, dass ich was von der Welt sehe. Hat wahrscheinlich befürchtet, ich würde das sonst später bereuen.«

Anna lächelte. »Aber jetzt hast du dich hier in einem winzigen Kaff verkrochen.«

»Stimmt.« Liam lachte. »Und ich kann nicht mal erklären, weshalb ich überhaupt zurückgekommen bin, ich hätte ja tausend andere Dinge tun können. Aber das Fischen macht mir Spaß, und ich bin gerne an der frischen Luft. Die Leute hier sind auch nett.«

»Stimmt.«

»Und einige können gut kochen.«

»Ja, Eier schlagen kann ich ganz passabel.«

Liam sah sich im Zimmer um. »Ich fand dieses Haus schon immer von außen so anheimelnd. Schön, dass es von innen auch so gemütlich ist.«

Sie verfielen in Schweigen. Anna sah zu, wie Liam die bunten Rücken ihrer Kochbücher in den Deckennischen betrachtete. Sie hatte erstaunt festgestellt, dass der Fischer viel ruhiger und tiefsinniger wirkte, als sie erwartet hatte. Er brachte sie oft zum Lachen, war aber hier im Haus nachdenklicher und ernsthafter, als sie ihn bisher erlebt hatte. Unwillkürlich fragte sie sich, ob das Absicht war, weil er sich von einer anderen Seite zeigen wollte. Und falls ja, weshalb.

Er schaute zu ihr herüber und zog schmunzelnd eine Augenbraue hoch, als er ihren Blick bemerkte. Anna lachte und drehte ihr Glas in den Händen.

»Ich habe mich nur gefragt, was du wohl im Sinn hast, Liam Harper.«

Er warf einen Blick auf seine Uhr. »Oh, ist wohl schon spät, soll ich gehen?«

»Das wollte ich damit nicht sagen ...« Anna unterbrach sich und überlegte. »Also, so habe ich das jedenfalls nicht gemeint. Du musst jetzt nicht gehen. Ich ... frage mich nur, wieso du überhaupt hier bist.«

»Du gefällst mir, und ich hatte den Eindruck, dass das auf Gegenseitigkeit beruht«, antwortete er. »Das ist alles. Ich wollte dich gern näher kennenlernen.«

»Da hättest du mich aber auf einen Drink irgendwo im Pub einladen können, anstatt bei Wind und Wetter vor meiner Haustür aufzutauchen.«

»Stimmt«, gab er zu. »Aber die beiden Pubs hier in der Nähe sind voller Leute, die mich kennen und von dir gehört haben. Ich dachte mir, du findest es sicher nicht entspannend, wenn uns jede Menge Leute zuhören. Niemand weiß, dass ich heute Abend hier bin, und bei diesem Wetter hat mich wahrscheinlich auch keiner gesehen.«

Anna öffnete den Mund und schloss ihn wieder. Schließlich sagte sie: »Klingt einleuchtend.«

»Und dann«, fuhr Liam fort, »dachte ich mir noch, dass du gerade erst dein Leben in London hinter dir gelassen hast und sicher nicht scharf darauf bist, dass über dich getratscht wird.«

»Auch das kommt hin«, gab Anna zu.

»Und außerdem hättest du abgelehnt, weil du dir aus irgendeinem Grund einredest, es sei unpassend, mit mir auszugehen. Weshalb ich beschlossen habe, dass du mich am besten in deinen eigenen vier Wänden näher kennenlernst. Hat das funktioniert?«

Anna lachte lauthals. »Ganz ehrlich: Hast du alle anderen Frauen in der Gegend schon *kennengelernt* und stürzt dich deshalb auf die erstbeste, die hier neu ankommt?«

»Nein«, antwortete Liam. »Aber ich gehe in drei Monaten nach Neuseeland zurück. Und ich will es mal so sagen: Ich habe nicht vor, jemanden mitzunehmen. Und du willst auch nichts Ernstes anfangen, weil du nicht hierbleiben willst und gerade erst eine schmerzhafte Trennung hinter dir hast. Sehe ich das richtig?«

»Mhm«, machte Anna und sah ihm zu, wie er sein Weinglas abstellte. »Tust du tatsächlich.«

»Na bitte«, sagte er und sah sie an. »Das heißt, wir sind genau richtig füreinander.«

Anna lachte und trank einen großen Schluck. Liams Argumentation war nicht nur ziemlich überzeugend, sondern der Mann sah auch noch von Minute zu Minute besser aus. Verflucht.

»Und es gibt noch einen weiteren Grund«, erklärte er und sah ihr in die Augen, während er näherrückte.

Anna holte tief Luft, räusperte sich und stellte ihr Glas ab. »Und der wäre?«

Liam kniete jetzt neben ihr am Boden, streckte die Hand aus und strich Anna sachte über die Wange. »Du bist wunderschön.«

Anna starrte auf seine Lippen. Ihr Verstand schien sich

verflüchtigt zu haben, ihr Herz raste. »Schmeichler«, murmelte sie.

»Es ist aber wahr«, flüsterte er, und dann spürte sie seinen Mund auf ihrem, seine Hand strich durch ihr Haar, und ihr Körper befand sich im freien Fall.

»Ich weiß nicht«, raunte Anna kurz darauf, »ob das wirklich eine gute Idee ist.«

Liam ließ sie los, ging in die Hocke und schaute zu ihr auf. Der plötzliche Abstand zwischen ihnen war so unangenehm wie ein eiskalter Wind. »Okay, kein Problem. Dann gehe ich lieber.«

Er wollte sich aufrichten, aber Anna hielt ihn fest, legte ihm die Hand an die Wange. *Sag Ja*, dachte sie. *Du willst so oft wie möglich Ja sagen, während du hier bist.*

»Geh nicht«, sagte sie.

12

Anna wachte auf, als Liam aus dem Bett stieg. Es war noch fast dunkel, und er beugte sich zu ihr herunter und küsste sie.

»Ich wollte dich nicht aufwecken«, sagte er leise. »Schlaf ruhig weiter. Der Sturm ist vorbei. Ich mach mich jetzt auf den Rückweg, bevor jemand unterwegs ist.«

Sie strich durch sein Haar und zupfte dann spielerisch an einer Locke. »Musst du aber nicht, Kiwi.«

Liam lächelte und gab ihr einen innigen Kuss. »Ich schreib dir meine Nummer auf und lege sie unten auf den Tisch. Du kannst mich jederzeit anrufen. Wenn ich nicht drangehe, arbeite ich.«

Anna drehte sich auf die Seite und sah zu, wie Liam in seine Boxershorts schlüpfte. Der Rest seiner Kleidung war unten im Wohnzimmer verstreut. »Ich hoffe, du konntest ein bisschen schlafen«, sagte sie. »Ist lange her, dass ich in einem Einzelbett Gesellschaft hatte.«

Er lachte. »War okay. Ich verbringe viel Zeit in Schiffskojen. Okay, ich muss los.« Nach einem weiteren Kuss verschwand Liam nach unten.

Anna horchte, wie er im Wohnzimmer seine Sachen zusammensuchte. Dann, nach einer kurzen Stille, hörte sie plötzlich schnelle Schritte auf den Stufen. Liam kam zurück, warf sich aufs Bett und küsste sie leidenschaftlich. Anna spürte seine Bartstoppeln im Gesicht und den derben Wollpulli an den Brüsten und musste lachen über Liams Wildheit. Danach stapfte er wieder die Treppe hinunter, und die Haustür fiel hinter ihm ins Schloss.

Ein paar Minuten lang schaute Anna zur Decke hinauf. Ihr Körper war wohlig schwer, angenehm schläfrig. Sie überlegte, ob sie aufstehen sollte, döste aber wieder ein.

Als sie aufwachte, wurde es draußen langsam hell. Im Erdgeschoss fühlte sich die Stille anders an als zuvor, es war eine Stille, die etwas erlebt hatte. Auf dem Couchtisch lag ein Zettel, mit krakeliger Handschrift geschrieben. Liams Nummer und eine kurze Nachricht.

Ich fand's schön. Hoffe, du auch. Ruf mich an.

Anna lächelte und tappte in die Küche, um Tee zu kochen. Die See schimmerte durch das kleine Fenster wie ein Stück Meerglas, verschwommen grün, und plötzlich zog es Anna mit aller Macht nach draußen an die frische Luft.

Der Pfad war nass vom Regen, die Gräser, noch schwer vom Wasser, glitzerten in der Sonne. Der Wind war nicht mehr stürmisch, zerrte aber dennoch an Annas Haaren und wirbelte die gelben Blütenblätter des Ginsters durch die Luft. Anna war zum ersten Mal alleine auf dem Klippenweg unterwegs. Ohne den munteren Bill, der vorausflitzte, und die Gespräche mit den neuen Freunden fühlte sie sich fremd in dieser Landschaft. Alles war leuchtend grün, der bewegte Ozean ebenso wie der Weg unter ihren Füßen.

In tiefen Zügen atmete Anna die feuchte Meeresluft ein und verlor sich in Gedanken. Nach einer Weile fiel ihr auf, dass sie nur noch auf einem schmalen Kaninchenpfad unterwegs war, sie musste irgendwo vom Hauptweg abgekommen sein. Sie blieb stehen, sah sich um und stellte fest, dass der abschüssige Trampelpfad steil bergab die Klippe hinunterführte. Er schien aber begehbar zu sein, man konnte sehen, dass andere Wanderer ihn vor ihr benutzt hatten. Anna überlegte, ob er vielleicht an der Klippe entlang nach Troup Head und Pennan führte, also ein Pendant zu dem Weg nach Gardenstown war.

Begeistert von der frischen Brise im Gesicht und der bislang unbekannten Aussicht auf die Klippen, beschloss sie, den Pfad noch weiter zu erkunden. Crovie war längst nicht mehr zu sehen, sie kam sich vor wie am Ende der Welt. Der Pfad wurde allerdings zunehmend unbegehbarer, und an einigen Stellen musste sie sich an Büschen und Sträuchern festklammern, um den Halt nicht zu verlieren. Zuletzt verschwand auch noch der letzte erkennbare Wegrest unter einem riesigen Ginsterbusch. Dabei war der Strand mit den schwarzen Felsen gar nicht mehr weit entfernt, sie konnte schon die weißen Schaumkronen auf den Wellen erkennen. Am Fuße einer kleinen Grotte wucherte eine leuchtend grüne Pflanze, die Anna für Salzmelde hielt.

Wenn ich jetzt schon so weit gekommen bin, kann ich auch gleich noch versuchen, Salzmelde zu ernten, dachte Anna. Sie wich dem riesigen Ginster aus und kraxelte am Hang weiter abwärts. Als sie den Strand fast erreicht hatte und versuchte, sich auf einem glitschigen Felsen nach unten zu hangeln, hörte sie jemanden rufen. Sie blickte über die Schulter und entdeckte ein türkis-weiß gestreiftes Ruderboot auf dem Wasser, bemannt mit zwei Gestalten. Eine davon war Robert MacKenzie.

»Hi!«, rief sie.

»Was machst du da?«, schrie Robert.

Anna wagte den letzten Schritt und sprang von dem Felsen auf den Sand. Als sie sich umdrehte, stellte sie fest, dass die andere Person ein etwa zehnjähriger Junge war. Er hatte den gleichen rotblonden Haarschopf wie Robert und war zweifellos sein Sohn. Der junge Robbie trug eine gelbe Wachsjacke und hatte ein sehr erwachsen wirkendes Fernglas umhängen, das gut zu seinem ernsthaften Gesichtsausdruck passte.

»Ich gehe spazieren«, schrie Anna über den Wind hinweg.

»Was, auf den Klippen?« Robert sah ziemlich fassungslos aus.

»Ich hatte eigentlich nicht vor, hier ...«

Der Rest des Satzes ging in einer heftigen Bö unter, und Robert legte die Hand ans Ohr. Anna machte noch einen Versuch, bevor sie aufgab und ergeben die Arme hob, um zu zeigen, dass es sinnlos war. Sie erwartete, dass Robert weiterfahren würde, doch stattdessen steuerte er Richtung Ufer. Bevor das Boot auf Grund lief, sprang Robert in das hüfttiefe Wasser und zog die Jolle auf den Strand. Der junge Robbie stieg auch aus.

»Auf den Klippen herumzuwandern ist viel zu gefährlich«, sagte Robert, als er zu Anna trat. »Vor allem nach einem Sturm. Schau mal.«

Er deutete nach oben, und Anna sah, dass sich an einigen Stellen die Schicht aus Erde und Pflanzen gelöst hatte und abgerutscht war. Erst jetzt fiel Anna auf, dass auch Teile des Fußpfads davon bedeckt gewesen waren. Auf dem überwucherten Weg hatte sie dem keine Bedeutung beigemessen.

»Ist das gestern Nacht passiert?«

»Teilweise. Die Erosion wird von Jahr zu Jahr schlimmer.«

»Verstehe.« Anna wurde flau im Magen, als ihr klar wurde, was ein Sturz aus solcher Höhe bedeutet hätte. »Okay, ich habe meine Lektion gelernt, danke. Ich werde auf dem Rückweg besonders vorsichtig sein.«

»Du kannst mit uns auf der Silver Darling fahren«, meldete sich der Junge zu Wort und sah Anna ernsthaft an. »Das ist sicherer.«

Anna lächelte ihn an. »Wie lieb von dir, vielen Dank.«

Der junge Robbie erwiderte das Lächeln nicht, sondern nickte nur und schob seine Brille zurecht. Sein Vater schaute auf die Uhr.

»Wir müssen los, sonst kommst du zu spät zur Schule. So schaffen wir es gerade noch.«

»Ich darf nicht schon wieder zu spät kommen, Dad!«

Robert legte seinem Sohn die Hand auf die Schulter und schob ihn Richtung Boot. »Und wessen Idee war es, mich vor dem Frühstück zur Delfinpatrouille zu scheuchen, hm? Ich war für Pancakes, aber nein, es ging mal wieder nur um die Delfine.«

»Sekunde noch«, rief Anna. »Bin gleich da.« Sie rannte zu den Felsen zurück und versuchte eine Handvoll Salzmelde abzureißen, doch die Pflanze war zäh und widersetzte sich hartnäckig. Nach einigen Sekunden erfolglosem Ringen fiel ein Schatten über Anna, und vor ihren Augen erschien ein aufgeklapptes Taschenmesser. »Danke«, keuchte sie und schnitt ein paar Stängel ab. Dann richtete Anna sich auf, klappte das Messer zu und gab es Robert zurück. Ein kleines amüsiertes Lächeln ließ Fältchen um seine Augen entstehen, die Anna an sachte Wellen bei leichtem Wind erinnerten.

»Dad!«, schrie Robbie im Boot. »Jetzt komm endlich!«

Nachdem Robert Anna beim Einsteigen geholfen hatte, schob er das Boot zurück ins tiefe Wasser und schwang sich mühelos hinein. Anna saß neben dem kleinen Robbie und sah zu, wie der Junge ein aufgerolltes Heft aus der Tasche zog. Auf dem Einband stand in Großbuchstaben, mit Filzstift geschrieben: *Delfinpatrouille*. Robbie brachte noch einen Stift zum Vorschein, schlug eine neue Seite auf und vermerkte das Datum. Dann begann er eifrig Notizen zu machen.

»Hast du heute Morgen schon Delfine entdeckt?«, erkundigte sich Anna.

Als der Junge nickte, sagte sie: »Das ist ja toll! Ich habe noch nie einen Delfin gesehen.«

Robbie schaute auf. »Was, wirklich noch nie?«

Anna schüttelte den Kopf. »Nicht in freier Wildbahn. Das würde ich zu gern mal erleben.«

»Das klappt bestimmt bald«, erwiderte Robbie. »Zurzeit ist eine Schule in der Bucht, und ich glaube, da gibt's bald ein Baby.«

»Ein Babydelfin! Das wäre ja wundervoll!«

»Deshalb waren wir in der Bucht«, fuhr Robbie fort. »Wir mussten schauen, ob da Netze sind.« Er kaute einen Moment an seinem Bleistift und beäugte das Büschel in Annas Hand. »Was ist das?«

Anna hielt die Blätter hoch. »Das hier? Salzmelde heißt das. Kann man essen.«

»Ehrlich?«, fragte der Junge naserümpfend.

»Mhmm. Schmeckt sehr salzig.« Anna riss ein Stück ab und verspeiste es, während Robbie ihr gespannt zusah. »Willst du mal probieren?«

Er zögerte und sah fragend seinen Vater an. Robert nickte lächelnd. »Kannst du ruhig machen. Anna kennt sich aus, sie ist Köchin.«

Robbie riss ein kleines Stück ab und probierte es vorsichtig. Ein erstaunter Ausdruck trat auf sein Gesicht. »Schmeckt nach Meer!«

»Ganz genau«, bestätigte Anna. »Deshalb passt die Salzmelde hervorragend zu Fisch und Meeresfrüchten.«

»Und was machst du jetzt damit?«, fragte Robbie.

»Das weiß ich noch nicht genau. Ich dachte nur, ich nehme mir ein paar Stängel mit, ich werde ja wohl nicht mehr hierherkommen.«

»Wenn du wieder was ernten willst, können wir dich mit dem Boot hinbringen, oder, Dad?«

Wieder nickte Robert, noch immer lächelnd. »Na klar, das machen wir.«

»Die Silver Darling gehört nämlich mir«, erklärte Robbie. »Tante Bren hat sie mir vererbt. Aber ich muss noch steuern lernen.«

»Wirklich ein schönes Boot«, sagte Anna. »Und du kannst sogar Delfinpatrouillen damit machen.«

Der Junge lächelte zum ersten Mal. »Wir können dich mal zu einer mitnehmen, wenn du magst. Manchmal kommen wir echt nah ran. Aber nicht zu nah, wir wollen die Delfine ja nicht stören, sondern nur beobachten.« Er hörte sich an, als wiederhole er einen Satz aus einem Vortrag.

Anna erwiderte das Lächeln. »Das wäre toll, danke schön, Robbie.«

Sie näherten sich der Anlegestelle von Crovie. Robert manövrierte das Boot mühelos an die Mole, und Anna stieg aus.

»Vielen Dank, meine Herren«, sagte sie mit einer kleinen Verbeugung. »Für die Rettung einer Dame in Not, die gar nicht gemerkt hat, dass sie in Not war.«

Robert grinste. »Glückselige Ahnungslosigkeit kann manchmal auch hilfreich sein.«

»Und die Mischung aus beidem macht das Leben interessant, oder?«

Robert lachte. In diesem Moment hätte Anna sich gerne dafür entschuldigt, dass sie mit ihrer Bemerkung über Cassie so viel Schmerz ausgelöst hatte. Aber das ging jetzt nicht, weil Robbie dabei war, der aufmerksam zu ihr hochschaute. In diesem Augenblick hörte Anna Schritte hinter sich, dann eine harsche bittere Stimme, die sie bereits kannte.

»Kommst zu spät, Robbie«, knurrte Douglas McKean. »Hab gesehn, wie der Ausländer schon vor vier Stunden aus Brens Haus geschlichen ist. Das Feld ist bereits gepflügt.«

Als Anna bewusst wurde, was der Alte gerade gesagt hatte, wurde ihr vor Wut und Scham glühend heiß. Sie wollte McKean gerade die Meinung sagen, als Robert ihr zuvorkam.

»Das geht mich genauso wenig was an wie dich, Dougie.« Roberts Gesicht war ausdruckslos, die Augen kalt. Dann wandte er sich Anna wieder zu. »Wie wär's mit Scheidenmuscheln?«

Anna war immer noch so aufgebracht, dass sie Roberts Frage gar nicht verstand. »Was?«

Robert wies mit dem Kopf auf die Stängel in Annas Hand. »Zur Salzmelde. Scheidenmuscheln.«

»Ähm ... ach so, ja. Die wären ideal.«

»Okay. Ich hole dich später wieder ab, dann können wir welche sammeln. Jetzt muss ich erst mal den jungen Mann hier in der Schule abliefern.«

Das Boot brauste davon, und als Anna sich umdrehte, stand McKean immer noch da und starrte sie feindselig an. Anna warf ihm einen angewiderten Blick zu und schüttelte nur den Kopf. Sie wollte lieber nicht sprechen, weil sie fürchtete, komplett die Beherrschung zu verlieren. Stattdessen ließ sie den Alten stehen und marschierte aufgebracht davon, wütend das Büschel Salzmelde umklammernd.

13

Als Anna sich ihrem Haus näherte, traf sie auf Pat, die am Uferweg Wäsche aufhängte.

»Guten Morgen!«, trällerte Pat fröhlich, fragte dann aber beim Anblick von Annas Miene: »Oh ... Stimmt irgendwas nicht?«

Anna schüttelte den Kopf. »Nicht wichtig, ich werde schon damit fertig. Hättest du Zeit für einen Tee? Ich habe große Pläne, von denen ich dir erzählen wollte.«

»Tut mir leid, heute Vormittag geht es leider nicht. Frank hat einen Termin im Krankenhaus, und ich wollte währenddessen in der Stadt ein paar Einkäufe machen.«

»Oje«, sagte Anna beunruhigt, »ist irgendwas mit Frank?«

»Keine Sorge, nur ein Routinecheck von seinem Herzschrittmacher.«

»Ich wusste gar nicht, dass er einen hat ...«

»Tja«, seufzte Pat. »Er tut auch so, als hätte er keinen. Vor zwei Jahren hatte Frank einen Herzinfarkt. Man könnte meinen, das sei Warnung genug, damit der Mann sich endlich mal mehr Ruhe gönnt. Aber nein, nicht unser Frank. Der benimmt sich lieber weiterhin wie ein Dreißigjähriger.«

»Ach, das tut mir leid, Pat. Du machst dir bestimmt ständig Sorgen deshalb, oder?«

Pat tätschelte ihr den Arm. »So ist das, wenn man zusammen alt wird, Liebes. Nicht zu ändern. Meist geht es ihm ja prima. Und wer weiß, vielleicht hört er doch irgendwann mal auf seinen Arzt und nimmt Vernunft an.« Sie wies mit dem Kopf auf den vollen Wäschekorb. »Wenn du mir hilfst, kannst du mir nebenbei von deinen Plänen erzählen.«

Als Pats Bettlaken alle im Meereswind flatterten, war Annas Wut so gut wie verraucht.

»So ein Pop-up-Restaurant ist doch eine tolle Idee«, sagte Pat und klemmte sich den leeren Wäschekorb unter den Arm. »Sag Bescheid, wenn du irgendetwas von uns brauchst.«

»Ich hätte tatsächlich ein Anliegen«, begann Anna, »aber sag bitte ganz ehrlich, wenn dir das nicht gefällt. Meinst du, meine Gäste könnten eure untere Toilette benutzen? Wenn ich denen meine anbiete, fürchte ich, dass sie plötzlich in der Küche stehen. Das Gesundheitsamt wäre sicher nicht davon begeistert, falls da mal jemand vorbeikommt.«

»Und du willst bestimmt auch nicht, dass wildfremde Leute in deinem Haus herumschnüffeln«, sagte Pat verständnisvoll. »Ich muss Frank natürlich fragen, aber ich wüsste nicht, warum das nicht gehen soll. Die Tür zur Küche können wir ja abschließen.«

»Super, Pat, ich danke dir«, erwiderte Anna erleichtert.

»Keine Ursache, Liebes, wir helfen dir gerne.«

»Und ihr könnt euch immer frühzeitig anmelden!«, sagte Anna. »Ich werde dafür sorgen, dass der Tisch mit Freunden besetzt ist, falls sonst niemand kommt.«

»Ach, das wird bestimmt kein Problem sein«, meinte Pat, während sie zum Haus ging. »Schau doch nur, wie spontan das mit diesem Pärchen geklappt hat. Wenn du Lust hast, komm heute Abend auf ein Gläschen vorbei.«

Anna stürzte sich sofort in ihre Vorbereitungen, machte Notizen und erstellte Listen von allem, was erledigt werden musste, bevor sie überhaupt an die Mahlzeiten denken konnte. Sie würde die Küche umorganisieren müssen und brauchte Geschirr, was sie natürlich bei Rhona kaufen wollte. Auch Besteck, Gläser und Servietten mussten angeschafft werden.

Sie war so vertieft in ihre Pläne, dass sie gar nicht mehr an Roberts Muschelangebot dachte, bis es um zwei Uhr plötzlich an der Tür klopfte. Als Anna öffnete, stand Robert davor, in seiner üblichen gelben Wachsjacke, die Hände in die Hüfte gestützt.

»Es ist Ebbe«, sagte er zur Begrüßung.

»Oh!«, sagte Anna perplex. »Ach so, ja ... natürlich. Was muss ich mitnehmen?«

»Jacke, Gummistiefel, dich selbst.«

»Ich habe gar keine Gummistiefel.«

Er zuckte die Achseln. »Dann andere Stiefel. Die von heute Morgen?«

Anna nahm ihre Jacke vom Haken und schlüpfte in die Schuhe. Beim Rausgehen zögerte sie, sagte »Sekunde noch« und flitzte wieder zurück. Nachdem sie das Gesuchte gefunden hatte, lief sie aus dem Haus, schloss die Tür ab und kam sich ziemlich konfus und unvorbereitet vor.

Auf dem Weg zur Mole schwieg Robert. Anna hätte gerne etwas gesagt, aber ihr fiel nichts Passendes ein. Wieso fühlte sie sich überhaupt verpflichtet, ein Gespräch anzufangen?

Was sie am Pier erwartete, war nicht die kleine Jolle von morgens, sondern ein größeres blau-weißes Boot, das zum Fischen geeignet war. Es war circa sechs Meter lang und hatte einen überdachten offenen Steuerstand und eine Kajüte am Bug. An der Seite stand in roten und goldenen Buchstaben der Name: Cassie's Joy.

Kurz darauf sauste Anna zum zweiten Mal an diesem Tag durch die Wellen. Nachdem die große Klippe hinter ihnen lag und Crovie aus dem Blickfeld verschwunden war, rief Robert Anna zu: »Ist keine lange Fahrt. Zwischen Pennan und Rosehearty gibt es eine Bucht, in der es von Scheidenmuscheln nur so wimmelt. Hast du schon mal welche gefangen?«

»Nein«, schrie Anna, um den Motor und den pfeifenden Wind zu übertönen. »Nur gekocht.«

Robert nickte. »Man braucht ein bisschen Geschick dafür.«

»Und Speisesalz«, fügte Anna hinzu.

Er warf ihr einen überraschten Blick zu. »Du kennst dich also doch aus.«

»Mehr in der Theorie«, erwiderte Anna, »weniger in der Praxis.«

Robert lächelte zum ersten Mal, seit er sie abgeholt hatte. »Ja, das kenne ich.«

Kurz vor der Bucht kamen weitere zerklüftete Klippen in Sicht. Auch hier hatte es Erdrutsche gegeben, Anna konnte die Anzeichen mittlerweile schon erkennen: breite Rillen in der grünen Oberfläche, die ausgetrockneten Bachläufen ähnelten.

Robert stellte den Motor ab, obwohl zwischen Boot und Ufer noch fast ein halber Meter lag, und Anna wurde klar, warum Gummistiefel praktisch gewesen wären.

»Okay, nimm den hier und reich ihn mir gleich raus. Da ist eine Box mit Salz drin«, verkündete er und deutete auf einen Blecheimer zu ihren Füßen. Robert sprang ins Wasser und streckte die Hand nach dem Eimer aus. Anna überreichte ihn und kletterte dann unbeholfen aus dem Boot. Das kalte Wasser spritzte hoch bis zu ihren Knien und durchnässte ihre Hose.

Anna watete Robert hinterher zum Ufer, wo er auf den nassen Sand deutete. »Hier hätten wir ein bisschen Auswahl.«

In den Rillen, die bei Ebbe von den Wellen zurückblieben, waren unter glitzernden Resten von Salzwasser Hunderte von kleinen Löchern zu sehen, die Luftlöcher der Muscheln.

»So viele!«, rief Anna verblüfft aus.

Robert nickte. »Ich schütte Salz drauf, du fängst.«

Er öffnete die Salzbox, und Anna zog die Gartenhandschuhe aus der Tasche, die sie vor Jahren von Geoff bekommen hatte, obwohl sie nie einen eigenen Garten gehabt hatten. Damals war es ihr vorgekommen, als wollte Geoff sich mit diesem merkwürdigen Geschenk über ihre Empfindlichkeit lustig machen. Jetzt war Anna froh, dass sie die Handschuhe nicht weggeworfen hatte.

Robert sah sie amüsiert an. »Nun sag mir aber nicht, dass die abgebrühte Köchin zimperlich ist?«

Anna grinste und strich ihre Haare hinters Ohr, weil der Wind sie ihr ins Gesicht wehte. »Ich habe das ja noch nie gemacht und möchte lieber gut vorbereitet sein.«

Er nickte und ging vor einem Loch in die Hocke. »Ich verrate dir ein Geheimnis: ich auch nicht.«

»Was?« Anna lachte überrascht. »Aber …«

Er schaute mit verschmitztem Grinsen zu ihr auf. »Mehr Theorie, weniger Praxis, wie bei dir. Und wie heißt es so schön: Learning by doing? Bist du bereit?«

Anna hob den Daumen, und Robert streute Salz in das Loch. Schweigend warteten sie ein paar Sekunden ab. Dann geriet das Wasser in Bewegung, und die längliche Muschel schoss aus dem Sand hervor, um ihren Luftweg zu reinigen.

»Schnell, schnapp sie dir!«, rief Robert.

Anna beugte sich vor, umfasste die Schale und zog daran. Die Muschel wehrte sich, aber Anna gelang es, sie aus dem Sand zu zerren, und hielt sie hoch. Aus dem unteren Ende kam ein Fuß hervor, der in der Luft nach Halt suchte.

»Es hat echt funktioniert«, sagte Robert staunend und lachte. Es war ein tiefes, frohes Lachen, wie Anna es bislang noch nicht bei ihm gehört hatte, lebendig und ausgelassen. »Wer hätte das gedacht?«

Anna lachte auch und ließ die Muschel in den Eimer fallen, den Robert mit Salzwasser gefüllt hatte. Aber als das Tier suchend um sich tastete, fühlte sich Anna plötzlich schuldig und empfand einen Anflug von Traurigkeit. Das arme Ding, dachte sie, den Kampf der Muschel beobachtend.

»Hey.« Robert legte ihr die Hand auf den Arm. »Alles okay?«

Sie sah ihn an. Windböen zerzausten sein rötliches Haar, in seinen Augen lag ein besorgter Ausdruck. Anna dachte unvermittelt, wie gut er zu dieser Landschaft passte, mit der er so vertraut war. »Ja. Ich glaube, ich bin eher eine rührselige als eine zimperliche Köchin.« Geoff hatte ihr das oft vorgehalten.

Robert blickte in den Eimer. »Es ist nicht rührselig, Mitgefühl zu haben«, erwiderte er. »Auch für etwas, das im Kochtopf enden wird. Ich kann das Fangen auch übernehmen, wenn dir das lieber ist.«

»Nein. Die Muscheln sind für *meine* Küche und *meinen* Kochtopf. Ich trage die Verantwortung dafür.«

Robert ließ das so stehen, ohne etwas zu erwidern.

»Wie hast du diesen Strand entdeckt?«, fragte Anna eine Stunde später. Sie saßen auf einem Felsen und tranken Kaffee aus einer Thermoskanne, die Robert aus der Kajüte geholt hatte. Den Eimer voller Muscheln hatten sie an Bord verstaut.

»Cassie hat ihn gefunden, nicht ich. Sie kannte die Küste hier wie ihre Westentasche und liebte diese Bucht.« Ein kleines Lächeln erschien auf Roberts Lippen, als er übers Meer zum Horizont schaute. »Wir waren hier bei einem unserer ersten Dates. Cassie hatte sich nach der Schule das Boot ihres Vaters ausgeliehen, um mit mir hierherzufahren. Sie konnte es mit fünfzehn schon steuern wie ein Profi. Ich war selbst schon seit Kindertagen oft hier vorbeigefahren, aber nie auf die Idee gekommen, den Strand zu erkunden. Das war typisch Cassie. Immer neugierig und an allem interessiert.«

Anna schaute zu dem Boot hinüber, das den Namen seiner Frau trug. »War das ihr Boot?«

Robert nickte. »Ich habe es ihr zur Hochzeit geschenkt. Wir konnten uns kein Haus leisten, aber ich musste ihr natürlich unbedingt ein Boot schenken.« Er schüttelte lächelnd den Kopf über seinen jugendlichen Irrsinn. »Und wir haben jede freie Minute darauf verbracht.« Plötzlich fiel ein Schatten über sein Gesicht, und er sah Anna an. »Entschuldige bitte.«

»Was denn?«

»Dass ich hier endlos von meiner verstorbenen Frau erzähle.«

»Ich habe doch gefragt«, stellte Anna klar. »Und ich wollte mich selbst bei dir entschuldigen, weil ich bei unserer ersten Begegnung so taktlos nach deiner Frau gefragt habe. Ich wusste nicht, dass sie nicht mehr lebt, sonst hätte ich das natürlich nie getan.«

Robert bewegte sich ein bisschen, und ihre Schultern streiften sich. »Eben. Deshalb war es auch nicht taktlos.«

»Tut mir trotzdem leid. Und wenn du über Cassie sprechen möchtest, würde ich dich nicht davon abhalten wollen. Mach das einfach so, wie du möchtest.«

Er lächelte schief. »Sei vorsichtig, das ist ein gewagtes Angebot.«

»Ach ja?«

Robert ließ den Blick wieder über die Wellen schweifen. »Es ist nicht einfach, Trauernden zuzuhören. Die Menschen bieten das immer an, aber viele halten es gar nicht aus. Außerdem ist Cassies Tod schon fünf Jahre her, die meisten Leute hier finden, ich müsste darüber hinweg sein.«

Anna sah ihn von der Seite an. »Was meinen diese Leute denn damit? Worüber sollst du ›hinweg‹ sein? Dass du deine Frau geliebt hast? So geht das aber nicht, oder? Du kannst doch dieses Gefühl nicht vergessen, das wird niemals möglich sein. Du kannst nur im Laufe der Zeit lernen zu akzeptieren, dass sie nicht mehr da ist. Aber wann und wie du das tust, geht niemanden etwas an. Es gibt keine Fristen für Trauer. Und es gibt auch keine Gebrauchsanweisung dafür. Jeder Mensch hat seine eigene Art, mit Verlusten umzugehen.«

Robert wandte sich ihr zu. »Wie bist du so weise geworden?«

Anna sah ihn nicht an.

»Tut mir leid«, sagte er leise. »Jetzt bin ich taktlos. Du hast selbst Trauererfahrung.«

»Mein Vater ist erst vor Kurzem verstorben«, erwiderte Anna. »Ich habe seit meiner Ausbildung nicht mehr zu Hause gelebt und meinen Vater wegen meines Ex-Partners nur noch selten besucht. Es hat mich unheimlich getroffen, als Dad starb. Ich vermisse ihn wirklich sehr. Die Trauer überfällt mich immer wieder, wenn ich gar nicht damit rechne. Das Wissen, dass ich ihn nie mehr wiedersehen werde. Wir waren lange nur zu zweit.«

Aus dem Augenwinkel sah Anna, wie Robert nickte.

»Und dabei kam auch der Tod meiner Mutter wieder hoch«, fuhr Anna fort. »Mein Vater hat das durchgemacht, was du jetzt erlebst. Meine Mutter starb, als ich zehn war, und mein Dad … Ich glaube nicht, dass er den Verlust jemals wirklich verkraftet hat. Die beiden waren wie du und Cassie – füreinander bestimmt. Das heißt nicht, dass mein Vater nach ihrem Tod keine glücklichen Momente mehr erlebt hat, die gab es durchaus. Aber es hat Jahre gedauert, bis er so weit war, und er musste sich außerdem noch um mich kümmern. Viel Zeit für sich selbst hatte er also nicht. Und er war noch so jung damals.« Anna verlor sich einen Moment in ihren Gedanken. »Im Nachhinein wünsche ich mir, er hätte noch jemanden kennengelernt«, sagte sie dann. »Aber ich hätte ihm niemals gesagt, er müsse über meine Mutter ›hinwegkommen‹. Das hätte er gar nicht gekonnt.«

Robert nickte erneut. »Mein Problem ist, dass ich einfach nicht weiß, wie ich ohne Cassie leben soll. Wir kannten uns seit unserer Kindheit. Sind zusammen aufgewachsen, hatten gemeinsame Freunde.« Er schüttelte den Kopf. »Alles hier in der Gegend erinnert mich an sie, deshalb vergesse ich manchmal, dass sie gar nicht mehr da ist. Und Robbie. Wenn ich ihn anschaue, sehe ich manchmal nur sie. Ohne Robbie wäre ich, glaube ich, gar nicht mehr zurechtgekommen. Er ist mein Grund, jeden Tag aufzustehen. Für mich alleine würde ich das wohl gar nicht schaffen. Vielleicht war es für deinen Dad ja auch so.«

Sie tranken Kaffee, versanken eine Weile in Schweigen.

»Und dieser Vorfall heute Morgen«, sagte Robert schließlich, »ist mir wahnsinnig unangenehm.« Sein Tonfall ließ darauf schließen, dass es ihm nicht leichtfiel, darüber zu sprechen. »Mit Douglas McKean, meine ich. Das war ungeheuerlich.«

»Aber du konntest doch gar nichts dafür.«

»Nein.« Er zuckte unbehaglich die Achseln. »Aber was er da angedeutet hat … Das war nicht der Grund, warum ich mit dir hierherfahren wollte. Du sollst nicht denken, dass ich irgendwas … Du weißt schon. So bin ich nicht.«

»Das ist mir klar«, sagte Anna.

Robert drehte seinen Becher um und ließ die letzten Tropfen Kaffee in den Sand rinnen. »McKean ist ein verbitterter alter Kerl. Das entschuldigt nicht sein Verhalten. Aber er hat eben seine eigenen Probleme.«

»Verstehe.« Anna interessierten Douglas McKeans Probleme nicht im Geringsten, und Robert schien das zu spüren. Er nickte leicht und lächelte. Aber Anna fragte sich plötzlich, ob McKeans Benehmen mit ihrem Haus zu tun hatte. Pat hatte so etwas angedeutet. »Gibt es da einen Zusammenhang mit Fishergirl's Luck?«, fragte sie. »Pat sagt, Douglas würde sich immer beklagen, dass das Haus eigentlich ihm zustünde.«

»Ach, diese alte Geschichte.« Robert schüttelte den Kopf. »Das würde er gerne allen weismachen, aber da ist nichts dran. Brens Anspruch auf das Haus war vollkommen legitim. Sie hatte keine Brüder, nur eine Schwester, und die ist jung verstorben. Brens Vater war Fischer. Barbara – Cassies Mum – erzählt manchmal davon, wie Bren und sie früher zusammen als Heringsmädchen gearbeitet haben. Aber Bren wollte immer lieber mit den Männern draußen zur See fahren und fischen, anstatt den Fang nur auszunehmen.«

Anna rümpfte die Nase. »Kann ich gut verstehen.«

»Ja, ich auch.« Robert lächelte. »Aber damals war es so, dass nur die Männer aufs Meer hinausfuhren. Die Frauen waren fürs Ausnehmen zuständig, fürs Flicken der Netze und den Haushalt. Brens Dad wäre wohl sogar bereit gewesen, ihr das Boot zu vererben, laut Barbara dachte er für die damalige Zeit ziemlich fortschrittlich. Aber Bren hätte keine Fischer gefunden, die mit ihr an Bord gearbeitet hätten, und es brachte ohnehin nicht genug ein. Als ihr Dad erkrankte, hat er deshalb das Boot und das Haus der Familie an Douglas McKean verkauft, um die restlichen Schulden zu tilgen. McKean hatte Verwandte hier in der Gegend, sie besaßen mehrere Fischerboote, waren wohlhabend.«

»Und das war, bevor Bren Fishergirl's Luck umgebaut hat?«

»Ja, genau. Es diente der Familie damals als Lagerschuppen.«

»Lass mich raten«, sagte Anna. »McKean dachte, den Schuppen bekommt er auch noch.«

»Ganz genau. Aber Bren hatte ihren Vater schon überredet, ihr den Schuppen schriftlich zu vermachen. Sie hat ihren Vater sogar dafür mit dem Geld, das sie als Heringsmädchen verdiente, bezahlt, damit es keinerlei Unklarheiten gab. Die Urkunde müsste eigentlich beim Rechtsanwalt liegen – hast du sie gesehen?«

»Ich habe nicht danach gefragt. Sollte ich wohl nachholen, das würde mich interessieren.«

»Bren hatte sie zur Sicherheit dort hinterlegt.« Robert lachte, als er Annas fragenden Gesichtsausdruck sah. »Nicht weil sie glaubte, dass Dougie sie stehlen würde. Nicht mal er würde so weit gehen. Dem geht es nur ums Prinzip, glaube ich. Aber bei dem Sturm 1953 haben so viele Leute Boote und Eigentum verloren. Ich denke, Bren hatte dafür sorgen wollen, dass die Urkunde irgendwo sicher aufbewahrt wurde.«

Anna schaute nachdenklich zum Horizont und wünschte sich, sie hätte Bren MacKenzie kennengelernt. Sie schien eine Frau gewesen zu sein, die genau wusste, was sie wollte, und sich von niemandem beirren ließ.

»In den Vierzigerjahren fing Bren nach und nach mit dem Umbau an«, fuhr Robert fort. »Zuerst mit ihren eigenen Ersparnissen, später mit einem Erbteil ihres Vaters. Und sie hat sich ein eigenes Boot gekauft. Es war zwar klein, aber in Ufernähe konnte sie damit fischen. Da muss sie so um die dreißig gewesen sein. Barbara erzählt, dass Bren nie so richtig ernst genommen wurde. Alle gingen davon aus, dass sie das Haus irgendwann aufgeben und heiraten würde, obwohl sie damals schon als alte Jungfer galt. Aber sie tat nichts dergleichen. Und ich glaube, das ist der Grund für Dougies Verbitterung. Er hat Bren wohl irgendwann gefragt.«

»Was, ob sie ihn heiraten will?«

Robert nickte. »Er hat das selbst nie zugegeben.«

»Vielleicht hat er geglaubt, wenn er von Brens Vater schon so viel übernimmt, bekommt er Bren auch gleich dazu.«

»Wäre möglich. Jedenfalls haben beide nie geheiratet. Nach Brens Tod habe ich ihm sogar angeboten, in das Haus zu ziehen. Sein eigenes macht viel zu viel Arbeit, das wird von Jahr zu Jahr baufälliger. Aber mein Angebot hat er kategorisch abgelehnt. ›Ich zieh doch nicht in die Bruchbude von dieser Hexe‹, war sein Kommentar.«

»The Fishergirl's Luck«, sinnierte Anna. »Jetzt kommt mir sogar der Name irgendwie trotzig vor. Kennst du die Geschichte dazu?«

Robert grinste. »Ich glaube, damit wollte sie Dougie eins auswischen. Er gehörte zu den Männern, die sich darüber lustig gemacht haben, dass sie selbst fischen wollte. Aber irgendwann war Brens Boot das einzige, das in Crovie noch übrig war, und sie ist bis in ihre hohen Achtziger damit rausgefahren.«

Anna schüttelte den Kopf. »Hätte ich sie doch nur kennenlernen können.«

»Sie hätte dich bestimmt gemocht. Und ich bin sicher, sie würde dir raten, Douglas McKean genauso zu ignorieren, wie sie selbst es ihr Leben lang getan hat.« Robert warf einen Blick auf seine Uhr. »Wir sollten zurückfahren. Robbie ist noch im Hort, kommt aber bald nach Hause. Und ich bin heute Abend im Einsatz auf dem Rettungsboot und muss in Macduff übernachten. Ich möchte rechtzeitig zum Abendessen da sein, damit ich noch ein bisschen Zeit mit Robbie habe.«

»Wer kümmert sich denn um Robbie, wenn du arbeiten musst?«

»Barbara. Sie wohnt zwei Häuser weiter.«

»Weißt du, ich glaube, ich bin ihr schon begegnet«, sagte Anna, als sie an die ältere Frau dachte, die um die Nordpol-Südpol-Stange herummarschiert war. »Ich fand sie sehr beeindruckend.«

»Barbara ist ein Segen«, erwiderte Robert. »Ohne sie wäre ich in noch viel schlechterem Zustand.«

Als sie zum Boot zurückgingen, sagte Anna: »Ich habe nicht den Eindruck, dass du in schlechtem Zustand bist.«

Robert schnaubte. »Der Schein trügt.« Er blieb stehen und schaute zurück, als überlege er etwas. Dann sagte er: »Ich will dir rasch noch was zeigen.«

Er kehrte um und steuerte auf die Klippen zu. Anna folgte ihm, zögerte aber, als er an einem Felsen hinaufkletterte. Robert schien genau zu wissen, wohin er die Füße setzen musste, und als er auf einem kleinen Plateau angelangt war, ging er in die Hocke und streckte Anna die Hand hin.

»Ist ungefährlich«, sagte Robert, als er ihr Zögern bemerkte. »Vertrau mir. Es lohnt sich.«

Sie ergriff seine Hand und nutzte dann dieselben Lücken im Stein wie er, um hinaufzuklettern. Das letzte Stück zog er sie hoch und ließ sie los, als sie sicher auf dem Plateau angelangt war. Dann drehte er sich zu der Felswand hinter sich und sagte: »Schau.«

Einen Moment lang starrte Anna verwirrt auf den Stein, sie konnte nichts Besonderes entdecken. Dann trat Robert vor und legte eine Hand so auf den Felsen, dass Daumen und Finger einen rechten Winkel bildeten.

»Du musst genau hinschauen.«

Anna blinzelte. Zwischen Roberts Fingern erkannte sie

jetzt Einkerbungen, die nicht durch Verwitterung entstanden sein konnten.

»Petroglyphen«, erklärte Robert.

»Aber wie kommen die dahin?«, fragte Anna verwundert.

Robert trat beiseite, damit sie die Zeichen besser betrachten konnte. »Man findet sie an der ganzen Küste, in Covesea gibt es sogar eine Höhle voller Zeichnungen. Aber von diesen hier habe ich noch nie etwas gehört, ich glaube, nur Robbie und ich kennen sie. Und jetzt du.«

»Wie hast du sie überhaupt bemerkt?«, fragte Anna. »Ich glaube, mir wären sie nie aufgefallen.«

Robert schwieg einen Moment, dann sah er sie mit einem kleinen Lächeln an. »Cassie hat sie gefunden. Sie hatte Adleraugen. Ich hab währenddessen unten am Strand Sand aus meinen Schuhen geschüttelt und mich gefragt, wann sie mich wohl endlich küssen würde.«

Anna berührte mit den Fingerspitzen die Markierungen im Felsen. Sie waren dicht nebeneinander, dünne Linien, tief eingeritzt. Unter der ersten Gruppe befand sich eine zweite, dazwischen ein einzelnes Symbol.

»Weißt du, was sie bedeuten?«, fragte Anna. »Meinst du, das sind Wörter?«

Robert beugte sich vor, und Anna spürte seine Wärme hinter sich, als sein Körper sie vor dem kalten Wind abschirmte.

»Cassie glaubte, es seien Namen.«

»Namen?«

Er strich über die Linien. »Als ich fünfzehn war, habe ich unsere Namen in den Apfelbaum meiner Eltern geritzt. Mit einem Herz dazwischen«, sagte er. »Das muss ungefähr eine Woche vor dem ersten Treffen mit Cassie gewesen sein.«

Anna verstand, was er damit sagen wollte. »Also glaubte sie, es seien vielleicht die Namen eines Liebespaars?«

»Ja, aber ich fand diesen Gedanken, ehrlich gesagt, immer furchtbar traurig.«

»Warum denn?«

Robert ließ die Hand sinken und steckte sie in die Tasche. »Weil sie nicht ahnen konnten, dass nichts anderes von ihnen überleben würde als das hier. Dass die Zeichen alles sind, was von diesen Liebenden geblieben ist.«

Der Wind wurde stärker, peitschte gegen den mächtigen Felsen, erschaffen von der Zeit und gezeichnet von Kräften, die so alt und so ewig wie die Menschheit waren.

»Aber wenn es so ist, haben sie doch überlebt«, wandte Anna ein. »Hier sind ihre Namen in Stein geritzt. Die beiden waren hier, und sie haben geliebt und wurden geliebt. Was soll denn sonst von uns überleben?«

Robert schaute Anna nicht an, obwohl sie so dicht neben ihm stand, dass der Wind ihr Haar auf seine Schulter wehte. Sie sah, dass er schluckte und so tief einatmete, als stockte ihm der Atem.

»Cassie hat genau das Gleiche gesagt«, erwiderte Robert nach einer Weile. »Sie hat diesen Ort sehr geliebt. Ich hätte unsere Namen hier in den Stein ritzen sollen, dann wären wir auch ein Teil des Felsens gewesen. Vielleicht …«

Er verstummte und wandte sich ab. Anna starrte weiterhin auf die unscheinbaren Zeichen, die ihr nun so bedeutsam erschienen.

»Nun sieh dir das an«, sagte Robert nach einem Moment. »Die Delfine sind gekommen, um dich zu begrüßen.«

Anna drehte sich um und schaute aufs Meer hinaus. Hinter Cassie's Joy erhoben sich die Delfine mit geschmeidigen Sprüngen aus dem Wasser, eine ganze Gruppe der schlanken, schimmernden grauen Tiere, immer wieder aufs Neue.

Mein süßes Selkie-Mädchen,
der Junge und ich haben die Frau kennengelernt, die Brens Haus übernommen hat. Ich glaube, Bren hätte sie gemocht. Und du wärst bestimmt mit ihr befreundet. Robbie will sie mit zu den Delfinen nehmen.
Ich liebe dich.

P.S. Keine Rote Bete. Kein einziges Glas in der Einkaufstasche, als ich nach Hause kam.
P.P.S. Dann rufe ich Miss Carmichael am besten selbst an, oder?
P.P.P.S. Was verschlägt eine Köchin namens Anna ausgerechnet an unsere wilde einsame Küste?

14

Als der April zu Ende ging, wurde das Wetter wieder schöner, und die längeren Tage kamen in den Genuss von anhaltendem Sonnenschein. An dem langen Wochenende Anfang Mai fand sich die bislang größte Runde an Liams Tisch ein. Da Anna im Freien wieder mehr Gäste unterbringen konnte als in ihrem kleinen Wohnzimmer, nutzte sie die Gelegenheit, um die Freundesgruppe einzuladen, die von den Thorpes gerne als »die üblichen Verdächtigen« bezeichnet wurde. Von Pat und Frank abgesehen, traf Anna sich regelmäßig mit Rhona und ging mit David und Glynn spazieren, wann immer sie in Crovie waren. Die beiden anderen Paare, Marie und Philip und Terry und Susan, hatte sie bisher noch nicht näher kennenlernen können.

»Was für schöne Blumentöpfe«, sagte Marie mit bewunderndem Blick auf die alten Terrakotta-Schornsteine, die Anna bei einem Trödler in Portsoy ergattert und mit bunten Stiefmütterchen und scharlachroten Begonien bepflanzt hatte. »Und die Lichterketten sind auch wunderhübsch.«

»Ja, sieht wirklich alles toll aus«, bekräftigte Philip mit Blick auf die schimmernden Lichter über ihnen. »Offen gestanden habe ich immer gedacht, mit diesem Betonstreifen sei kein Staat zu machen. Aber du hast ihn wirklich verwandelt.«

»Rhona hat uns von deinem Lunchclub-Projekt erzählt«, meldete sich Susan zu Wort. »Habt ihr überhaupt schon alle davon gehört?«, fragte sie in die Runde. »Ich finde die Idee super.«

Anna erläuterte ihre Pläne und war froh und erleichtert, als alle sich begeistert zeigten.

»Wann soll es losgehen?«, erkundigte sich Terry.

»Wenn alles klappt, am fünfzehnten Mai«, antwortete Anna, »in zwei Wochen also. Aber vorher muss ich noch ziemlich viel auf die Reihe kriegen.«

»Und ich erst«, sagte Rhona lachend. »Ich sollte mich wohl lieber ranhalten, wie? Vier Teller habe ich gerade im Brennofen, aber mir steht noch allerhand bevor …«

Rhona war Nutznießerin der Muschelernte gewesen. Anna hatte sie abends zubereitet und der Töpferin bei einer guten Flasche Wein ihr Vorhaben erklärt. Zu Annas Freude war Rhona gleich Feuer und Flamme gewesen und hatte sich nicht ausreden lassen, für das Service ein neues Design zu entwerfen.

»Jammerschade, dass wir nicht dabei sein können«, sagte David, und Glynn nickte heftig. »An dem Wochenende sind wir bei einer Hochzeit in Manchester. Obwohl es vielleicht besser ist, wenn wir nicht all deine Plätze blockieren, du willst ja echte Gäste!«

»Ich bin gar nicht sicher, ob ich überhaupt welche haben werde«, gestand Anna. »Hab mir schon Pat und Frank zum Einspringen gebucht, falls sonst niemand erscheint.«

»Das wird garantiert nicht passieren«, versicherte ihr Rhona.

Lebhaftes Gelächter war vom Weg zu hören, und kurz darauf erschienen Robert und Liam gemeinsam. Anna freute sich, dass Liam auch kam. Sie hatte versucht, die Einladung so lässig wie möglich zu formulieren, und war nicht sicher gewesen, ob er kommen würde. Er winkte ihr lächelnd zu, als die beiden auf den Garten zusteuerten.

Seit jenem ersten Abend war Liam regelmäßiger Gast im Fishergirl's Luck. Wenn er nicht mit dem Trawler unterwegs war, verbrachte er fast jede Nacht bei Anna. Und das war ihr sehr recht, denn wie er in seiner Nachricht nach dem ersten Abend geschrieben hatte: Sie hatten viel Spaß zusammen.

Als die beiden Männer zu den Gästen stießen, war Anna dennoch verblüfft, als Liam sie zur Begrüßung auf den Mund küsste. Sie hatte zwar nichts dagegen, wunderte sich aber doch, dass er vor anderen keinen Hehl aus ihrer Beziehung machte.

Robert gab Anna einen flüchtigen Kuss auf die Wange und sagte: »Danke für die Einladung. Mein Kleiner übernachtet bei einem Freund, und ich fand den Abend zu schön für Arbeit im Haushalt.«

Anna lachte. »Da hast du recht. Seid ihr beide zusammen hergekommen?«

»Ich hab mich Robbie angeschlossen«, erklärte Liam. »Wär doch blöde gewesen, mit zwei Booten zu fahren.«

»Und ich stehe ohnehin in seiner Schuld«, fügte Robert hinzu. »Liam muss jeden Morgen die endlosen Delfinfragen von meinem Sohn ertragen.«

»Ach, macht mir gar nichts«, sagte Liam, als sie sich niederließen und Anna ihnen Wein einschenkte. »Ist doch ein prima Kerlchen. Und schlau auch noch. Da wächst ein Walforscher heran, wenn du mich fragst.«

»Kann schon sein«, erwiderte Robert und dankte Anna mit einem Nicken, als sie ihm ein Glas Wein reichte. »Aber ob er in der Pubertät immer noch um fünf aufsteht, um die Jungs am Hafen mit Fragen zu nerven, bleibt abzuwarten …«

Während die Sonne langsam Richtung Horizont sank, unterhielten sich alle lebhaft weiter, und das Lachen und Stimmengewirr war weithin zu hören. Als Anna im Zwielicht einmal in Richtung Klippe schaute, entdeckte sie eine Gestalt, die sich in den Schatten herumdrückte. Douglas McKean. Roberts Bemerkung über die Probleme des alten Mannes fiel ihr wieder ein, und Anna überlegte, ob sie ihn dazu bitten sollte. Aber sie entschied sich dagegen. Sie hatte ihm sein unmögliches Benehmen an der Mole immer noch nicht verzeihen können. Und einen Moment später war er schon verschwunden.

»Sehr cool«, kommentierte Liam, als er später in Annas Laptop den Plakatentwurf begutachtete, den Cathy geschickt hatte. »Schönes, klares Design, sieht total einladend aus.«

»Und so was macht sie von Hand«, erklärte Anna, während sie das Mustergeschirr von Rhona auspackte. »Ich bin wirklich umgeben von hochtalentierten Menschen. Schau mal, ist das nicht hinreißend?« Sie hielt einen Teller hoch. Die grüne Glasur wirkte auf den ersten Blick beinahe schwarz und wurde zur Mitte hin verlaufend heller. »So was gehört eigentlich in eine Galerie, nicht auf meinen schlichten alten Holztisch.«

Es war schon spät, die anderen Gäste hatten sich bereits verabschiedet, aber Liam war geblieben. Niemand hatte deshalb auch nur mit der Wimper gezuckt. Anna war erleichtert gewesen und hatte sich dann gefragt, wieso überhaupt. Von den üblichen Verdächtigen war schließlich keine Prüderie zu erwarten. Vermutlich noch Nachwirkungen von McKeans gehässigem Kommentar, sagte sie sich dann.

»Also Samstag in zwei Wochen ist der große Tag?« Liam stand von seinem Lieblingsplatz am Kamin auf und trat zu Anna. »Tut mir total leid, aber ich kann nicht dabei sein.«

Anna stellte den Teller ab und gab ihm einen Kuss. »Ach ja?«

Er umfasste ihre Taille. »Ich habe schon vor längerer Zeit einen Tauchtrip auf den Shetlandinseln gebucht, zu einem Wrack namens *SS Glenisla*. Seit ich hier bin, wollte ich da immer schon hin, na ja, und jetzt …«

»Wird die Zeit knapp«, vollendete Anna seinen Satz. »Ist doch schön, dass das noch klappt.«

»Dann bist du nicht böse, weil ich bei der Lunchclub-Premiere nicht dabei bin?«

»Natürlich nicht! Wieso sollte ich böse sein?«

Er grinste, küsste sie liebevoll und schob sie dabei behutsam rückwärts. »Und da wir bald beide so viel zu tun haben«, raunte er ihr zu, »sollten wir unsere Zeit jetzt vielleicht nutzen.«

»Mhm«, murmelte Anna. »Guter Vorschlag, finde ich …«

»Oh nein, demnächst verschlägt es dich noch nach Neuseeland!«, stöhnte Cathy am nächsten Tag am Telefon. »Bestimmt ziehst du jetzt immer weiter weg, bis du irgendwann doch noch von der Erdscheibe runterfällst.«

»Auf keinen Fall«, widersprach Anna entschieden. »Davon kann nicht die Rede sein, und darauf hätte ich auch gar keine Lust. Wir haben Spaß zusammen, aber mehr ist da auch nicht. Ein Zwischenspiel.«

»Spaß …«, wiederholte Cathy. Sie klang wehmütig. »Ich glaube, ich weiß gar nicht mehr, was das ist.«

»Aber ihr seid doch glücklich zusammen, Steve und du, oder nicht?«

Ein kurzes Schweigen entstand. »Na klar«, sagte Cathy dann. »Aber das Leben ist, wie es ist. Wir bräuchten vielleicht mal ein bisschen frischen Wind. Jedenfalls beneide ich dich, Anna. Du hast alles hingeschmissen und von vorne angefangen, und du machst das richtig gut. Das kommt nicht oft vor.«

Anna lehnte sich auf dem Sofa zurück. »Du weißt, dass ich das nicht gemacht hätte, wenn das Ganze mit Geoff anders gelaufen wäre. Ich dachte, ich würde den Rest meines Lebens mit ihm verbringen. Mitsamt Kindern, Familienleben und allem Drum und Dran … Und jetzt gehe ich auf die vierzig zu, habe keinen Partner, keine Kinder, keine Karriere, und mein Zuhause ist ein Schuhkarton, in dem ich nicht auf Dauer leben kann.«

»Du bist aber nicht alleine, sondern hast den sexy Kiwi, zumindest noch für ein paar Wochen. Und ich dachte, du fühlst dich inzwischen richtig wohl im Fishergirl's Luck?«

»Ja, tue ich. Aber es ist nicht gerade so, wie ich mir mein Leben vorgestellt habe.«

»Verstehe. Entschuldige.«

»Im Moment macht alles noch Spaß, aber das kann nicht von Dauer sein.« Anna nagte an ihrer Lippe, wollte die Frage eigentlich nicht stellen, konnte es aber nicht lassen. »Hast du irgendwas gehört? Über Geoff, meine ich? Hat er …« Sie verstummte.

»Anna«, sagte Cathy streng. »Das willst du doch gar nicht wirklich wissen, oder?«

Anna rieb sich seufzend das Gesicht. »Nein. Aber ... Keine Ahnung. Ich muss eben doch immer wieder an ihn denken.«

»Das ist auch ganz normal. Ihr wart schließlich ewig zusammen. Außerdem hat er immer schon dafür gesorgt, dass du nur an ihn denkst und nicht an dich selbst.«

»Er würde sich wahrscheinlich lustig machen über den Lunchclub«, sagte Anna. »Supperclubs fand er total bescheuert. Hat immer gesagt, das sei nur was für zweitrangige Köche, die es ansonsten zu nichts bringen.«

»Tja«, erwiderte Cathy düster. »Kennst du eigentlich schon die Wahrheit über Geoff Rowcliffe?«

»Was meinst du damit?«

»Der Mann ist ein echtes Arschloch.«

Anna lachte.

15

Der Tag der Lunchclub-Premiere rückte mit Riesenschritten näher. Am Freitagmorgen befestigte Anna das Plakat an der Haustür, in der Hoffnung, dass es die Touristen dazu verlocken würde, auf dem Rückweg bei ihr einzukehren.

»Tut mir echt leid, dass ich nicht dabei sein kann«, sagte Liam erneut, als er ihr am Samstagmorgen an der Mole den bestellten Fisch überreichte.

»Wirklich nicht schlimm«, erwiderte Anna. »Das erwarte ich nicht von dir. Ich wünsche dir eine schöne Zeit. Und gib gut auf dich acht bei deinen Abenteuern.«

Er küsste sie. »Schreib mir bitte, wie alles gelaufen ist.«

»Mach ich. Und jetzt ab mit dir. Ich muss den Fisch zubereiten. Lass es dir gut gehen, wir sehen uns nächste Woche.«

Anna hob die Kiste hoch und machte sich auf den Rückweg. Ihr kam eine Frau entgegen, die ein adrettes dunkelblaues Kostüm und flache Schuhe trug. Sie hatte ein Klemmbrett unter dem Arm und schien etwas zu suchen. Lächelnd sprach sie Anna an.

»Guten Morgen, können Sie mir vielleicht helfen? Ich suche ein Haus namens Fishergirl's Luck.«

»Oh«, sagte Anna überrascht. »Das bin ich. Also, ich meine, das ist mein Haus. Suchen Sie nach mir?«

Die Frau musterte sie prüfend und warf einen Blick auf die Kiste mit dem Fisch. »Mein Name ist Belinda Turner. Ich bin vom Gesundheitsamt und für die Überprüfung der Gastronomie in dieser Region zuständig. Wir haben eine Meldung bekommen, dass in Crovie ein illegales Restaurant betrieben wird. Im Fishergirl's Luck.«

Anna wurde schlagartig flau im Magen. »Oh Gott, das ist nicht … Es ist kein Restaurant.«

»Aber Sie verkaufen Essen?«

»Nein, nicht direkt. Niemand muss etwas bezahlen.«

Belinda Turner betrachtete sie forschend. »Aber Sie akzeptieren Spenden?«

Annas Mund fühlte sich staubtrocken an. »Ich …Ja, das hatte ich vor, um die Kosten zu decken. Hören Sie, ich weiß, was ich tue. Ich bin ausgebildete Köchin, und meine Papiere sind alle in Ordnung.«

»Das ist gut. Die würde ich mir dann gerne anschauen. Ebenso wie die Bereiche, in denen das Essen zubereitet und serviert wird. Ich hoffe auf Ihr Verständnis – wir haben eine Anzeige bekommen, das können wir nicht ignorieren.«

»Selbstverständlich.« Der Rest der Strecke kam Anna so vor, als würde sie zum Galgen geführt.

»Ach du liebe Güte«, sagte Belinda Turner, als sie das Haus sah. »Das ist Fishergirl's Luck? Das Haus ist mir bei früheren Aufenthalten in Crovie schon aufgefallen, und ich habe mich immer gefragt, wie es wohl innen aussieht.«

Anna schob mit dem Rücken die beiden Türen auf, damit die Besucherin ihr folgen konnte, und stellte die Fischkiste in der Küche auf die Arbeitsfläche.

»Schauen Sie sich ruhig um«, sagte Anna und nahm eine

der Boxen zur Aufbewahrung von Meerestieren aus dem Schrank. »Ich muss nur rasch den Fisch verstauen. Meine Papiere finden Sie da drin.« Sie deutete auf einen Aktenordner auf dem Tisch unter der Treppe.

»Sie wollen die Mahlzeiten, die Sie verkaufen möchten, in *dieser* Küche zubereiten?«, fragte Belinda Turner, bevor sie nach dem Ordner griff.

»Mein Plan ist, an ein paar Tagen die Woche auf dem Tisch im Garten Lunch anzubieten«, erklärte Anna.

»Wie viele Gedecke?«

»Höchstens sechs. Mehr Personen kann ich bei dieser Küchengröße nicht bewirten.«

Turner nickte, während sie Annas Unterlagen studierte. Da Anna sich als Profiköchin mit allen Schritten auskannte, hatte sie bereits bei der Geburt der Lunchclub-Idee damit begonnen, Protokoll über die Kühlschranktemperatur und ihre täglichen Hygienemaßnahmen zu führen.

»Kann ich mal in den Kühlschrank schauen?«, fragte Turner.

»Natürlich.« Anna trat beiseite, und die Prüferin inspizierte sehr sorgfältig die tadellos sauberen und perfekt geordneten Fächer.

Danach unterzog sie die gesamte Küche einer gründlichen Inspektion. Sie rückte Gegenstände beiseite, öffnete Schubladen und Schränke, beäugte Arbeitsflächen und Herd. Belinda Turner hatte eine ruhige Ausstrahlung, und ihre Miene verriet nicht das Geringste, aber Anna wurde von Minute zu Minute nervöser.

»Wie sieht es mit Toiletten aus?«, fragte Turner schließlich.

»Meine Gäste können die Toilette meiner Nachbarn gegenüber benutzen, die in ihrem Haus ein Bed and Breakfast betreiben«, antwortete Anna und war sehr dankbar, dass sie auf diese Idee gekommen war. »Die ist gleich im Eingangsbereich auf der anderen Seite des Wegs.«

»Das scheint mir eine gute Lösung zu sein. Und wo ist der Essbereich?«

Anna ging mit Turner nach draußen und zeigte ihr den Tisch. »Er ist jetzt noch nicht hergerichtet, aber ich kann Ihnen ein Foto vom letzten Essen mit Freunden zeigen. So wird es dann auch aussehen.«

»Das ist nicht nötig«, erwiderte Turner. »Hören Sie, mir ist klar, dass Sie ein Profi sind, und – ganz ehrlich – ich habe schon Restaurantküchen gesehen, die Ihnen in puncto Sauberkeit und Ordnung nicht das Wasser reichen können. Es ist beeindruckend, dass Sie so gewissenhaft sind, selbst Protokoll zu führen. Aber eine Sache ist da: Die Spüle muss dringend ausgetauscht werden. Sie hat einen Sprung, und obwohl ich sehe, dass Sie bemüht sind, sie tadellos sauber zu halten, hält mich das davon ab, Ihnen die Bestnote zu geben. Sie wissen so gut wie ich, dass Sie zwei Waschgelegenheiten brauchen, eine für Lebensmittel, eine für Geschirr und Zubehör.«

»Ja, deshalb habe ich die Waschschüssel, damit beides getrennt wird.«

»Ich verstehe, Ms Campbell, und normalerweise würde ich das als Lösung akzeptieren. Aber nicht bei dem Zustand der Spüle darunter.«

»Das bedeutet aber nicht, dass ich deshalb keine Zulassung bekomme, oder?«, fragte Anna.

»Nein«, antwortete Turner. »Ich gebe Ihnen eine Vier statt der besten Bewertung, der Fünf. Aber ich meine, dass Sie die Spüle austauschen lassen sollten, bevor Sie mit dem Lunchclub starten. Dann gebe ich Ihnen gerne die Bestnote. Mit einer Vier dürfen Sie auch arbeiten. Dennoch würde ich der Person, die Ihnen offenbar Schwierigkeiten machen will, lieber keine weitere Gelegenheit dazu geben.«

»Verstehe«, sagte Anna bedrückt.

»Ich will Ihnen nur helfen, wirklich. Und unter uns: Ich kann Querulanten nicht ausstehen.« Belinda Turner nahm eine Visitenkarte aus ihrer Handtasche. »Überlegen Sie es sich. Wenn Sie die vorgeschlagenen Änderungen vor der Eröffnung machen lassen, rufen Sie mich an, ich versuche dann, am selben Tag zu kommen. Aber vorerst ...«

Anna nickte. »Ich verstehe schon.«

»Vielleicht können Sie Ihre Freunde im Weaver's Nook fragen, ob Sie das Essen für heute in ihrer Küche zubereiten dürfen?«, schlug Belinda Turner vor. »Ich habe die Bewertung für das B&B selbst gemacht und weiß, dass da alles einwandfrei ist.«

»Gute Idee, danke.«

Kurz nachdem die Kontrolleurin sich verabschiedet hatte, ging die Tür vom Weaver's Nook auf, und Pat und Frank kamen heraus.

»Die kennen wir!«, raunte Pat. »Sie ist vom Gesundheitsamt! Was wollte sie hier?«

Anna wandte sich zu ihrer eigenen Haustür um und nahm das schöne Plakat von Cathy ab. »Mitteilen, dass der Lunchclub heute nicht stattfinden kann.«

»Was?«, rief Frank aus. »Aber warum ...«

»Jemand hat mich angezeigt, weil ich angeblich ein illegales Restaurant betreibe.«

»Das kann doch nicht wahr sein!«, sagte Pat schockiert. »Wer macht denn so was?«

»Das fragst du noch?«

»Du meinst, es war Dougie?«, fragte Frank. »Das bezweifle ich. Er ist zwar wirklich ein alter Giftzwerg, aber ich kann mir nicht vorstellen, dass er einen Anruf bei einer Behörde auf die Reihe kriegen würde.«

Anna seufzte. »Tja, wer es auch war, er hat sein Ziel erreicht.« Sie rollte das Plakat auf. »Der Lunchclub fällt aus.«

»Ach, Liebes, das tut mir ja so leid«, sagte Pat. »Können wir dir irgendwie helfen?«

Einen Moment lang erwog Anna, den beiden von Turners Vorschlag zu erzählen, entschied sich aber dagegen. Es sollte ›Lunch im Fishergirl's Luck‹ sein, nicht ›Lunch, der anderswo zubereitet und am Tisch neben Fishergirl's Luck serviert wird‹. Außerdem wollte sie einer Person, die vor solchen Sabotageakten nicht zurückschreckte, keinen Anlass zu weiteren Beschwerden liefern.

»Ja«, antwortete sie schließlich munterer, als ihr zumute war. »Ihr könnt mir dabei helfen, die üblichen Verdächtigen zum Abendessen zusammenzutrommeln, wenn sie Zeit haben. Die Zutaten sollen nicht verderben, und so viel kann ich alleine nicht essen. Wir machen uns einfach einen netten Abend in unserer kleinen Runde.«

So kamen abends die Thorpes, Rhona und Robert MacKenzie in den Genuss der Mahlzeit, die für Annas erste zahlende Gäste vorgesehen gewesen war.

»Das tut mir wirklich leid für dich«, sagte Robert stirnrunzelnd, nachdem Anna die unerfreuliche Geschichte erzählt hatte. »Soll ich mir Dougie mal vorknöpfen?«

»Wir können nicht sicher sein, dass er es war«, antwortete Anna. »Frank meint, eher nicht.«

»Scheint mir einfach nicht sein Stil zu sein, sich bei einer Behörde zu beschweren«, sagte Frank achselzuckend. »Schon allein deshalb, weil Dougie nicht gerade ein Fan von Obrigkeit und Bürokratie ist.«

»Das stimmt zwar«, pflichtete Robert ihm bei, »aber für Ärger zu sorgen, passt schon zu ihm. Du weißt ja, wie er ist, wenn ihn irgendwas wurmt. Und dass Anna ins Fishergirl's Luck gezogen ist, scheint ihm extrem gegen den Strich zu gehen.«

Anna, die Robert gerade Wein einschenken wollte, hielt in der Bewegung inne. »Meinst du damit irgendetwas Bestimmtes?«

Robert verzog leicht das Gesicht. »Ich hätte es eigentlich gern vermieden, dir davon zu erzählen. Aber er hat wieder angefangen zu behaupten, dass das Haus eigentlich ihm gehören würde. Erst kam er bei mir damit an, und als ich gesagt habe, er soll endlich damit aufhören, hat er andere Leute damit belästigt. Vorgestern hat er sogar Barbara angerufen.«

»Ach, um Himmels willen«, sagte Rhona aufgebracht. »Dieser nervige alte Idiot. Meinst du, jemand von den Leuten, die er volljammert, kam dann auf die Idee, den Lunchclub zu nutzen, um sich einzumischen?«

»Das vermute ich beinahe«, antwortete Robert und blickte zu Anna hoch. »Hast du dem Anwalt wegen der Eigentumsurkunde Bescheid gesagt?«

»Bisher nicht. Ich wusste nicht so recht, was das nützen soll«, sagte Anna. »Ich meine, was soll ich damit machen, sie ins Fenster hängen? Aber offenbar muss ich mich doch darum kümmern, bevor ich Fishergirl's Luck als Ferienhaus vermiete. Sonst stänkert diese Person – oder diese Personen – womöglich noch im Internet herum. Ihr wisst ja, wie das heutzutage ist im Gastgewerbe. Ein paar bösartige Bewertungen, und ich bin am Ende, bevor ich überhaupt richtig angefangen habe. Außerdem möchte ich auf gar keinen Fall, dass Gäste von mir damit belästigt werden.«

»Und was ist mit dem Lunchclub?«, fragte Pat. »Du gibst den Plan doch nicht etwa auf, oder?«

»Das solltest du auf keinen Fall tun!«, fügte Frank hinzu. »Das Essen heute war exzellent, Anna. Und ich kann dir problemlos eine neue Spüle einbauen. Hört sich doch so an, als würde die Dame vom Gesundheitsamt dich unterstützen wollen. Wenn ich die Maße nehme und gleich Montag Früh nach Inverness fahre, hast du abends schon eine neue Spüle in der Küche.«

»Ja!«, sagte auch Rhona ermutigend. »Heute war keine Absage, nur eine Verschiebung. Dann startest du einfach nächstes Wochenende damit durch.«

Anna trank einen Schluck und schüttelte den Kopf. »Nein, ich lasse das. War von Anfang an eine blöde Idee.« Sie hielt die Hand hoch, um die protestierende Runde zum Schweigen zu bringen. »Ich koche wirklich lieber für euch alle. Tut mir leid, Rhona, dass du dir die ganze Mühe mit dem Geschirr gemacht hast. Ich werde für dich werben, wenn ich Fishergirl's Luck als Ferienhaus vermiete – und auf jeden Fall einiges dahin mitnehmen, wo ich künftig landen werde.«

Rhona schüttelte energisch den Kopf. »Der Lunchclub war überhaupt keine blöde Idee, sondern eine ganz tolle. Und ich fände es furchtbar schade, wenn du dir von jemandem den Spaß daran verderben lässt.«

Anna drückte die Hand der Freundin. »Danke. An euch alle. Es ist total schön, hier so liebe, unterstützende Freunde gefunden zu haben. Aber ich will keine Streitereien. Vor allem nicht wegen etwas, das ohnehin nur für ein paar Wochen geplant war. Das ist es wirklich nicht wert.«

16

Als es am Montagmorgen an der Tür klopfte und Anna öffnete, stand Liam vor dem Haus. Er wirkte seltsam bedrückt.

»Hallo.« Sie trat lächelnd beiseite, damit er hereinkommen konnte. »Dich habe ich jetzt noch gar nicht erwartet. Du bist doch erst gestern Abend zurückgekommen, oder?«

»Ja, bin ich.« Er küsste sie flüchtig, als er sich an ihr vorbeischob. »Aber du hast nicht geschrieben.«

»Ah.« Anna schloss die Tür und folgte Liam ins Wohnzimmer. »Das lag daran, dass ich nichts zu erzählen hatte.«

»Wieso, was war denn mit dem Lunchclub?«

»Hat nicht stattgefunden. Möchtest du einen Kaffee? Ich wollte gerade welchen machen.«

»Moment mal«, sagte Liam, hielt Annas Handgelenk fest und drehte sie zu sich. »Was ist passiert?«

Während Anna die Hintergründe erklärte, wurde Liams Miene von Minute zu Minute finsterer.

»Tut mir total leid für dich«, sagte er dann stirnrunzelnd. »Das ist ja das Allerletzte.«

Anna zuckte die Achseln. »Wer weiß, vielleicht war die Person ja der Meinung, das Richtige zu tun. Die Sache ist jetzt jedenfalls erledigt, und ich muss nach vorne schauen. Erzähl mir vom Tauchen.« Sie ging in die Küche. »Hattest du schöne Tage?«

Ein kurzes Schweigen entstand, dann antwortete Liam: »Ja, war super.«

Anna warf ihm einen Blick zu, während sie den Wasserkessel füllte. »Das klingt aber nicht so begeistert. Stimmt etwas nicht?«

Sein Lächeln wirkte angestrengt. »Doch, alles okay. Wollen wir uns mit dem Kaffee raussetzen? Das Wetter ist so schön.«

»Klar«, erwiderte Anna, die plötzlich ein unerklärlicher Anflug von Wehmut überfiel. »Ich bring ihn gleich, setz dich doch schon mal raus in die Sonne.«

Als sie nach draußen kam, saß Liam am Tisch, und Anna fiel auf, dass er nervös über die Rillen im Holz strich.

»Um ehrlich zu sein«, begann Liam, nachdem sie sich gesetzt hatte, »wollte ich etwas mit dir besprechen. Aber es kann warten, vor allem nach deinem unerfreulichen Wochenende.«

Anna goss ihnen Kaffee ein. »Liam. Was es auch ist: raus mit der Sprache. Ich bin erwachsen, okay?« Sie reichte ihm den Kaffeebecher.

»Okay. Also … Als wir beide das hier«, er wedelte zwischen ihnen mit der Hand hin und her, »angefangen haben, da haben wir ja beide gesagt, es soll etwas Lockeres sein, weißt du noch? Keine Bindung und nicht auf Dauer.«

Anna trank einen Schluck von dem starken Kaffee und sah zu, wie Liams Finger, kräftig, sonnengebräunt und schwielig von der harten Arbeit, über die Unebenheiten im Holz strichen. »Ja. Ich erinnere mich.«

»Und es war auch von Anfang an klar, dass ich nach dem Sommer nach Neuseeland zurückgehe und dass du auch nicht vorhast, hierzubleiben …«

Sie betrachtete prüfend sein bedrücktes Gesicht. Er war so angespannt, dass Fältchen um seine Augen entstanden.

»Du möchtest, dass wir das, was zwischen uns ist, beenden«, mutmaßte sie.

»Nein.« Liam sah sie an. »Aber ich habe jemanden kennengelernt.«

»Bei dem Tauchtrip?«

Er nickte ernst und schaute übers Meer zum Horizont, als sehne er sich nach der Weite und Freiheit dort draußen.

»Und es ist eben so«, sprach er weiter, »dass ich sie weiter treffen möchte. Wir haben ja immer gesagt, dass wir unser Zusammensein locker sehen, oder? Dass es nichts Festes ist. Ich mag dich wirklich gern, Anna, und habe viel Spaß mit dir und möchte dich auch weiterhin treffen. Aber ich weiß eben, dass dein Ex dich betrogen hat, und ich möchte nicht, dass du dieses Gefühl wieder hast, wenn ich noch eine andere Frau treffe. Deshalb dachte ich mir, ich bin lieber ehrlich mit dir. Bevor ... Na ja, du weißt schon.«

Anna lachte. »Verstehe.«

Liam seufzte. »Ich will echt kein Arsch sein, du hast wirklich was Besseres verdient. Und wer weiß, was wäre, wenn wir beide auf Dauer hier bleiben würden. Aber so ist es leider nicht, deshalb ...« Er zuckte die Achseln und verstummte.

»Ja, wir hatten es schön zusammen«, sagte Anna. »Und wussten beide, dass es irgendwann vorbei sein würde.«

»Es muss nicht vorbei sein«, betonte Liam. »Wir können genauso weitermachen wie bisher, bis einer von uns Crovie verlässt. Ich wollte nur nicht, dass du durch irgendjemand anderen davon erfährst. Die Leute hier ...« Er verdrehte die Augen. »Na, du hast ja schon deine Erfahrungen gemacht.«

Anna lächelte und schaute nachdenklich in ihren Kaffeebecher. Sie hatten ja abgesprochen, keine feste Bindung einzugehen. Dennoch hatte Anna das Gefühl, dass sie sich von jetzt an unwillkürlich fragen würde, was Liam wohl gerade machte – und mit wem –, wenn er nicht bei ihr war. Und sie befürchtete, dass sie dabei wieder in den düsteren Gedanken versinken würde, die gar nichts mit der Gegenwart zu tun hatten, sondern mit all den Jahren, in denen Geoff ihr so geschadet hatte. Die Zeit mit Liam war wirklich schön gewesen, und er nahm mehr Rücksicht auf sie, als Geoff es je getan hatte. Diese Erinnerung wollte sie sich nicht verderben.

Sie ergriff Liams Hand, und er drückte die ihre.

»Ich bin dir nicht böse, weil du diese andere Frau treffen willst«, sagte Anna schließlich. »Aber ich denke, es wäre das Beste, wenn wir beide uns nicht mehr sehen. Du warst ehrlich zu mir, das weiß ich sehr zu schätzen. Und du hast recht, wir hatten wirklich eine tolle Zeit, die ich nie bereuen werde. Dabei sollten wir es belassen.«

Liam sah enttäuscht aus. Er blickte auf ihre verschränkten Hände und küsste dann leicht Annas Finger.

»Bist du wirklich okay?«, fragte er.

»Ja«, antwortete Anna mit einem Lächeln. »Bin ich, ehrlich. Schau noch mal vorbei, bevor du nach Neuseeland zurückgehst, dann trinken wir ein letztes Glas Wein zusammen.«

Liam sah sie lächelnd an. »Das mach ich.« Er strich Anna das Haar aus dem Gesicht und küsste sie. Es war ein zärtlicher, aber kurzer Kuss. Dann lösten sie sich voneinander.

Anna sah Liam noch eine Weile nach, als er den Uferweg entlangging. Dann blickte sie übers Meer und versuchte zu erspüren, wie ihr zumute war. Sie hatte das Gefühl, etwas verloren zu haben, obwohl sie nicht erwartet hatte, dass Liam auf Dauer in ihrem Leben bleiben würde. Das hätte sie gar nicht gewollt. Da war auch ein Schmerz, ja, aber Anna glaubte, dass es weniger Liam selbst war, den sie vermisste, sondern vielmehr Nähe und Zuwendung. Jetzt war sie wieder ganz alleine.

Sie lehnte sich zurück und betrachtete Fishergirl's Luck, das aufrecht und solide dastand. Alleine, aber nie einsam.

Aus dem Augenwinkel bemerkte Anna eine Bewegung, und als sie sich umwandte, sah sie Douglas McKean mit seinem Stock im Anmarsch. Der Alte starrte mit dem üblichen finsteren Blick zu ihr hinüber, den Anna ebenso erwiderte. Sie merkte, wie trotzige Wut in ihr aufstieg. Ob McKean nun selbst beim Gesundheitsamt angerufen hatte oder nicht – so oder so hatte er den Lunchclub torpediert. Welches Recht hatte dieser alte Griesgram, sich in ihr Leben einzumischen, ganz abgesehen von seiner idiotischen Vorstellung, Fishergirl's Luck sollte ihm gehören? Dann wäre das Haus jetzt bestimmt in demselben miesen Zustand wie Douglas' eigenes. Bren MacKenzie war es gewesen, die diesen alten Schuppen in ein behagliches Heim umgewandelt und nicht nur viel Kraft, sondern auch ihr mühsam erarbeitetes Geld hineingesteckt hatte. Jetzt gehörte das Haus rechtmäßig Anna, und sie konnte damit machen, was sie wollte. Bren hatte sich nicht von McKean terrorisieren lassen, keine Sekunde. Warum sollte sie sich von ihm oder seinen Komplizen unter Druck setzen lassen, sagte sich Anna. Sie brauchte McKeans Einverständnis für gar nichts. Schon viel zu lange hatte sie sich in ihrem Berufsleben von der Meinung anderer abhängig gemacht.

Entschlossen stand Anna auf und klopfte an die Haustür des Weaver's Nook.

»Frank«, sagte sie, als er öffnete, einen Teebecher in der Hand. «Hättest du diese Woche vielleicht doch ein bisschen Zeit für mich? Deine Klempnerexpertise wäre gefragt.»

17

Zum Ende der Woche hin war Anna stolze Besitzerin einer nagelneuen Spüle und der offiziellen Höchstbewertung vom Gesundheitsamt.

»Sehr schön«, sagte Belinda Turner, als sie die perfekt installierte neue Doppelspüle begutachtete. »Und es freut mich übrigens sehr, dass Sie an Ihrem Plan mit dem Lunchclub festhalten. Ich finde die Idee großartig und würde selbst gerne mal vorbeikommen. Wollen Sie morgen loslegen?«

»Nein, erst Ende Mai, an dem langen Wochenende, damit ich ausreichend Zeit zum Vorbereiten habe. Und ich hoffe natürlich, dass dann auch mehr Urlauber hier sein werden«, fügte Anna hinzu. »Wer zuerst kommt, wird zuerst bedient. Ich beginne mit dem ersten Gang um Viertel nach eins – und würde mich sehr freuen, Sie zu meinen Gästen zu zählen.« Es konnte ihr nur zugutekommen, wenn die Kontrolleurin vom Gesundheitsamt bei ihr speiste, sagte sich Anna. *Da guckst du, was, McKean?*

»An dem Wochenende bin ich leider verreist. Aber gerne ein andermal.«

»Ah. Na, erst mal muss ich sowieso schauen, ob es überhaupt läuft«, sagte Anna.

»Ich wünsche Ihnen alles Gute«, sagte Turner lächelnd, als die beiden Frauen sich zum Abschied die Hände schüttelten. »Und ich drücke Ihnen die Daumen, dass das Wetter mitspielt.«

In der folgenden Woche beschäftigte sich Anna ausführlich mit dem geplanten Menü. Die üblichen Verdächtigen waren hellauf begeistert, als sie hörten, dass Anna den Versuch doch noch wagen wollte. Das galt auch für Cathy, die sofort das Plakat neu gestaltete. Am Freitag vor dem langen Wochenende hängte Anna es an die kornblumenblaue Tür von Fishergirl's Luck und trat einen Schritt zurück, um den Anblick zu bewundern.

Du wirst es durchziehen, dachte sie. *Diesmal klappt es, Douglas McKean hin oder her.*

Anna schmunzelte, denn einen Moment lang sah sie Bren MacKenzie neben sich stehen und mit breitem Grinsen nicken.

Am nächsten Morgen erschien Pat vor Annas Tür und erklärte, sie wolle sich nützlich machen und bei den Vorbereitungen mithelfen.

»Ich bin dein Küchenmädchen!«, erklärte sie, die Arme so weit ausgebreitet, als wollte sie die ganze Welt umarmen. Und Anna hatte nicht den geringsten Zweifel, dass diese herzliche Frau das auch tun würde, wenn es denn möglich wäre.

»Danke«, sagte Anna lachend. »Ich bin mir nur nicht sicher, ob wir in der winzigen Küche überhaupt zu zweit werkeln können.«

»Das kriegen wir schon hin, Liebes«, erwiderte Pat fest, als sie ins Haus kam. »Wo ein Wille ist, ist auch ein Weg und so.«

Den beiden Frauen gelang es tatsächlich, einander geschickt auszuweichen, während Pat Annas Anweisungen ausführte. Die ruhige, freundliche Präsenz der Freundin erinnerte Anna an das gemeinsame Kochen mit ihrer Mutter. Es fühlte sich ganz anders an als die Arbeit mit Kochprofis. Mit einem fast physischen Schmerz wurde Anna plötzlich bewusst, wie sehr ihr das gefehlt hatte und wie einsam sie inzwischen auf der Welt war. Nicht einmal ihre neuen Freunde oder die Zeit mit Liam konnten sie vergessen lassen, dass sie keine eigene Familie mehr hatte. Pat konnte sie nicht so umarmen wie ihre Mutter, und ihr Vater würde nicht in die Küche gestürmt kommen und alle zum Lachen bringen, indem er sich rasch einen ofenwarmen Keks stibitzte.

Dad.

Anna schaute durch das kleine Fenster auf die sanften, im Sonnenschein glitzernden Wellen, und auf einmal wurde ihr das Herz schrecklich schwer. In den letzten Wochen war sie so beschäftigt gewesen, dass sie nur selten an ihren Vater gedacht hatte. Aber nun sah sie ihn plötzlich vor sich, die Haare so zerzaust wie immer und mit seinem typischen Lächeln.

Tränen drohten, und Anna schluckte schwer. Dann musste sie an Robert MacKenzie denken. Wie konnte man nur von ihm erwarten, dass er die Trauer um seine Frau aufgab, die er so sehr geliebt hatte? Wie viele Jahre seit ihrem Tod vergangen waren, spielte doch keine Rolle. Anna gelang es nicht einmal, ihren Vater loszulassen. Und sie kannte die Gezeiten der Trauer inzwischen nur allzu gut – dieser mächtige Sog, der einen mit sich riss, von Angst zu Schuldgefühlen, von Erinnerungen in tiefe Düsterkeit, alles innerhalb von Minuten und oft vollkommen unerwartet.

»Alles in Ordnung?«, fragte Pat, die Annas Stimmungswechsel spürte.

Sie zwang sich, diese unerwarteten Gefühle abzuschütteln. »Ja«, antwortete sie. »Ganz lieben Dank für deine Hilfe, Pat, du warst wundervoll. Aber ich glaube, ich komme jetzt alleine zurecht, wenn du wieder rübergehen möchtest.«

Pat zog die Schürze aus und umarmte Anna herzlich. »Ich wünsche dir viel Freude beim Kochen. Du bist so gut! Ich weiß jetzt schon, dass deine Gäste genauso begeistert sein werden wie wir alle. Komm doch später noch auf ein Gläschen vorbei und erzähl ein bisschen«, fügte Pat hinzu, als sie ihre Freundin losließ. »Im Kühlschrank wartet eine Flasche Sekt.«

Nachdem Pat gegangen war, machte Anna sich konzentriert ans Werk, und die Stunden verflogen im Nu. Als Hauptgang sollte es ein Risotto geben, und sie war gerade beim Abschmecken, als es an der Tür klopfte. Anna warf einen Blick auf die Wanduhr und sah, dass es fast ein Uhr war.

Als Anna die Tür öffnete, standen eine Frau und ein Mann vor ihr, beide in ihren Zwanzigern.

»Hi«, sagte sie freundlich. »Kommt ihr zum Lunch?«

Die beiden lächelten, und der junge Mann zeigte auf das Plakat. »Ja! Wir hoffen es jedenfalls. Da steht ja, wer zuerst kommt, wird zuerst bedient – sind wir noch früh genug dran?«

Anna spürte einen Anflug von Nervosität, den sie nicht zu beachten versuchte. »Das seid ihr, ja! Ihr seid sogar meine ersten Gäste.«

»Wunderbar«, sagte die junge Frau. »Können wir uns schon hinsetzen?«

»Natürlich. Das Essen ist erst in etwa einer Viertelstunde

fertig, aber ich bringe euch schon mal Drinks. Alkohol kann ich nicht ausschenken, aber ...«

»Kein Problem, wir nehmen Wasser. Danke!«

Anna hatte die Haustür offen stehen lassen, als die beiden in den Garten gingen, und kaum war sie in der Küche angekommen, hörte sie plötzlich eine aufgeregte Kinderstimme.

»Anna! Anna, wo bist du? Es ist was ganz Tolles passiert!«

Der kleine Robbie stand in der Tür, sein Delfinheft umklammernd, und sah aus, als würde er vor Aufregung gleich platzen.

»Robbie! Was machst du denn hier?«

»Dad hat gesagt, wir essen bei dir zu Mittag. Wir haben die Delfinschule gesehen, und das Baby war dabei!«

»Robbie, schrei bitte nicht so.« Robert MacKenzie tauchte hinter seinem Sohn auf und legte ihm beruhigend die Hand auf den Kopf. »Entschuldige, es war ziemlich was los heute Morgen.«

Hinter den beiden erschienen jetzt ein weiterer Mann und ein Junge in Robbies Alter.

»Das sind Fraser und Jamie«, erklärte Robert. »Wir waren alle zusammen auf Delfinpatrouille, und ich dachte, wir könnten bei dir lunchen. Hast du noch Platz für vier hungrige Seemänner?«

»Ich ... Ja«, antwortete Anna. »Ja, vier Plätze sind noch frei.«

»Aber passt es dir auch?«, fragte Robert. »Oder vielleicht möchtest du die Plätze lieber für neue Leute freihalten?«

»Natürlich passt es!«, antwortete Anna lächelnd. »Nehmt gerne Platz draußen, zwei Gäste sind schon da.«

Sie ging in die Küche zurück und stellte den Wasserkrug, Gläser und eine Platte mit Gougères auf ein Tablett, die sie noch zubereitet hatte, um etwaige Wartezeiten zu überbrücken. Als sie damit nach draußen ins Sonnenlicht trat, sah sie, dass die beiden Männer sich einander gegenüber an die Mitte des Tischs gesetzt hatten, als eine Art Puffer zwischen den anderen Gästen und den Kindern.

»Hallo allerseits«, sagte Anna, »und herzlich willkommen zum Lunch im Fishergirl's Luck.« Sie stellte das Tablett in die Mitte des Tischs. »Bitte bedient euch schon mal. Das Essen kommt gleich.«

»Ich möchte dir noch rasch Fraser vorstellen«, sagte Robert.

Sein Freund stand auf und streckte Anna mit freundlichem Grinsen die Hand hin. »Schön, dich kennenzulernen, Anna. Ich habe schon gehört, dass du recht abenteuerlustig bist, was ich immer gut finde. Bin schon sehr gespannt auf deine Kochkünste.«

»Oh … danke«, sagte Anna, etwas verwundert über die Bemerkung. »Dann lebst du auch hier in der Gegend?«

Fraser setzte sich wieder. Er war ein kräftiger breitschultriger Mann mit kantigem Kinn und drahtigem schwarzen Lockenschopf. »In Macduff geboren und aufgewachsen, zusammen mit diesem Halunken hier.« Er wies mit dem Kopf auf Robert. »Wir wohnen jetzt aber in Elgin, weil meine Frau jeden verdammten Tag nach Inverness fahren muss.«

»Du darfst nicht fluchen, Dad!« Jamie stieß seinen Vater mit dem Ellbogen an.

»Autsch! Entschuldige!« Fraser schlug die Hand vor den Mund, schmunzelte aber. »Verpetz mich bitte nicht bei Mama, okay? Sonst krieg ich eine Standpauke.«

Jamie schaute blinzelnd zu seinem Vater hoch. »Was springt für mich dabei raus?«

Robert lachte lauthals. »Reingefallen, Fraser.«

Das junge Paar am anderen Ende des Tisches lachte auch, und Fraser wandte sich den beiden mit einem tiefen Seufzer gespielter Ergebenheit zu.

»Wir werden ja zusammen essen, da sollten wir uns vorstellen«, verkündete Fraser. »Ich verspreche, dass wir nicht zu rabaukig sein werden. Na, jedenfalls die Jungs nicht. Weiß nicht, ob ich den guten alten Robert hier im Zaum halten kann, der ist ein ziemlich wilder Typ … Hier, nehmt euch was von diesen Käsedingern, die sind fantastisch.«

Beim Servieren von Vorspeise und Hauptgang bekam Anna mit, dass die beiden jungen Leute Nathan und Kate hießen, in Aberdeen lebten und sich spontan übers Wochenende in Rosehearty eingemietet hatten. Als Anna später die Teller abtrug, hatte sich das Gespräch den Berufen zugewandt.

»Und du bist wirklich Küfer?«, fragte Nathan Robert. »Von euch gibt es nicht mehr viele, oder?«

Anna blieb stehen und hörte interessiert zu. Sie hatte immer angenommen, dass Robert hauptberuflich auf dem Rettungsboot beschäftigt sei.

»Ja, es gibt nur noch wenige«, bestätigte Robert.

»Für welche Whiskybrennerei arbeitest du?«

»Für die in Macduff.«

»Ich wusste gar nicht, dass es da eine gibt«, sagte Kate erstaunt.

»Sie ist auch nicht gerade bekannt, weil dort keine Single Malts hergestellt werden, nur Blends. Und ich bin viel unterwegs.« Als Anna nach seinem Teller griff, schaute Robert zu ihr auf. »Danke. Das war das Leckerste, was ich seit langer Zeit gegessen habe.«

»Stimmt«, sagte sein Sohn. »Dad kann überhaupt nicht kochen. Der lässt sogar Bohnen auf Toast anbrennen.«

Fraser lachte schallend, und die anderen am Tisch stimmten mit ein. Als Anna gerade ins Haus zurückgehen wollte, um das Dessert zu holen, sah sie eine hinkende Gestalt, die sich auf dem Uferweg näherte. Douglas McKean. Ihr wurde sofort flau im Magen, weil der Alte um diese Uhrzeit sonst nie unterwegs war.

In der Küche angekommen, nahm Anna den Zitronenpudding aus dem Kühlschrank und richtete ihn auf Tellern mit buttrigem Shortbread und Himbeer-Torteletts an. Von draußen hörte sie Roberts Stimme.

»Dougie«, sagte er. »Wie geht's, wie steht's?«

Die Antwort klang wie Donnergrollen an einem schwülen Tag. Anna trug das Dessert nach draußen und sah, wie sich McKean über den Zaun beugte. Sie spürte den Blick des Alten, als sie Nathan und Kate die Teller hinstellte.

»Wollen Sie sich nicht zu uns setzen, Mr McKean?«, fragte Anna. »Vom Nachtisch ist noch viel übrig, und es gibt auch gleich Kaffee. Ich hole Ihnen einen Stuhl.«

Der Alte würdigte sie keines Blickes, sondern starrte stattdessen Robert an.

»So eine Schande«, knurrte McKean, »dass du hier an diesem Tisch das Brot brichst, Robert MacKenzie, obwohl du genau weißt, dass das Haus rechtmäßig mir zusteht.«

»Ach, nicht schon wieder dieser Unsinn, Dougie«, erwiderte Robert leichthin. »Komm, iss was mit uns. Du bist eingeladen worden.«

McKean warf Anna einen angewiderten Blick zu.

»Als ob ich mich an den Tisch dieser diebischen Schlampe setzen würd. Wie kannst du nur hier essen, wo ich um mein Eigentum betrogen ...«

Robert sprang so abrupt auf, dass der Alte unwillkürlich zurückwich. »Jetzt reicht's«, sagte Robert drohend. »Du hast den Bogen endgültig überspannt, Douglas McKean. Ab sofort wirst du nie wieder über Anna sprechen und auch nicht *mit* ihr. Anna hat das Haus genauso rechtmäßig gekauft wie Bren. Und wenn du Anna nicht mit Respekt behandelst, kannst du jede Hilfe von mir künftig vergessen. Denk dran, in wessen Haus du wohnst.«

Die Augen des Alten wurden weit, und er sah zuerst fassungslos und dann vollkommen schockiert aus. Abrupt wandte er sich ab und humpelte davon.

Robert setzte sich wieder. »Entschuldigung dafür«, sagte er in die Runde und warf Anna einen Blick zu.

Sie setzte ein Lächeln auf, in der Hoffnung, dass es überzeugend wirkte. Die Kinder blieben stumm, wahrscheinlich vor Schreck über diesen plötzlichen Streit zwischen den Erwachsenen. Und Anna sah entsetzt, dass Nathan und Kate verstört wirkten und ihr Dessert noch nicht angerührt hatten.

»Tut mir wirklich sehr leid, bitte entschuldigt diese Szene«, sagte Anna. »Vergesst das lieber ganz schnell. Wer möchte denn Kaffee? Und wie wär's noch mit einem Getränk für euch, Jungs? Es gibt Orangenlimo oder Cola.«

Fraser brach das Eis, indem er mit einem herzlichen Lächeln zu Anna aufschaute. »Kaffee wäre großartig. Und Jamie nimmt bestimmt gern eine Orangenlimo, oder? Ausnahmsweise, weil Samstag ist. Aber nicht Mama verraten!«

Das Gespräch kam langsam wieder in Gang, und Anna kehrte bedrückt ins Haus zurück.

Es wunderte sie nicht, dass das junge Paar gleich nach dem Kaffee aufbrach. Aber Kate bedankte sich immerhin herzlich bei Anna und drückte ihr ein paar Geldscheine in die Hand.

»Oh nein, bitte ... Das kann ich nach diesem peinlichen Vorfall unmöglich annehmen«, sagte Anna.

»Aber das Essen war doch großartig«, erwiderte Kate lächelnd. »Und für das Benehmen dieses alten Mannes kannst du doch gar nichts. Bitte, nimm das Geld an. Wir wünschen dir viel Glück und hoffen, dass du weitermachst. Die Idee ist wirklich toll.«

Als Nächstes erhob sich Fraser und schob ein paar Scheine unter ein Glas, das noch auf dem Tisch stand.

»Bitte nicht ...«, begann Anna aufs Neue.

»Ah.« Fraser hob den Zeigefinger, um sie zum Schweigen zu bringen. »Auf deinem Plakat steht, man soll bezahlen, was man als angemessen empfindet, und das hier halte ich für angemessen. Obwohl, wahrscheinlich ist diese Mahlzeit noch viel mehr wert. Auf jeden Fall freue ich mich schon aufs nächste Mal. Emma, meine Frau, wäre garantiert auch begeistert, meinst du nicht auch, Jamie?«

»Doch, ganz bestimmt«, antwortete der Junge. »Können wir nächste Woche wiederkommen?«

Fraser sah Anna fragend an, aber sie schüttelte mit einem kleinen Lächeln den Kopf. »Ich glaube nicht, dass ich den Lunchclub fortsetzen werde.«

»Aber wieso denn nicht?«, rief Fraser aus. »Doch nicht etwa wegen einem verbitterten alten Mann? Der wird es nicht wagen, so einen Auftritt zu wiederholen.«

Anna lächelte freundlich, blieb aber stumm. Sie wusste nur allzu gut, wie wichtig Mund-zu-Mund-Propaganda bei einem Lokal war. Kate und Nathan waren nett und verständnisvoll gewesen, würden aber diesen Vorfall sicher erwähnen, wenn sie von dem Essen erzählten. Sie kannten die Vorgeschichte nicht und hatten wahrscheinlich den Eindruck gewonnen, dass ein wehrloser, gebrechlicher alter Mann hier schlecht behandelt worden war. Außerdem hatte jemand bereits den ersten Termin des Lunchclubs verhindert. Diese zwei Ereignisse zusammengenommen reichten zweifellos aus, um die ganze Idee im Keim zu ersticken. Und dazu kam noch, dass Anna den schockierten und gedemütigten Ausdruck auf McKeans Gesicht nicht vergessen konnte.

Während Fraser mit den beiden Jungen schon zur Mole spazierte, wo Cassie's Joy vertäut war, half Robert Anna beim Abräumen.

»Das tut mir wirklich leid«, sagte er, als sie gemeinsam in der Küche standen.

Anna stellte das Geschirr in die Spüle und schaute durchs Fenster aufs Meer hinaus. »Du wusstest schon, dass Douglas vorhatte, hier Stress zu machen, oder?«

Einen Moment lang herrschte Schweigen. Dann sagte Robert: »Mir war gestern Abend im Pub so was zu Ohren gekommen. Dass Dougie das neue Plakat gesehen und ein paar Leute angerufen hat, weil er wollte, dass du schließen musst.«

Anna nickte und drehte sich um. »Und deshalb warst du auch hier, nicht wahr?«

Robert wandte den Blick ab. »Ich dachte, wenn ich hier wäre, würde er sich zurückhalten. Aber ich habe mich geirrt, tut mir leid. Ich hätte vorher mit ihm reden sollen.«

»Ich bin erwachsen«, sagte Anna. »Ich brauche niemanden, der meine Kämpfe für mich austrägt. Du hättest es mir lieber sagen sollen, dann hätte ich mir selbst etwas überlegen können.«

Robert sah sie bestürzt an. »Du hast recht. Verzeih mir, bitte.«

Anna nickte. »Und was ist das für eine Geschichte mit McKeans Haus?«

»Nach dem Erdrutsch wollte er nicht wegziehen; er ist in Crovie geboren und kennt nichts anderes. Aber sein Haus war so reparaturbedürftig, dass er eine Hypothek aufnehmen musste. Als er mit den Zahlungen in Rückstand geriet, bin ich eingesprungen und habe das Haus übernommen.«

Anna betrachtete ihn forschend. »Das war nett von dir.«

Er schüttelte den Kopf. »Ich habe einfach nur getan, was ich konnte. Cassie hätte das auch so gewollt. Wir sind hier in der Gegend alle miteinander verwandt, auf die eine oder andere Art.«

Anna drehte sich wieder zu dem Geschirrstapel in der Spüle um. »Du solltest jetzt lieber gehen«, sagte sie. »Die anderen warten bestimmt schon auf dich. Und ich muss mich hier an die Arbeit machen.«

Es blieb still hinter ihr, aber sie wandte sich nicht mehr um.

»Danke für das Essen«, sagte Robert schließlich.

Dann war er verschwunden.

Mein Selkie-Mädchen,
ich habe etwas ganz Dummes angestellt. Wollte hilfreich sein, hab aber alles nur noch schlimmer gemacht. Du hättest bestimmt gleich gesagt, das sei eine blöde Idee. Weil du immer so ein gutes Gespür dafür hast, was man tun und was man lassen sollte.
Und ich weiß nicht mal, warum mir das so zu schaffen macht. Ich kenne sie ja noch gar nicht lange.
Wenn du jetzt hier wärst, würdest du mir sagen, wie ich das wiedergutmachen kann. Wenn du hier wärst, hättest du gleich von Anfang an alles richtig gemacht.
Warum bist du nicht hier?

18

Anna fühlte sich völlig erledigt und konnte die schwermütige Stimmung nicht abschütteln, die sich nach dem Gespräch mit Robert eingestellt hatte. Nach dem Abwasch ging sie auch nicht mehr zu den Thorpes, weil sie nicht über diesen neuerlichen Zusammenstoß mit Douglas McKean sprechen wollte. Vielleicht hatte Pat durchs Fenster ohnehin alles mitbekommen. Während Anna aufräumte, grübelte sie darüber nach, was sie hätte anders machen können. Aber ihr wollte beim besten Willen nichts einfallen.

»Du kannst doch nichts dafür«, sagte Cathy später, als die Küche blitzblank war und Anna mit dem Handy auf dem Sofa lag. »Manche Menschen sind einfach so. Ich bin froh, dass dieser Robert ihm die Meinung gegeigt hat.«

»Aber du hast die Miene des Alten nicht gesehen«, wandte Anna ein. »Er sah aus, als ginge die Welt unter.«

»Ich finde, du solltest den nicht bemitleiden. Das hat der echt nicht verdient.«

»Tue ich auch nicht. Zumindest nicht wirklich. Aber mir ist dadurch eben klar geworden, dass es so vieles hier gibt, so viele Geschichten, so viele Zusammenhänge, von denen ich nichts weiß. Ich hatte eigentlich gedacht, ich hätte mich ganz gut eingewöhnt, aber das war offenbar pure Einbildung.«

»Das ist doch Unsinn«, widersprach Cathy. »Du bist noch

nicht lange in Crovie. Denk doch lieber an die guten Erlebnisse, an all deine neuen Freunde.«

Anna sah Roberts bestürztes Gesicht vor sich. Sie hatte sich über sein eigenmächtiges Eingreifen geärgert, weil es ihr vorgekommen war, als traue er ihr nicht zu, mit ihren Problemen alleine fertigzuwerden. Dabei hatte er ihr nur helfen wollen. Hatte sie seine Entschuldigung überhaupt angenommen?

»Ach, ich glaube, mein eigenes Verhalten war auch nicht so toll«, sagte Anna seufzend. »Hör mal, ich muss jetzt aufhören. Ich bin furchtbar müde, muss schlafen.«

»Das hört sich aber nicht nach dir an, es ist doch noch früh am Abend«, sagte ihre Freundin. »Du wirst hoffentlich nicht krank?«

»Ich glaube, ich will einfach, dass dieser Tag endlich vorbei ist.«

»Mhm«, machte Cathy mitfühlend. »Morgen sieht bestimmt alles schon ganz anders aus. Ruf mich an, ja?«

Als Anna am Sonntag vor Sonnenaufgang aufwachte, sah das Meer noch dunkel aus, und ihr war so übel, dass es ihr schwerfiel, sich aufzusetzen. Sie wurde wütend auf sich selbst. Unter diesem Stresssymptom hatte sie während ihrer Ausbildung und auch bei ihren Jobs immer wieder gelitten. Weil sie dem auf keinen Fall nachgeben wollte, zwang sie sich mühsam zum Aufstehen. Sie machte sich einen Becher Tee und setzte sich damit an das große Fenster im Schlafzimmer, die Bettdecke um die Schultern gelegt. Dann sah sie dabei zu, wie langsam die Sonne am Horizont auftauchte und der Himmel in fast unwirklichen Farben zu schillern begann, die Anna an

Rhonas Keramik erinnerten. Und beim Anblick der Häuser von Crovie, verschachtelt und dicht aneinandergedrängt, fiel ihr Roberts Satz wieder ein: »Wir sind hier in der Gegend alle miteinander verwandt, auf die eine oder andere Art.«

Anna stand auf und ging nach unten, um zu duschen. Kurz nach neun klopfte es an der Tür. David und Glynn, die sie wie immer sonntags abholen wollten, vermutete Anna, und dachte sich rasch eine Entschuldigung aus. Allein die Vorstellung, jetzt spazieren zu gehen, fand sie wahnsinnig anstrengend. Doch als sie öffnete, schauten zwei aufgeregte kleine Jungen zu ihr hoch.

»Anna! Wir folgen heute den Delfinen, so weit es geht, weil Jamie und ich nämlich immer noch nicht sicher sind, wie viele es sind, und wir mussten an Crovie vorbei, weil sie Richtung Fraserburgh schwimmen, und da hab ich zu Dad gesagt, ob wir dich nicht fragen können, ob du mitkommen willst. Dad hat Nein gesagt, weil du sie schon mal gesehen hast und lieber in Ruhe ausschlafen willst, aber ich hab gesagt, du hast sie noch gar nicht *richtig* gesehen, und Onkel Fraser und Tante Emma finden die Idee gut. Kommst du mit? Du musst dich aber richtig doll beeilen, sonst verlieren wir sie!«

Robbie hielt endlich inne, um tief Luft zu holen, und schob seine Brille zurecht. Anna war so verblüfft, dass ihr der Mund offen stehen blieb, und dann brachte sie nur eine Frage hervor: »Tante Emma?«

»Das ist meine Mama«, erklärte Jamie. »Du bist also nicht die einzige Dame an Bord.«

»Ah, verstehe.«

»Komm schon!«, drängte Robbie. »Mach schnell, wir müssen los!«

»Jungs«, war eine amüsierte Frauenstimme zu hören. »Wir hatten doch vereinbart, dass ihr Anna *höflich* fragen sollt.«

»Haben wir gemacht!«, erwiderte Robbie aufgeregt. »Aber sie muss sich auch beeilen, sonst sind die Delfine weg!«

»Nur die Ruhe«, sagte die Frau, die jetzt in Sicht kam, und legte Robbie besänftigend die Hand auf den Kopf. »Hallo, Anna, ich bin Emma, Jamies Mum. Entschuldige bitte, dass wir dich am Sonntagmorgen so früh überfallen.«

»Gar kein Problem«, erwiderte Anna lächelnd. »Freut mich, dich kennenzulernen.« Die beiden Frauen schüttelten sich die Hand. »Danke für das nette Angebot. Aber ich fühle mich nicht ganz wohl heute Morgen, deshalb sollte ich wohl lieber zu Hause bleiben.«

»Oh nein!«, stöhnte Robbie. »Dann kannst du das Baby nicht sehen! Du *musst* mitkommen, bitte, bitte, bitte!«

Emma lächelte und schaute den Uferweg entlang. »Vielleicht geht es dir ja besser, wenn du dir ein wenig Wind um die Nase wehen lässt?«

Anna war im Begriff zu verneinen, doch dann erinnerte sie sich wieder an ihr Mantra. *Sag Ja. Sag so oft wie irgend möglich Ja zu neuen Erfahrungen.* Außerdem fühlte sie sich wirklich schon besser, seit sie die frische Meeresluft einatmete.

»Na ja«, sagte sie zögernd, »es ist ja wirklich ein schöner Morgen …«

»Jaaaa!«, jubelten die beiden Jungen triumphierend, bevor Robbie rief: »Beeilung, Beeilung, Beeilung!«

»Könnt ihr mir fünf Minuten geben?«, fragte Anna.

»Na klar«, lachte Emma. »So lange brauche ich allein schon, um diese beiden kleinen Stressmacher hier aufs Boot zurückzubefördern. Wir sehen uns an der Mole.«

Anna ließ die Haustür offen und hörte das Geschrei und Gelächter der Jungs auf dem Uferweg. Rasch zog sie sich einen Pulli über und schlüpfte in Mantel und Stiefel. Als sie sich der Mole näherte, stellte sie erstaunt fest, dass dort nicht Cassie's Joy angelegt hatte, sondern ein großes weißes Motorboot mit schimmernder Chromreling. Fraser stand am Steuer, eine lächerlich winzige Skippermütze auf dem Kopf, die wahrscheinlich Jamie gehörte. Emma war im Heck damit beschäftigt, den beiden Jungen Rettungswesten anzuziehen, obwohl beide lautstark protestierten, die seien doch nur etwas für »Babys«.

»Ahoi, Landratte!«, rief Fraser, als er Anna entdeckte. »Bereit für ein Abenteuer auf hoher See?«

»Wenn ihr noch Platz für einen weiteren Passagier habt«, sagte Anna lächelnd, als sie an der Mole stand und jetzt auch Robert an Bord sah. Er hatte ihr den Rücken zugewandt und drehte sich nicht um, woraufhin Anna ziemlich mulmig wurde und ihr Robbies Worte wieder einfielen.

Dad hat Nein gesagt.

Robert wollte nicht, dass sie mitkam – warum auch, nach der unangenehmen Szene vom Vorabend? Aber Robert war von Fraser und Emma überstimmt worden, denen das Boot ja gehörte. Anna ärgerte sich, dass sie nicht ihrem ursprünglichen Impuls gefolgt und zu Hause geblieben war.

»Na, selbstverständlich!«, erwiderte Fraser. »Komm rauf!«

Als Anna an Bord kam, stand Robert schließlich auf und drehte sich um. Er lächelte zurückhaltend und trat zu ihr, als das Boot startete.

»Guten Morgen«, sagte er vorsichtig.

»Hi.«

»Wie geht's dir?«

»Gut, danke.«

Anna nahm aus dem Augenwinkel eine Bewegung wahr und schaute zu Emma und den Jungs hinüber. Es sah aus, als versuchte sie, Robbie davon abzuhalten, zu Anna zu laufen.

»Robbie meinte, du wolltest nicht, dass ich mitkomme«, sagte sie.

»Ich wollte dich nicht in Zugzwang bringen, nachdem ich dich gestern so gekränkt habe.«

Anna seufzte. »Hast du nicht. Es ist nur … Ich konnte jahrelang vieles nicht so machen, wie ich wollte. Deshalb bin ich wahrscheinlich ziemlich empfindlich, was das angeht.«

Er nickte. »Das verstehe ich. Tut mir leid.«

»Und ich möchte mich auch bei dir entschuldigen«, sagte Anna. »Ich weiß, dass du nur helfen wolltest.«

»Du brauchst dich nicht zu entschuldigen. Es sei denn, du lässt dich durch Dougies Benehmen davon abhalten, mit dem Lunchclub weiterzumachen.«

Anna wandte den Blick ab und schaute aufs Meer hinaus. Das Boot legte an Tempo zu, als sie die Bucht verließen, und vor ihnen erstreckte sich die Küste mitsamt ihren Stränden und welligen grünen Klippen.

»Delfine ahoi!«, schrie Fraser jetzt aus der offenen Kajüte. »Da sind sie, Jungs! Wir haben sie gefunden!«

Die beiden Kinder rannten jubelnd zur Reling und spähten aufs Wasser.

»Ich überleg's mir«, sagte Anna. »Jetzt lass uns erst mal Delfine gucken.«

19

Die schlanken glänzenden Tiere sprangen so schnell und geschmeidig aus dem Meer in die Luft, dass kaum Wasser an ihnen zu haften schien. Anna und Emma lehnten an der Reling neben den beiden Jungs, die fieberhaft versuchten, die Delfine zu zählen. Was allerdings bei dem hohen Tempo ein fast unmögliches Vorhaben war. Jamie und Robbie deuteten wie wild in alle möglichen Richtungen und schrien dabei aufgeregt Zahlen, hellauf begeistert und vollkommen in ihrem Element.

Anna sah Emma lächelnd an. »Meinst du, sie wissen, dass wir hier sind?«

»Die Delfine oder die Jungs?«, erwiderte Emma trocken. Die Kinder wirkten von Minute zu Minute überdrehter.

Anna lachte und deutete auf einen Delfin, der in hohem Bogen aus einer Welle sprang und dann wieder im Meer abtauchte. »Das sieht wunderschön aus. Warum machen die das überhaupt?«

»Hm, ich denke, einfach, weil sie es können. Würdest du das an ihrer Stelle nicht auch tun?«

»Unbedingt!«

Die beiden Frauen unterhielten sich den Rest des Tages und erzählten aus ihrem Leben. Anna wusste von Fraser schon, dass Emma täglich nach Inverness pendelte, und erfuhr jetzt, dass sie dort die Filiale einer großen Bank leitete.

»Ich hatte mir nicht unbedingt vorgestellt, das für den Rest meines Lebens zu machen«, gestand sie, »aber es gibt uns finanzielle Sicherheit, und das sollte man nicht verachten, vor allem heutzutage. Aber ich bewundere dich, Anna, wie du es geschafft hast, dein altes Leben hinter dir zu lassen und ein vollkommen neues anzufangen.«

»Es ist auch einfacher für mich, ich muss nicht für eine ganze Familie sorgen.«

»Stimmt schon«, gab Emma zu. »Aber es ist ja trotzdem ein enorm mutiger Schritt. Wie geht es dir denn bisher damit?« Sie lachte, als Anna spontan das Gesicht verzog. »Große Begeisterung, wie?«

»Manchmal ist es wunderbar«, antwortete Anna. »Menschen wie dich, Fraser, Robert und die Jungs kennenzulernen, macht mir große Freude. Und an so einem schönen Ort zu leben. Aber du hast vielleicht schon von dem unerfreulichen Zwischenfall mit Douglas McKean gestern gehört?«

»Mein Rat wäre da: Zeit lassen«, sagte Emma. »Veränderungen passieren nicht über Nacht, und wir Schotten tun uns vom Charakter her schwer mit Neuankömmlingen. Vor allem«, fügte sie mit einem Zwinkern hinzu, »wenn sie aus England kommen.«

Während die Frauen gemeinsam lachten, verstummte der Bootsmotor. Als sie fragend Richtung Kajüte schauten, rief Fraser: »Guck mal da rüber!«

Die Delfine hatten sich versammelt und Richtung Boot gewandt. Sie sprangen über die gischtenden Wogen hinweg und gaben dabei ihre hohen singenden Töne von sich. Als die

Schule auf die andere Seite des Boots wechselte, eilten die Jungen hinüber, und die beiden Frauen folgten ihnen. Anna kam es vor, als schauten die Tiere zu ihnen hinauf, und die Jungen streckten die Arme nach unten. Plötzlich schrie Jamie verblüfft auf, als einer der Delfine hochsprang und seine Hand mit der nassen Schnauze anstupste.

»Guckt mal da, guckt mal da!«, schrie Robbie und deutete aufs Meer. »Da ist das Baby! Ich hab's euch doch gesagt!«

Neben der Mutter schwamm ein kleines Delfinkalb. Es war heller als die anderen und schien mit erstaunlich aufmerksamem Blick zu ihnen herüberzuschauen.

Bis zum späten Nachmittag, als die Sonne langsam unterging, blieben sie auf dem Boot. Als Anna in Crovie ausstieg, war sie zwar wieder müde, aber froh und zufrieden. Es war ein seltsames Gefühl, nach so vielen Stunden auf See wieder festen Boden unter den Füßen zu haben.

»Danke, dass ihr mich mitgenommen habt«, sagte sie beim Abschied zu allen. »Das war ein wundervoller Tag – und ich freue mich so, dass wir das Delfinbaby gesehen haben!«

»Kommst du bald mal wieder mit?«, fragte Robbie. »Wir schauen jetzt jeden Tag nach dem Kleinen, bis es groß ist.«

»Ach ja?«, sagte sein Vater. »Das höre ich gerade zum ersten Mal!«

»Wir müssen doch nachsehen, ob es ihm gut geht, Dad«, erwiderte Robbie so nachdrücklich, als müsse er viel Geduld für seinen Vater aufbringen. »Das ist unsere Pflicht!«

»Aha, verstehe.« Robert zog eine komische Grimasse und sagte zu Anna: »Tja, so kommt man zu neuen Aufgaben.«

Sie lachte. »Also, ich bin zur Stelle, falls ihr Begleitung bei euren Patrouillen braucht.«

Roberts Lächeln war so strahlend, dass er jünger und glücklicher aussah, als Anna ihn bisher erlebt hatte. «Das klingt gut. Schön, dass du mitgekommen bist, Anna.»

»Wie gesagt: Danke, dass ihr mich gefragt habt. Hat total Spaß gemacht.«

Als das Boot sich von der Mole entfernte, legte Robert seinem Sohn den Arm um die Schultern und rief Anna über Wellenrauschen und Motorbrummen hinweg zu: »Mach wieder einen Lunch im Fishergirl's Luck!«

»Ich schau mal«, schrie sie zurück.

»Versprich es mir!«

Anna lachte und rief: »Ich mache keine Versprechen, wenn ich nicht sicher bin, ob ich sie halten kann.«

Robert warf mit gespielter Verzweiflung die Arme in die Luft, lächelte aber dabei. Dann steuerte das Boot Richtung Gamrie und verschwand hinter der Klippe.

20

»Na, bei dir war ja was los am Wochenende«, bemerkte Cathy, die kurz nach Annas Rückkehr angerufen hatte. »Klingt spannend. Und was machst du jetzt noch so?«

Anna warf einen Blick auf die Uhr. Es war noch nicht mal acht, aber ihr fielen jetzt schon fast die Augen zu. »Tja, offen gestanden, werde ich wohl ins Bett gehen und auf der Stelle einpennen.«

»Was, schon wieder? Das passt aber gar nicht zu dir!«

Anna lachte. »Stimmt schon, aber seit ich hier bin, werde ich anscheinend entspannter. Und ich war heute den ganzen Tag auf dem Meer und habe jede Menge frische Luft abgekriegt, das macht müde. Vielleicht liegt's auch am Alter.«

»Solange du nicht depressiv bist …«, erwiderte Cathy, die besorgt klang. »Du hast zwar gesagt, dass dir die Trennung von dem schnuckeligen Kiwi nichts ausmacht, aber …«

»Ich bin nicht depressiv«, sagte Anna beruhigend. »Wirklich, ganz sicher nicht.«

»Na dann … Und was ist jetzt eigentlich mit dem Lunchclub? Den noch ein paarmal zu veranstalten, würde dir doch bestimmt Spaß machen, oder?«

Anna seufzte. »Robert MacKenzie hat auch schon versucht, mich dazu zu überreden.«

»Schlauer Mann. Ich weiß schon, warum ich den mag.«

»Du kennst ihn doch gar nicht!«

»Nicht nötig. Der stärkt dir jedenfalls den Rücken, und damit hat er meine Sympathien. Außerdem – wie soll ich jemanden nicht mögen, der mir als ›Robert Redford in seinen vierzigern‹ beschrieben wird?«

Anna lehnte sich auf dem Sofa zurück und schüttelte den Kopf. »Ich bin mir einfach nicht sicher, ob ich den Lunchclub noch mal wagen soll.«

»Aber es lief doch so gut!«

»Von dem peinlichen Auftritt von McKean abgesehen, meinst du?«

»Du kannst dir von so einem alten Scheusal doch nicht alles ruinieren lassen.«

»So was Ähnliches hat Robert auch gesagt.«

»Ich sag's doch: kluges Köpfchen, der Mann. Und denk doch auch mal daran, was du schon alles dafür angeschafft hast. Das Geschirr zum Beispiel. Wäre doch jammerschade, das gar nicht mehr zu benutzen.«

»Ja, ich weiß, ich weiß. Aber da stimmt ja noch mehr nicht. Es war vermutlich gar nicht McKean, der das Amt informiert hat. Da muss noch irgendwo jemand sein, der etwas gegen mich hat.«

Cathy grunzte. »Ja, und? Das kann dir doch egal sein. Es gibt eindeutig viel mehr Leute, die dich unterstützen. Mach einfach den nächsten Termin, und zwar bald. Ich schick dir wieder ein Plakat dafür. Oh, und weißt du was? Du solltest dir einen TripAdvisor-Account zulegen.«

»Ach, wozu denn?«, erwiderte Anna, während sie hörte, wie Cathy am anderen Ende irgendwelche Geräusche machte. »Ist doch ohnehin nur für diesen Sommer.«

»Na und? Das spielt doch keine Rolle«, widersprach Cathy, die zweifellos eine Tastatur bearbeitete. »Damit kannst du super Werbung für dich machen. Ist bestimmt ganz einfach. Ich check das gerade mal für dich …«

Ein kurzes Schweigen trat ein, dann hörte Anna: »Hey, schau dir mal das an!«

»Was denn?«

»Hier gibt es schon einen Eintrag für Fishergirl's Luck! Mit fünf Sternen!«

Anna setzte sich ruckartig auf. »Im Ernst jetzt?«

»Ja! Jemand hat hier eine Seite erstellt, mit Foto vom Tisch und allem. Hier der Text: *Tolle Location mit fantastischem Essen direkt am Meer.*« Während Cathy weiter vorlas, griff Anna nach ihrem iPad und schaltete es ein. »*Speisen so frisch, dass der Fisch fast noch zappelte … Selten außerhalb Dreisternerestaurants so gut gegessen … Lokalko…*« Cathy lachte. »So kann man's auch ausdrücken: *Lokalkolorit und supernette Leute in Kombi, total schön und unvergesslich. Wir wünschen Fishergirl's Luck ganz viel Glück und hoffen, bald wieder dort essen zu können.*«

Anna starrte fassungslos auf die Seite.

»Hast du's gefunden?«, fragte Cathy.

»Ja«, murmelte Anna.

»Gestern gepostet von Nathan und Kate Archer.«

»Das war das Paar, das mit Robert, Fraser und den Jungs bei mir war«, sagte Anna.

»Sie haben für Fishergirl's Luck einen Eintrag erstellt. Wow, wenn das mal nicht eine erste Hammerbewertung ist!«

Anna glotzte noch immer stumm auf den Bildschirm.

»Anna? Alles okay bei dir?«

»Jaja. Ich muss das nur erst mal verarbeiten.«

»Damit ist ja wohl klar«, verkündete Cathy, »dass du den Lunchclub nicht aufgeben kannst, oder?«

Rhona war der gleichen Meinung. Sie kam am nächsten Abend auf ein Erbsen-Zitronen-Risotto und ein Glas Wein zu Besuch.

»Wirklich, du solltest unbedingt weitermachen«, erklärte Rhona, als sie nach dem Essen entspannt beisammensaßen und die Töpferin es sich im Sessel bequem machte. »Wäre ein Jammer, wenn nicht. Und eins steht fest: Du machst dich doch selbst verrückt, wenn du deine Kraft und Zeit damit vergeudest, einen verschrobenen alten Mann verstehen zu wollen. Ich würde dir dringend raten, das bleiben zu lassen. Das Haus gehört ganz allein dir, Anna, und zwar vollkommen rechtmäßig. Du musst dich dafür nicht rechtfertigen. Und das gute Wetter hier hält nicht ewig«, fügte Rhona hinzu. »An deiner Stelle würde ich es nutzen, bevor die Sommerstürme kommen.«

»Schon gut, schon gut«, sagte Anna lachend. »Überzeugt. Lunch im Fishergirl's Luck wird fortgesetzt.«

»Super!«, rief Rhona aus. »Ab wann?«

Anna verzog das Gesicht. »Puh, du lässt aber auch nicht locker, wie? Gegen Ende der Woche, wenn ich es schaffe. Freitag vielleicht?«

Ihre Freundin hob das Glas. »Darauf trinken wir.«

Die beiden stießen lächelnd an. Es war eigentlich ein schöner Abend, dachte Anna, wenn sie nur nicht wieder so müde gewesen wäre. Sie sollte unbedingt mal ein paar zusätzliche Vitamine einnehmen.

Als sie am nächsten Morgen aufwachte, war ihr so übel,

dass sie es nur knapp zur Toilette schaffte, um sich zu übergeben. Beunruhigt überlegte sie, was der Grund sein mochte. Hatte mit ihrem eigenen Essen etwas nicht gestimmt? Aber das war ausgeschlossen, das Risotto hatte hervorragend geschmeckt. Das Ganze war besorgniserregend, denn mit einem Virus würde sie keine Gäste empfangen können. Fieber schien sie nicht zu haben, aber sie musste ganze zwei Tage symptomfrei sein, wenn sie am Freitag den Lunchclub fortführen wollte. Im Laufe des Tages ging es ihr aber schon besser, wie Anna erleichtert feststellte. Die Sache schien überstanden.

Erst als ihr dreimal in Folge morgens übel geworden war, wuchs sich der Schatten, der irgendwo hinten in ihrem Kopf herumgelungert hatte, zu einem Ungetüm aus. Anna starrte auf den Kalender neben der Haustür und zählte die Tage, aber das steigerte ihre Panik nur noch. Ihre Periode war immer schon unregelmäßig gewesen, hatte manchmal zu früh, manchmal zu spät eingesetzt – oder auch gar nicht. Als Jugendliche hatte Anna unter dem Thema furchtbar gelitten. Und es hatte den Verlust ihrer Mutter noch schmerzhafter gemacht als ohnehin schon. Annas Vater hatte sich in jeder Hinsicht sehr bemüht, aber die Vorstellung, mit ihm darüber zu sprechen, war Anna dann doch zu unangenehm gewesen. Mit sechzehn hatte sie noch immer keine Regel gehabt und befürchtet, dass irgendetwas mit ihr nicht stimmte. Doch dann entdeckte sie eines Morgens einen hellen Fleck im Höschen, der aber im Laufe des Tages kaum größer wurde. Und am nächsten Tag tat sich wieder gar nichts. Anna hatte sorgfältig das Datum vermerkt und gespannt den nächsten Monat erwartet, in dem die Periode allerdings komplett ausblieb.

Sie stellte sich erst nach drei Monaten wieder ein, allerdings genauso schwach wie beim ersten Mal.

Erst als eine alte Freundin ihrer Mutter Anna zum Arzt geschickt hatte, war sie beruhigt gewesen. Sie hatte begonnen, sich mit einem Jungen aus der sechsten Klasse zu treffen, worauf ihr Dad so in Panik geraten war, dass er Tante Violet einbestellte, damit sie mit Anna sprach. Violet hatte ihr damals drei Ratschläge gegeben:

»Benutze immer, unter allen Umständen, ein Kondom. Lass dir absolut *niemals* einreden, irgendetwas zu tun, das du nicht willst. Und nimm die Pille.«

Deshalb war Anna zu ihrer Ärztin gegangen, Dr Jeffries, die sie schon ihr Leben lang kannte. Die Ärztin hatte ruhig und verständnisvoll zugehört, während Anna ihre Ängste offenbarte.

»Du machst dir schon lange Sorgen darüber, nicht wahr?«, hatte Dr Jeffries dann gefragt. »Aber bei deiner Mutter war es genauso, weißt du. Ihre Periode war so unregelmäßig, dass sie schon zwei Monate mit dir schwanger war, als es ihr auffiel.«

An dieses Gespräch hatte Anna jahrelang nicht gedacht. Sie hatte die Pille nach der Trennung von Geoff abgesetzt. Er hatte darauf bestanden, dass Anna sie nahm, obwohl man ihr gesagt hatte, dass eine ungewollte Schwangerschaft bei ihrem unregelmäßigen Zyklus höchst unwahrscheinlich sei. Geoff hatte das aber nicht glauben wollen, und es war ihm auch egal gewesen, dass sie von den Hormonen Pickel und Stimmungsschwankungen bekam. »Kondome sind nicht hundertprozentig sicher, da kann immer was schiefgehen«, hatte er gesagt. »Ich will mir da keinen Kopf drum machen. Du musst doch nur die Pille nehmen, wo ist das Problem?«

Nach der Trennung hatte Anna sofort damit aufgehört. Sie hatte auch nicht damit gerechnet, so schnell wieder Sex zu haben.

Aber Liam und ich haben doch immer Kondome benutzt, dachte sie. *Wirklich jedes Mal. Nur ... vielleicht einmal ganz am Anfang nicht, als wir beide ziemlich viel getrunken hatten ...*

Ihr blieb fast das Herz stehen bei dem Gedanken. Großer Gott. Das konnte nicht sein. Sie war doch nicht etwa schwanger, oder? *Ich hab doch so lange die Pille genommen. Und es heißt, die wirkt noch ewig nach. Und meine Periode ist so unregelmäßig. Und ich bin schon ziemlich alt. Und es war doch nur einmal, dieses einzige Mal ...*

Sie sank aufs Sofa, als ihr schlagartig alles klar wurde: die unerklärliche und heftige Erschöpfung, die Übelkeit, das morgendliche Erbrechen.

Oh Gott, nein, bloß nicht.

Anna zwang sich, regelmäßig zu atmen. So oder so, sie musste es genau wissen, und es hatte auch keinen Sinn, die Sache hinauszuzögern. Es gab nur zwei Möglichkeiten: Entweder der Test war negativ, dann konnte sie über das Ganze lachen. Oder er war positiv, dann musste sie sich eine Lösung einfallen lassen. Entschlossen stand sie auf, schnappte sich Mantel und Schlüssel und lief aus dem Haus.

Eine Stunde später stützte sich Anna ungeduldig auf das Waschbecken in ihrem winzigen Bad. Die Übelkeit von morgens hatte sich in eine Art Angstknoten in ihrem Bauch verwandelt, aber Anna spürte auch noch etwas anderes: eine fast freudige gespannte Erwartung.

Durch ihren Beruf war sie es gewohnt, Zeit präzise einzuschätzen, und zwang sich, vier Minuten abzuwarten, bevor sie auf den schmalen weißen Streifen schaute. Aber im Grunde wusste sie das Ergebnis auch schon vorher.

Zwei dunkelblaue Linien. Zwei.

Ihr wurde schlagartig schwindlig, und sie glitt mit dem Rücken an der Wand entlang, bis sie zwischen Waschbecken und Tür am Boden saß. Einen Moment lang herrschte komplette Leere in ihrem Kopf. Anna legte eine Hand auf ihren Bauch, kam sich dann aber total albern vor – da gab es noch nichts zu spüren. Es konnte nicht älter als sechs Wochen sein, dieses kleine heimliche Wesen, das die Macht hatte, ihr Leben auf den Kopf zu stellen.

Die Kälte der Kacheln zwang Anna schließlich zum Aufstehen. Noch immer wie betäubt, tappte sie ins Wohnzimmer, sank aufs Sofa und schlug die Hände vors Gesicht.

Schwanger.

Mein Selkie-Mädchen,
wir müssen unseren Kleinen genau im Auge behalten. Ich habe ihn heute dabei ertappt, wie er versucht hat, alleine mit dem Boot rauszufahren. Als wir gerade zusammen zur Delfinpatrouille aufbrechen wollten, habe ich einen Notruf bekommen. Ich habe Robbie gesagt, die Patrouille müssen wir verschieben, und er solle zu Hause bleiben, bis Barbara zu ihm kommen kann. Aber als ich das Auto wendete, habe ich gesehen, wie er sich mit seinem Rucksack davonschleichen wollte. Sagte mir dann, er müsste unbedingt nach dem Delfinkalb schauen. Ich musste ihn bei Barbara abliefern, um ganz sicherzugehen.
Das Problem ist, dass wir ein Kind großgezogen haben, das zu pflichtbewusst ist.
Passt du bitte auf ihn auf? Ich schaffe das alleine nicht.

21

»Wo steckst du eigentlich? Ich hoffe doch, du verkriechst dich nicht vor mir. Wüsste auch gar nicht, warum«, war Cathys Stimme am Sonntagmorgen auf dem Festnetz-AB zu hören. »Kommt mir vor, als hätte ich seit einer halben Ewigkeit nicht mehr mit dir geredet«, fuhr Cathy fort. »Nur Mails und SMS von dir gekriegt. Los, Mädel, ruf mich an. Ich will wissen, wie es mit dem Lunch lief.«

Anna wartete den Piepton ab und löschte die Nachricht, bevor sie müde in die Küche wanderte. Heute Morgen war die Übelkeit recht erträglich. Während Anna den Wasserkessel füllte, schaute sie durch das kleine Fenster über der Spüle aufs Meer hinaus. Die See war lebhaft heute, leuchtete azurblau und türkis unter weißen Schaumkronen, während die Wogen ans Ufer brandeten, gepeitscht von starkem Wind. Anna starrte auf die unermüdlichen gischtenden Wellen, und dabei beruhigten sich ihre aufgewühlten Gedanken ein wenig.

Die Lunchtreffen waren super gelaufen, so viel hätte sie Cathy erzählen können. Am Freitag und Samstag war der Tisch voll besetzt gewesen, und es hatte keinerlei Auftritte von McKean gegeben. Sie hatte sowohl die Arbeit als auch die Gespräche mit den Gästen sehr genossen, dankbar für die Ablenkung von ihren aufgewühlten Gefühlen und ihrer Ratlosigkeit.

Doch heute war Sonntag, und es gab nichts vorzubereiten – nichts, was ihre Gedanken davon abhalten konnte, sie umzutreiben und zu quälen. Mit ihrem Tee setzte Anna sich aufs Sofa und lauschte dem heulenden Wind, der ums Haus fegte. Sie fragte sich, ob Bren MacKenzie wohl auch manchmal hier gesessen und versucht hatte, ein schwieriges Problem zu lösen, in einem Dilemma zu einer klaren Entscheidung zu finden. Anna bezweifelte es. Wenn sie an Bren dachte, sah sie eine energische, besonnene Frau vor sich, die ihr Leben lang unabhängig gewesen war und genau gewusst hatte, was sie wollte. Wie hätte sie sonst diesen heruntergekommenen Schuppen in ein gemütliches Haus verwandeln können? Und das noch in einer Zeit, in der man von Frauen – ganz besonders hier an dieser einsamen rauen Küste – erwartet hatte, dass sie einen ganz anderen Weg einschlugen.

Ein Teil von Anna wünschte sich, dass Bren jetzt bei ihr wäre. Sie war bestimmt eine gute Zuhörerin gewesen, würde ihr mit einem dampfenden Becher Tee gegenübersitzen und sich geduldig Annas Nöte und Sorgen anhören. Was Bren ihr wohl raten würde? Sie hatte nie geheiratet, hatte keine Kinder bekommen. Anna fragte sich, ob Bren das so gewollt hatte oder ob sich die Gelegenheit einfach nie ergeben hatte.

Doch Bren war nicht bei ihr und konnte Anna keine Antworten geben – auch nicht auf die schwierigste aller Fragen. Als sie ihren Becher erneut an die Lippen setzte, merkte sie, dass er schon leer war, und stand auf, um sich noch einen Tee zu machen. Der Blick auf die Uhr verriet ihr, dass es gleich zehn war. Normalerweise wurde sie um diese Zeit von Glynn und David zum Spaziergehen abgeholt, aber die beiden waren für eine Woche in Portugal, um Sonne zu tanken, die dort verlässlicher schien als hier. Als der Tee gezogen hatte, gab Anna Milch dazu und merkte, dass ihr Herz etwas schneller schlug als sonst. Dann überwand sie sich und rief Cathy an.

Es ist so weit, dachte Anna, als sie das Freizeichen hörte. *Wenn ich es einmal ausgesprochen habe, ist es real, und ich muss eine Entscheidung treffen.*

»Da bist du ja endlich!«, rief Cathy aus, als Anna sich meldete. »Ich dachte schon, der verführerische Kiwi ist zurückgekehrt und hat dich nach Neuseeland entführt.«

Anna brachte nicht einmal ein Lachen zustande. »Nee, nee, das ist es nicht.«

»Was ist passiert?«, fragte ihre Freundin sofort alarmiert. »Hat dieser fiese Alte wieder Stress gemacht?«

»Nein, auch nicht. Die beiden Lunchtage liefen gut. Richtig super sogar.«

»Schön, freut mich. Aber was ist los?«

Anna musste mehrmals schlucken, weil ihr die Worte im Hals stecken blieben.

»Anna?«

»Ich bin schwanger. Hab am Mittwoch einen Test gemacht.«

Einen Moment lang herrschte Stille. Dann hörte Anna ihre Freundin aufatmen.

»Du hörst dich irgendwie erleichtert an.«

»Bin ich auch«, sagte Cathy. »Ich hatte schon befürchtet, diese extreme Müdigkeit hätte vielleicht einen anderen Grund. Irgendetwas Schreckliches.«

»Nein, der Grund ist ein Baby«, erwiderte Anna und strich unwillkürlich über ihren Bauch. »Ein mögliches Baby.«

»Okay«, sagte ihre Freundin vorsichtig. »Wie geht es dir?«

»Weiß nicht. Ich meine, körperlich scheint soweit alles in Ordnung zu sein. Aber ansonsten ...«

»Ja, kann ich mir denken.«

Anna schloss die Augen. »Ich weiß einfach nicht, was ich tun soll.«

»Nicht schlimm, du hast noch ein bisschen Zeit. Nicht viel, aber so weit kannst du ja noch nicht sein. Ich bin bereit zum Zuhören.«

»Ich bin einfach unfassbar blöd.«

»So was kommt eben vor. Und außerdem nützt es dir rein gar nichts, dich deswegen fertigzumachen, oder?«, sagte Cathy behutsam. »Wichtig ist vielmehr, was du tun willst. Ich stelle dir jetzt mal eine Frage. Es gibt keine falsche Antwort darauf, und du musst sie mir auch gar nicht sagen, aber es ist wichtig, dass du das für dich klärst. Bist du bereit?«

Anna stockte der Atem. »Ja. Bin ich.«

»An irgendeinem Punkt, nachdem du es wusstest, hast du bestimmt ein Bauchgefühl gehabt. Vielleicht auch mehrmals. Was hat dieses Gefühl dir gesagt?«

»Dass Morgenübelkeit keine Laune macht?«, versuchte Anna zu witzeln.

»Anna, ernsthaft, was hat dein Bauchgefühl dir gesagt?«, wiederholte Cathy hartnäckig.

Anna dachte an dieses vage schattenhafte Gefühl, das sie mehrere Tage begleitet hatte.

»Ich glaube, ich will es behalten«, hörte sie sich sagen, und nachdem sie zu sprechen begonnen hatte, konnte sie nicht mehr aufhören. »Das sagt mein Bauchgefühl, glaube ich. Ich werde nächstes Jahr vierzig. Ich habe keine Beziehung und sehe auch keine in nächster Nähe. Das ist vielleicht meine einzige Chance, noch ein Kind zu bekommen, und wenn ich es jetzt nicht mache, werde ich es bereuen, glaube ich. Aber der Vater wird in seine Heimat am anderen Ende der Welt zurückkehren, ich habe keinen Job, und mein Haus ist so winzig, dass es beim nächsten großen Unwetter ins Meer geschwemmt werden könnte.«

»Verstehe.« Cathy hörte sich an, als unterdrücke sie ein Lachen.

Anna holte tief Luft. »Keine Ahnung, wo das jetzt alles herkam«, sagte sie. »Ich kann das Kind nicht behalten, das ist eine absurde Idee. Es gibt tausende Gründe, warum das nicht ...«

»Hey«, fiel Cathy ihr ins Wort. »Wenn alle Menschen nur Kinder kriegen würden, wenn es vernünftig ist, wäre die Welt ziemlich leer. Ein Kind großzuziehen, ist eine anspruchsvolle Aufgabe, und wenn du das nicht möchtest, ist das okay. Aber wenn du das Baby behalten willst, dann ist das schon irgendwie machbar.«

»Du meinst, es sei so einfach?«

»Nein, das behaupte ich nicht, im Gegenteil: Es wird garantiert nicht einfach. Aber Frauen haben unter schwierigeren Bedingungen Kinder zur Welt gebracht und sind irgendwie klargekommen.«

Anna beugte sich vor und stützte den Kopf in die Hände. »Oh Gott, das ist doch der reinste Irrsinn. Was habe ich mir nur dabei gedacht ...«

»Also, ich vermute mal, Denken hat in der Situation keine so große Rolle gespielt.«

»Wenn ich das Kind behalten will, muss ich Liam davon erzählen. Wie um alles in der Welt soll das gehen? ›Hi, wir waren uns ja einig, dass wir nur eine gute Zeit und viel Spaß zusammen haben wollten, und ich weiß, dass du nach Neuseeland zurückgehst, aber übrigens, du wirst Vater‹? Großer Gott. Das ist doch furchtbar.«

»Na ja«, erwiderte Cathy gedehnt, »ich sag es jetzt mal ein bisschen drastisch: Er wird ja bald weg sein. Bis dahin wird man dir noch nicht viel ansehen, und wenn er nie mehr zurückkommt …«

»Das fände ich aber schrecklich.«

»Nachvollziehbar. Aber vielleicht ist er auch froh, wenn er nichts davon weiß. So oder so: Die Entscheidung liegt nur bei dir, Anna. Wenn du mit ihm redest und er sagt, er will das Kind nicht, würdest du dann auf ihn hören? Geoff hat dir zwei Jahrzehnte lang eingetrichtert, dass eine Beziehung so zu funktionieren hat. So was darf jetzt hier nicht passieren. *Du* bist diejenige, die mit den Folgen dieser Entscheidung leben muss. *Er* wird auf der anderen Seite des Planeten ohnehin machen, was er schon immer geplant hatte.«

Anna stöhnte. »Ich muss in Ruhe nachdenken. Mir ein, zwei Tage vorstellen, wie es wäre, mit einem Kind zu leben. Wie das mein Leben verändern würde.«

»Mach das. Ruf mich jederzeit an, wenn du reden willst, ja? Und vergiss nicht: Es gibt hier keine falsche Entscheidung. Falsch wäre nur, wenn du deinen eigenen Willen missachtest. Steve und ich sind für dich da, wie du dich auch entscheidest.«

Anna atmete tief ein. »Danke dir.«

»Kopf hoch, Mädel. Das wird schon.«

Anna lachte. »Oh, du fehlst mir so sehr.«

»Du mir auch«, erwiderte ihre Freundin. »Danke, dass du es mir erzählt hast. Und vergiss nicht: Alles wird gut, okay?«

Sie redeten noch eine Weile, und Anna berichtete von den zwei Lunchclub-Tagen. Aber beiden war klar, dass die Entscheidung damit nur aufgeschoben wurde, und schließlich sagte Anna: »Wir haben heute heftigen Wind hier, ich werde jetzt mal einen Spaziergang machen. Mir den Kopf durchpusten lassen.«

Nach dem Gespräch rüstete Anna sich mit Fleecepulli und wasserfester Jacke für einen Marsch auf den Klippen aus. Sie wollte gerade das Haus abschließen, als sie durch den pfeifenden Wind eine Stimme hörte.

»Da kommen wir ja gerade noch rechtzeitig!«

Sie drehte sich um und sah die zwei Robert MacKenzies von der Mole kommen, beide in gelben Öljacken, vergnügt grinsend und mit zerzausten Haaren.

»Wir gehen wieder auf Delfinpatrouille!«, schrie Robbie. »Du kommst doch mit, oder?«

Einen Moment lang vergaß Anna ihr Geheimnis, vergaß, wie sehr es ihr Leben und die Beziehung zu den ihr nahestehenden Menschen verändern würde. Beim Anblick der beiden, die mit ihren roten Wangen und leuchtenden Augen so fröhlich aussahen, musste sie einfach lachen, als sei es ein ganz gewöhnlicher Sonntag.

»Heute bist nur du dabei«, verkündete Robert lächelnd, als sie bei ihr ankamen. »Fraser und Jamie sind mit Emma zum Nachmittagstee in Inverness, sie hat heute Geburtstag.«

»Ach!«, rief Anna aus. »Schade, dass ich das nicht wusste, sonst hätte ich ein Geschenk für sie besorgt. Na, dann schreibe ich mir das Datum schon mal für nächstes Jahr auf.«

Roberts Lächeln wurde noch breiter und herzlicher. »Das ist ja schön zu hören«, sagte er.

»Was?«

»Dass du vorhast, nächstes Jahr noch hier zu sein.«

Anna blinzelte. Ihr war gar nicht aufgefallen, was sie gerade geäußert hatte.

»Vor ein paar Wochen hast du gesagt, du würdest nicht lange bleiben wollen«, fügte Robert hinzu und stupste seinen Sohn ein bisschen an. Anna fiel plötzlich auf, dass Robbie, seit sie ihn kannte, schon ein ganzes Stück gewachsen war. »Irgendwas machen wir anscheinend richtig, Sohnemann.«

Robbie strahlte. »Du musst segeln lernen«, sagte er zu Anna, »und dir ein Boot kaufen! Dann gehörst du richtig zur Delfinpatrouille!«

»Das tut sie doch jetzt schon«, wandte Robert ein. »Vorausgesetzt, sie fährt bei diesem Wetter mit uns raus, anstatt sich einen gemütlichen Sonntag auf dem Sofa zu machen.«

Als Anna die beiden ansah, empfand sie plötzlich einen Anflug von Wehmut, und eine seltsame Sehnsucht ergriff Besitz von ihr. Das war ihr offenbar anzusehen, denn Roberts Lächeln verblasste.

»Hey – du musst nicht mitkommen, wenn dir nicht danach ist«, sagte er.

»Doch, doch«, sagte Anna rasch. »Ich komme sehr gerne mit. Lasst uns losgehen, bevor es noch zu regnen anfängt.«

Robert sah immer noch etwas zweifelnd aus, während sie Robbie folgten, der schon auf das Boot zusprintete, das an der Mole auf den Wellen schaukelte.

»Entschuldige bitte«, sagte Robert leise zu Anna. »Robbie kann manchmal ein bisschen drängend sein. Ich weiß das, habe aber bislang noch nichts dagegen unternommen. Vielleicht sollte ich das tun.«

»Ach, Unsinn«, erwiderte Anna, »er ist doch ein wunderbarer Junge. Und du bist ein wunderbarer Vater. Ich weiß gar nicht, wie du das hinkriegst. Ich bin mir nicht sicher, ob ich es schaffen würde, ein Kind alleine großzuziehen.«

»Auf jeden Fall«, sagte Robert ruhig. »Ich habe den Eindruck, dass du alles hinbekommst, was du dir vornimmst. Und du wärst bestimmt eine ganz tolle Mutter. Schau doch nur, wie sehr Robbie jetzt schon an dir hängt.«

Anna blieb stumm, als Robert ihr beim Einsteigen half. Und hoffte, dass er glaubte, der Wind sei für die Tränen in ihren Augen verantwortlich, während Cassie's Joy Crovie hinter sich ließ und durch die Wogen der Nordsee pflügte.

22

»Wir haben uns bei dir für eine neue Buchung zu bedanken«, verkündete Pat ein paar Tage später, während sie Anna einen Becher Tee hinstellte.

Anna schaute auf. »Wie meinst du das?«

»Eine Frau hat angerufen und gefragt, wie nahe wir beim Fishergirl's Luck seien. Sie und ihr Mann haben gelesen, es sei das beste neue Lokal an der Küste, und sie wollen unbedingt einen Platz ergattern.«

»Im Ernst?«

»Ja!« Pat brachte einen Teller mit Keksen und setzte sich an den Tisch. »War eindeutig keine Schottin, dem Akzent nach zu schließen.«

»Na, wir sind ja auch keine …«

Pat lachte. »Stimmt. Aber ist das nicht toll? Die Foodie-Szene ist auf dich aufmerksam geworden.«

»Aber wie denn bloß? Durch die paar Mal?«

»Unterschätze nie die Macht des Internets«, antwortete Pat. »Hast du mal nachgesehen, ob du nach den letzten beiden Lunchclubs weitere Bewertungen bekommen hast? Und dass du hier in der Gegend auffällst, ist ja wohl klar, es gibt schließlich kaum Gastronomie.«

Anna starrte in ihren Tee und murmelte: »Dann sollte ich wohl noch weitermachen. Zumindest eine Zeit lang.«

»Alles in Ordnung mit dir, Liebes?«, fragte Pat und betrachtete Anna forschend. »Du wirkst ein wenig abwesend in letzter Zeit, und wir haben dich kaum zu Gesicht bekommen. Ich weiß, dass du nicht mehr mit Liam zusammen bist – hat dich das ein bisschen runtergezogen?«

»Kann schon sein«, antwortete Anna mit einem Lächeln. »Aber es geht mir gut, wirklich. Entschuldige, dass ich mich nicht öfter hab blicken lassen. Hör mal, wie wär's denn, wenn wir zum Wochenende die üblichen Verdächtigen zusammentrommeln? Damit wir uns mal wieder alle auf den neuesten Stand bringen können?«

»Prima Idee.« Pat betrachtete Anna über den Rand ihres Bechers hinweg und sagte dann: »Ich habe gesehen, dass du am Sonntag mit den beiden Robbies unterwegs warst.«

Anna lachte. »Ja, ich bin ohne viel Zutun zum Ehrenmitglied der Delfinpatrouille ernannt worden. Robbie ist wirklich Feuer und Flamme dafür, es ist richtig ansteckend. Und bei Robert ist man in guter Gesellschaft.«

»Freut mich, dass ihr euch so gut versteht. Alle drei.«

»Aahh, Pat«, sagte Anna warnend. »Mach das lieber nicht.«

Ihre Freundin hielt die Hand hoch. »Ich will mich nicht einmischen, wirklich nicht. Aber ganz ehrlich: Es sah so herzerwärmend aus, euch drei zusammen zu sehen, lachend und schwatzend. Robert hat schon seit einer Ewigkeit nicht mehr so oft gelächelt. Ihr kommt offensichtlich gut miteinander aus. Und da Liam ja jetzt kein Thema mehr ist ... Na ja.«

Anna legte ihre Hand auf die von Pat. »Ich weiß, dass du es gut meinst. Aber wirklich, tu das lieber nicht. Zwischen Robert MacKenzie und mir wird nichts passieren. Wir sind nur befreundet, weiter nichts, und keiner von uns will mehr daraus machen. Es wäre toll, wenn du das allen erzählen könntest, die sich etwas anderes denken. Du möchtest bestimmt nicht, dass eine schöne Freundschaft durch blöden Klatsch zerstört wird, oder?«

Pat seufzte. »Natürlich nicht. Trotzdem jammerschade.«

Anna versuchte, die leise Stimme in ihrem Herzen zu überhören, die der Freundin beipflichtete. Denn die Gründe, die dagegen sprachen und die sie schon vor Wochen Rhona erklärt hatte, waren genau die gleichen wie damals. Ganz zu schweigen von dem aufregenden neuen Grund, an den Anna seit ihrem ersten Gespräch mit Cathy – dem weitere gefolgt waren – nun fast dauernd dachte.

Inzwischen glaubte Anna, dass sie ihre Entscheidung eigentlich schon vor dem Telefonat mit Cathy getroffen hatte: Das Baby sollte zur Welt kommen. Anna würde ein Kind haben. Die Vorstellung war absurd, surreal, beängstigend und wundervoll. Da Anna Letzteres viel öfter gedacht hatte als Ersteres, war ihr klar geworden, dass sie das Kind bekommen wollte, so schwierig und kompliziert auch alles sein würde. Ein *Kind*, das irgendwann ein quirliger, anstrengender, übermütiger und bezaubernder Wirbelwind wie Robbie MacKenzie sein würde. Sie wusste zwar noch nicht einmal, wo sie leben würde, wenn das Baby geboren wurde, aber so viel stand fest: Anna Campbell würde einen neuen Menschen auf die Welt bringen. Absurd. Surreal. Beängstigend. Wundervoll.

Wie lange soll ich den Lunchclub noch weitermachen?, überlegte sie. *Wenn ich Meeresfrüchte zubereite, muss jemand anders sie probieren. Und ich brauche eine anständige Unterkunft. Ich werde mir einen soliden Job suchen müssen, schließlich muss ich genug für zwei verdienen. Vielleicht sollte ich ab sofort mit dem Lunchclub aufhören, der schluckt viel Energie. Aber dann ist sicher diese verrückte Frau enttäuscht, die von Gott weiß wo anreist und sich bei Pat und Frank einquartiert, um bei mir zu essen …*

»Na, in Gedanken verloren?«, fragte Pat und schob Anna den Teller Kekse zu.

Sie bediente sich. »Ach, hab nur über das Menü für den Lunch nächste Woche nachgedacht.«

Pat strahlte. »Super. Ich bin ganz sicher, diese Frau, die bei uns reserviert hat, wird nicht der einzige Gast sein, der wegen Fishergirl's Luck herkommt. Du wirst Crovie auf die Foodie-Landkarte bringen, ich sag's dir.«

Anna lachte. »Das bezweifle ich. Nicht mit zwölf Gästen pro Woche und keiner Reservierungsmöglichkeit.«

»Ach, aber das finden die Leute doch gerade spannend, oder nicht?«, erwiderte Pat. »Exklusivität und so.«

Annas nächstes Problem, das es zu lösen galt, war die Frage, wann und wie Liam informiert werden sollte. Am liebsten wollte Anna ihr Geheimnis noch eine ganze Weile für sich behalten. Cathy war die Einzige, die bislang Bescheid wusste, und die würde mit niemandem darüber sprechen. Und selbst wenn, war sie so weit von diesem abgelegenen Dorf am Meer entfernt, dass es ohnehin keine Rolle spielte.

Aber in Crovie war es eben so gut wie unmöglich, ein Geheimnis zu bewahren, und Anna fürchtete, dass irgendwann jemand dahinter kommen würde. Dann würde sich die Nachricht im Nu herumsprechen. Und die Vorstellung, wie Liam von jemand anderem erfahren würde, dass er Vater wurde, fand Anna absolut schrecklich. Sie versuchte ihr Bestes, alles normal scheinen zu lassen, aber dann kam an einem sonnigen Dienstagnachmittag ein Anruf von Rhona.

»Ich komme vorbei und bringe Gin mit«, verkündete sie. »War ein scheußlicher Tag. Bin in zwanzig Minuten da, ja?«

»Ich stelle schon die Gläser zurecht«, sagte Anna, aber sobald sie aufgelegt hatte, fiel ihr ein, dass sie gar keinen Alkohol trinken durfte. Was sie natürlich auf der Stelle verraten würde. Panisch rief sie Cathy an.

»Antibiotika«, sagte die sofort. »Wenn man die nimmt, soll man nicht trinken. Gib irgendeine unsichtbare und nicht allzu dramatische Erkrankung an. Eine Ohrentzündung zum Beispiel, das passt immer.«

»Du hast das ja echt drauf«, bemerkte Anna.

»Hab viel Übung«, erwiderte ihre Freundin trocken. »Macht keine Laune, bei Firmenpartys mit ekligen alten weißen Männern zu saufen, die gerne schwarze Frauen angraben. Ach, übrigens, ich habe ein neues Plakat für den nächsten Lunchclub gemacht, damit die Leute auch was von deiner Fünf-Sterne-Bewertung auf TripAdvisor erfahren, du Tausendsassa. Ich schick's dir gleich mal.«

Cathys Ausrede funktionierte großartig. Rhona wirkte nur einen Moment lang enttäuscht, dass sie alleine trinken musste, schien aber keinerlei Verdacht zu schöpfen.

»Dann bleibt mehr für mich«, witzelte sie. Anna nippte an einem alkoholfreien Caipirinha, während Rhona reichlich Gin in ihr hohes Glas goss.

Es war kurz nach fünf Uhr nachmittags, die Sonne stand noch am Himmel, und eine leichte Brise wehte durchs Dorf, wie häufig um diese Uhrzeit. Rhona machte einen gestressten und bedrückten Eindruck.

»Was ist denn passiert?«, fragte Anna, als sie sich mit einer Schale Cracker und einem Artischocken-Dip an Liams Tisch niederließen. »Du siehst ziemlich fertig aus.«

Rhona trank einen großen Schluck und hielt einen Finger hoch, um zu bedeuten, dass sie gleich sprechen würde. Dann stellte sie ihr Glas ab und holte tief Luft.

»Scheißbank«, knurrte sie. »Scheißwirtschaftslage, Scheißmänner, *Scheißgeld*. Als ich mit dem Töpfern angefangen habe, brauchte ich Geld für den Brennofen und habe einen Kredit aufgenommen. Die Raten zu bezahlen, ist nicht einfach, aber als ich den Vertrag abgeschlossen habe, dachte ich, das klappt schon. Stuart – mein Ex-Mann – und ich hatten dieses Haus in Aberdeen gekauft. Nach der Scheidung haben wir abgemacht, dass er es wie geplant selbst renovieren und dann verkaufen würde. Den Erlös wollten wir teilen. Er hat zwar die Arbeiten ausgeführt, ich hatte das Haus aber ursprünglich gekauft. Nur ist die Renovierung erst jetzt fertig geworden – er hat Jahre dafür gebraucht. Und jetzt behauptet er, weil er alle Kosten dafür getragen hat und das Haus wegen der verfallenden Immobilienpreise schwer zu verkaufen sei, stünde mir von den Einnahmen nichts zu.«

»Was?«, rief Anna empört aus. »Aber damit kann er doch rechtlich nicht durchkommen!«

Die Freundin leerte ihr Glas und goss sich sofort nach. »Wahrscheinlich nicht, aber ich habe kein Geld für einen Anwalt. Er dagegen wohl schon beziehungsweise seine neue Frau.« Rhona stöhnte. »Ich denke, das kann ich abschreiben. Der Laden läuft nicht allzu gut. Ich bin gerade so durchgekommen, und mit den monatlichen Ratenzahlungen …« Sie schüttelte den Kopf. »Ich habe Angst, dass ich alles verliere.

Das darf einfach nicht passieren, Anna. Ich kann nicht noch einmal ganz von vorne anfangen, dafür bin ich zu alt.«

Anna drückte ihrer Freundin die Hand. »Dazu wird es nicht kommen. Das werde ich irgendwie verhindern. Deine Keramik ist so schön. Die muss nur richtig vermarktet werden, dann wird sie ein Erfolg, da bin ich ganz sicher.«

»Ich weiß was«, verkündete Rhona. »Du übernimmst den Pub, benutzt mein Geschirr, wirst berühmt und gründest dann eine Restaurantkette.«

Anna schaute nachdenklich aufs Meer. »Angesagte Restaurants sind wirklich keine schlechte Idee. Vielleicht kann ich dir da tatsächlich helfen.«

Rhona sah plötzlich hoffnungsvoll aus. »Denkst du, Geoff Rowcliffe hätte vielleicht Interesse?«

Bei der Vorstellung, mit ihrem Expartner Kontakt aufzunehmen, schauderte Anna, vor allem in ihrer gegenwärtigen Lage. Der würde sicher triumphieren, wenn er davon wüsste, nach dem Motto: Verzieht sich ans Ende der Welt und lässt sich als Erstes schwängern, die dumme Nuss.

»Ich schau mal, was ich tun kann«, sagte Anna schließlich. »Ich kann auf jeden Fall ein bisschen rumtelefonieren, nicht wahr?«

Rhona packte ihre Hand und quetschte sie regelrecht. »Danke. Ganz lieben Dank. So ein Glück, dass wir dich hier haben, Anna.«

Sie schaute in ihr Glas. »Das habe ich in letzter Zeit öfter gehört ...«

»Weil es so ist! Schau doch nur, was du schon erreicht hast!«

Anna lachte. »Du meinst, zweimal pro Woche für eine Handvoll Leute Mittagessen zu kochen?«

Rhona schüttelte den Kopf. »Ich denke, ab sofort wird es bei zweimal die Woche nicht bleiben, Mädel.«

»Was meinst du damit?«

Die Freundin zog ein zusammengefaltetes Stück Papier aus der Tasche und reichte es Anna. Ein Zeitungsausschnitt vom *Banffshire Journal* mit der Schlagzeile: *Neues Top-Restaurant an der Küste.* Darunter stand: *Sterneköchin eröffnet Lunchclub in Crovie,* dann folgten einige weitgehend richtige Informationen und ein Archivfoto vom Fishergirl's Luck.

Anna wurde plötzlich schwindlig. »Oh Gott«, murmelte sie.

»Alles okay?«, fragte Rhona.

Anna legte eine Hand über die Augen. »Ja ... Ich bin nur ein bisschen überwältigt.«

»Du kannst stolz auf dich sein.« Rhona drückte ihr die Schulter. »Crovie ist es jedenfalls. Und Gamrie auch. Kommt nicht oft vor, dass wir mit etwas angeben können, was die größeren Ortschaften nicht haben. Du kannst sicher sein, dass dieser Artikel auf der Website von jeder Ferienunterkunft im Umkreis von achtzig Kilometern zu finden sein wird! Und deshalb glaube ich, dass du bald ganz viel zu tun hast. Wenn du willst, kriegst du deinen Tisch bestimmt sieben Tage die Woche voll.«

»Aber ich biete keine Reservierungen an, und um zu mir zu kommen, müssen die Leute den Fußpfad nehmen«, wandte Anna ein. »Wer mutet sich denn so einen Marsch zu, wenn man dann vielleicht gar keinen Platz bekommt?«

Rhona zog die Augenbrauen hoch. »Und wenn Crovie und Gamrie nun damit berühmt werden? Wer weiß, vielleicht ist das sogar die Rettung für meine Töpferei.«

Ach, mein Selkie-Mädchen,
Robbie ist wegen seiner verdammten Delfinpatrouille zu spät nach Hause gekommen, und ich wusste nichts davon, weil ich bei einem Einsatz war. Barbara hatte mir nicht Bescheid gesagt, sie wollte nicht, dass ich mir Sorgen mache, weil ich ja ohnehin nicht kommen konnte. Alles hätte passieren können. Alles. Kannst du dir das vorstellen? Nein, natürlich nicht.
Warum wird es bloß nicht leichter? Jeder sagt, es würde leichter werden, aber das stimmt nicht. Ich fühle mich nur weiter entfernt.
Ich liebe dich. Wie eine Schallplatte, die hängt.

P.S. Rote Bete. Tut mir leid, dass es in letzter Zeit keine gab. Weiß nicht, warum.

23

»Der Schiffsverkehr ist eine Katastrophe für die Waltiere in der Nordsee«, erklärte Robbie ernsthaft. »Und man weiß nicht mal genau, wie viele Delfine und Wale jährlich durch Zusammenstöße mit Schiffen umkommen. Diese riesigen Containerteile merken davon ja nichts, und dann sinken die Leichen auf den Meeresgrund.«

»Wie schrecklich«, sagte Anna und sah zu, wie der Junge mit liebenswerter Sorgfalt den Teig ausrollte. »Die armen Tiere.«

»Ja, und mit dem Ballastwasser kommen jede Menge fremde Arten in unsere Gewässer. Containerschiffe haben Tanks mit Tausenden Litern Wasser im Bauch, wegen des Gleichgewichts. Wenn sie jetzt zum Beispiel in Japan ganz viel Wasser aufnehmen, lassen sie das beim Entladen in der Nordsee wieder raus, mit allem, was da drin ist. Und weil wegen des Klimawandels das Wasser wärmer ist, können hier auch Arten gedeihen, die früher an der Kälte gestorben wären. Das ist ganz schlecht für das einheimische Ökosystem und stört die Nahrungskette. Deshalb gibt es jetzt hier Riesenkolonien von der Ostasiatischen Keulenseescheide und dem Japanischen Gespenstkrebs.«

»Dem was?«, fragte Anna lachend.

»Japanischen Gespenstkrebs«, wiederholte Robbie.

»Den hast du dir aber ausgedacht, oder?«

»Nee«, widersprach Robbie grinsend, »den gibt's wirklich. Kannst du nachschauen. Er kommt aus Asien.«

»Mach ich«, versprach Anna und reichte dem Jungen den Teigschneider. Er beugte sich über den fertig ausgerollten Teig, klemmte die Zunge zwischen die Lippen und schnitt die Kreise aus. *Er ist erst zehn,* dachte Anna. *Vor elf Jahren war er noch nicht mal auf der Welt, und jetzt macht er hier Gebäck und erzählt mir Dinge, die ich selbst noch nicht wusste.*

»Die Netze sind auch schlimm«, fuhr Robbie fort. »Wenn ein Netz verloren geht, treibt es jahrelang durchs Meer. Fische bleiben darin stecken, und Delfine werden vom Futter angezogen, verfangen sich in den Netzen und ersticken. Das ist so furchtbar.« Er schaute auf und sah Anna ernsthaft an. »Deshalb solltest du in deinem Restaurant immer nur Tiere aus nachhaltiger Fischerei auf den Tisch bringen. Es gibt ein Siegel dafür, daran kannst du das erkennen.«

»Okay, ich werde darauf achten«, versprach Anna. »Von den Netzen hast du mir schon erzählt, als wir uns zum ersten Mal getroffen haben. Als ich dir die Salzmelde zum Probieren gegeben habe, weißt du noch?«

»Ja, na klar! An dem Strand werden immer wieder Geisternetze angeschwemmt, vor allem nach Stürmen.« Er nahm sich das letzte Teigstück vor und lehnte sich dann zurück. »Ist das gut so?«

»Perfekt. Und jetzt musst du die Stücke in die Förmchen legen und behutsam andrücken.«

Als Robbie nickte und sich konzentriert ans Werk machte, wurde Anna warm ums Herz. Sie war sehr froh, dass sie zugesagt hatte, als Robert angerufen und gefragt hatte, ob sie an diesem Abend auf Robbie aufpassen könne. Zuerst hatte sie gezögert.

»Was, ich?«, hatte sie verblüfft gefragt.

»Ich weiß, das ist eine Zumutung«, hatte Robert geantwortet. »Normalerweise würde ich auch nicht darum bitten, aber ich habe einen Notruf, und Barbara ist über Nacht in Inverness. Ich stehe gar nicht auf dem Dienstplan, aber mein Kollege Mikey hat sich mit Magendarmvirus krankgemeldet, und Robbie hat gebettelt, dass ich dich fragen soll. Morgen ist nämlich ein Gebäckverkauf für irgendeinen wohltätigen Zweck in der Schule, und Robbie wünscht sich, dass du etwas mit ihm bäckst. Aber mach dir keinen Kopf, wenn es nicht geht, dann frage ich jemand anderen. Er kommt schon klar, bis ich jemanden gefunden habe. Ich möchte nur nicht, dass er den ganzen Abend alleine ist.«

»Nein, nein, natürlich geht das«, sagte Anna hastig. »Bin in einer halben Stunde da.«

»Danke, Anna.« Sie hörte die Erleichterung in seiner Stimme. »Fühl dich wie zu Hause bei uns. Ich komme so schnell ich kann zurück.«

Deshalb befand Anna sich jetzt im Heim der Familie MacKenzie, einem zweistöckigen Haus oberhalb der gewundenen Straßen von Gamrie. Robert war schon weg, als sie eintraf, und Robbie begrüßte sie so strahlend, dass sich ihre anfänglichen Zweifel sofort auflösten und Anna sich der Aufgabe gewachsen fühlte. Der Junge bot ihr Tee und Kekse in der geräumigen behaglichen Küche an, und Anna fühlte sich auf Anhieb wohl dort, weil alles so ungezwungen wirkte. Die Kühlschranktür war mit Zetteln und Fotos gespickt, in einer Fensterecke hing eine Spinnwebe, und auf dem großen Küchentisch lag ein Stapel Post neben einem aufgeschlagenen Hausaufgabenheft. Anna konnte sich nicht einmal mehr erinnern, wann sie zuletzt in einem Haus gewesen war, das so sehr von einem Familienleben erzählte.

»Und womit füllen wir die Törtchen jetzt?«, fragte Robbie, während er das letzte Teigstück in die Form drückte.

»Habt ihr Marmelade hier?«, erkundigte sich Anna, während sie den Ofen einschaltete. »Damit liegt man nie falsch.«

Robbie zog die Nase kraus. »Können wir nicht irgendetwas Besonderes machen? Sonst gewinnt Queen Victoria wieder, und das will keiner.«

»Queen Victoria?«

»Ein Mädchen aus meiner Klasse, das echt *alles* kann. Und sie gibt auch immer damit an. Ich würd so gern einmal besser als die sein.«

»Aber es ist doch kein Backwettbewerb, oder doch?«

»Die macht alles zum Wettbewerb«, antwortete Robbie finster.

Anna lachte. »Verstehe. Okay, dann schauen wir mal. Zuerst stellen wir den Teig zum Kühlen kurz in den Kühlschrank. Dein Dad hat doch sicher nichts dagegen, wenn ich mal in die Schränke gucke, oder? Wenn ich nichts Passendes finde, kann ich immer noch schnell zum Laden laufen, noch hat er ja offen.«

»Nee, er hat sicher nichts dagegen. Lebensmittel sind da oben drin.« Robbie wies mit dem Kopf auf die vier Schränke über der Arbeitsfläche, während er das Tablett mit den Förmchen zum Kühlschrank trug.

Im ersten Schrank, den Anna öffnete, fand sie Konservendosen und Stapel von Salzgebäck vor. Der zweite enthielt nur

Gemüsegläser, und sie wollte ihn gerade wieder schließen, als ihr etwas auffiel. Es handelte sich ausschließlich um Rote Bete. Der ganze Schrank war vollgestopft mit Rote-Bete-Gläsern, sicher an die fünfzig Stück.

»Ach so, der Schrank nicht«, hörte sie Robbie hinter sich.

Anna drehte sich um. »Ihr esst wohl besonders gern Rote Bete?«

»Nein«, sagte der Junge seufzend. »Dad kann Rote Bete nicht ausstehen, nennt es sogar ›Gemüse aus der Hölle‹. Den Geruch hasst er auch, deshalb bleiben die Gläser alle zu.« Robbie zuckte die Achseln. »Ich hab's ein paarmal gegessen. Geht so.«

»Aber warum ...«

»Meine Mum war ganz verrückt nach Roter Bete. Meine Oma hat mir erzählt, als Mum mit mir schwanger war, hat sie so viel davon gegessen, dass alle gesagt haben, ich würde bestimmt lila auf die Welt kommen. Aber Dad kauft jedes Mal ein Glas, wenn er einkaufen geht. Sagt, er merkt gar nicht, dass er das macht. Dann kann er das Glas aber nicht wegwerfen. Deshalb sind die alle noch da. Du solltest mal in die Kammer unter der Treppe gucken, da ist alles so voll davon, dass ich mein Skateboard mit in mein Zimmer nehmen muss.«

Anna starrte wieder in den Schrank, und ihr Mund fühlte sich plötzlich wie ausgetrocknet an.

»Er ist nicht verrückt, ich schwör's«, sagte Robbie.

Anna lächelte matt. »Das denke ich auch nicht.«

Robbie nagte nachdenklich an seiner Unterlippe und sah seinem Vater dabei verblüffend ähnlich. »Oma meint, er sei eben noch am Trauern.«

»Ich weiß. Er hat deine Mum sehr geliebt.«

Robbie nickte langsam. »Hast du schon mal ein Bild gesehen? Von meiner Mum, meine ich?«

»Nein, noch nie. Magst du mir eins zeigen?«

Robbie trat zum Kühlschrank und nahm ein Foto aus dem Zettelwust. Er sah es einen Moment lang an, dann ging er zu Anna zurück und überreichte es ihr. Sie betrachtete das Bild. Cassie's Joy lag im Hafen von Gamrie, im Hintergrund war verschwommen Crovie zu erkennen. Eine kleine zierliche Frau mit dunklen Haaren stand auf Deck, ein Baby auf der Hüfte. Robert stand neben ihr, hatte die Arme um beide geschlungen und küsste die Frau aufs Haar. Robbie und Cassie lachten in die Kamera, und Cassies freie Hand lag auf Roberts Arm. Anna musste sofort an das Foto von sich und ihren Eltern denken, das jetzt am Kamin stand. Plötzlich tat ihr das Herz weh, und sie holte tief Luft, um die Tränen zurückzuhalten.

»Das ist mein Lieblingsbild von ihr«, sagte Robbie leise. »Auch wenn ich mich nicht daran erinnern kann, wie es gemacht worden ist.«

Anna zwang sich zu lächeln. »Es ist wunderschön.«

Sie versanken beide in Schweigen, und Robbie brachte das Bild zu seinem angestammten Platz zurück. Während er es am Kühlschrank befestigte, sagte der Junge: »Beim letzten Einkauf ist Dad ohne Rote Bete zurückgekommen. Ich glaube …«

Er verstummte, und Anna wischte sich rasch die Tränen vom Gesicht, bevor er sich umdrehte. »Was wolltest du sagen?«, fragte sie.

Robbie zuckte die Achseln. »Egal.«

Sie hätte ihn am liebsten in die Arme genommen, wagte es aber nicht. Stattdessen öffnete sie den nächsten Schrank, in dem sie ein Glas Marmelade und ein Paket gemahlene Mandeln entdeckte.

»Törtchen mit Himbeer-Mandelcreme«, verkündete sie. »Damit hängst du Queen Victoria locker ab, meinst du nicht?«

Zwei Stunden später kühlten die Törtchen ab, und Anna saß neben Robbie und half ihm bei den Hausaufgaben. Als draußen die Haustür aufging, hörte man den Wind heulen, und kurz darauf kam Robert herein. Er war ziemlich durchnässt und wirkte erschöpft, lächelte aber beim Anblick der beiden am Küchentisch.

»Hey. Sieht aus, als seid ihr zwei richtig fleißig gewesen.«

Anna stand auf und schaute auf Robbie hinunter, um seinen Vater nicht ansehen zu müssen. »Du hast hier einen begabten Bäcker, der junge Mann hat fast alles alleine gemacht. Ich muss jetzt los.« Sie drückte Robbie die Schulter. »Erzähl mir, wie es gelaufen ist mit dem Verkauf, okay?«

»Bleibst du nicht noch auf ein Glas?«, fragte Robert und strich sich über die nassen Haare.

»Danke, aber ich gehe jetzt lieber.«

»Wo hast du deinen Wagen? Ich habe ihn nirgendwo gesehen.«

»Ich bin zu Fuß gekommen.«

»Dann fahre ich dich nach Hause«, sagte Robert. »Du kannst nicht zu Fuß gehen, der Sturm ist zu heftig.«

»Wirklich, ich laufe gern.«

Anna konnte die Vorstellung nicht ertragen, mit ihm im Auto zu sitzen und Smalltalk zu machen. Seit fünf Jahren war Cassie tot, und Robert kaufte ihr noch immer Rote Bete. Diese Tragödie war nicht zum Aushalten. »Und du musst ja auch Robbie ins Bett bringen.«

Robert sah Anna prüfend und fragend zugleich an. Dann schaute er zwischen seinem Sohn und ihr hin und her.

»Ich kann gut auf mich selbst aufpassen«, fügte sie hinzu.

»Okay, wenn du am Hafen bist und es dir noch anders überlegst, ruf mich bitte an. Und sag Bescheid, wenn du zu Hause bist, sonst tue ich heute Nacht kein Auge zu.«

Anna lächelte schief. »Mach ich.«

Robert runzelte die Stirn. »Robbie, verabschiede dich bitte.«

Der Junge überraschte sie, indem er aufsprang und ihr die Arme um die Taille schlang. »Vielen Dank«, sagte er.

Verblüfft hielt Anna ihn einen Moment fest und spürte dabei, wie ihr schon wieder die Tränen kamen. *Verfluchte Hormone*, dachte sie grimmig und hoffte, dass die beiden nichts bemerkten.

Robert folgte Anna in den Flur hinaus und sah stumm zu, wie sie ihre Jacke anzog.

»Anna«, sagte er schließlich, als sie sich zur Tür wandte. »Ist alles okay?«

»Bin nur ein bisschen müde, das ist alles.« Sie drehte sich um und warf ihm ein kurzes Lächeln zu. »Bis bald.«

Robert zögerte. »Ja«, sagte er dann. »Vielen Dank, du warst unsere Rettung. Und keine Sorge, das wird nicht wieder vorkommen.«

Anna wusste nichts zu erwidern, alles wäre ihr falsch erschienen. Sie nickte und öffnete die Tür. »Gute Nacht, Robert.«

»Gute Nacht.«

Draußen peitschten ihr Sturmböen eiskalte Regentropfen ins Gesicht. Einen Moment lang blieb Anna stehen und atmete in tiefen Zügen die erfrischende Luft ein. Dann ging sie Richtung Hafen. Als sie dort ankam, regnete es bereits heftiger, aber sie hatte nicht vor, Robert anzurufen. Liams Boot war am Kai festgezurrt. Bei so einem Wetter fuhren nicht einmal die Fischer aus. Anna starrte auf den Trawler, während ihr Windböen ins Gesicht schlugen. Dann nahm sie ihr Handy aus der Tasche.

Als sie eine Stimme hörte, sagte Anna: »Liam, bist du in Gamrie? Ich muss mit dir reden.«

»Na, sieh's doch mal so«, sagte Cathy später. »Jetzt weiß er wenigstens Bescheid.«

Draußen tobte der Sturm so unerbittlich, als wollte er das Haus ins Meer reißen. Drinnen lag Anna behaglich im Bett, während der Regen so gnadenlos ans Fenster prasselte, dass sie ihre Freundin kaum verstehen konnte.

»Ja, immerhin«, sagte Anna.

Sie hatte in Liams kleinem Zimmer gestanden, in dem er in Hafennähe untergekommen war, und hatte versucht, klar und gelassen zu wirken, obwohl alles schwierig und verworren war. Liam hatte mit gesenktem Kopf zugehört, ohne Anna anzusehen.

»Ich weiß, die Situation ist alles andere als ideal. Aber ich werde das Kind behalten«, hatte Anna gesagt.

Liam schaute auf, die Stirn gerunzelt. »Aber ich muss bald nach Neuseeland zurück, daran kann ich nichts ändern.«

»Ich weiß.«

Er schüttelte den Kopf, als seien diese beiden Tatsachen unvereinbar.

»Vielleicht hätte ich es dir doch nicht sagen sollen. Vielleicht wäre es besser gewesen, du hättest es nicht gewusst?«

»Ja, wer weiß«, murmelte er.

»Ich gehe jetzt«, sagte Anna. »Du weißt, wo du mich findest, falls du noch mit mir sprechen willst.«

Als sie schon an der Haustür war, tauchte Liam oben am Treppenabsatz auf und sagte: »Du kannst bei diesem Wetter nicht zu Fuß gehen. Ich fahre dich.«

»Ach, das geht schon, ich ...«

»Ausgeschlossen. Ich fahre dich.«

Zu Hause hatte Anna auf das Familienfoto von sich und ihren Eltern gestarrt und versucht, nicht an den Schrank voller Rote-Bete-Gläser zu denken, die niemand je essen würde. Wie mochte es sich anfühlen, so sehr geliebt zu werden? Sie hatte Robbies ernstes kleines Gesicht vor sich gesehen und schließlich Cathy eine Nachricht geschickt. *Bist du noch wach?*

Als sie jetzt mit der Freundin sprach, fühlte Anna sich benommen und leer, obwohl sie um das kleine Wesen wusste, dass in ihr heranwuchs.

»Was willst du jetzt machen?«, fragte Cathy.

»Ich habe ihm gesagt, er kann jederzeit noch mal mit mir reden. Und inzwischen ...« Sie verstummte.

»Inzwischen was?«, fragte Cathy.

Anna rollte sich auf den Rücken, starrte an die Decke und fragte sich, ob morgen Früh wohl Dachziegel fehlen würden. »In der Zwischenzeit werde ich arbeiten.«

Trotz des Unwetters schlief Anna die ganze Nacht wie ein Stein. Als sie am nächsten Morgen aufwachte, war der Himmel düster und voll grauer Wolken. Der Sturm hatte nachgelassen, aber nachts ziemlich gewütet. Als Anna die Haustür öffnete, war Pat gerade damit beschäftigt, den Weg vor dem Weaver's Nook zu fegen. Sie sah außergewöhnlich müde und erschöpft aus.

»Guten Morgen«, begrüßte Anna ihre Nachbarin. »Das war ja ein krasser Sturm.«

»Kann man wohl sagen«, erwiderte Pat. »Hast du überhaupt ein Auge zugetan?«

»Ich habe sogar richtig gut geschlafen. Im Fishergirl's Luck fühle ich mich immer sicher, was immer draußen auch los ist.«

Pat lächelte, aber ihr Blick wirkte dennoch besorgt. »So soll es bleiben.«

»Pat? Ist alles in Ordnung mit dir?«

»Über dem Ferienhaus hat es wieder einen Erdrutsch gegeben. Nicht so schlimm, hat nicht viel beschädigt, aber man hat eben immer Angst, dass es noch ärger kommen könnte. Und für Frank ist das natürlich wieder eine willkommene Gelegenheit, sein Alter zu vergessen. Er ist da drüben schon wieder am Schuften, als sei er halb so alt, trotz allem, was der Arzt ihm gesagt hat.«

»Ich kann mit anpacken«, sagte Anna sofort, aber dann fiel ihr ein, dass sie das lieber lassen sollte, und fügte rasch hinzu: »Obwohl ... Ich habe mir ein bisschen den Rücken gezerrt. Schwer heben kann ich eher nicht.«

»Keine Sorge, Liebes. Glynn und David sind zur Stelle, falls wir sie brauchen. Wir kommen schon zurecht.«

Anna schaute übers Meer. Die Wellen hatten durch den Sturm Blau- und Grüntöne angenommen, die sie bisher noch nie hier gesehen hatte.

»Ich hatte nicht damit gerechnet, dass es hier im Sommer solche Stürme geben würde«, sagte sie. »Meinst du, das kommt noch öfter vor?«

»Ist schon zu befürchten«, antwortete Pat. »Es wird von Jahr zu Jahr schlimmer, diese Saison ist bisher die extremste. Hoffen wir, dass erst mal eine Weile Ruhe ist. Wäre doch schade, wenn du den Lunchclub nicht machen könntest, wo jetzt so viele Leute eigens deshalb herkommen.«

»Wirklich?«

»Ja, von den fünf Buchungen für diese Woche haben vier Leute nach dem Fishergirl's Luck gefragt.«

»Wow. Da sollte ich dann wohl gut vorbereitet sein.«

Pat kehrte weiter, und angesichts ihres erschöpften Zustands wurde Anna von einer vagen Angst erfasst. Wie wichtig die neuen Freunde in Crovie für sie geworden waren, wurde Anna erst in diesem Moment richtig bewusst.

Aber du bleibst doch sowieso nicht hier, sagte eine Stimme in ihrem Kopf. *Und jetzt, mit dem Baby, erst recht nicht. Wie soll das denn gehen im Fishergirl's Luck?*

»Wie wär's, wenn ihr heute zum Abendessen kommt?«, sagte Anna spontan. »Dann braucht ihr euch zumindest darüber keine Gedanken zu machen, wenn ihr schon so viel zu tun habt.«

Abends benutzte sie wieder die Antibiotikum-Ausrede als Erklärung, weshalb sie auf das Glas Rotwein zu den Spaghetti Bolognese verzichtete. Sie war froh, dass ihre Ausflüchte bisher von niemandem hinterfragt worden waren, hatte aber auch ein schlechtes Gewissen. Es war Anna unangenehm, ihre Freunde zu belügen, und sie fragte sich, wann sie endlich den wahren Grund offenbaren sollte.

In den nächsten zwei Wochen bekam sie weder Liam Harper noch die beiden Roberts zu Gesicht, was ihr aber auch recht war, denn sie hatte alle Hände voll zu tun. Der Lunchclub war inzwischen so beliebt, dass Anna zusätzlich am Donnerstag öffnete und schließlich auch noch den Mittwoch dazunahm.

»So viele Leute habe ich in Crovie noch nie gesehen!«, berichtete Frank. »Und das ist dir zu verdanken! Man könnte glauben, man sei in Pennan, wenn man die ganzen Spaziergänger sieht, die hier herumwimmeln und Fotos machen.«

In der zweiten Woche bildete sich die Warteschlange vor dem Garten schon um halb zwölf, und um zehn vor zwölf waren alle Plätze vergeben.

»Sie sollten noch einen weiteren Tisch aufstellen«, sagte jemand frustriert. »Wir haben jetzt schon den dritten Tag keinen Platz bekommen.«

»Das Crovie Inn steht immer noch leer, weißt du«, bemerkte Phil, als er am Samstagmittag vorbeikam, während Anna gerade den Hauptgang servierte. »Es gibt doch jetzt keinen Zweifel mehr daran, dass das funktionieren würde, bei dem Interesse.«

Der Gedanke war verlockend, und Anna wurde klar, dass sie durch den Lunchclub im Fishergirl's Luck neues Vertrauen in ihre Fähigkeiten gewonnen hatte. Wobei ihr auch der Gedanke kam, was sie in ihrem Leben längst hätte erreichen können, wenn sie sich nicht so lange von Geoff hätte unterdrücken lassen.

»Weißt du, wem das Crovie Inn gehört?«, fragte sie Frank ein paar Tage später. »Mit wem könnte ich denn mal darüber reden, ob man es pachten kann?«

Frank, der seit dem Sturm eher bedrückt und matt gewirkt hatte, strahlte plötzlich. »Das klingt ja fast, als wolltest du hierbleiben!«

»Es steht noch nichts fest«, erwiderte Anna, um Gerüchte sofort im Keim zu ersticken. »Sprich bitte mit niemandem darüber.«

Als Frank die Besitzer ausfindig gemacht hatte und Anna Namen und Telefonnummer gab, war das Gespräch allerdings nicht gerade ermutigend. Die Leute wollten das Gebäude nicht verpachten, sondern verkaufen, und der Kaufpreis war zwar recht bescheiden, aber für Annas Verhältnisse immer noch viel zu hoch.

Wenn sie nicht arbeitete, schlief Anna wie ein Murmeltier. Sobald sie an den Lunchtagen alles aufgeräumt hatte, schleppte sie sich die Treppe hinauf und war schon fast eingeschlafen, bevor ihr Kopf überhaupt das Kissen berührte. Die Morgenübelkeit war inzwischen verschwunden, die Erschöpfung jedoch ein Dauerzustand. In dieser Verfassung konnte Anna sich gar nicht vorstellen, eine volle Schicht in einer Küche durchzustehen.

Mittlerweile wurden die Bewertungen auf TripAdvisor immer enthusiastischer, es waren nie weniger als vier Sterne, meist sogar fünf. Und in vielen Texten wurden auch die Unterkünfte oder andere Restaurants an der Küste empfohlen.

»Du kannst so stolz auf dich sein«, sagte Cathy am Telefon. »Am liebsten würde ich die ganzen Bewertungen an Geoff schicken, nur um den Ausdruck auf seinem überheblichen Gesicht zu sehen!«

»Bloß nicht!« Anna schauderte, weil sie sich Geoffs Miene nur allzu gut vorstellen konnte – und die Wut würde ganz sicher nicht lange auf sich warten lassen. »Der würde garantiert irgendetwas unternehmen, um mich zu sabotieren.«

»Du hast ein *winziges* Lokal am anderen Ende des Landes«, widersprach ihre Freundin. »Er kann doch wohl nicht so geltungssüchtig sein, dass er dir nicht mal diesen Erfolg gönnen würde.« Eine Pause entstand, dann beantwortete Cathy sich die Frage selbst. »Okay, sag lieber nichts. Echt, der Mann ist einfach ein Arsch. Na ja, immerhin sind die Ratings für seine neue Show echt schlecht.«

»Wirklich?«, fragte Anna verblüfft.

»So sieht's aus. Vielleicht merken die Leute endlich, dass seine Arroganz und Selbstverliebtheit alles andere als cool sind.«

Anna sog scharf die Luft ein. »Na, ich kann nur hoffen, dass er nichts vom Fishergirl's Luck mitkriegt. Wer weiß, was dem dann einfallen würde.«

24

Auch im Juli gab es immer wieder Stürme. Anna kam es vor, als verginge keine Woche, ohne dass nicht mindestens eine Nacht lang ein Sturm vor ihrem Fenster randalierte wie eine Horde Betrunkener. Nach einer dieser unruhigen Nächte mit wüsten Böen und Regenschauern tauchte Douglas McKean erneut in Annas Leben auf, jedenfalls indirekt.

Als sie am Samstagmorgen die Tür aufmachte, um nachzusehen, ob ihre Kübelpflanzen das Unwetter überstanden hatten, kam Frank gerade aus dem Haus, in den Händen einen mit Alufolie abgedeckten Teller.

»Na, Frank, wohin geht's denn?«, rief sie.

Als er aufschaute, erschrak Anna, weil er auf einmal so alt aussah. Vermutlich hatte er wegen des Sturms schlecht geschlafen. Außerdem war das Weaver's Nook seit Wochen ausgebucht, und die beiden hatten alle Hände voll zu tun, das war sicher auch kräftezehrend.

»Guten Morgen, Liebes. Ich will Dougie gerade Frühstück bringen. Seine Küche – oder das, was er so nennt – ist immer noch unbenutzbar.«

»Seit wann ist das so?«

»Seit dem Erdrutsch vor ein paar Wochen. Dougie will niemanden außer dem alten Robbie die Reparaturen machen lassen, und der arme Kerl hat genug am Hals. Deshalb bringen Pat und ich Dougie Essen, bis die Küche wieder in Ordnung ist.«

Anna runzelte die Stirn. »Aber, Frank, ihr beide habt doch gerade selbst so viel zu tun.«

Frank zog eine Schulter hoch und lächelte. »Nachbarschaftshilfe, Liebes. Sonst müsste Robbie x-mal hier aufkreuzen. Wir können den alten Mann schließlich nicht verhungern lassen, nicht wahr?«

Das Gespräch beschäftigte Anna noch immer, als sie den Lunch vorbereitete. Als Hauptgericht gab es Schwarzen Zackenbarsch auf Klebreis mit Meerfenchel und einer japanischen Soße, zum Nachtisch Apfel-Salzmelde-Sorbet mit Karamellkrokant und Shortbread-Streuseln. Die Idee für diese Kreation war Anna an dem Abend gekommen, als sie auf Robbie aufgepasst hatte, und sie musste sich während der Zubereitung bemühen, nicht an die beiden Roberts zu denken.

»Dieses Menü ist ungeheuer inspiriert«, bemerkte eine der Besucherinnen, deren Gesicht Anna vage bekannt vorkam, sie aber nicht zuordnen konnte. »Ein Hochgenuss. Viele Köche reden ja davon, dass sie neue Geschmacksdimensionen erschließen wollen, aber erlebt habe ich das gerade zum ersten Mal. Und bezeichnend, dass Sie sich gar nicht damit brüsten.«

Anna bedankte sich, als sie den leeren Dessertteller abtrug. »Ich arbeite mit einfachen regionalen Zutaten«, erwiderte sie. »Meine Gerichte sind eigentlich sehr schlicht. Die Wirkung hat auch mit der Atmosphäre zu tun, glaube ich.«

»Na, das ist ja in allen guten Restaurants so«, sagte die Frau. »Das gehört dazu.«

An diesem Tag waren die Einnahmen – die grundsätzlich recht gut ausfielen – erheblich höher als sonst.

Beim Aufräumen fiel Anna auf, dass noch genügend Zutaten für eine weitere kleine Mahlzeit übrig waren. Sie ging hinüber zum Weaver's Nook, und als Pat öffnete, folgte Anna ihr in die Küche und erklärte: »Ich kann heute das Abendessen für Douglas McKean übernehmen. Und nicht nur heute, sondern an allen Tagen, an denen ich mittags den Lunchclub habe. Dann könnte ich euch ein bisschen entlasten.«

Pat sah sie überrascht an. »Aber das musst du nicht machen.«

»Weiß ich, aber ich möchte es gern. Und ich tue es für dich und Frank, nicht für diese alte Nervensäge. Ich will es ihm auch nicht selbst bringen, das muss jemand anders übernehmen.«

Pat lächelte matt. »Das kann Frank natürlich machen. Vielen Dank, Anna. Wenn du dir ganz sicher bist? Es wäre uns tatsächlich eine große Hilfe.«

Anna umarmte die Freundin. »Na klar bin ich mir sicher, sonst hätte ich es nicht angeboten. Wobei ich damit rechne, dass er irgendwas an meinem Essen auszusetzen hat. Am besten, ihr sagt ihm gar nicht, wer es gekocht hat.«

Als später am Abend das Festnetztelefon klingelte, erwartete Anna, Cathy am anderen Ende der Leitung zu hören, aber es war jemand anders.

»Hier ist Robert, hi.«

»Hi.« Aus irgendeinem Grund wurde ihr die Kehle eng. »Ich … Wie geht's?«

»Gut, danke. Ich habe mit Frank gesprochen und erfahren, was du für Dougie tust. Und ich wollte dir dafür danken, Anna. Das ist sehr lieb von dir, vor allem wenn man bedenkt, wie er dich behandelt hat.«

Anna spielte nervös mit einer Haarsträhne. »Ach, das ist doch eine Kleinigkeit.«

»Nein, ist es nicht«, widersprach Robert ruhig.

Anna wünschte sich inständig, dass seine Stimme ihr nicht so gut gefallen würde. »Wie geht's denn Robbie?«, fragte sie hastig. »Ich habe gar nichts von dem Gebäckverkauf gehört.«

»Das war meine Schuld, tut mir leid. Dass du nichts davon gehört hast, meine ich.«

»Ach so?«

Ein kurzes Schweigen entstand. Dann sagte Robert: »Er wollte dich gleich am nächsten Tag besuchen, um dir davon zu erzählen. Aber ich hatte den Eindruck, dass ich an diesem Abend eine Grenze überschritten hatte. Als ich dich gebeten hatte, auf Robbie aufzupassen. Deshalb hielt ich es für besser, etwas zurückzurudern.«

»Nein, nein, ich …« Anna verstummte. »Damit hatte es nichts zu tun«, sagte sie schließlich.

»Es war die Rote Bete, oder?«, fuhr Robert im gleichen Tonfall fort. »Robbie hat mir erzählt, dass du sie gefunden hast.«

»Nein … Ja.« Anna seufzte. »Ich meine, es war nicht nur das. Insgesamt war alles irgendwie überwältigend für mich. Das klingt jetzt komisch, weil ich ja nichts getan habe, außer in eurer Küche mit deinem Sohn Törtchen zu backen. Aber in meinem Leben ist zurzeit so viel los, und …« Sie brach ab und fragte sich, warum es ihr so furchtbar schwerfiel, sich klar und deutlich auszudrücken.

»Ich versteh schon«, sagte Robert. »Wirklich. Tut mir leid.«

»Dir muss gar nichts leidtun«, erwiderte Anna. »Wirklich, es liegt nur an mir.«

»Nein. Ich habe es dir ja schon mal gesagt: Mit Trauer von anderen Menschen umzugehen, ist eine Herausforderung.«

»Es war nicht …« Anna verstummte wieder. *Nicht die Trauer hat mich so verstört*, dachte sie. *Sondern diese große Liebe.*

»Ich kaufe sie nicht mehr«, sagte Robert jetzt. »Die Bete, meine ich.«

»Ja. Das hat Robbie mir auch erzählt.«

Wieder entstand ein Schweigen. »Okay, ich muss los. Danke noch mal. Wir sehen uns?«

»Bestimmt«, antwortete Anna.

Nachdem er aufgelegt hatte, stand sie noch eine ganze Weile reglos da, das Telefon in der Hand. Draußen hatte sich der Wind gelegt, nur noch ein leises Wispern war zu hören.

Anna hatte ihr Versprechen gegenüber Rhona gehalten und sich bemüht, Leute aus der Gastrobranche auf die Keramik der Töpferin aufmerksam zu machen. Keine leichte Aufgabe, denn wer ein Restaurant führte, war grundsätzlich wählerisch bei der Auswahl des Geschirrs, ganz besonders für neue Lokale. Annas Erfahrung nach war diese Entscheidung ein langwieriger Prozess, bei dem vieles gleichzeitig getestet wurde. Außerdem passte Rhonas Stil nur zu einer bestimmten Art von Lokalen. Doch Anna war überzeugt von Rhonas Arbeiten und hatte einige Leute kontaktiert, die entweder gerade ein Restaurant übernommen hatten oder ein neues eröffnen wollten. Sie hoffte sehr, dass sich von diesen Kolleginnen und Kollegen jemand für die Keramik ihrer Freundin interessieren würde.

Am Sonntagvormittag saß Anna mit einem Becher Tee und einem Bacon-Sandwich auf der Couch und überlegte gerade, ob Glynn, David und Bill sie wohl abholen würden, als ihr Handy klingelte.

»Anna?«, hörte sie eine Stimme, die ihr vage bekannt vorkam.

»Ja?«

»Hier ist Brigitte March. Du hattest mir vor einigen Wochen wegen der Keramik deiner Freundin gemailt.«

Anna stellte den Sandwich-Teller beiseite. Brigitte hatte sie vor ein paar Jahren bei den Dreharbeiten zu einer Folge von *Chef's Table* kennengelernt, an der Geoff teilgenommen hatte. Anna war eingeladen gewesen, weil die Regie mehr Frauen am Tisch haben wollte. Brigitte – die sich damals gerade als Köchin einen Namen machte – hatte neben ihr gesessen, und die beiden hatten sich auf Anhieb gut verstanden. Deshalb hatte Anna Brigitte als Erste angeschrieben. Damals hatte sie noch kein eigenes Restaurant gehabt, aber Anna hatte vermutet, dass das nur eine Frage der Zeit war.

»Brigitte! Tut mir leid, dass ich deine Stimme nicht gleich erkannt habe.«

»Kein Problem«, erwiderte die Köchin lachend. »Hör mal, ich will dich nicht lange aufhalten und möchte mich erst mal für meine späte Reaktion entschuldigen. Offen gestanden, ist mir deine Mail erst wieder eingefallen, als ich heute Morgen die Besprechung gelesen habe. Glückwunsch übrigens! Und als ich Rhonas Geschirr auf dem Foto gesehen habe, fand ich, dass es für mein neues Lokal genau das Richtige wäre.«

»Was für eine Besprechung?«, fragte Anna. »Meinst du auf TripAdvisor? Hat da jemand ein neues Foto gepostet?«

Ein kurzes Schweigen trat ein. Dann fragte Brigitte: »Hast du den Artikel noch gar nicht gesehen? Im *Observer* ist heute eine Lobeshymne auf Fishergirl's Luck erschienen. Das ist dein Durchbruch, Anna – fünf Sterne und eine hellauf begeisterte Kritik.«

Anna verschlug es die Sprache. Dann fiel es ihr wie Schuppen von den Augen. »Adrienne Gail.«

»Ja, genau. Schwärmt richtiggehend von deinem Lokal.« Brigitte lachte. »Wenn sie so eine Besprechung über mein Restaurant schreibt, wenn wir aufmachen, bin ich im siebten Himmel.«

Anna sah die Frau vor sich, mit der sie sich am Vortag beim Lunch unterhalten hatte. Gail gehörte zu den renommiertesten Namen der britischen Gastrokritik, und Anna konnte sich nicht erklären, weshalb sie die Journalistin nicht auf Anhieb erkannt hatte.

»Ich habe nicht gemerkt, dass sie es war«, sagte Anna. »Hab sie nie persönlich getroffen, sie hatte lediglich mit Geoff zu tun. Ich kenne ihr Gesicht nur von Fotos und aus dem Fernsehen. Oh mein Gott!«

»Mach dir keine Gedanken, ich vermute sogar, es ist ihr lieber so.«

»Aber ich habe doch bloß einen Tisch im Garten, gar kein Restaurant! Und ich wollte den Lunchclub nur bis zum Ende des Sommers anbieten!«

»Tja, was du da auch tust – du machst es offenbar richtig. Freut mich für dich. Ich würde zu gern selbst kommen, kann aber die nächsten Monate hier nicht weg. Sag mal, wie kann ich denn deine Töpferfreundin erreichen? Ich würde sie gern kontaktieren.«

Anna redete noch ein Weilchen mit Brigitte, war aber in Gedanken bereits bei dem Artikel im *Observer*. Nach dem Gespräch klappte Anna sofort ihr iPad auf und suchte den Artikel.

THE FISHERGIRL'S LUCK, stand da in Großbuchstaben. Die Unterzeile lautete: *Ein kleines verstecktes Juwel an Schottlands wilder Küste.*

Der Artikel war wirklich überschwänglich, Brigitte hatte nicht übertrieben. Adrienne Gail hatte offenbar alles an ihrer Exkursion zum Fishergirl's Luck in vollen Zügen genossen. Sogar den Weg dorthin hatte sie als passende Vorbereitung empfunden: *In meinem ganzen Leben musste ich noch nie eine Klippe hinunterwandern, um ein Restaurant zu erreichen – und erst jetzt begreife ich, wie sehr mir diese Erfahrung gefehlt hat.* Auch das Anstehen mit den anderen fünf Gästen hatte sie spannend gefunden, und das Essen lobte sie in den höchsten Tönen als *eine hochinspirierte Fusion aus großartigen Ideen und exzellenter Zubereitung, aus herausragendem Handwerk und Leidenschaft, im idealen Setting eines kleinen Gartens am Meer.*

Anna las den Artikel zweimal und konnte ihr Glück kaum fassen. Es gab weitaus erfahrenere Köche und Köchinnen, die noch nie eine derartige Rezension in einer renommierten Zeitung bekommen hatten. Ein solcher Text konnte Karrieren verändern, denn einflussreiche Menschen jedweder Couleur ließen sich davon ebenso beeindrucken wie überzeugte Food-Influencer, die immer die Nase vorn haben wollten. Anna fragte sich, wie sich dieser Text auf ihr Leben auswirken würde. Wenn schon ein kleiner Artikel in einer kostenlosen Regiozeitung ihr Warteschlangen beschert hatte, wie würde das nun aussehen, nachdem Adrienne Gail Fishergirl's Luck im ganzen Land bekannt gemacht hatte?

In Annas Kopf ging es drunter und drüber, als es plötzlich an der Tür klopfte. Davor stand Liam Harper, eine Wollkappe in die Stirn gezogen.

»Hi«, sagte er. »Entschuldige, ich hätte wahrscheinlich lieber vorher anrufen sollen.«

»Komm rein«, erwiderte Anna und hielt ihm die Tür auf. »Ich mache uns Tee.«

Liam setzte sich aufs Sofa und schwieg. Während Anna Wasser aufsetzte, warf sie aus der Küche einen Blick auf Liam und dachte an den ersten gemeinsamen Abend zurück, der ihr so nah und unendlich weit weg zugleich vorkam. Und sie fragte sich, ob sie auch etwas mit Liam angefangen hätte, wenn sie gewusst hätte, wie die Geschichte weiterging.

Schließlich betrat sie mit den beiden Bechern das Wohnzimmer und reichte Liam einen. Er nahm ihn mit einem kleinen Lächeln entgegen. Anna ließ sich gegenüber nieder, trank einen Schluck und wartete ab.

»Tut mir leid, dass ich mich nicht gemeldet habe«, begann Liam. »Dass ich seit dem Abend neulich nichts habe von mir hören lassen. Aber es war ... eine ziemliche Ansage.«

»Ja, klar. Macht nichts.«

Liam zuckte mit den Achseln. »Doch, finde ich schon. Du hast ja die ganze Mühe vor dir, und ich kann in dieser Phase kaum etwas beitragen.«

Anna lächelte, erwiderte aber nichts.

»Ist denn alles in Ordnung?«, fragte er. »Ich meine, bei dir und ...« Er wies mit dem Kopf auf ihren Bauch.

»Soweit ich weiß, schon«, antwortete Anna. »Ich fühle mich gut. Der Ultraschall ist erst in drei Wochen.«

»Kurz danach fahre ich schon nach Hause«, sagte Liam bedrückt.

»Ich weiß«, erwiderte Anna leise.

»Darüber wollte ich mit dir reden.«

»Über den Ultraschall?«

»Nein«, sagte er unbehaglich. »Über meine Abreise.«

»Okay. Was wolltest du sagen?«

»Ich möchte, dass du mitkommst.«

Damit hatte Anna zuallerletzt gerechnet. Sie war so verblüfft, dass sie beinahe ihren Teebecher fallen ließ. »*Was?*«

Liam beugte sich vor. »Ich möchte, dass du mit mir nach Neuseeland kommst. Nein – hör mich erst an», sagte er, als sie etwas sagen wollte. »Bitte.»

Als Anna nickte, holte er tief Luft und begann: »Ich weiß, dass wir das beide nicht so geplant haben. Aber ich drücke mich nicht um Verantwortung, so bin ich nicht erzogen worden. Ansonsten würde ich auch gar nicht zurückgehen, um die Farm zu übernehmen. Und ich werde dich auch nicht alleine hier im Stich lassen. Aber ich muss zurück, ich habe keine andere Wahl. Deshalb bitte ich dich, es dir zu überlegen. Auf der Farm ist viel Platz. Es gibt ein separates Cottage, das ich ohnehin für mich renovieren wollte. Das können wir ganz für uns haben.«

»Puh.« Anna stellte ihren Becher ab und hob abwehrend die Hände. »Liam, bitte hör auf. Wir sind doch nicht mal ein Paar! Hätte ich dir nicht erzählt, dass ich schwanger bin, hättest du mich bald vergessen. Und jetzt willst du am anderen Ende der Welt mit mir ein gemeinsames Leben anfangen?«

»Für mich ist das nicht das andere Ende der Welt, sondern mein Zuhause.«

»Aber ...«

Liam stellte auch seinen Becher ab und ergriff Annas Hände. »Wir hatten es doch schön zusammen, oder? Hatten Spaß miteinander. Das kann auch so weitergehen. Es wäre zumindest einen Versuch wert …«

»Ich kann doch nicht mir nichts, dir nichts hier alles stehen und liegen lassen!«

»Warum denn nicht? Habe ich auch gemacht. Und du wolltest doch ohnehin nicht in Crovie bleiben, oder? Dann kannst du auch einen Neuanfang in Neuseeland machen. Du bist hier ebenso wenig zu Hause wie ich. Hast keine Familie und keine Bindungen. In Neuseeland hättest du eine, mich und meine Eltern. Und unser Baby bekäme auch eine Familie, Anna.«

»Aber ich liebe dich nicht, Liam. Jedenfalls nicht so, dass ich mit dir nach Neuseeland ziehen würde. Und du liebst mich auch nicht wirklich. Das weißt du ganz genau.«

»Aber vielleicht verlieben wir uns noch«, wandte er hartnäckig ein. »Wir mögen uns und finden uns attraktiv. Ich habe schon Beziehungen gesehen, die auf weniger guten Voraussetzungen aufgebaut waren und trotzdem gelungen sind. Einen Versuch wäre es doch wert!«

Anna zog ihre Hände zurück, stand auf und wandte sich ab. Sie schlug die Hände vors Gesicht, ließ sie dann sinken. »Es wird nicht funktionieren. Wir kannten uns noch gar nicht lang, als du dich in eine andere Frau verguckt hast. Und das ist auch in Ordnung so. Es ist Unsinn, jetzt von mir zu verlangen, dass ich mein gesamtes Leben aufgebe und in ein fremdes Land ziehe, in dem ich keinen Menschen kenne.«

»Du hast hier schnell Freunde gefunden, das wäre dort genauso. Und selbst wenn es mit uns nicht klappen würde, es wäre ein Neuanfang für dich. Du könntest etwas Großartiges daraus machen, ein eigenes Restaurant eröffnen. In der Gegend wäre das eine Sensation.«

»Aber ich habe dann ein Kind! Was glaubst du, wie viel Zeit und Kraft mir dann noch bleibt, um in einem mir unbekannten Land ein neues Unternehmen aufzuziehen? Von Geld ganz zu schweigen …«

»Meine Eltern und ich könnten dich unterstützen«, erklärte Liam unbeirrbar. »Und das Kind hätte einen Vater. Das ist Grund genug, um darüber nachzudenken, oder nicht?«

»Das finde ich echt nicht fair von dir.«

»Stimmt, ist es nicht«, sagte er aufgebracht. »Aber *ich* finde auch, dass die ganze Situation mir gegenüber nicht sonderlich fair ist.«

»Liam …«

Er stand auf. »Ich bitte dich doch nur, es dir zumindest zu überlegen. Denk einfach mal darüber nach. Okay?«

Anna hob ergeben die Hände. »Okay. Ja. Mach ich.«

»Huch«, bemerkte Cathy verwundert. »Damit hab ich nicht gerechnet, muss ich sagen.«

Anna strich sich über die Augen. »So ein furchtbares Chaos. Ich kann nicht nach Neuseeland ziehen, das geht doch nicht. Und ich finde es idiotisch, dass Liam so was überhaupt vorschlägt. Aber weshalb fühle ich mich dann schlecht?«

»Hat dir das Patriarchat eingeredet«, antwortete Cathy trocken. »Jede Frau soll glauben, dass sie ohne Mann nicht klarkommt.«

»Aber wenn es nun wirklich so ist?«, sagte Anna zweifelnd.

»Pff«, machte ihre Freundin. »Abgesehen davon: Es wird schon noch Männer in deinem Leben geben – nur eben nicht

Liam. Wenn er so erpicht darauf ist, Verantwortung zu übernehmen und aktiv am Leben seines Kindes teilzuhaben, soll er auch die schwierigen Entscheidungen treffen. Du musst das nicht machen, Anna. Du bist nicht verantwortlich für seine Eltern. Liam muss selbst wissen, ob er ein guter Vater sein und hierbleiben will. Oder ob es ihm wichtiger ist, ein guter Sohn zu sein und nach Hause zurückzukehren.«

»Finde ich ganz schön hart.«

»Mag sein. Aber das ist nicht dein Problem. Lass nicht zu, dass er dir das einredet. Und wenn er sich jetzt unter Druck gesetzt fühlt, hätte er ja auch gleich besser darauf achten können, dass es gar nicht erst so weit kommt, oder?«

»Ich hätte nie hierherkommen sollen«, murmelte Anna. »Hätte auf dich hören und einen Monat Auszeit in Spanien nehmen sollen.«

»Ich gesteh's ja echt ungern«, erwiderte Cathy, »aber das war blödes Gequatsche von mir.« Anna hörte Papier rascheln und wusste, dass ihre Freundin den *Observer* in der Hand hielt. »Dieser Artikel ist hymnisch. Du wirst ganz groß rauskommen. Ich bin so gespannt, was als Nächstes passiert.«

Anna seufzte. »Was als Nächstes passiert, ist, dass ich ein Schläfchen machen muss, ehrlich gesagt. Zurzeit muss ich mich ständig ausruhen, schon die kleinsten Anstrengungen machen mich müde.«

Aber aus dem Nickerchen wurde nichts, denn kaum hatte sie sich von Cathy verabschiedet, hämmerte jemand an die Tür. Als Anna öffnete, stand Rhona davor, mit roten Wangen und so heftig keuchend, als sei sie den ganzen Weg von Gamrie gerannt. »Du«, rief Rhona atemlos und fiel Anna um den Hals, »bist ja so ein Goldschatz!«

Anna lachte. »Wieso, was ist passiert?«

Rhona ließ sie los und strahlte übers ganze Gesicht. »Brigitte March ist passiert!«

In dem ganzen Durcheinander mit Liam hatte Anna gar nicht mehr an das Gespräch gedacht. »Ah! Hat sie dich angerufen?«

»Hat sie.« Rhona folgte ihr ins Haus. »Ich hab doch gesagt, du wirst meine Rettung sein. Ich hab's geahnt!« Sie brachte aus ihrer Umhängetasche eine Flasche zum Vorschein und hielt sie hoch. »Hier, aufmachen! Ist Prosecco, kein Schampus, aber alles zu seiner Zeit, nicht?«

Anna nahm die Flasche lächelnd in Empfang und ging in die Küche. »Na, dann erzähl mal, was sie gesagt hat. Muss ja erfreulich gewesen sein!«

»›Erfreulich‹ ist gar kein Ausdruck, Süße. Sie hat erzählt, dass sie den Artikel über dich und die Bilder gesehen hat – herzlichen Glückwunsch übrigens! – und dass sie Geschirr für ihr neues Lokal sucht und glaubt, dass meine Sachen perfekt passen würden. Sie will, dass ich das Restaurant komplett ausstatte!«

Nachdem Anna zwei Gläser gefüllt hatte, reichte sie eines Rhona. Sie ließen sich im Wohnzimmer nieder und stießen an.

»Herzlichen Glückwunsch auch an dich!«, sagte Anna. »Ich freu mich riesig für dich, Rhona!«

»Danke! Und das hab ich einzig und allein dir zu verdanken.« Rhona trank einen großen Schluck. »Dir und diesem Tischchen da draußen. Du bist ein wahres Wunder.«

Anna war versucht, mehr als nur einen Schluck zu trinken, um mit Rhona zu feiern, wollte aber nichts riskieren.

Der Gynäkologe, den sie aufgesucht hatte, ein älterer Herr, der Anna an den Rektor ihrer Grundschule erinnerte, hatte ihr deutlich zu verstehen gegeben, dass sie für eine erste Schwangerschaft schon ziemlich alt sei. Sie hoffte, dass Rhona in ihrer Aufregung nichts merken würde, aber dem war natürlich nicht so.

»Ey, aber du nimmst diese Pillen doch jetzt bestimmt nicht mehr«, sagte Rhona prompt. »Und Prosecco hat kaum Prozente. Es ist Sonntag, gönn dir was, wir feiern!«

Anna lächelte. »Ach, lieber nicht.«

Sie konnte Rhona förmlich ansehen, wie es in ihrem Kopf arbeitete, bis die Freundin schließlich die Augen weit aufriss und »Oh mein Gott!« rief.

»Was ist?«

Rhona beugte sich vor. »Bist du ... *schwanger*?«

Anna merkte, wie sie rot anlief, und ärgerte sich darüber. »Wie?«

»Ich habe kürzlich Frank und Pat getroffen und mich nach dir erkundigt. Da sagten die beiden, dass du so erschöpft vom Lunchclub seist und ständig schlafen würdest. Fand ich komisch, weil du doch sonst so fit bist und auf den Klippen herumkraxelst und alles. Und du bist doch sogar Schichtarbeit gewöhnt. Dann haben sie auch noch erzählt, dass du bei den Aufräumarbeiten vom Erdrutsch nicht mithelfen wolltest, was dir gar nicht ähnlich sieht ...«

»Mein Rücken ist gerade nicht gut ...«, murmelte Anna.

»Und eine Ohrenentzündung hast du auch noch? Ganz im Ernst jetzt?«

»Na ja, also ...«

Anna schaute auf. Ihre Freundin starrte sie forschend an.

»Du bist schwanger«, flüsterte Rhona. »Oder?«

Die Erleichterung war immens, als Anna endlich das Versteckspiel aufgab und nickte. »Ja. Tut mir leid, dass ich dir noch nicht davon erzählt habe, aber ich hatte meinen ersten Ultraschall noch nicht, und …«

Rhona nahm Anna das Glas weg und umarmte sie liebevoll. »Und, freust du dich?«, fragte sie.

Anna atmete zittrig ein. »Ja. Zuerst war es ein furchtbarer Schock. Aber jetzt freue ich mich. Sehr sogar, trotz der Umstände.«

Als Rhona sich zurücklehnte, glitzerten Tränen in ihren Augen. »Dann freue ich mich mit dir. Und ich bin für dich da, wenn du etwas brauchst, egal, was. Okay?«

Anna lachte gerührt und zog Rhona wieder an sich. Sie kannten sich erst seit ein paar Monaten, aber Anna war plötzlich so unendlich dankbar für diese Freundschaft, dass ihr die Kehle eng wurde. »Danke. Das ist so lieb von dir.«

25

Nach dem *Observer*-Artikel hagelte es E-Mails bei Anna. Einige kamen von alten Bekannten, zu denen sie seit der Trennung von Geoff keinen Kontakt mehr gehabt hatte. Andere Nachrichten stammten von Zeitungen und Zeitschriften, die scharf waren auf die Vorgeschichte des *kleinsten Restaurants im UK*, wie Fishergirl's Luck im *Observer* betitelt wurde. Anna war ungemein froh, dass sowohl ihre Festnetz- als auch ihre Handynummer nirgendwo eingetragen und öffentlich zugänglich waren. Deshalb kam der Anruf, der sie einige Tage später erreichte, sehr überraschend.

»Hallo, Anna«, sagte die Stimme. »Hier ist Melissa Stark. Du erinnerst dich wahrscheinlich nicht mehr an mich …«

»Melissa, hi! Doch, klar erinnere ich mich. Die Lektorin von Geoffs Kochbüchern, oder? Wie geht's dir? Lange nichts gehört.«

Melissa lachte. »Tolles Gedächtnis. Es geht mir gut, danke. Ich bin inzwischen Verlagsleiterin. Und dich muss ich wohl gar nicht fragen, wie es dir geht – ich habe Adrienne Gails Artikel über dein Lokal gelesen. Klingt fantastisch.«

»Oh, danke. Freut mich«, sagte Anna leicht verlegen. Melissa veröffentlichte Kochbücher der Stars aus der Food-Szene.

»Und deshalb rufe ich auch an«, fuhr Melissa fort. »Ich bin mal ganz offen: Ich habe deine Nummer die ganze Zeit aufbewahrt, weil ich das Gefühl hatte, dass man dich im Auge behalten sollte. Und ich weiß auch, dass du diejenige warst, die Geoffs erstes Buch gestemmt hat. Mir war damals schon klar, dass du ein feines Gespür dafür hast, wie ein Rezept präsentiert werden sollte. Wir suchen nach neuen Stimmen in der Food-Szene, Anna, und ich glaube, dass du perfekt in unser Programm passen würdest.«

Anna starrte durchs Fenster auf das aufgewühlte Meer. »Also, ich glaube, ich weiß nicht, was du meinst«, sagte sie schließlich.

»Ich meine, dass ich gerne ein Kochbuch mit dir machen möchte«, erklärte Melissa. »›Lunch im Fishergirl's Luck – Rezepte aus dem Haus an den Klippen‹. Ist natürlich erst mal nur ein Arbeitstitel, den man noch besprechen kann. Aber ich sehe schon das Cover vor mir, und die Pressetexte würden sich quasi von selbst schreiben.«

»Ich …« Anna brachte kein weiteres Wort hervor.

»Entschuldige, dass ich so über dich hereinbreche«, sagte Melissa mit einem Lachen. »Du hast vielleicht gerade zu tun. Soll ich dich zu einem anderen Zeitpunkt noch mal anrufen?«

»Nein, alles gut«, antwortete Anna. »Ich bin nur ein bisschen überrascht. Vielen Dank für dein Interesse erst mal. Und tatsächlich wollte ich immer schon gerne ein Kochbuch schreiben. Ich habe auch alle Rezepte notiert, die ich für den Lunchclub entwickelt habe.«

»Wusste ich's doch. Mit dir zu arbeiten wird traumhaft«, rief Melissa aus. »Vielleicht können wir nächste Woche mal zoomen?«

Doch es gab auch andere Reaktionen. In der Regionalzeitung, die als Erstes über den Lunchclub berichtet hatte, erschien ein erboster Leserbrief. Eine Frau namens Jean Padgett aus Macduff beklagte sich, dass ein Lokal wie Fishergirl's Luck die »traditionelle und typische Struktur der kleinen Fischerdörfer« verändere und damit den Charakter von Orten wie Crovie zerstöre, »der den alten Einwohnern so wichtig« sei.

»Ich weiß gar nicht, was die meint«, sagte Anna zu Frank, als sie darüber sprachen. »Was soll ich denn zerstören? Meint sie, weil deshalb mehr Leute herkommen? Aber das ist doch gut, oder nicht? Wenn die Touristen nicht die Häuser mieten würden, wie sollte man sie dann erhalten?«

»Ach, kümmer dich einfach nicht drum«, riet Frank. »Padgett ist einer von diesen Menschen, die immer über irgendetwas wütend sind. Die regt sich ständig über irgendwelche Ungerechtigkeiten auf, die ihr angeblich widerfahren sind. Dougie und sie haben eine lange gemeinsame Geschichte.«

»Verstehe«, sagte Anna, die gehofft hatte, dass McKeans Zorn sich endlich gelegt hatte. Zum Glück hatte sie den bösartigen Alten wochenlang nicht zu Gesicht bekommen. Sie fragte sich, ob Jean Padgett vielleicht auch in Brens Rezeptbuch erwähnt war.

»Ja, du solltest Jeans Gefasel gar nicht beachten«, bemerkte auch Pat. »Was für ein Recht hat die, quasi in unser aller Namen so ein Zeug zu behaupten? Wir werden selbst einen Leserbrief schreiben und sagen, wie toll wir dein Lokal finden. Und wir bitten die üblichen Verdächtigen, das auch zu tun. Dann wird sie hoffentlich Ruhe geben.«

»Ach nein, macht das lieber nicht«, wandte Anna ein.

»Jedenfalls scheint damit das Rätsel gelöst, wer sich an die Behörde gewandt hat, oder?«, schlussfolgerte Frank. »Sie wirft dem Gesundheitsamt ja auch vor, dass es nicht ordentlich arbeitet, weil Fishergirl's Luck nicht geschlossen wurde. Und lässt zwischen den Zeilen durchblicken, dass du die fünf Sterne aufgrund von Bestechung bekommen hättest!«

Anna nahm sich Franks Rat zu Herzen und versuchte, nicht mehr an den niederträchtigen Leserbrief zu denken. Doch das erwies sich als unmöglich, als der Lokalsender der BBC ein Team schickte, das einen Beitrag für die Regionalnachrichten drehte. Anna bemühte sich, kooperativ zu sein, ließ sich bei den Vorbereitungen für den Freitags-Lunch filmen und beantwortete nebenbei Fragen. Doch als sie erwähnte, wie gut das Lokal bei den Einheimischen ankam, widersprach der Reporter.

»Aber nicht jeder ist glücklich über Fishergirl's Luck, nicht wahr?«, sagte er. »Wir haben mit einer Frau namens Jean Padgett gesprochen, die sogar einen aufgebrachten Leserbrief an die Zeitung geschickt hat.«

»Ich bedaure, wenn Mrs Padgett nicht zufrieden ist«, antwortete Anna vorsichtig. »Aber weder wohnt sie in Crovie, noch kennt sie die Einwohner, die sehr froh sind über den Lunchclub. Ansonsten würde sie vielleicht auch erkennen, dass er dem Dorf bislang nur Gutes gebracht hat.«

»Dass Ihre Freunde Sie unterstützen, liegt nahe. Aber das ist dennoch nicht die ganze Geschichte, oder?«, stocherte der Mann weiter.

»Was meinen Sie damit?«, fragte Anna, obwohl sie bereits eine dunkle Vorahnung hatte.

»Mrs Padgett hat uns in Kontakt gebracht mit einem alten Bekannten von ihr, der tatsächlich in Crovie lebt, Douglas McKean. Mit ihm haben wir gesprochen, bevor wir hierherkamen. Ist Ihnen bekannt, wie unglücklich dieser Mann mit der Entwicklung ist?«

Anna holte tief Luft. »Ja, das ist mir bekannt. Ich habe versucht, mit Mr McKean zu sprechen, und ihn sogar zum Essen eingeladen. Aber er hat sich entschlossen, alle meine freundlichen Gesten zu ignorieren.«

»Mr McKean ist der letzte Ureinwohner von Crovie. Sind Sie der Meinung, dass Zugezogene eine Verpflichtung zum respektvollen Umgang mit den Alteingesessenen haben?«

»Selbstverständlich«, antwortete Anna. »Ich bin allerdings auch der Ansicht, dass ich weder mit Crovie noch mit Mr McKean respektlos umgehe. Ob er dasselbe von sich behaupten kann, wage ich zu bezweifeln. Und ich kann Ihnen erklären, woher Mr McKeans Ablehnung gegenüber dem Fishergirl's Luck rührt. Seit vielen Jahren erzählt er allen Leuten, die ihm zuhören wollen, dass er der rechtmäßige Eigentümer des Hauses sei.«

»Das hat er uns gegenüber auch behauptet«, sagte der Reporter. »Es scheint, als habe die vorherige Besitzerin des Hauses widerrechtlich von einem nachlässig ausgefertigten Übertragungsvertrag profitiert. Wir werden das noch weiter recherchieren.«

Anna bemühte sich, ruhig zu atmen. Sie hatte gehofft, dass dieses Thema nicht zur Sprache kommen würde, hatte sich aber sicherheitshalber darauf vorbereitet. Jetzt griff sie nach einem Aktenordner, der vor einigen Tagen mit der Post gekommen war, und breitete die Dokumente auf dem Tisch aus.

»Das hier ist der Originalkaufvertrag«, erklärte sie und deutete auf das Datum. »Brenda MacKenzie hat den Schuppen – das war das Haus nämlich damals – 1938 rechtmäßig ihrem

Vater abgekauft, dem er gehörte. Wenn Sie die Urkunden überprüfen, werden Sie feststellen, dass das Haus der Familie MacKenzie, das Grundstück und das Fischerboot im Jahr 1943 in Douglas McKeans Besitz übergingen, fünf Jahre nachdem Brenda den Schuppen gekauft hatte. Mr McKean ist vielleicht nicht im Bilde, dass Brenda schon lange die offizielle Besitzerin des Gebäudes war, aber wie Sie hier anhand der Unterlagen erkennen können, gibt es keinerlei rechtliche Zweifel. Fishergirl's Luck, wie das Haus von Brenda genannt wurde, hat niemals jemandem aus der Familie McKean gehört, und ganz sicher nicht Douglas.«

Kurz danach war das Interview zu Ende, und der Reporter wirkte freundlich gestimmt, als er aufbrach. Dennoch machte sich Anna den Rest des Tages Sorgen darüber, wie sie wohl in diesem Beitrag wirken würde. Ihr war klar, dass sie ihn auf jeden Fall anschauen musste – wenn noch weitere Einheimische etwas gegen den Lunchclub hatten, musste Anna Bescheid wissen.

Doch es zeigte sich schnell, dass die Sorgen unbegründet waren. Im Vergleich mit Jean Padgett und dem alten Griesgram wirkte Anna als Einzige ruhig und überzeugend. Sie betrachtete Padgett genau, doch die Frau kam ihr nicht bekannt vor. Und der Journalist hatte zum Glück auch andere Einwohner interviewt, die sich alle begeistert darüber äußerten, dass es wieder ein Restaurant in Crovie gab, so klein es auch sein mochte.

»Von solchen Lokalen bräuchten wir unbedingt noch mehr an der Küste«, sagte ein Mann. »Zu viele müssen schließen. Ich finde das toll, was Anna Campbell da macht. Kann gar nicht verstehen, weshalb jemand ein Problem damit hat.«

McKean dagegen war wütender denn je. »Die hat sich unser Eigentum unter den Nagel gerissen«, knurrte er. »Sollte sich hier nicht mehr blicken lassen.« Der Beitrag endete mit dem Fazit, dass Anna – und vorher Brenda MacKenzie – das Haus rechtmäßig erworben hatte und dem zornigen alten Mann nichts schuldig war.

»Du bist super rübergekommen, Süße«, sagte Rhona, als sie abends vorbeikam. Das tat sie täglich, seit sie von der Schwangerschaft erfahren hatte, was Anna sehr rührend fand. »Du brauchst dir wirklich keine Sorgen zu machen.«

»Tue ich auch nicht«, erwiderte Anna. »Ich habe mich gefreut, dass sich ein paar Einheimische, die ich gar nicht kannte, für mich ausgesprochen haben. Vielleicht gibt's ja noch mehr von der Sorte.«

»Garantiert«, versicherte ihr Rhona. »Also: nur auf die netten Leute achten, nicht auf die blöden.«

»Aber, ganz ehrlich, was McKean da wieder von sich gegeben hat …«

»Der alte Idiot quatscht seit jeher nur Mist«, sagte Rhona. »Vergeude deine Zeit und Energie nicht mit dem, du hast Besseres zu tun. Ich hab vor ein paar Tagen beim Einkaufen Phil und Marie getroffen. Phil redet ja immer noch davon, dass du das Crovie Inn übernehmen sollst.«

»Wenn ich ihm begegne, sagt er das auch immer. Vielleicht würde er seine Meinung ändern, wenn er wüsste, dass die Köchin erst mal ausfällt, weil sie ein Kind kriegt.«

»Das glaube ich nicht«, widersprach Rhona. »An dem Haus muss so viel gemacht werden. Bis man da Gäste reinlassen kann, krabbelt das Kind schon.«

Anna schaute durch das kleine Fenster über der Spüle.

Der Himmel am Horizont sah finster aus, das Meer war unruhig. Es schien, als nahte ein Unwetter.

»Außerdem habe ich gar kein Geld dafür«, fügte sie hinzu. »Meine Ersparnisse werden in den nächsten Monaten dahinschmelzen wie Schnee in der Sonne.«

»Hast du schon angefangen, Babysachen zu kaufen?«

»Nein, ich will erst den Ultraschall nächste Woche abwarten. Und ich hatte auch noch gar keine Zeit dafür, ehrlich gesagt.« Dass sie außerdem noch einen festen Wohnsitz brauchte, erwähnte Anna nicht. Einen Ort, an dem man ein Kind vernünftig großziehen konnte und an dem sie bleiben würde. Einen Ort, der nicht Crovie war. Rhona schien nämlich – wie die anderen Freunde auch – hartnäckig zu ignorieren, dass Anna gar nicht hierbleiben wollte, und sie wollte die Freundin nicht traurig stimmen. »Und ich möchte auch auf gar keinen Fall, dass Pat und Frank etwas mitkriegen, bevor ich es ihnen offiziell gesagt habe«, fügte Anna hinzu.

»Ach, die würden das schon verstehen«, erwiderte Rhona. »Möchtest du, dass ich dich zum Ultraschall begleite? Mache ich sehr gerne.«

Anna drehte sich zu ihr um. »Das ist wirklich lieb von dir, aber Liam kommt mit. Er hat mich vor ein paar Tagen angerufen und gesagt, dass er das möchte.« Das Gespräch war ziemlich angespannt gewesen, aber Anna hatte ihm den Wunsch nicht abschlagen können. Liam war der Vater des Kindes, wie es mit ihnen beiden auch weitergehen würde. Sie mussten gemeinsam Lösungen finden.

»Verstehe«, erwiderte Rhona. »Okay, ich brech dann mal auf. Muss heute Abend noch den Brennofen anwerfen für die nächste Produktion. Bin jetzt dauernd im Einsatz!«

Anna begleitete sie nach draußen und rückte ihre Blumenkübel näher ans Haus, damit sie besser geschützt waren. Der Wind wurde von Minute zu Minute heftiger. Nachts erreichte der Sturm die Küste und rüttelte so wild an den Fensterläden, dass Anna aufwachte. Sie lag lange wach, eine Hand auf ihrem Bauch, und horchte auf das Heulen und Tosen. Irgendwann schlief sie wieder ein. Ihre Träume waren voller beängstigender, schemenhafter Gestalten. Sie hatte die vage Befürchtung, dass irgendein Unheil bevorstand, und hoffte nur, dass es nichts mit dem Ultraschall zu tun hatte.

Am nächsten Morgen regnete und stürmte es noch immer so heftig, dass an den Lunchclub nicht zu denken war. Anna hatte eine Facebook-Seite für Fishergirl's Luck eingerichtet, um etwaige Termine wieder absagen zu können. Um zehn Uhr morgens postete sie, dass der Lunchclub wegen des Unwetters ausfallen musste. Sofort kommentierten diverse Leute, einige verständnisvoll, andere enttäuscht. Mehrere Personen – die offenbar noch nie in Crovie gewesen waren und die räumlichen Umstände nicht kannten – schlugen vor, in solchen Fällen solle sie den Lunchclub doch nach innen verlegen.

Anna klappte ihr iPad zu und überlegte, was sie jetzt mit ihrem Tag anfangen sollte, nachdem sie keine Drei-Gänge-Menüs zubereiten musste. Inzwischen war ihre Woche komplett auf diese Lunch-Tage ausgerichtet. Sie überlegte, was sie kochen wollte, woher sie die regionalen Zutaten beziehen konnte, und suchte nach Anregungen in den Rezeptbüchern von ihrer Großmutter und von Bren. Manchmal erkannte Anna die Frau kaum wieder, die sie in der kurzen Zeit in Crovie geworden war. Als sie hierhergekommen war, hatte sie allen Ernstes überlegt, das Kochen für immer aufzugeben. Wie sie auf diese vollkommen absurde Idee verfallen war, konnte sie mittlerweile überhaupt nicht mehr nachvollziehen.

Anna beschloss, sich mit einer Decke auf dem Sofa einen gemütlichen Vormittag zu machen. Und auch wenn das Kochen heute ausfiel, konnte sie immerhin Ideen für künftige Gerichte sammeln. Sie blätterte in Brens Rezeptbuch und studierte die kleinen Bemerkungen am Rand. Es war fast wie eine Zeitreise. Bei einem Rezept für warmen Ingwerpudding zum Beispiel hatte Bren im Dezember 1996 notiert, dass sie ihn mit gemahlenem statt mit frischem Ingwer hatte machen müssen, aber fürs Aroma beim nächsten Mal einen Teelöffel Mixed Spice hinzugeben würde. Im Januar 1979 hatte sie ein neues Rezept für Zitronenkuchen mit Himbeermarmelade und Marzipanstücken aufgeschrieben. Am Rand war vermerkt, diese Mischung sei entstanden, weil ein Schneesturm das Dorf eine Woche lang von der Außenwelt abgeschnitten hatte und Bren mit ihren Vorräten aus den Schränken improvisieren musste.

Habe allen im Dorf ein Stück gebracht, hatte Bren daruntergeschrieben. *Sogar DM, aber der wollte es nicht annehmen. Schneidet sich lieber ins eigene Fleisch, der Schwachkopf.*

Anna schüttelte verständnislos den Kopf über McKeans Starrsinn. Dann fragte sie sich, ob Bren noch mehr Notizen über das Wetter gemacht hatte, vielleicht sogar über den verheerenden Sturm von 1953, der das Dorf für immer verändert hatte. Sie schmökerte weiter, fasziniert von diesen kleinen Geschichten, und entdeckte schließlich tatsächlich neben einem Rezept für Dundee Cake eine Stelle, in der von diesem verheerenden Unwetter berichtet wurde. Die Handschrift wirkte viel krakeliger als sonst, und Anna kam es vor, als könnte sie Brens Angst von damals körperlich spüren.

Schreckliche Nacht, schrecklicher Tag. Hab einen Kuchen nach dem anderen gebacken, die ganze Nacht, um mich von dem schlimmen Wüten des Sturms abzulenken. Hab gehört, wie die Boote von der Mole weggerissen wurden. Eins prallte gegen die Hauswand, wurde dann ins Meer geschwemmt. Hab geglaubt, dass ich und das Haus als Nächstes dran seien. Wir sind noch da, aber im Dorf ist so viel zerstört. Alle Boote von Douglas McKean, auch die von meinem Vater, spurlos verschwunden. DM ist erledigt, die kann er nie mehr ersetzen. Doch wir sind unversehrt, das Haus und ich. Muss vielleicht ein paar Dachziegel erneuern, mehr nicht. Dieses Haus hat mir Glück gebracht, und es sorgt auch weiterhin für mich. Ich sollte ihm einen neuen Namen geben, es ist viel mehr als nur ein alter Schuppen. Fishergirl's Luck soll es heißen.

Anna blickte auf den Herd, stellte sich vor, wie Bren in der Küche unermüdlich Kuchen gebacken hatte, während draußen der grausame Sturm wütete. Sie musste furchtbare Angst gehabt haben, doch dieses kleine Haus hatte Bren beschützt. Es war genauso beständig und ausdauernd wie seine erste Eigentümerin. Anna freute sich, dass sie die Hintergrundgeschichte des außergewöhnlichen Namens erfahren hatte, und das noch direkt von der einstigen Besitzerin.

Das muss ich Robert erzählen, dachte Anna, und bevor sie noch lange überlegen konnte, hatte sie schon seine Nummer gewählt.

Gleich beim ersten Klingeln nahm jemand ab, und eine Stimme rief: »Ja, hallo?«

Anna zuckte zusammen. Es war eine Frauenstimme, die extrem gestresst klang. »Ich ... Entschuldigung, vielleicht habe ich mich verwählt. Ich wollte mit Robert MacKenzie sprechen.«

»Der Anschluss ist richtig, hier spricht Barbara«, sagte die Frau. »Geht es um den kleinen Robbie? Wenn nicht, muss ich die Leitung freihalten.«

Anna blieb fast das Herz stehen. »Wieso? Ist etwas passiert?«

»Wer sind Sie denn?«, fragte Barbara.

»Ich ... eine Freundin. Anna Campbell, ich habe Fishergirl's Luck von Robert gekauft, und ...«

»Ach so, ja. Robbie hat ganz begeistert erzählt, wie er mit Ihnen gebacken hat.«

»Ist alles in Ordnung mit ihm?«

»Er ist nicht von der Delfinpatrouille zurückgekommen«, antwortete Barbara tränenerstickt. »Ich habe letzte Nacht hier geschlafen, weil Robert Dienst auf dem Rettungsboot hatte. Als ich heute Morgen aufstand, war Robbie verschwunden und hatte mir eine Nachricht hinterlassen, ich solle mir keine Sorgen machen. Das kleine Boot ist weg! Ich habe mehrere Leute auf die Suche nach ihm geschickt, aber ... Hören Sie, ich muss jetzt aufhören. Falls die mich anrufen – oder er.«

»Natürlich«, sagte Anna. Das Herz schlug ihr bis zum Hals. »Rufen Sie mich an, wenn ich irgendetwas tun kann.«

Nachdem sie aufgelegt hatte, saß Anna reglos da und starrte aufs Telefon. Die Vorstellung, dass Robbie bei diesem Wetter aufs Meer hinausgefahren war, versetzte sie in Angst und Schrecken. Der Sturm hatte zwar nachgelassen, aber die Wogen waren immer noch hoch. Wie sollte ein zehnjähriger Junge ein kleines Boot durch diese Wellen steuern? Anna wurde erst eiskalt, dann brach ihr der Angstschweiß aus. Sie sank aufs Sofa und schlug die Hände vors Gesicht. Wusste Robert, dass sein Sohn verschwunden war? Sie hatte vergessen, Barbara zu fragen. Wahrscheinlich nicht, sonst wäre er nicht auf dem Rettungsboot. Oder er wusste es, konnte aber wegen eines Notrufs nicht kommen. Was sicher noch schlimmer war: nicht zu wissen, wo Robbie war, aber auch nicht nach ihm suchen zu können. Die Vorstellung, dass er nach dem Verlust seiner Frau nun auch noch …

»Oh, Robbie«, flüsterte Anna, den Tränen nah.

Sie dachte an das letzte Mal, als sie den Jungen gesehen hatte. Das lag schon ein paar Wochen zurück. Anna war auf den Klippen Richtung Troup's Head gewesen, um nach wilden Stachelbeeren zu suchen, die Bren in einer Notiz erwähnt hatte. Dabei war Anna an der Bucht vorbeigekommen, wo sie bei ihrem ersten Ausflug mit den beiden Roberts die Salzmelde gepflückt hatte. Robbie war zu weit weg gewesen, hatte sie nicht gesehen, aber seine gelbe Jacke hatte weithin sichtbar geleuchtet wie eine Flagge. Anna hatte beobachtet, wie er das Boot Richtung Ufer steuerte. Diese Bucht gehörte offenbar zu Robbies Lieblingsplätzen. Plötzlich erinnerte sich Anna auch daran, was er ihr erzählt hatte, als sie von den beiden bei ihrem waghalsigen Klippenmarsch gerettet worden war: Die Bucht lag direkt an der Route der Delfine.

Anna setzte sich ruckartig auf. Was hatte der Junge dort gemacht, als sie ihn beobachtet hatte? Sie sah vor ihrem inneren Auge, wie er sich über die Bootswand gebeugt und versucht hatte, etwas aus dem Wasser zu ziehen.

Ein Netz. Er hatte an einem Netz gezogen.

Hastig blätterte Anna in Brens Rezeptbuch, um die Stelle mit den Stachelbeeren wiederzufinden. Bren hatte mit den säuerlichen Früchten eine Fruchtcreme zubereitet, aber Anna plante damit ein Stachelbeer-Amaretto-Parfait, das ihr als Dessert nach einem schottischen Fischeintopf perfekt geeignet erschien. Doch Brens Notiz war noch ausführlicher, beim ersten Lesen hatte Anna sie nur kurz überflogen.

Sträucher voller Beeren, Ernte war reichlich. Am Strand unten lag ein toter Delfin, so ein armes Ding, in einem Netz verfangen und ertrunken. August 1976.

Anna presste die Fingerspitzen an die Lippen und dachte fieberhaft nach. Was hatte Robbie ihr an dem Abend erzählt, als sie gemeinsam Törtchen gebacken hatten? Dass für Delfine die im Meer treibenden Netze den Tod bedeuteten und dass sie immer wieder an den Strand geschwemmt wurden, vor allem nach Stürmen.

Anna sprang auf und stürmte zur Tür. Rasch zog sie Stiefel und Jacke an, lief durch Sturm und Regen zu ihren Nachbarn und hämmerte wie wild an die Tür.

»Anna! Was ist los?«, fragte Frank, als er im Handwerkereingang erschien.

Mein Selkie-Mädchen,
es tut mir so furchtbar leid. Wenn du da draußen bist,
beschütze ihn. Ich werde ihn finden. Und ich verspreche dir,
ihn nie wieder alleine zu lassen.
Bring ihn mir zurück.
Bitte. Bitte.
Ich kann nicht auch noch ihn verlieren.
Ich kann nicht …

26

Frank bestand darauf mitzukommen, trotz des furchtbaren Wetters.

»Aber ich bin mir gar nicht sicher, ob ich mit meiner Vermutung recht habe«, schrie Anna über den heulenden Wind hinweg, als sie die Treppe zum Klippenweg hinaufstiegen.

»Ist auf jeden Fall einen Versuch wert«, schrie Frank. Er schleppte das schwere Seil, das Anna unbedingt hatte mitnehmen wollen. Pat hatte vorgeschlagen, doch lieber David und Glynn zu fragen, und Anna fühlte sich schlecht, weil sie nicht selbst auf den Gedanken gekommen war. Denn Frank hatte natürlich sofort darauf bestanden, selbst mitzukommen, und wollte auch unbedingt das Seil tragen.

Sie sprachen kaum, es bedurfte ihrer gesamten Konzentration, um auf dem nassen Boden nicht auszurutschen. Regenschwaden schlugen ihnen ins Gesicht, während Anna angestrengt Ausschau nach der Stelle hielt, wo sie den Pfad verlassen hatte, als sie zum ersten Mal alleine hier unterwegs gewesen war. Als sie zu dem riesigen Ginster kamen, der den Weg versperrte, sagte Anna warnend: »Sei vorsichtig. Sieht aus, als sei hier Erde abgerutscht.«

»Bestimmt letzte Nacht«, erwiderte Frank. »Ist bei uns im Dorf auch passiert. Hat noch mehr Erde auf das Dach vom Ferienhaus geschüttet. Auch bei Dougie. Furchtbar.«

Der Regen hatte etwas nachgelassen, als das Ufer in Sicht kam, aber noch immer donnerten gischtende Wogen auf den Strand. Anna schirmte die Augen ab und versuchte etwas zu erkennen.

»Am Strand sehe ich niemanden«, rief sie Frank zu. »Ich glaube nicht, dass ...«

Doch dann versagte ihr die Stimme, als sie in den Wellen etwas entdeckte. Es verschwand, kam wieder zum Vorschein, wurde erneut untergepflügt.

»Oh Gott! Ist das ... Das ist doch nicht ... das Boot?«

Türkisgrün und weiß gestreifte Holzteile trieben im Wasser des Moray Firth, die Überreste der Silver Darling.

»Oh nein«, murmelte Frank entsetzt. Er war kreidebleich geworden. »Nein, nein, bitte nicht.«

Anna ging ein paar Schritte nach vorne, um das Strandstück direkt unterhalb in den Blick zu bekommen. Steine und durchnässte Erde rutschten unter ihren Sohlen weg, als sie weitere Teile von Brens altem Boot entdeckte, zu Holzspänen zersplittert. Es musste an den Felsen zerschmettert worden sein.

Das kann niemand überleben, dachte Anna benommen. Sie zitterte vor Kälte, kletterte jedoch weiter den Abhang hinunter, hielt sich an Büschen und Sträuchern fest, wenn sie auszurutschen drohte.

»Anna!«, schrie Frank. »Komm zurück, das ist zu gefährlich! Warte, nimm das!«

Als sie sich umdrehte, sah sie, wie Frank das Seil um den Ginster schlang, verknotete und ihr dann ein Ende zuwarf.

»Komm wieder hoch, Anna!«, drängte Frank. »Wir können jetzt nichts weiter tun.«

Sie ergriff das Seil und band es sich um die Taille. Frank hatte recht, sie konnten nichts tun. Doch dann sah Anna Roberts Gesicht vor sich, den Schmerz in seinen Augen, als sie bei ihrer ersten Begegnung nach seiner Frau gefragt hatte. Anna stockte der Atem, und ihre Kehle fühlte sich an wie zugeschnürt.

»Anna!«, schrie Frank erneut.

Als sie noch einmal zum unteren Rand der Klippen schaute, kam es ihr vor, als hätte dort etwas aufgeleuchtet. Doch im nächsten Moment war es wieder verschwunden.

»Komm zurück, ich weiß nicht, wie lange der Busch noch hält!«, drängte Frank.

»Einen Moment«, rief Anna. »Gleich, ich muss noch etwas …«

Sie umklammerte das Seil und lehnte sich vorsichtig nach vorne, hoffte dabei inständig, dass der Ginsterbusch sie halten würde. Und da sah sie es wieder, so nahe an der Klippe, dass es von dem Überhang, auf dem sie stand, kaum zu erkennen war.

Ein gelber Fleck.

Anna schrie. Keine Worte, nur ein Aufschrei.

»Was ist?«, rief Frank, als sie jetzt begann, sich an der Klippe nach unten zu hangeln.

»Er ist da! Robbie, er ist da!«

»Warte, Anna!«

»Ich muss zu ihm, Frank! Ich weiß nicht, ob er verletzt ist! Ruf das Rettungsboot an oder irgendjemanden! Ich muss da runter!«

»Anna!«

Doch sie machte sich schon daran, den Abhang weiter hinunterzusteigen, Schritt für Schritt. Als mehr vom Strand in Sicht kam, sah sie, dass Robbie in seiner gelben Öljacke an den Felsen Schutz gesucht hatte. Er lebte.

»Robbie!«, brüllte Anna. »ROBBIE!«

Der Junge schaute auf und schob seine Kapuze aus dem Gesicht. Als er aufsprang, schluchzte Anna vor Erleichterung. Er konnte sich bewegen, schien nicht einmal verletzt zu sein.

»Anna!«

Robbie kam angelaufen, und sie streckte die Hand aus, doch es war noch zu viel Abstand zwischen ihnen. Die Erde unter ihren Füßen begann abzurutschen, und Anna schrie: »Bleib weg!«

Schließlich schaffte sie es, das letzte Stück der Klippe zu bezwingen, landete am Strand und löste das Seil. Robbie stürzte sich auf sie und umklammerte sie, und Anna hielt ihn ganz fest. Beiden strömten Tränen übers Gesicht.

»Ich hab gedacht, die Wellen seien okay, aber dann waren sie zu wild, und ich konnte nicht mehr umkehren«, schluchzte Robbie. »Dann hab ich hier geankert, aber die Silver Darling ist an den Felsen zertrümmert worden. Und ich hab mein Handy fallen lassen! Dad hat dafür gesorgt, dass immer ein Leuchtgeschoss im Boot ist, aber das ist über Bord gespült worden ... Dann wollte ich an der Klippe hochklettern, aber immer ist Erde abgerutscht, und ich hatte solche Angst! Ich dachte, dass mich niemals jemand finden würde. Ich ... ich hab nicht mehr gewusst, was ich tun sollte ...«

»Alles wird gut«, sagte Anna und strich ihm übers Haar. »Frank wird jemanden anrufen, wir werden abgeholt. Alles gut. Bist du verletzt?«

»Nein«, weinte Robbie. »Aber mir ist so kalt!«

Anna sah sich um und stellte fest, dass Robbie an der geschütztesten Stelle der Klippen gesessen hatte. Sie gingen dorthin zurück, und Anna zog ihre Jacke aus. Als sie sich wieder an die Felsen lehnten, nahm sie den Jungen auf ihren Schoß, und Robbie kuschelte sich an sie. Dann steckte Anna die Jacke unter ihren Füßen fest und zog sie wie eine Decke über den Jungen, der inzwischen heftig zitterte.

»Alles gut«, murmelte sie. »Bald wird jemand kommen und sich um uns kümmern.«

Ihr Rücken fühlte sich eiskalt an, aber nach einer Weile hörte Robbie zu zittern auf. Weil sie nicht wollte, dass er einschlief, verwickelte sie ihn in ein Gespräch.

»Erzähl doch mal von dem Gebäckverkauf«, sagte sie. »Wir haben uns ja gar nicht mehr gesehen, seit wir zusammen gebacken haben.«

»Ich hab alles verkauft«, berichtete Robbie. Trotz der Situation war ihm anzumerken, wie stolz er darauf war. »Jedes einzelne Törtchen! Wir haben neun Pfund fünfzig eingenommen!«

»Das ist ja toll, das freut mich!«, sagte Anna. »Aber die schmeckten auch total lecker, finde ich.«

»Und weißt du, was das Beste war?«, sagte Robbie in verschwörerischem Tonfall. »Queen Victoria hatte am Ende zwei Muffins übrig, obwohl die mit Glasur waren.«

Anna musste trotz der Lage grinsen. »Wow, dann hat sie wohl ausnahmsweise nicht die Nase vorn gehabt, wie?«

»Nee«, sagte der Junge mit Nachdruck. »Und das fand sie auch gar nicht toll. Beim nächsten Mal strengt sie sich bestimmt noch mehr an. Deshalb musst du mir auch wieder helfen, bitte.«

»Ich helfe dir immer gerne«, erwiderte Anna. Sie drückte ihn noch fester an sich und spürte dabei, dass die Worte wirklich von Herzen kamen.

Danach stellte sie Robbie allerlei Fragen über Delfine, um sie beide abzulenken. Denn obwohl Anna nichts anderes hätte tun können, als die Klippen hinunterzuklettern, um den Jungen zu retten, war sie jetzt in großer Sorge. *Was ist mit meinem Baby? Geht es ihm auch gut? Habe ich etwas falsch gemacht?*

Trotz ihrer inneren Uhr, die sie der Kochroutine zu verdanken hatte, verlor Anna das Zeitgefühl. Sie konnte nicht mehr einschätzen, wie lange sie beide schon an den Felsen saßen. Der Wind hatte nachgelassen, nicht jedoch der Regen, obwohl der Himmel allmählich etwas heller wurde. Als Erstes hörten sie das Schiffshorn, ein tiefes Hupen, das von den Klippen widerhallte. Robbie rappelte sich hoch.

»Das ist das Rettungsboot!«, schrie er, als das Horn zum zweiten Mal ertönte. »Das ist mein Dad!«

Das Rettungsboot kam in Sicht, pflügte durch die gischtenden Wellen auf die Bucht zu. Robert stand im Bug. Sobald das Boot nahe genug am Strand war, hechtete Robert über Bord und stürmte durchs Wasser, als liefe er mit den Wellen um die Wette. Robbie sprang auf und rannte auf seinen Vater zu. Als die beiden sich erreichten, fiel Robert im nassen Sand auf die Knie und riss seinen Sohn an sich.

»Tut mir so leid, Dad«, hörte Anna Robbie schluchzen, als sie näher kam. »Ich wollte doch nur gucken, ob es den Delfinen gut geht. Entschuldigung.«

»Alles gut«, murmelte Robert, das Gesicht nass von Regen

und Tränen, und hielt Robbie fest umschlungen. »Aber bitte tu so was nie wieder. Nie wieder, hörst du?«

Die anderen Mitglieder des Teams erreichten jetzt den Strand und legten Robbie und Anna eine Decke um. Robert erfasste ihre Hand und zog Anna zu sich herunter, umarmte sie so fest wie seinen Sohn. Dann ließ er sie los und legte eine Hand an ihre Wange.

»Bist du okay?«, fragte er. »Bitte sag mir, dass du nicht verletzt bist.«

Anna lächelte unter Tränen. »Alles in Ordnung, wirklich.«

Robert betrachtete aufmerksam ihr Gesicht, strich dann mit dem Daumen über ihre Unterlippe, bevor er Anna wieder an sich zog, sein Gesicht in ihrem nassen Haar barg. Anna spürte, wie Robbie ihre Taille umfasste, und so saßen sie da, ineinander verschlungen, in Wind und Regen.

»Danke«, murmelte Robert an Annas Ohr. »Danke.«

Im Krankenhaus musste erst einmal erklärt werden, dass Anna weder Robbies Mutter noch seine Stiefmutter war. Vielleicht hätte sie Robert an dieser Stelle von dem Baby erzählen sollen, doch sie brachte es nicht übers Herz, ihm gleich wieder neue Sorgen aufzuhalsen. Nicht, nachdem er jetzt so überglücklich war, Robbie unversehrt wiederzuhaben.

»Ich bin schwanger«, sagte sie stattdessen zu der Ärztin, die kam, um Anna zu untersuchen. »Diese Woche soll ich meinen ersten Ultraschall bekommen, und jetzt habe ich Angst, dass …« Sie verstummte, wollte die Worte nicht aussprechen.

Die Ärztin nickte und lächelte verständnisvoll. »Verstehe. Wie wär's, wenn wir den Ultraschall jetzt gleich machen? Möchten Sie jemanden dabeihaben?«

Einen Moment lang dachte Anna an Robert, spürte unwillkürlich, wie zärtlich er ihre Lippe berührt hatte.

»Ja. Ich möchte den Vater anrufen«, sagte sie aber dann.

Anna bat eine der Schwestern, den beiden Roberts auszurichten, sie sei schon nach Hause gefahren. In der Entbindungsstation, in der sie neugeborene Babys schreien hörte, wartete Anna auf Liam. Wie seltsam, dachte sie, dass sie sich inzwischen etwas so sehr wünschte, was vor drei Monaten noch undenkbar gewesen wäre.

»Dem Kind geht es gut«, verkündete die Fachärztin, während Anna und Liam auf das pulsierende schwarz-weiße Bild auf dem Monitor starrten. »Der Herzrhythmus ist bestens, es gibt keinerlei Anlass zur Besorgnis. Möchten Sie ein Foto?«

»Ja«, krächzte Anna, der die Kehle eng geworden war. Dieses winzige Wesen auf dem Bildschirm zu sehen, rief eine Art von Ehrfurcht wach, die Anna noch nie an sich erlebt hatte. *Hallo, Baby*, dachte sie, endlos erleichtert. *Ich bin deine Mama. Wir werden ganz viel Spaß zusammen haben, wir beide. Und ich verspreche dir, dich nie wieder so zu gefährden.*

Liam ergriff ihre Hand, und Anna schaute zu ihm auf.

»Ich werde Vater«, sagte er mit brüchiger Stimme. »Schau dir dieses kleine Ding nur an!«

Anna lachte und drückte seine Hand, froh, dass er da war.

Danach aßen sie in einem Café zusammen zu Mittag und sprachen über die Ereignisse des Vormittags. Draußen war die Sonne durch die Wolken gebrochen, Pfützen glitzerten im Licht.

»Wirst du jetzt deinen Eltern von unserem Kind erzählen?«, fragte Anna.

Liam zuckte die Achseln. »Weiß ich noch nicht. Vielleicht auch erst, wenn ich wieder zu Hause bin. Ist ja nicht mehr lange hin.«

Anna trank einen Schluck Tee und fragte sich, ob Liam sie noch einmal bitten würde mitzukommen. Sie hatte den Eindruck, dass er darüber nachdachte, aber er schien zu zögern.

»Und wirst du es deinen Freunden erzählen?«, fragte er stattdessen.

»Ein paar Leute wissen es schon«, antwortete sie. »Aber ich kann bei den anderen auch noch damit warten, bis du es publik gemacht hast.«

Liam schaute zum Fenster hinaus. Windböen fegten durch die Straßen. »Nicht nötig. Die Leute denken ohnehin, was sie wollen.« Liam sah sie mit einem kleinen Lächeln an. »Aber vielleicht kann ja jemand von deinen Freunden dich dazu überreden mitzukommen …«

Anna wandte den Blick ab. »Liam …«

»Ich weiß, ich weiß.« Er legte den Kopf schief. »Toll, wie sich dein Lunchclub entwickelt hat. Alle reden darüber. Du könntest großen Erfolg damit haben – aber wie willst du das hinkriegen, wenn du alleine ein Kind großziehst?«

Anna zuckte die Achseln. »Andere schaffen das doch auch. Ich werde schon eine Lösung finden.«

Er trank einen Schluck Kaffee. »Vielleicht sollte ich euch besuchen kommen.«

Sie legte ihm die Hand auf den Arm. »Das wäre schön.«

»Und ich kann dir jetzt schon sagen, dass meine Mum ganz bestimmt zu Besuch kommen will.«

Anna lächelte. »Na klar, gern.«

»Wenn das Kind groß genug ist, könnt ihr ja auch mal nach Neuseeland reisen.«

»Und zwischendurch gibt es das Internet.«

Liam nickte.

»Du wirst Anteil haben am Leben deines Kindes, Liam«, erklärte Anna. »Wir müssen uns eben Möglichkeiten schaffen, damit wir das hinbekommen, zu dritt.«

»Ich wünschte nur, ich könnte noch länger hierbleiben«, sagte Liam. »Auch, damit ich auf dich aufpassen kann. Ich mache mir wirklich Sorgen, dass dir der Lunchclub zu viel Arbeit macht. Und jetzt kraxelst du auch noch Klippen runter, Anna?«

»Ich konnte doch den kleinen Robbie nicht dort unten alleine lassen«, wandte Anna ein. »Und wir wissen ja jetzt, dass alles in Ordnung ist, nicht wahr? So etwas werde ich nicht mehr machen, Liam, eine riskante Rettungsaktion reicht mir fürs Leben, das kannst du mir glauben. Und außerdem: Wenn ich Frank und Pat erst mal einweihe, werden die mich bestimmt keine Sekunde mehr aus den Augen lassen!«

Liam brachte sie nach Hause und machte Feuer im Kamin. Nachdem er gegangen war, kuschelte sich Anna auf dem Sofa unter eine Decke und ließ eine Hand auf ihrem Bauch ruhen. Ihre Gedanken wanderten vor allem zu Robert. Seit dem Abend, an dem sie Robbie gehütet hatte, und dem Telefongespräch danach hatte Stille zwischen ihnen geherrscht, zur Delfinpatrouille war Anna auch nicht mehr eingeladen worden. Sie fragte sich, ob das stürmische Wetter der Grund dafür war oder ob Robert sich von ihr zurückgezogen hatte, weil sie ihn verunsichert hatte. Bestimmt wusste er, wie viel sie zu tun hatte, immerhin war das verschlafene Crovie dank

Fishergirl's Luck jetzt sehr belebt. Aber er hatte nur einmal angerufen, um sich dafür zu bedanken, dass sie für Douglas McKean Essen gemacht hatte. Und Anna hatte sich auch nicht gemeldet, aus welchem Grund auch immer.

Sie fragte sich, was er wohl denken würde, wenn er von dem Baby erfuhr. Sie fand die Vorstellung ziemlich beunruhigend. Wäre er verlegen? Oder womöglich sie selbst? Anna dachte an den schönen Bootsausflug mit Fraser und Emma zurück und an den Nachmittag, an dem sie mit Robert die Scheidenmuscheln geerntet hatte. Und sie spürte plötzlich mit einer eigenartigen Gewissheit, dass sie Robert vermisste. Dass sie *beide* Roberts vermisste.

Es klopfte an der Haustür.

»Herein!«, rief Anna und setzte sich auf. Sie vermutete, dass Pat oder Frank nach ihr schauen wollten, aber als sie aufgestanden war, betrat Robert das Zimmer, und ihr Herz schlug plötzlich schneller.

Er hielt das Geschirr in Händen, das sie am Vortag für McKeans Abendessen benutzt hatte. Das schien ihr nach diesem aufregenden Tag einen ganzen Monat zurückzuliegen, und nicht nur vierundzwanzig Stunden.

Robert lächelte sie an. »Hey. Lange nicht gesehen.«

»Wie geht's Robbie?«

»Gut, dank dir. Er ist bei Barbara, die ihn wahrscheinlich nie wieder aus den Augen lassen wird. Ich wollte nicht weg, musste aber nach Douglas und dem Haus schauen. Letzte Nacht hat es durch den Sturm einen erneuten Erdrutsch gegeben.« Robert schüttelte den Kopf. »Anna, was du für Robbie getan hast – und für mich –, was du riskiert hast, als du die Klippe hinuntergeklettert bist ... Ich weiß gar nicht, wie ...«

»Bitte, das war doch selbstverständlich«, unterbrach ihn Anna. »Das hätte jeder getan. Ich bin einfach wahnsinnig froh, dass ihm nichts zugestoßen ist.«

Ein Schweigen entstand, in dem sie sich nur ansahen, und Anna kam es vor, als läge irgendetwas gewaltig Großes in der Luft, etwas Machtvolles.

»Da ist etwas, das ich …«, begann sie.

»Ich dachte mir, vielleicht …«, sagte Robert gleichzeitig.

Anna lachte nervös, Robert lächelte. »Entschuldige«, sagte er. »Du zuerst.«

Sie schüttelte den Kopf. Der Impuls, ihm von dem Baby zu erzählen, war plötzlich verflogen. »Nein, schon okay. Was wolltest du sagen?«

»Ich dachte mir, ich könnte dir vielleicht noch mal ein paar Muscheln bringen«, sagte Robert. »Rhona schwärmt immer noch von dem Essen, was du für sie gekocht hattest. Und die Muscheln gibt es ja umsonst. Ein bisschen Profit brauchst du schließlich auch, oder?«

Anna lächelte. »Sehr nettes Angebot, aber du musst das nicht machen. Ich kann zurzeit nicht mitkommen, und …«

»Nur eine kleine Geste von mir«, fiel Robert ihr ins Wort. »Weil ich dich in meine verrückte kleine Familie hineingezogen habe …«

Und in dieser verrückten kleinen Familie fühle ich mich sehr wohl.

Anna gelang es gerade noch rechtzeitig, diesen Gedanken nicht auszusprechen. Um sich selbst von ihrem verwirrenden Zustand abzulenken, griff sie hastig nach den Tellern, die Robert in den Händen hielt. Dabei berührte sie Roberts Fingerspitzen, die ein wenig rau waren von der harten Arbeit auf dem Rettungsboot. Sie mochte das Gefühl.

»Ich hoffe, das Essen hat Douglas geschmeckt«, sagte sie, ohne Robert anzusehen.

»Und ob. Obwohl ich glaube, dass er ahnt, woher es kommt. Heute habe ich auch über dich gesprochen. Er musste sich anhören, wie du meinen Sohn gerettet hast. Und mich«, fügte er ernst hinzu.

Beim Abschied versprach Robert, ihr bald die Muscheln zu bringen. Anna begleitete ihn zur Haustür und schaute ihm nach. Dabei fragte sie sich, ob wohl ihre Hormone für das Gefühlschaos in ihr verantwortlich waren. Als sie wieder reingehen wollte, bemerkte sie eine Gestalt, die im Schatten der Klippen stand und sie beobachtete.

Douglas McKean.

Oh nein, dachte Anna entsetzt. *Bitte nicht jetzt.*

Dann sah sie zu ihrem Erstaunen, wie er langsam seinen Stock hob und ihn in einer Art sonderbarem Salut an die Stirn legte.

Im nächsten Moment humpelte der Alte davon.

»Ist ja unglaublich«, sagte Pat. »Den Tag muss man wirklich im Kalender rot anstreichen.«

»Ja«, bestätigte Frank. »Dass Douglas McKean sich für etwas bedankt ... Es geschehen tatsächlich Zeichen und Wunder!«

»Aber deshalb werde ich ihm das Essen trotzdem nicht selbst bringen«, erklärte Anna warnend.

Frank tätschelte ihr die Hand. »Na klar, kein Problem.«

Sie saßen in ihrer abendlichen Dreierrunde am Küchentisch im Weaver's Nook, und Anna merkte erst jetzt, wie sehr sie dieses Ritual vermisst hatte. Nach der Rettungsaktion von

Robbie hatte Pat darauf bestanden, dass auch Frank sich ärztlich untersuchen ließ. Was zur Folge hatte, dass er jetzt die noch strengere offizielle Anweisung hatte, sich nicht zu überanstrengen.

»Wie geht's euch zwei denn so?«, fragte Anna.

»Na ja, auf diese Stürme könnten wir gut verzichten«, antwortete Pat. »So eine wüste Saison haben wir noch nie erlebt, oder, Frank?«

Ihr Mann schüttelte den Kopf.

»Habt ihr deshalb weniger Buchungen?«

Beide lachten. »Das soll wohl ein Witz sein!«, sagte Pat. »Wir könnten jede Woche dreimal so viel Gäste unterbringen, wenn wir die Möglichkeit hätten! Wenn du das Crovie Inn übernehmen würdest, Anna, wärst du im Nu fürs nächste halbe Jahr ausgebucht.«

»Tut mir leid, dass ihr wegen mir so viel Arbeit habt …«

»Also, das ist jetzt aber albern, Liebes«, erwiderte Frank. »Das ist finanziell der beste Sommer, den wir je hatten. Wir sind doch froh darüber.«

»Offen gestanden bin ich gerade in einem Zwiespalt«, gab Anna zu. »Viele Leute ärgern sich, dass ich nur sechs Plätze zur Verfügung habe, aber ich habe keine Ahnung, wie ich das ändern könnte. Das Crovie Inn wäre tatsächlich die einzige Lösung, aber wenn ich nicht im Lotto gewinne, kann ich mir das gar nicht leisten. Und«, sie holte tief Luft, »es gibt noch einen anderen Grund, über die Zukunft des Lunchclubs nachzudenken.«

Pat betrachtete sie forschend. »Ach ja? Das hat nicht zufällig etwas mit Liam Harper zu tun?«

»Was? Wie kommst du darauf?«, rief Anna aus.

»Susan meinte, sie hätte dich mit Liam in Fraserburgh im Café gesehen. Hat sich dann gedacht, dass du ihn wohl angerufen hast, damit er dich aus dem Krankenhaus abholt. Wir dachten uns, dass ihr zwei vielleicht wieder zusammen seid, und da er bald nach Neuseeland zurückgeht … Tja.« Pat seufzte unglücklich. »Du hast ja auch immer gesagt, dass du nicht hierbleiben wirst.«

Anna nagte an ihrer Unterlippe. Die Wahrheit zu offenbaren, kostete sie noch immer Überwindung, aber sie gab sich einen Ruck.

»Es gibt einen bestimmten Grund, warum Liam mich abgeholt hat«, sagte sie, zog den Umschlag mit dem Ultraschallbild aus der Tasche und schob ihn über den Tisch.

Pat warf ihr einen fragenden Blick zu. Als sie den Umschlag öffnete und das Bild herausnahm, wurden ihre Augen groß. Frank und sie starrten Anna verblüfft an.

»Es war nicht beabsichtigt«, erklärte Anna. »Aber ich habe beschlossen, dass es gut und richtig ist so. Das Baby soll im Januar auf die Welt kommen. Und es geht uns übrigens gut, uns beiden.«

»Oh, wie schön!«, rief Pat begeistert aus, sprang auf und umarmte Anna stürmisch. Sie lachte, als Frank das Gleiche tat, und ein paar Momente hielten sie sich alle drei in den Armen. Anna merkte, wie ihr Tränen in die Augen traten, und war unendlich erleichtert darüber, dass die beiden endlich Bescheid wussten und so freudig reagierten.

Schließlich setzten sie sich wieder. »Bleibt Liam denn dann hier?«, fragte Pat. »Also bei dir, wo immer du auch hingehst?«

»Nein, er muss nach Neuseeland zurück, sagt er. Hat mich gebeten, mitzukommen, aber das will ich nicht.«

Pat schüttelte betroffen den Kopf und drückte Annas Hand. »Mutig.«

»Nein, nur entschlossen«, erwiderte Anna. »Und ein bisschen verrückt. Vielleicht auch mehr als nur ein bisschen.«

»Aber willst du trotzdem woanders hinziehen?«, fragte Pat.

Anna schüttelte den Kopf. »Ganz ehrlich: Es wäre natürlich das Vernünftigste, umzuziehen, bevor das Baby kommt, mich anderswo schon mal einzurichten. Aber …«

»Aber?« In Pats Augen trat ein hoffnungsvoller Ausdruck.

Anna hob ergeben die Hände. »Ein großer Teil von mir möchte hier mit dem Kind leben. Ich habe nicht die geringste Ahnung, wie das gehen soll, aber mein Haus, und überhaupt alles hier …«

Pat lächelte glückselig. »Du hast uns ins Herz geschlossen, wie?«

Anna lachte auf, obwohl schon wieder Tränen drohten. »Scheint so, ja. Aber das hattet ihr ja auch prophezeit.«

»Eine Wiege brauchst du«, verkündete Frank. »Eine schöne Wiege, die zu Fishergirl's Luck passt. Ich baue dir eine. Darf ich?«

Nun rannen ihr die Tränen aus den Augen. »Aber natürlich. Ich bin so froh, dass ihr euch mit mir freut. Vermutlich werde ich euch wirklich brauchen, euch alle beide.«

Pat streichelte ihr die Hand. »Wir sind für dich da, Liebes.«

»Kennst du das Sprichwort ›Man braucht ein ganzes Dorf, um ein Kind großzuziehen‹?«, fragte Frank grinsend.

»Ja!«, sagte Anna. »Und wisst ihr, was? Crovie ist irgendwie zu meiner Heimat geworden. Ich habe gar nicht richtig mitbekommen, wie das passiert ist, aber ich kann mir nicht mehr vorstellen, anderswo zu leben. Und ich will es auch gar nicht. Die üblichen Verdächtigen fehlen mir übrigens sehr. Es ist so lange her, dass wir uns getroffen haben. Und das ist meine Schuld, weil ich ständig so viel zu tun habe.«

»Mach dir keine Gedanken, Liebes«, erwiderte Frank. »Wir laufen nicht weg.«

Mein Selkie-Mädchen,
wenn ich dir Blumen kaufen würde, gelbe Blumen, so viele,
wie ich zwischen Inverness und Cromarty finden kann,
und wenn ich das ganze Haus damit füllen würde, nur für
dich, ob ich mich dann besser fühlen würde?
Ich habe Rote Bete gekauft. Absichtlich. Zur Buße, doch das
ist nicht genug.
Ich liebe dich. Ich liebe alle Erinnerungen an dich, so sehr,
dass ich mir wünschte, sie wären nicht nur Erinnerungen.
Aber so ist es nicht.
Mit ihr hätte ich nicht gerechnet. Niemals.

27

Anna hatte geglaubt, dass die Rettungsaktion das zweite dramatische Ereignis gewesen war, mit dem sie schon intuitiv gerechnet hatte. Aber sie hatte sich geirrt. Das geschah nämlich ein paar Tage später am Donnerstag, kurz nachdem die ersten Gäste zum Lunch gekommen waren. Nachdem Anna gesehen hatte, dass es ihrem Baby gut ging, und nachdem sie sich endlich Pat und Frank offenbart hatte, war sie so befreit und erleichtert, dass sie förmlich durch die Woche schwebte. Müde war sie trotzdem, aber die schönen Erlebnisse gaben ihr Auftrieb und Energie.

»Genieße alles in vollen Zügen, Anna«, hatte Cathy gesagt, als sie telefonierten. »Ich freu mich riesig, dass du so tolle Menschen um dich hast. Aber du fehlst mir sehr.«

»Ja, geht mir auch so«, hatte Anna erwidert. »Komm einfach, sobald du kannst, zu Besuch. Es wäre wunderbar, dich wiederzusehen.«

Anna war aufgefallen, dass sie inzwischen seltener mit Cathy telefonierte als zu Anfang ihres neuen Lebens in Crovie. Das war vermutlich ein Zeichen dafür, dass die neuen Freundschaften wichtiger geworden waren und mehr Raum einnahmen. *Ich habe hier Wurzeln geschlagen,* dachte Anna, während sie mit schnellen geübten Bewegungen Gnocchi formte. *Und ich fühle mich heimisch in Crovie. Wer hätte das gedacht.*

Sie hatte auch mehr Selbstvertrauen gewonnen. Natürlich war Anna mit Crovie nicht so vertraut wie die Alteingesessenen, Männer wie Douglas McKean oder Robert Mackenzie. Aber sie hatte ja noch viele Jahre vor sich, in denen sie das Leben in Crovie und die Geschichte dieses besonderen Dorfes besser kennenlernen konnte. Und genau das hatte Anna vor.

Nachdem die sechs Plätze besetzt waren, lungerten immer noch ein paar Gäste draußen herum, als könnte wie durch ein Wunder ein weiterer Tisch auftauchen. Anna war in der Küche, um die Getränke zusammenzustellen, als sie plötzlich von draußen ungewohnte Geräusche hörte. Es klang wie aufgeregtes Murmeln, dann Händeklatschen und eine Stimme. Sie trat vors Haus, um nachzusehen, was da los war – und erstarrte.

»Aaah, da ist sie ja«, sagte Geoff Rowcliffe mit seinem Fernsehlächeln. »Anna Campbell, das angesagte neue Kochtalent.«

Anna spürte, dass sie kreidebleich wurde. »Was machst du denn hier?«

Geoff wandte sich zu den Gästen und breitete die Arme aus. Einige kicherten. »Na, ich wollte doch mal schauen, wie sich mein Schützling hier so macht!«

Annas Herz hämmerte wie wild vor Wut. »Dein ›Schützling‹?«, sagte sie schneidend.

Der Starkoch wandte sich wieder ihr zu. Das Lächeln haftete auf seinem Gesicht, aber sie sah die Kälte in seinen Augen. »Die zwanzig Jahre in meiner Küche haben sich offenbar ausgezahlt, wie? Ich dachte, ich komm mal vorbei und biete meine Unterstützung an.«

Anna schluckte schwer. »Heute ist alles besetzt«, brachte sie mühsam hervor. »Ich habe keine weiteren Plätze zur Verfügung.«

»Oh, setzen Sie sich doch bitte zu uns!«, rief eine Frau aufgeregt. »Wir können noch zusammenrücken!«

»Nein, das halte ich für keine ...«, begann Anna, aber die Frau ließ nicht locker.

»Das macht uns allen gar nichts aus, oder?«, fragte sie und blickte in die Runde, aus der zustimmendes Murmeln zu vernehmen war.

Geoff sah Anna triumphierend an. Einen Moment lang erwog sie zu sagen, sie hätte nicht genügend Vorräte für eine weitere Mahlzeit, aber das würde Geoff nie und nimmer glauben. Deshalb gab sie klein bei. »Ich hole noch einen Stuhl.«

Sein Lächeln wurde breiter. »Nett von dir. Kann es kaum erwarten, dein Essen zu kosten. Die Kritiken hören sich ja an, als hättest du schon einen Michelin-Stern.«

Damit kehrte er Anna den Rücken zu und trat zu der Frau, die begeistert plapperte, dass es eine große Ehre für sie sei, neben einem so berühmten Koch zu sitzen. Als Anna mit dem Stuhl zurückkam, wartete Geoff mit verschränkten Armen am Kopfende des Tisches, nahm ihr den Stuhl ungeduldig aus der Hand, ohne sie eines Blickes zu würdigen, und ließ sich nieder.

Anna ging ins Haus zurück und schloss die Tür. Sie zitterte am ganzen Körper und spürte ein unangenehmes Kribbeln in den Händen. Ihr war flau im Magen, und ihr ganzes Selbstvertrauen hatte sich auf einen Schlag verflüchtigt. Sie kam sich vor wie eine Anfängerin, die dem Starkoch beweisen musste, dass sie eine Mahlzeit zustande brachte.

Hastig griff sie nach ihrem Handy und rief Cathy an, die sich sofort meldete. »Hi, was ist los? Du müsstest doch jetzt deine Lunchgäste haben. Stimmt was nicht?«

»Er ist hier. Geoff ist hier.«

»*Was?*«

»Einfach so aufgetaucht, ohne Anmeldung. Die Gäste haben sofort Platz für ihn gemacht. Jetzt sitzt er am Tisch und wartet aufs Essen. Ich werd gar nicht servieren können, meine Hände zittern zu sehr.«

»Hey«, sagte Cathy entschieden. »Hör mir jetzt gut zu. Du schaffst das. Ich weiß, dass du das hinkriegst, und du selbst weißt es auch. Du arbeitest nicht mehr für diesen Typen. Das ist *dein* Lokal, *dein* Essen. Lass dir einen Moment Zeit. Trink ein Glas Wasser, und atme ruhig. Und dann machst du das, was deine Berufung ist. Er kann dir nichts wegnehmen. Du ganz alleine hast den Lunchclub erschaffen.«

Anna schloss die Augen und holte tief Luft. »Ja. Ich schaffe es. Ich schaffe es«, murmelte sie.

»Ganz genau, Schwester. Ich hab dich lieb. Und jetzt mach deinen Job. Ruf mich danach an.«

Anna ging in die Küche, goss sich ein großes Glas Wasser ein und trank es in einem Zug leer, während sie aufs Meer hinausstarrte. Dann atmete sie ein paarmal tief durch und merkte dabei, wie die Angst nachließ und von Wut verdrängt wurde.

Schützling? Als hätten sie nicht beide gleichzeitig die Ausbildung gemacht! Als könnte sie nur wegen dem aufgeblasenen Ekelpaket Geoff Rowcliffe kochen!

Anna stieß noch einmal heftig die Luft aus und beschloss, dass der Lunch diesmal so gut wie noch nie zuvor werden würde. Sie wusste, dass sie besser kochen konnte als Geoff, und er wusste es auch. Sonst wäre er jetzt nicht hier. Und sonst hätte er nicht zwanzig Jahre lang konsequent dafür gesorgt, dass ihr genau diese Tatsache nicht bewusst wurde.

Doch jetzt befand er sich in ihrem Reich.

Dir werd ich's zeigen, du Arsch, dachte sie. *Jetzt ist Schluss mit deinem Dominanzgehabe.*

Dann richtete sie sich auf und stürzte sich in den Kampf.

»War nicht schlecht, das muss ich zugeben. Obwohl ich nach diesen Lobeshymnen mehr Raffinesse erwartet hätte. Aber hat auf jeden Fall Potenzial.«

Anna räumte die letzten Gläser ab. Die anderen Gäste waren gegangen, aber wohl nur, weil der Wind zunahm. Sonst wären sie bestimmt noch stundenlang sitzen geblieben und hätten Geoffs Selbstbeweihräucherung gelauscht. Jetzt bekam nur noch Anna mit, wie er ihre Gerichte heruntermachte und dabei keinen Finger rührte, um beim Abräumen zu helfen.

»Danke für die überschwänglichen Komplimente», erwiderte Anna beißend, während sie Richtung Haus ging.

»Kein Grund, zickig zu werden. Ich geb dir doch nur ein paar Anregungen. Das brauchen wir schließlich alle, wenn wir uns verbessern wollen, oder nicht?«

Sie bat Geoff nicht ins Haus, was ihn jedoch nicht daran hinderte, ihr zu folgen. An der Spüle stapelte sie das Geschirr auf. Das Essen war ihr hervorragend gelungen, deshalb konnte Geoff auch nur an der »Raffinesse« herummäkeln, was auch immer das bedeuten sollte. Er wusste so gut wie sie, dass alle Gerichte großartig gewesen waren. Nicht, dass sie dafür

Lob von ihm erwartet hätte. Aber das brauchte Anna auch nicht mehr. Sie drehte sich zu ihm um.

»Was willst du hier, Geoff?«, fragte sie schroff. »Warum bist du hergekommen?«

Er antwortete nicht sofort, sondern sah sich mit kaum verhohlener Verachtung in der Küche um. Schließlich sagte er: »Ich bin hier, um dir ein großartiges Angebot zu machen. Ein Angebot für eine erfolgreiche Zukunft. Etwas, womit du deine Spielereien hier in etwas Langfristiges, etwas Solides verwandeln kannst.«

Anna spürte, wie sie erneut die Wut packte. Sie verschränkte die Arme vor der Brust. »Ach ja? Und was soll das sein?«

»Ich eröffne nächstes Jahr ein neues Restaurant in Manchester. Du könntest dort Chefköchin werden. Ich biete dir eine eigene Küche an, Anna. Eine *echte* Küche – nicht so eine Bude wie das hier.«

Anna starrte ihn fassungslos an. »Du ... *was*?«

Geoff lächelte selbstgefällig und steckte die Hände in die Hosentaschen. »Du hast schon richtig gehört: Ich biete dir eine Stelle als Küchenchefin an, eine verheißungsvolle Zukunft.«

Sie war so verblüfft, dass es ihr fast die Sprache verschlug. Schließlich sagte sie nur: »Warum?«

Er zuckte die Achseln. »Ich brauche jemanden, der sich entwickelt. Es wird unter meinem Namen laufen, also steht auch mein Ruf auf dem Spiel.«

»Und du meinst damit wohl, dass ich mich dann genau so entwickeln soll, wie es dir gefällt, wie?«

Geoff deutete mit dem Zeigefinger auf sie. »Bilde dir nichts ein, Anna. Oder sind dir die Lobeshymnen schon zu Kopf gestiegen? Schau dich doch mal hier um! Hältst du dich für eine Starköchin, weil du ein paarmal die Woche am Arsch der Welt sechs Mahlzeiten servierst? Wie albern das ist, muss sogar dir klar sein. Komm runter. So ein Wahnsinnsangebot kriegst du von niemand anderem.«

Anna wandte den Blick ab. Natürlich hatte er recht. Eine Stelle als Chefköchin in einem Restaurant auszuschlagen, das schon jetzt auf dem Radar des Guide Michelin war, wäre Irrsinn.

»Wann genau willst du eröffnen?«

»Im Dezember nächsten Jahres. Ich will nichts überstürzen. Der Erfolg soll garantiert sein, das wollen auch meine Investoren. Wir haben noch anderthalb Jahre Zeit, und ich würde dich von Anfang an in die Planung einbeziehen. Die Küche und die Räume könnten nach deinen Wünschen gestaltet werden – in Absprache mit mir natürlich. Das Menü würden wir gemeinsam zusammenstellen.«

Dezember, dachte Anna. Im Dezember würde ihr Kind schon elf Monate alt sein. Selbst wenn sie nach der Geburt sechs Monate in Mutterschaftsurlaub ginge, könnte sie sich immer noch fünf Monate lang an der Planungsphase beteiligen.

»Anna?«, fragte Geoff in die Stille hinein. »Kannst du mir bitte erklären, weshalb mein Angebot dich nicht begeistert?«

Sie sah ihn wieder an. »Weil ich dann ein Kind haben werde. Ich bin schwanger.«

Sein schockierter Gesichtsausdruck hätte komisch wirken können, wandelte sich aber sofort in ein höhnisches Grinsen. »Oh Mann, du hast keine Zeit verstreichen lassen, wie? Ich weiß ja, dass Frauen ab einem bestimmten Alter nur noch aufs Ticken der biologischen Uhr horchen …«

»Das Kind kommt im Januar auf die Welt«, sagte Anna, um ihn zum Schweigen zu bringen.

Er verengte die Augen. »Na, dann bleibt ja immer noch genug Zeit, wenn du das Gröbste hinter dir hast.« Geoff sah sich erneut um. »Wo willst du denn hier ein Kind unterbringen? Es in einem Karton unter den Tisch stellen? Das Haus ist doch kaum größer als eine Gartenhütte. Wer ist der Vater?«

»Nichts von alledem geht dich etwas an.«

Das Grinsen wurde noch verächtlicher. »Hat dich geschwängert und ist abgehauen, wie? Kluger Mann.«

Anna biss sich auf die Lippe, um nicht vor Wut auszurasten. »Du solltest jetzt gehen. Ich muss hier aufräumen.«

»Wir müssen aber noch einiges klären«, erwiderte Geoff. »Du musst einen Vertrag und eine Vertraulichkeitserklärung unterzeichnen. Und es wird ein Wettbewerbsverbot geben, das heißt, du kannst schon mal mit dem Lunchclub aufhören, und …«

»Ich werde nichts davon unterschreiben.«

Geoff starrte sie an. »Musst du aber, das ist die Voraussetzung.«

»Na, dann wird es eben nichts. Tschüs, Geoff.«

Er starrte sie ungläubig an. »Was?«

»Ich lehne dein Angebot ab«, erklärte Anna. »Du kannst jetzt gehen.«

»Das kann nicht dein Ernst sein. Nicht einmal du kannst so dumm …«

Von draußen war ein Geräusch zu hören. Geoff hatte die Haustür nicht geschlossen, nur die Zwischentür. Jetzt ging sie auf, und Robert MacKenzie kam rückwärts herein, schwere Eimer in beiden Händen.

»Entschuldige, dass ich so hereinplatze«, sagte er, »aber ...«
Erst jetzt bemerkte er Geoff. »Oh, tut mir leid. Ich wollte nur die Muscheln für morgen abgeben.«

Anna trat zu Robert und nahm ihm einen der Eimer ab, der mit Muscheln und Meerwasser gefüllt war. »Danke. Wirklich nett von dir.«

Geoff beäugte Robert prüfend. »Lieferung direkt ins Haus? Das nenne ich Service.«

Robert lächelte. »Anna soll die allerbesten Zutaten für ihre Gerichte bekommen. Kennen Sie ihre Küche? Das Beste, was ich jemals gegessen habe, ganz ehrlich.«

»Mhm. Darüber sprachen wir gerade.« Geoff schien kurz zu überlegen, dann streckte er Robert die Hand hin. »Geoff Rowcliffe.«

»Robert MacKenzie. Schön, Sie kennenzulernen. Sind Sie ein Freund von Anna aus dem Süden?«

Anna zog innerlich den Kopf ein. Robert hatte keine Ahnung, wen er vor sich hatte. Und sie wusste, wie ungeheuer beleidigt Geoff war, wenn ihn jemand nicht erkannte.

Er lächelte pikiert und sagte dann: »Und Sie sind wohl der Vater, vermute ich. Glückwunsch. Im Januar ist es so weit, habe ich gehört.«

Roberts Lächeln erstarb.

»Ach, Entschuldigung, habe ich was Falsches gesagt?«, fragte Geoff jetzt. Anna kannte ihn gut genug, um zu wissen, dass die Unschuld gespielt war.

»Kein Problem«, antwortete Anna so lässig wie möglich, damit er keinen Sieg davontrug. »Nein, Robert ist nicht der Vater, nur ein guter Freund von mir. Von ihm habe ich das Haus gekauft.«

»Ah.« Geoff nickte desinteressiert. »Tja, ich muss dann los.« Er warf Anna einen bohrenden Blick zu. »Meine Handynummer ist dieselbe. Ich warte auf deinen Anruf.«

Anna ignorierte die Bemerkung. »Tschüs, Geoff.«

Sie schloss die Türen hinter ihm und ging zu Robert zurück. Einen Moment lang schwiegen beide.

»Tut mir leid, dass ich dir noch nichts davon gesagt habe«, begann Anna schließlich.

Robert hob die Hand. »Das musst du doch auch gar nicht.« Er verstummte und schüttelte leicht den Kopf. Dann fügte er hinzu. »Ist alles in Ordnung mit dir? Und dem Baby?«

»Ja. Es geht uns beiden gut, danke.«

»Schön. Und freust du dich?«

Anna lächelte. »Ja. Obwohl mir auch ein bisschen mulmig ist, offen gestanden. Aber hauptsächlich freue ich mich.«

Wieder entstand ein Schweigen. »Ich geh jetzt mal lieber«, sagte Robert dann. »Fraser und Emma wollen Jamie bald vorbeibringen.«

»Okay. Vielen Dank für die Muscheln.«

»Sehr gerne.« Robert fügte hinzu: »Und wenn du etwas brauchst, sag mir bitte Bescheid, was es auch ist. Und jederzeit, ja?«

Anna wurde warm ums Herz, und sie spürte einen vagen Schmerz, den sie selbst nicht verstand. »Danke«, sagte sie lächelnd. »Das bedeutet mir sehr viel.«

Robert nickte, mit einem Lächeln und einem Stirnrunzeln zugleich. Dann trat er hinaus ins Zwielicht.

»Dieser Dreckskerl«, sagte Cathy sofort, als Anna von Geoffs Angebot berichtete. »Jetzt sucht er nach einer Möglichkeit, so zu tun, als sei dein Erfolg nur ihm zu verdanken. Damit will er die Kontrolle über dich behalten. Behauptet, ihr würdet das Menü gemeinsam entwickeln, aber wir wissen ja wohl beide, was das in Wahrheit bedeutet. Du wirst die Gerichte kreieren, und er kocht sie dann im Fernsehen. Wenn eure Namen irgendwo zusammen auftauchen, wird seiner dreimal so groß sein wie deiner. Und er wird ohnehin dafür sorgen, dass du möglichst wenig Publicity kriegst.«

Anna zupfte am Saum ihres T-Shirts, das inzwischen enger saß als gewohnt. »Ich weiß. Ich *weiß*. Deshalb habe ich ihn ja auch weggeschickt.«

»Gut«, sagte Cathy, hörbar erleichtert. »Ich würde es unerträglich finden, wenn dieses missratene Exemplar der Spezies Mann wieder deine Gedanken beeinflusst.«

»Das lasse ich nicht mehr zu«, versicherte Anna der Freundin. »Aber ich denke eben …« Sie seufzte. »Wenn ich das Kind habe, brauche ich möglichst schnell Arbeit, Cathy. Und so ein Angebot bekomme ich bestimmt nie wieder.«

»Das weißt du doch gar nicht«, widersprach die Freundin. »Schau dir doch an, was du in wenigen Monaten erreicht hast!«

»Was ich erreicht habe?«, erwiderte Anna mit einem kleinen Lachen. »Na ja, da hat er ja irgendwie schon recht, oder? Ich schaffe es gerade mal drei Tage die Woche, sechs Gäste zu bewirten. Und habe es geschafft, mich schwängern zu lassen.«

»Da, es ist schon wieder passiert!«, rief Cathy aufgebracht aus. »Der hat dir seine Gedanken eingeimpft!«

»Nein, nein, wirklich nicht«, sagte Anna beruhigend. »Ich weiß inzwischen, was ich mir wert bin. Und ich weiß auch, dass ich eine Küche leiten könnte. Ich würde es auch machen, wenn ich das Crovie Inn bekommen könnte. Aber das geht nun mal nicht.«

»Also, ich kann mir nicht vorstellen, dass du nur von Geoff Rowcliffe attraktive Angebote bekommen würdest, wenn du auf Jobsuche gehst«, erklärte Cathy. »Du hast jetzt einen fantastischen Ruf. Und eine Menge eigene Rezepte. Das ist doch was wert, oder?«

»Ich hoffe es. Versuchen kann ich es jedenfalls. Vielleicht sucht ja dann sogar jemand in der Nähe.«

»Genau. Und wenn du in der Region etwas findest, könntest du auch im Fishergirl's Luck wohnen bleiben, oder?«

Anna lehnte sich auf der Couch zurück und betrachtete ihre bunte Kochbuchsammlung in den Nischen an der Decke. »Ja, das wäre super.«

»Also versprich mir, dass du Geoffs Angebot auf der Stelle vergisst«, drängte ihre Freundin.

»Schon passiert. Versprochen.«

»Okay.« Cathy stieß einen Seufzer der Erleichterung aus. »Und jetzt erzähl mal von Robert MacKenzie. Wie kam er denn mit dieser Offenbarung klar?«

»Hat ganz entspannt gewirkt. Ehrlich gesagt, fand ich es sogar fast praktisch, dass es auf diese Weise rauskam. Ich … ich wusste nicht so recht, wie ich es ihm sagen sollte.«

»Ach so? Warum denn nicht?«

»Weiß nicht. Fühlte sich irgendwie falsch an.«

»Hast du dich in ihn verliebt?«, fragte Cathy unverblümt.

Anna schluckte. »Nein! Natürlich nicht! Er ist ein guter Freund geworden. Mehr nicht.«

»Würdest du ihn vermissen?«, fragte Cathy. »Wenn du Crovie jetzt verlassen müsstest?«

»Nicht nur ihn«, antwortete Anna ausweichend und sah dabei vor sich, wie Robert ins Zwielicht hinaustrat. »Fast das ganze Dorf.«

Mein Selkie-Mädchen,
manchmal frage ich mich, ob du noch da bist. Ob du einfach nur an den Ort zurückgekehrt bist, zu dem du immer schon gehört hast. Ob du uns aus den Wellen beobachtest, mich und den Kleinen. Warst du es, die dafür gesorgt hat, dass sie dort auf den Klippen war und so viel riskiert hat, um unseren Jungen zu retten? Oder ist sie eben einfach so? Amüsierst du dich über das Durcheinander, in das wir uns verstrickt haben?
Oder vielmehr ich.
Dem Kleinen scheint es gut zu gehen. Er ist so verrückt nach Delfinen wie eh und je. Ist vergnügt und munter, dank dieser Tiere. Nur ich fühle mich ... keine Ahnung.
Ich weiß nicht, wie ich mich fühle.

28

Der Juli war ein angenehm ereignisloser Monat für Anna. Alles ging seinen gewöhnlichen Gang, und der Lunchclub war weiterhin komplett ausgebucht. Anfang August jedoch kippte das Wetter. Der Regen prasselte so brutal an die Scheiben des Hauses, dass es sich anhörte, als würde es mit Steinen beworfen. Hohe Wogen türmten sich, Himmel und Horizont verschmolzen zu einer bleigrauen Fläche. Der Wetterbericht sagte keine Verbesserung voraus, weshalb Anna den Lunchclub für die Woche absagen musste. Und sie war froh über diese Entscheidung, denn drei Tage später regnete es noch immer unaufhörlich, und die Straße ins Dorf hatte sich in einen reißenden Fluss verwandelt.

Abends kochte Anna für die Gäste von Pat und Frank und ein paar andere Urlauber, die im Dorf festsaßen. Sie flitzte mit ihrem Zubehör zwischen den beiden Häusern hin und her und wurde dabei jedes Mal klatschnass. Als sich am Freitag herausstellte, dass keine Wetteränderung in Sicht war, beschlossen auch noch die letzten Feriengäste abzureisen.

»Das ist unfassbar«, sagte Pat, als sie abends zu dritt in der Küche vom Weaver's Nook saßen und der Regen an die Scheiben schlug. Es war erst drei Uhr nachmittags, aber schon fast dunkel draußen. »So war das früher nicht.«

»Ich mache mir Sorgen«, murmelte Frank. »Die Klippen halten dem nicht mehr lange stand.«

»Sag so was nicht.« Pat schauderte.

»Nein, ganz im Ernst. Ich habe Douglas sogar gesagt, dass er bei uns unterkommen kann, um ihn aus der Gefahrenzone zu bekommen.«

»Und was hat er geantwortet?«, fragte Anna.

Frank schnaubte. »Was glaubst du wohl? Bescheuerter alter Sturkopf.«

Am Sonntag saß Anna am Küchentisch und arbeitete an dem Kochbuch für Melissa Stark, als Robert plötzlich vor der Tür stand. Seine gelbe Wachsjacke glänzte vor Nässe, und Anna bat ihn sofort herein ins warme Haus.

»Ich wollte mal nach dir schauen«, erklärte Robert, während Anna Tee kochte. »Robbie wollte mitkommen, aber es war mir lieber, wenn er bei diesem Wetter nicht unterwegs ist.«

»Du bist doch wohl nicht mit dem Boot gekommen?«, fragte Anna. Bei der Vorstellung, wie er sich durch die tobenden Wellen kämpfte, lief es ihr eiskalt den Rücken hinunter.

»Nein, das würde ich mit Cassie's Joy niemals wagen«, antwortete Robert. »Ich bin mit dem Auto hier. Wie geht es dir? Brauchst du etwas?«

»Die Milch geht aus, aber sonst ist alles gut.«

»Gib mir eine Liste mit«, sagte Robert, als er seinen Teebecher in Empfang nahm. »Ich kaufe für alle ein, die sich nicht auf die Straße wagen, und bringe die Einkäufe dann morgen vorbei.«

»Das musst du aber nicht machen«, erwiderte Anna. »Du hast doch bestimmt viel um die Ohren.«

»Ich muss ohnehin wegen Dougie herkommen, es macht mir wirklich keine Mühe.«

Das bezweifelte Anna zwar, aber während sie sich weiter unterhielten, schrieb sie dennoch eine Liste. Der Regen trommelte unterdessen so laut aufs Dach, dass man kaum sein eigenes Wort verstand.

»Hör mal«, sagte Robert, als Anna ihm den Einkaufszettel reichte, »du kannst vorerst jederzeit bei uns unterkommen, wenn du möchtest. Und ganz bestimmt auch bei Rhona. Ich könnte dich auch gleich mitnehmen.«

Anna sah ihn über den Rand ihres Bechers an. »Meinst du, es wird so schlimm?«

Robert zuckte die Achseln. »Einen so üblen Dauerregen habe ich noch nie erlebt. Und laut Wettervorhersage naht schon der nächste Sturm.«

»Aber die Gemeinde hat doch sicher einen Evakuierungsplan, wenn es zu riskant wird. Jemand würde uns bestimmt rechtzeitig informieren, oder nicht?«

»Ja, wahrscheinlich schon.« Robert lächelte, aber die Sorge wich nicht aus seinen Augen. »Du willst das Haus nicht verlassen, oder?«

Anna sah sich um. »Ich fühle mich sicher hier. Ich glaube, Fishergirl's Luck wird allem trotzen.«

»Ah, das kommt mir bekannt vor. So war Bren auch.« Robert trank einen Schluck Tee und sagte dann: »Ich bin froh, das zu hören. Hatte mich schon gefragt, ob du uns doch verlassen willst.«

»Was meinst du damit?«

Robert zog eine Schulter hoch. »Liam hat erzählt, dass er dich gebeten hat, mit ihm zu kommen.«

»Ach, echt?«

»Ich glaube, er wollte damit klarmachen, dass er dich nicht in einer Notlage sitzen lässt.«

Anna schnaubte. »Notlage?«

»Na ja, du weißt, was ich meine.«

»Nein, ich gehe nicht nach Neuseeland«, stellte Anna klar. »Und ich möchte in Crovie bleiben, wenn es irgend geht. Aber ich brauche Arbeit. Vor allem jetzt.«

»Wegen des Wetters?«

Anna lachte. »Nein, weil meine Ersparnisse schnell aufgebraucht sein werden, wenn ich für ein Kind sorgen muss. Ich hoffe, dass ich irgendwo in der Nähe Arbeit finde, sodass ich pendeln kann. Wenn das allerdings nicht klappt ...« Sie ließ den Satz unvollendet, und Robert nickte stumm.

»Ich muss einfach im Lotto gewinnen«, witzelte Anna. »Oder ich bräuchte eine Fee, die mit einem Beutel voller Gold erscheint, damit ich das Crovie Inn kaufen kann.«

Robert faltete die Hände, beugte sich vor und schaute zu Boden. »Ich würde dir das Geld sofort geben, wenn ich es hätte«, sagte er leise. »Crovie hat sich durch dich zum Guten verändert, allein durch deine Anwesenheit und den Lunchclub. Du würdest dem Dorf fehlen, wenn du weggehen würdest.« Er verstummte und schwieg einen Moment. Dann sagte er so langsam, als zögere er, das auszusprechen: »Und *mir* würdest du fehlen.«

Annas Herz schlug schneller. Sie stellte ihren Becher ab, wusste nicht, was sie sagen sollte. Robert schaute noch immer auf den Boden, und es schien fast, als wollte er sich nicht mehr aufrichten. Als er es dann doch tat, warf er Anna ein kleines, fast entschuldigendes Lächeln zu.

»Du würdest mir auch fehlen«, sagte sie sanft. »Schließlich bin ich durch dich hierhergekommen. Durch dich, Bren und Fishergirl's Luck. Ohne dich wäre ich nie in Crovie geblieben.«

Robert schwieg, aber sein Blick war so intensiv, dass Anna der Atem stockte. Dann stand er auf.

»Ich ...«, begann er. Seine Stimme klang heiser, und er räusperte sich. »Ich muss jetzt los. Robbie wartet auf mich.«

Auch Anna musste mehrmals schlucken, damit sie sprechen konnte. »Ja, klar. Danke für alles.«

Sie brachte Robert zur Tür, wo er einen Moment zögerte und sich dann noch einmal umdrehte. »Dieses robuste alte Haus. Ich hoffe, es hält für immer stand.«

Sie verabschiedeten sich, und einen Moment lang hätte Anna ihn fast gebeten zu bleiben. Hätte er Robbie nicht erwähnt, hätte sie es vielleicht sogar getan. Doch so schloss sie die Tür und stellte sich vor, wie Robert sich draußen durch das Unwetter kämpfte. Beim Gedanken an diesen letzten Blick wurde ihr fast schwindlig, und sie musste tief Luft holen.

Ein paar von den üblichen Verdächtigen aus dem Dorf trafen sich im Weaver's Nook zum Abendessen. David war gekommen, weil er nach dem Haus schauen wollte, Glynn und der Setter Bill waren in Inverness geblieben. Terry und Susan fanden sich ebenfalls ein, Rhona aber nicht, was angesichts der Strecke und des furchtbaren Wetters sicherlich eine gute Entscheidung war.

»Vielleicht hätten wir Crovie doch verlassen sollen, wie Robert meinte«, sagte Pat und strich Anna über die Hand. »Oder du zumindest. Er macht sich bestimmt Sorgen um dich.«

»Nicht nur um mich, sondern um uns alle«, erwiderte Anna.

»Ja, aber bei dir ist es noch etwas anderes, das weißt du, Liebes, oder?«

»Pat«, warf Frank mit leicht mahnendem Tonfall ein.

»Was denn? Liam geht doch ...«

»Pat, bitte.«

»Schon okay«, sagte Anna und legte ihre Hand liebevoll auf die der Freundin. »Robert und ich sind nur gute Freunde, Pat. Und das weißt du auch.«

Pat sah enttäuscht aus. »Aber ich habe gesehen, wie er dich anschaut.« Sie warf einen Blick in die Runde. »Ist uns allen aufgefallen.«

Anna lachte, um die Situation zu überspielen. »Ich bin schwanger von einem anderen Mann«, sagte sie dann.

Ein kurzes, etwas unbehagliches Schweigen trat ein.

Schließlich beendete Pat die Stille. »Blutsverwandtschaft ist nicht das Einzige, was wichtig ist«, sagte sie ruhig. »Deshalb gehörst du für uns inzwischen zur Familie, Anna. Und ich bin mir sicher, dass Robert dich auch als Teil *seiner* Familie betrachtet.«

Als Anna später in ihr Haus zurückkehrte, war es dort warm und behaglich, im Kamin glommen noch Reste der Glut. Die Wände des Hauses waren so dick, dass Anna sich geborgen und geschützt fühlte, während draußen die Elemente tobten, aber das Wüten des Sturms machte ihr dennoch Angst.

Anna setzte sich aufs Sofa und griff nach dem Telefon, um Cathy anzurufen. Die Leitung war tot, und ihr Handy hatte auch kein Netz. Kurz darauf ging die Lampe aus. Als Anna zur Tür ging und hinausschaute, sah sie nur pechschwarze Finsternis. Im ganzen Dorf war der Strom ausgefallen.

Etwa um drei Uhr nachts erwachte Anna von einem tiefen und lauten Geräusch. Sie fuhr hoch und wollte das Licht einschalten, aber es funktionierte noch immer nicht. Der Wind heulte unverändert, und Anna legte sich eine Decke um und tappte nach unten. Als sie die Haustür einen Spalt öffnete, war der merkwürdige Laut nicht mehr zu hören, nur das Tosen von Sturm und Regen. Nach wie vor war es stockfinster draußen, und Anna sagte sich, dass sie vielleicht nur geträumt hatte.

Am nächsten Morgen klopfte Frank bei ihr. Er sah aschfahl und völlig durchnässt aus. Es regnete nach wie vor in Strömen, und der Himmel hing voller grauschwarzer Wolken. Anna bat ihn in den Flur.

»Was ist los, Frank?«, fragte sie, alarmiert von seinem verstörten Gesicht. »Ist etwas passiert?«

»Die Klippen. Es hat wieder einen Erdrutsch gegeben, so schlimm wie noch nie zuvor.«

»Oh nein! Ist euer Ferienhaus betroffen?«

»Ja, das Dach ist weg, vielleicht auch die ganze Rückwand. Glaube nicht, dass es noch zu retten ist.«

Anna nahm ihre Jacke vom Haken. »Was kann ich tun?«

»Nichts, Liebes. Das Haus müssen wir jetzt vergessen. Aber wir sollten alle weg von hier. Pat packt gerade unsere Sachen, mach du das bitte auch. Wenn Robert kommt, solltest du bereit sein loszufahren.«

»Was?«, sagte Anna schockiert. »Aber das Weaver's Nook ist doch nicht bedroht, oder? Und was ist mit den Häusern der anderen Freunde?«

Frank sah regelrecht grau aus vor Sorge und Erschöpfung. »Es steht zu befürchten, dass der nächste Sturm direkt danach folgt, und ohne Strom sind wir von der Außenwelt abgeschnitten und können keine Hilfe holen. Sollte es noch einen schlimmeren Erdrutsch als letzte Nacht geben, sind wir in echter Gefahr.«

»Was ist mit Douglas McKean?«, fragte Anna.

»Hat mich offenbar nicht gehört. Ich bin gerade wieder hergekommen, um ein Brecheisen zu holen. David hilft mir, die Tür aufzustemmen, wenn Douglas sich immer noch nicht rührt. Aber ich wollte dir zuerst Bescheid geben. Wir sind hier nicht mehr sicher, Liebes. Auch Fishergirl's Luck nicht.«

»Verstanden. Ich packe sofort meine Sachen«, erwiderte Anna.

Frank nickte. »Gut. Ich klopfe gleich noch mal bei dir. Oder du gehst schon mal mit deinem Gepäck zu Pat rüber, wenn du fertig bist.«

Anna sah ihn prüfend an. »Bist du sicher, dass du noch mal zu Douglas gehen willst? Ich kann das auch übernehmen.«

Frank richtete sich auf und grinste sie aufmunternd an. »Ich bin fit wie ein Turnschuh«, sagte er. »Du darfst nicht alles glauben, was Pat so erzählt. Sie macht sich zu viele Sorgen. Will mich in Watte packen.« Er trat wieder in den Regen hinaus, und Anna musste ihre Erwiderung in den Sturm hinausschreien. »Nein, Frank, sie liebt dich einfach.«

Er warf ihr ein Lächeln zu und rief: »Zurück mit dir ins Warme! Pack deine Sachen!«

Anna schloss die Tür, ging ins Wohnzimmer und sah sich um. Nur sechs Monate hatte sie hier gelebt, aber Fishergirl's Luck jetzt zu verlassen, kam ihr wie ein furchtbarer Verrat vor. Bren hätte das niemals getan. Sie wäre noch beim allerschlimmsten Unwetter hiergeblieben, hätte niemals daran gezweifelt, dass das Haus sie beschützen würde.

»Es tut mir so leid«, flüsterte Anna und fragte sich, ob es vielleicht noch eine Art Geist von Bren in diesen Steinwänden gab, der sie hören konnte. »Ich will nicht weggehen, wirklich nicht.« Wäre sie alleine gewesen, hätte sie sich vielleicht entschieden zu bleiben, dem Unwetter hier zu trotzen – so wie Bren 1953, als es ihr vorgekommen war, als ginge draußen die Welt unter. Aber Annas Leben gehörte nicht mehr ihr alleine.

»Ich komme wieder«, sagte sie laut. »So bald wie möglich. Sobald es wieder ungefährlich ist.«

Im Schlafzimmer packte sie rasch ihre Reisetasche, legte als Letztes das geliebte Familienfoto und die drei Rezeptbücher hinein: das von ihrer Großmutter, das von Bren und ihr eigenes. Dann ging sie nach unten, zog ihre Jacke an und steckte eine Taschenlampe ein. Draußen vor der Tür hörte Anna plötzlich ein Krachen und Dröhnen, das klang, als stießen zwei Berge zusammen. Sie schaute unwillkürlich zu den Klippen hoch, aber der eiskalte Regen trübte ihren Blick, und es war so finster, dass man ohnehin kaum etwas erkennen konnte.

Sie schaltete die Taschenlampe ein und zögerte. Drohte ein gewaltiger Erdrutsch? Das Herz schlug ihr bis zum Hals, und im selben Moment hörte sie einen Ruf, halb verweht im Sturm.

»Anna! ANN...«

Blinzelnd konnte sie auf dem Uferweg eine Gestalt ausmachen, die sich durch die Brecher kämpfte, die jetzt über die Mauer schlugen. Zuerst dachte Anna, es sei Robert. Sie stellte ihre Tasche an der Tür ab und lief in den Regen hinaus, ergriff die ausgestreckte Hand der Person und zog sie mit sich in den Schutz des Daches von Fishergirl's Luck. Wasser schwappte ihnen um die Knöchel, während die Wogen über die Mauer gischteten.

»Anna«, keuchte die Person, und erst jetzt erkannte Anna, dass es David war. Sie hielt unwillkürlich hinter ihm Ausschau nach Frank, konnte ihn aber nirgendwo entdecken. Das tiefe Dröhnen war erneut zu hören, und Anna schaute nach oben, fürchtete schon, eine Lawine aus Erde und Gestein auf sich zukommen zu sehen.

»Es sind nicht die Klippen«, rief David, der gespenstisch fahl aussah im Licht der Taschenlampe, »sondern die Straße. Die Straße ist abgerutscht. Wir kommen hier nicht mehr weg, auch zu Fuß nicht. Crovie ist nicht mehr erreichbar, nicht einmal für Hilfstruppen.«

Plötzlich ertönte ein Krachen, noch um ein Vielfaches lauter als das vorherige. Und es war direkt über ihnen.

»Oh Gott!«, schrie David entsetzt. »Aber *das* sind die Klippen!«

Der Erdrutsch erzeugte ein unheimliches, ohrenbetäubendes Getöse. Die Tür vom Weaver's Nook flog auf, und Pat kam voller Angst herausgestürzt, um zu sehen, was los war.

»Zu mir ins Haus!«, schrie Anna David ins Ohr. »Das ist der einzige Ort, an dem wir vor Erdrutschen geschützt sind! Bringt alle zu mir!«

29

Pat wollte Frank holen gehen, aber Anna hielt sie davon ab.

»Lass David das machen. Ich brauche deine Hilfe, Pat, bitte. Wir müssen so viele Vorräte wie möglich ins Fishergirl's Luck schaffen. Essen, Decken, Brennmaterial, Streichhölzer. Bring alles mit, was nützlich ist.«

Die beiden Frauen begannen, die Sachen von einem Haus ins andere zu tragen, und waren binnen Kurzem völlig durchnässt. Das dumpfe Dröhnen der Erdrutsche war vorerst nicht mehr zu hören, was aber nichts zu bedeuten hatte, es konnte jederzeit weitergehen. Terry und Susan trafen ein und packten sofort mit an. Während sie die Vorräte sortierten und aufstapelten, füllte Anna Behälter mit Wasser für den Fall, dass die Versorgung unterbrochen würde. Dann lief sie nach oben, um sämtliche verfügbaren Decken zu holen. Als sie wieder herunterkam, waren David und Frank gerade zurückgekehrt, beide tropfnass.

»Wo ist Douglas?«, fragte Anna, während sie den beiden Handtücher reichte.

»Er ist am Leben«, antwortete Frank düster. »Aber Gott weiß, für wie lange noch.«

»Will sein Haus nicht verlassen«, erklärte David. »Sagt, es steht da seit der Gründung von Crovie und wird auch noch da sein, wenn wir alle längst nicht mehr sind. Scheint nicht zu kapieren, in welcher Gefahr er schwebt.«

»Wir können nichts tun, außer ihn k. o. zu schlagen und hierherzuschleifen«, fügte Frank hinzu und sah sich stirnrunzelnd um. »Wo ist Pat?«

»Holt Vorräte von drüben, zusammen mit Terry und Susan.«

»Ich helfe ihr«, sagte Frank sofort.

»Nein, das mach ich«, widersprach David. »Wärm du dich auf und gönn dir einen Moment Ruhe. Wir sind gleich zurück.«

»Aber ...«

»Frank.« David hielt die Hand hoch. »Ernsthaft jetzt. Sei vernünftig. Du siehst ziemlich erledigt aus.«

»Und ich bräuchte unbedingt deine Hilfe«, warf Anna ein, um Frank abzulenken. »Hast du schon mal Wasser auf einem Holzofen gekocht? Die anderen werden einen heißen Tee brauchen, wenn sie zurückkommen.«

Frank warf einen Blick auf den kleinen Holzofen im Kamin und schnaubte. »Dann sollten wir aber mal loslegen, Mädchen. Sonst warten die an Weihnachten noch auf ihren Tee.«

Zwanzig Minuten später war das Wohnzimmer voller Menschen. David schob den Couchtisch an die Wand, und Terry rückte die Sessel beiseite, damit in der Mitte eine Sitzfläche entstand. Anna versuchte unterdessen, die Vorräte zu sortieren. Pat und Susan hatten aus dem Lager für die Feriengäste Brotlaibe, Müslipackungen, Schinken, Käse und Butter mitgebracht, sowie Tomaten, Konservendosen und Suppe. Auch an Toilettenpapier, weitere Wolldecken und Kerzen hatten sie gedacht.

»Und was glaubt ihr, wie es jetzt weitergeht?«, fragte Anna, als sie beim Tee zusammensaßen und immer wieder Rumpeln von den Klippen zu hören war. Gemeinsam hatten sie den Pakt geschlossen, nicht nach draußen zu schauen. Sie konnten ohnehin nicht flüchten, was draußen auch geschah. »Wie lang wird es wohl dauern, bis jemand merkt, dass wir hier festsitzen?«

»Das hängt wohl vom alten Robbie ab«, antwortete Terry. »Er ist der Einzige, von dem wir wissen, dass er noch einmal vorbeischauen wollte. Wenn er merkt, dass die Straße unpassierbar ist, wird er Alarm schlagen.«

»Ja, aber dann?«, fragte Pat. »Wie wollen sie uns von hier wegbringen, so ganz ohne Straße?«

»Der Küstenwache wird schon was einfallen«, bemerkte Frank. »Ehrlich gesagt, können wir froh sein, dass wir nur eine kleine Gruppe sind.«

»Und was ist mit Douglas?«, fragte Anna. Der Gedanke an den starrsinnigen alten Mann, der sich sogar unter diesen Umständen weigerte, sein Haus zu verlassen, ließ sie nicht los.

Frank strich sich über die Stirn. »Mit fällt dazu auch nichts mehr ein, Liebes. Er weiß, wo wir sind. Wenn er noch einen Rest Vernunft besitzt, wird er in der nächsten halben Stunde hier auftauchen und an dein Mitgefühl appellieren.«

Während sie bei Kerzenlicht und Feuerschein abwarteten, verstrich die Zeit, aber Douglas McKean ließ sich nicht blicken. Dem Tosen draußen nach zu schließen, wurde der Sturm heftiger, und immer wieder hörte man das dumpfe Dröhnen. Sie legten ständig Holz nach, damit es wohlig warm im Zimmer war, aber niemand konnte schlafen. Zeit schien nicht mehr zu existieren, und Anna hatte keine Ahnung, wie viel Uhr es war, als sie plötzlich aus der Küche ein Krachen und Klappern hörte. Anna zog ihre Decke fester um die Schultern, ging in den kleinen Raum und sah sich um. Es war nichts aus den Regalen gefallen, aber beim Blick aus dem Fenster über der Spüle stellte sie fest, dass der Sturm die Läden abgerissen hatte. Sie schaute hinaus. Regen peitschte an die Scheibe, und es war stockfinster.

»Das ist so furchtbar«, sagte Susan. Terry und sie saßen aneinandergeschmiegt in einem der Sessel, in Annas Steppdecke gehüllt. »Als warte man auf den Weltuntergang.« Terry zog sie dichter an sich.

»Wir sind hier in Sicherheit«, erwiderte Anna beruhigend, obwohl sie sich alles andere als ruhig fühlte. Warum nur hatte sie gestern Roberts Angebot abgelehnt, mit ihm zu fahren? Wieso hatte sie ihn nicht gebeten, auch Terry und Susan und die Thorpes mitzunehmen? »Fishergirl's Luck hat schon den Sturm von 1953 überstanden. Deshalb hat Bren das Haus überhaupt so benannt.«

»Wie kommst du darauf?«, fragte Pat.

»Das hat Bren in ihr Rezeptbuch geschrieben. Wartet, ich lese es euch vor.« Anna machte in dem Durcheinander ihre Reisetasche ausfindig und nahm das alte Buch heraus. Alle hörten gespannt zu, während Anna die Schilderung von der nächtlichen Backaktion vorlas.

»Nicht zu fassen«, bemerkte Frank.

»Fishergirl's Luck wurde sozusagen in diesem Sturm geboren«, fuhr Anna fort. »Und wenn das Häuschen den überlebt hat, wird es auch diesen durchstehen.«

»Aber 1953 gab es keinen Erdrutsch«, wandte Susan mit zittriger Stimme ein. »Fishergirl's Luck musste nur dem Sturm trotzen und lief nicht Gefahr, von den Klippen zerstört zu werden. Ich glaube nicht ...«

In diesem Moment hämmerte jemand wie wild an die Haustür. Anna sprang auf, in der Erwartung, den durchnässten Douglas McKean vorzufinden. Sie klappte die Riegel um, die sie zur Sicherheit vorgelegt hatte, und riss die Haustür auf.

»Robert!«

»Anna!« Er stapfte ins Haus, ergriff ihre Arme und betrachtete besorgt ihr Gesicht. »Ist alles in Ordnung mit dir?«

Sie nickte, und die beiden gingen ins Wohnzimmer, wo sie sofort von den anderen umringt wurden, die aufgeregt Fragen stellten.

»Wir müssen sofort los«, verkündete Robert atemlos. »Seid ihr vollzählig?«

»Bis auf Dougie McKean«, antwortete Terry. »Keiner kann ihn überreden, sein Nest zu verlassen.«

Robert blickte finster. »Kommt alle sofort mit zum Hafen. Das Rettungsboot liegt dort, kann aber nicht lange warten. Geht schon vor, ich hole Dougie.«

»Nein!«, rief Anna aus. »Du kannst doch nicht ...«

Robert ergriff ihre Hände und drückte sie. »Ich kann ihn nicht zurücklassen, Anna.«

»Ich komme mit«, erklärte Frank, während der Sturm heftig an der Tür rüttelte. »Vielleicht braucht es zwei Leute, um ihn da rauszuholen.«

»Kommt überhaupt nicht infrage«, erwiderte Robert entschieden, bevor Pat sich zu Wort melden konnte. »Und wir haben keine Zeit für Diskussionen. Du gehst mit den anderen zur Mole, Frank.«

Sturm und Regen schlugen ihr ins Gesicht, als Anna Robert nach draußen folgte. Er zog sie in seine Arme, und sie hielt ihn einen Moment ganz fest, während die Böen sie fast umwarfen und ihnen Wasser um die Knöchel schwappte.

»Die Lichter«, rief Robert ihr noch zu, als er sie losließ. »Achtet auf die Lichter!« Dann verschwand er in der Dunkelheit, und ohne seine schützenden Arme kam Anna sich vor, als geriete sie in einen Mahlstrom, der sie in die Tiefe reißen würde.

Dann spürte Anna eine Hand am Rücken – David, der sich an ihr festhielt. Blindlings kämpften sich alle vorwärts, dicht aneinandergedrängt wie Schafe in einer Herde, und stützten sich gegenseitig, wenn Brecher einen von ihnen umzuwerfen drohten. Sprechen war beim Tosen des Sturms und der Wellen unmöglich. Plötzlich durchschnitten weiß-blaue Lichtstreifen die Dunkelheit, in denen die Regenschwaden und hohen Wogen vom Ozean sichtbar wurden.

Die Strahler des Rettungsboots.

Während sich alle mühsam weiterschleppten, kamen Menschen auf die kleine Gruppe zugeeilt und zogen sie mit zum Boot. David ließ Anna los, jemand anderes packte sie mit dicken Handschuhen. Sie konnte nicht sehen, wer es war, bis sie die Mole erreichten und der Mann ihr Gesicht anhob. Besorgte Augen betrachteten sie unter einer tropfnassen Wollkappe.

»Liam!«

»Bist du okay?« Sie konnte ihn nicht hören, las aber von seinen Lippen ab.

»Was machst du hier?«, wollte sie fragen, aber Liam schob sie Richtung Boot, wo man den anderen bereits an Bord half.

»Warte!«, schrie Anna. »Warte!« Sie drehte sich um und versuchte auf der Dorfstraße etwas zu erkennen, wurde aber von den hellen Lichtern geblendet.

Als Liam sie weiterziehen wollte, blieb Anna stehen und schrie in sein Ohr: »Robert ist noch hier! Er holt Douglas McKean!«

Liam versuchte in die Dunkelheit zu spähen, gab es aber auf, als er nichts erkennen konnte, und zerrte Anna weiter mit sich, bis andere Hände sie ergriffen. Ihr wurde plötzlich klar, was er vorhatte.

»Nein!«, schrie sie, als er sich abwandte. »Du nicht auch noch ...«

Doch er eilte schon davon und wurde im nächsten Moment von der Dunkelheit verschluckt, während Anna sich an Bord des wild schwankenden Rettungsboots wiederfand. Jemand hüllte sie in eine Rettungsdecke, die in dem grellen Licht silbern glitzerte. Darunter schlang Anna die Arme um sich, als könnte sie so ihr Kind vor den tosenden Elementen schützen, die ihr vorkamen, als stünde die Welt kurz vorm Untergang.

Sie werden bestimmt nicht ablegen, solange noch drei Menschen im Dorf sind, dachte sie. *Sie können doch Douglas, Liam und Robert nicht zurücklassen ...*

Plötzlich bemerkte sie eine Bewegung aus dem Augenwinkel, ein Stück entfernt. Frank, der auf die Knie sank, Pat, die seine Schultern hielt. Zwei Leute vom Team waren an Franks Seite, aber Anna konnte wegen des strömenden Regens nicht genau erkennen, was da geschah. Im grellweißen Licht der starken Strahler mutete die Szene seltsam irreal an. Die Bewegungen wirkten hektisch und abgehackt.

Wie in Trance bewegte sich Anna auf ihre Freunde zu, es kam ihr vor, als schleppte sie sich durch zähen Schlamm. Dann ertönte ein ohrenbetäubend lautes Geräusch, das sich anhörte wie das Brüllen eines Ungeheuers, und ein neuer Geruch erfüllte die Luft. Nasse Erde.

Die Klippen rutschten ab.

Anna umklammerte mit einer Hand die Reling, legte die andere auf ihren Bauch. Sie konnte in der Dunkelheit nichts erkennen, aber es gab keinen Zweifel daran, dass gerade Tonnen von Erde und Gestein auf die Häuser von Crovie hinunterstürzten. Auf das Haus von Douglas McKean. Auf Liam Harper und Robert MacKenzie.

Bitte, flehte sie stumm. *Bitte ...*

Und dann erschienen drei Gestalten im Licht der Strahler, schleppten sich durch Wassermassen und Wind. Zwei große Gestalten, die eine kleinere zwischen sich stützten und mit sich zogen.

30

Frank war nicht gestürzt, sondern hatte einen Herzinfarkt erlitten. Hilflos hatte Pat zusehen müssen, wie das Team vergeblich versuchte, Frank zu retten. Der Mann, der fünfunddreißig Jahre an ihrer Seite gewesen war, starb auf dem Weg nach Macduff. Kreidebleich saß Pat in der Rettungsstation, in eine Decke gehüllt und von einem Schmerz gezeichnet, der allen fast das Herz zerriss.

»Er wollte einfach auf niemanden hören«, schluchzte Pat. Anna rannen Tränen übers Gesicht, während sie die Hand ihrer Freundin hielt. »Auf mich nicht, auf die Ärzte nicht. Nicht mal auf sein eigenes Herz! Hat einfach immer so weitergemacht wie vorher auch. ›Einem alten Hund kannst du keine neuen Tricks beibringen, Liebling‹, hat er immer gesagt. Ach, Frank ...«

Der Sturm wütete gnadenlos weiter, und das Rettungsboot würde sicher in Kürze wieder auslaufen müssen. Als Anna aufschaute, sah sie Liam mit Robert reden, und bei der Vorstellung, dass er sich gleich wieder auf das tobende Meer hinauswagen musste, wurde ihr angst und bange. Sie stand auf und ging zu den beiden hinüber, Susan nahm ihren Platz an der Seite von Pat ein. Robert schaute auf, als Anna näher kam, blickte dann an ihr vorbei auf die trauernde Pat.

»Wie geht es ihr?«, fragte er leise.

Anna traten erneut Tränen in die Augen. »Sie steht unter Schock, denke ich. Ich kann es auch nicht fassen. Frank ...«

Robert machte eine Bewegung, als wollte er Anna in die Arme nehmen, doch dann war es Liam, der sie an sich zog. Er hielt sie ein paar Momente fest, ließ dann wieder los. »Ich denke, du solltest dich auch im Krankenhaus durchchecken lassen.«

»Die Sanitäter haben mir gesagt, es gäbe keinen Grund zur Sorge, es ginge uns beiden gut. Ich fühle mich auch gut. Und ich muss mich jetzt um Pat kümmern, unbedingt«, betonte Anna, als sie Liams zweifelnden Blick bemerkte. »Ich bin okay, wirklich. Dank euch beiden und dem Team vom Rettungsboot. Wieso warst du überhaupt an Bord, Liam?«

Robert räusperte sich. »Nur dank Liam wussten wir, dass die Straße unbenutzbar ist. Er hat uns angerufen.«

»Als ich dich telefonisch nicht erreichen konnte, bin ich losgefahren, um nach dir zu schauen. War ja die einzige Möglichkeit«, erklärte Liam. »Da habe ich gesehen, was passiert ist.«

»Wir waren gerade alle zum Dienst gerufen worden«, fügte Robert hinzu, »sonst wäre ich schon früher bei euch gewesen.« Er wies mit dem Kopf auf Liam. »Und dann bestand er darauf mitzukommen.«

»Ist ja nicht so, als könnte ich mit stürmischer See nicht umgehen«, bemerkte Liam.

»Wenn du nicht wegziehen würdest, könnten wir dich gut gebrauchen, so viel steht fest«, sagte Robert.

Liam warf einen Blick zu Anna. »Und wenn ich könnte, würde ich bleiben, das kannst du mir glauben.«

Robert nickte. Dann zog er seinen Schlüsselbund aus der

Tasche und reichte ihn Anna. »Liam kann Pat und dich zu mir bringen. Rhona wird Susan und Terry abholen. Ich habe jemanden angerufen, der sich um Dougie kümmert, und David hat einen Freund hier in Macduff.«

Erleichtert nahm Anna die Schlüssel in Empfang.

»Ihr könnt bleiben, solange ihr wollt«, fügte Robert hinzu. »Am Kühlschrank hängt die ärztliche Notrufnummer, für alle Fälle. Der Kleine ist bei Barbara, da kann er auch bis morgen bleiben, damit ihr beide eure Ruhe habt. Es gibt nur ein Gästezimmer, aber …«

»Ich komme gut mit dem Sofa klar«, sagte Anna.

Als die Sirene durch das Gebäude hallte, sagte Robert: »Ich muss jetzt los.«

»Robert …«, begann Anna, als er sich zum Gehen wandte, doch dann fehlten ihr die Worte. »Danke«, sagte sie schließlich. »Danke, dass du uns gerettet hast.«

»Jederzeit.« Einen Moment schien auch er etwas sagen zu wollen. Doch dann nickte er den beiden nur zu, warf noch einen Blick auf Pat und machte sich auf den Weg.

Liam chauffierte Pat und Anna nach Gamrie und machte in Roberts Küche heiße Schokolade für die beiden Frauen. Anna konnte nicht einschätzen, ob Pat wirklich schon verstanden hatte, was geschehen war. Franks Tod erschien auch Anna selbst völlig irreal. Pat wirkte jedenfalls total erschöpft, und nach einer Weile gelang es Anna, sie zum Schlafen zu überreden. Im behaglichen Dachkämmerchen der MacKenzies setzte sich Anna ans Bett und hielt die Hand der älteren Frau, bis sie eingeschlafen war.

»Ich kann bleiben, wenn du möchtest«, sagte Liam, als Anna mit Decken für sich selbst wieder nach unten kam.

»Nicht nötig«, erwiderte sie. »Mir geht's gut. Ich will einfach nur schlafen.«

Liam nickte und nahm sie in die Arme, ließ seine Wange an ihrem Haar ruhen.

»Wenn ich daran denke, was alles hätte passieren können ...«, murmelte er.

»Ist ja aber alles gut gegangen. Dank dir, Liam.«

Nachdem er gegangen war, machte Anna es sich mit ihrem Bettzeug auf dem Sofa bequem und lauschte dem Wüten des Sturms. Die Vorstellung, dass Robert auf dem Rettungsboot den Elementen trotzte, machte Anna Sorgen, und sie schlief unruhig, hatte erschreckende Alpträume, in denen Fishergirl's Luck zerstört wurde.

Als sie mit Tränen auf den Wangen erwachte, wusste sie im ersten Moment gar nicht, wo sie war. Morgenlicht fiel durch die Vorhänge, doch der Sturm schien noch immer nicht nachgelassen zu haben.

»Hey«, hörte sie eine leise Stimme neben sich.

Robert saß in dem Sessel gegenüber dem Sofa. Unter seinen Augen lagen dunkle Schatten, und er wirkte sehr erschöpft. Anna streckte stumm die Hand aus, und er ergriff sie, streichelte sie sachte. So saßen sie lange Zeit da, bis Anna wieder einschlummerte.

Erst nach zwei weiteren Tagen legte sich der Sturm, aber es regnete weiter. Als schließlich auch der Regen nachgelassen hatte, trafen sich die üblichen Verdächtigen am Hafen von Gamrie und blickten nach Crovie hinüber. Sogar aus dieser Entfernung sah man eine breite Schneise in den Klippen hinter dem Dorf, die der verheerende Erdrutsch angerichtet hatte. Es schien fast, als könnte keines der Gebäude davon verschont geblieben sein. Die Häuserreihe war zwar noch vorhanden, nichts schien komplett eingestürzt zu sein, aber aus der Distanz war nicht einschätzbar, welche Schäden entstanden waren.

Soweit Anna erkennen konnte, hatte auch Fishergirl's Luck der Lawine getrotzt, was eine große Erleichterung war. Erst jetzt merkte Anna, dass sie insgeheim gefürchtet hatte, das kleine robuste Haus sei ins Meer gerissen worden.

Sie half Pat bei den notwendigen Schritten für die Bestattung, konnte aber immer noch nicht fassen, dass Frank nicht mehr da war. Unwillkürlich wartete Anna darauf, dass er plötzlich zur Tür hereinkommen würde. Sie sah sein liebenswürdiges Lächeln vor sich, hörte sein herzhaftes Lachen.

»Ich weiß nicht, was ich ohne ihn tun soll«, sagte Pat immer wieder. Sie wurde stets aufs Neue von ihrer Trauer überwältigt, und Anna weinte gemeinsam mit der Freundin. In ihren düstersten Momenten befürchtete Anna, dass all dieser Kummer sich negativ auf das Kind in ihrem Bauch auswirken könnte. Und sie fragte sich, weshalb Menschen sich überhaupt verliebten, wenn die Liebe auch zu solch immensem Schmerz führen konnte. Es kam Anna beinahe vor, als hätte sie ihren Vater ein weiteres Mal verloren.

»Ich weiß, das ist nicht genug«, sagte sie einmal zu Pat. »Aber ich bin für dich da. Du bist nicht alleine.«

Pat drückte ihr liebevoll die Hand. »Du musst dich nicht für mich verantwortlich fühlen, Liebes. Du hast schließlich genug eigene Probleme. Beispielsweise kannst du nicht mit deinem Kind in einem zerstörten Dorf wohnen bleiben.«

»Aber wir kennen das Ausmaß der Schäden doch noch gar nicht«, wandte Anna ein. »Vielleicht ist die Lage nicht so schlimm, wie wir glauben. Immerhin stehen das Weaver's Nook und Fishergirl's Luck auf jeden Fall noch.«

Schließlich rief eine E-Mail von Melissa wegen des Kochbuchs Anna in Erinnerung, dass anderswo das Leben ganz normal weiterging. Erst beim Lesen fiel Anna auf, dass ihr Rezeptbuch mit den beiden anderen in der Tasche lag, die sie bei der überstürzten Flucht aus Crovie nicht mitgenommen hatte. Im Augenblick hatte Anna aber ohnehin so viele andere Sorgen, dass sie für dieses Projekt gar keinen Kopf hatte. Sie schrieb Melissa und bat sie um Verständnis. Ein paar Stunden später rief die Verlegerin auf ihrem Handy an.

»Es tut mir so leid, Anna«, sagte Melissa als Erstes.

Anna strich sich über die Augen. »Danke. Hör mal, das Kochbuch – das Projekt müssen wir aufgeben, fürchte ich. Zumindest vorerst.«

»Mach dir keine Gedanken, deshalb rufe ich gar nicht an«, erwiderte Melissa. »Ich wollte mich einfach als Freundin melden, um zu hören, wie es dir geht. Und außerdem einen Kontakt herstellen. Weißt du eigentlich, dass wir auch Taymar Zetelli veröffentlichen?«

»Ja, natürlich. Ich habe ein paar von ihren Büchern.«

»Seit ich mit ihr arbeite, haben wir uns angefreundet«, fuhr Melissa fort. »Wir hatten über dich gesprochen, und sie ist fasziniert davon, was du in Crovie geschaffen hast, und auch sehr interessiert an deinem Kochstil. Nachdem ich deine Mail bekommen hatte, habe ich Taymar angerufen und gefragt, ob ich ihre Nummer weitergeben dürfte, falls du ein bisschen Unterstützung brauchst. Sie würde sich sehr freuen, wenn du dich mal meldest. Sagte, sie hätte selbst schon überlegt, dich zu kontaktieren.«

Anna runzelte die Stirn. »Ach so? Warum denn?«

»Vielleicht wollte sie dir sagen, wie toll sie deine Arbeit findet? Das würde zu ihr passen. Ich könnte mir vorstellen, dass jemand wie Taymar dir in dieser Lage guttun könnte.«

»Okay, ich danke dir. Ich werd sie mal anrufen.«

»Tu das«, sagte Melissa eindringlich. »Und ich bin auch für dich da, falls du mich brauchst.«

Nach dem Gespräch blickte Anna auf die Nummer, die sie notiert hatte, und dachte, dass Melissa vielleicht recht hatte. Mit einer Frau wie Taymar Zetelli zu sprechen, mochte hilfreich sein. Taymar war eine schillernde Persönlichkeit, die drei Kinder bekommen, dabei aber weiterhin ihr kleines Restaurant an der Südküste geleitet hatte. Sie war schnell zur Starköchin geworden und hatte weitere Lokale eröffnet, die allesamt von Frauen geleitet wurden. Mehrere Kochbücher und eine eigene Fernsehsendung hatten ihren Erfolg noch gesteigert. Geoff konnte sie nicht leiden, »aus Prinzip«, wie er mal gesagt hatte, wobei Anna nicht verstehen konnte, was dieses »Prinzip« sein sollte.

Ein paar Tage später rief Anna Taymar an. Sie unterhielten sich lebhaft über eine Stunde, und während dieses Gesprächs konnte Anna zum ersten Mal seit der schrecklichen Nacht von Franks Tod wieder lachen.

Ein großer Trost für alle, vor allem aber für Pat, war der kleine Robbie. Wenn er aus der Schule kam, machte er als Erstes Tee für sie und berichtete dann haarklein von seinen Erlebnissen. Der Junge schien verstanden zu haben, dass es Pat guttat, seine Stimme zu hören. Er überredete die ältere Frau dazu, mit ihm Shortbread zu backen, und er machte den Vorschlag, einen Gebäckverkauf an der Schule zu veranstalten, um Gelder für die Einwohner von Crovie zu sammeln.

»Das ist eine ganz tolle Idee«, sagte Anna, die es nicht übers Herz brachte, dem Jungen zu verdeutlichen, welche Unsummen für den Wiederaufbau von Crovie nötig sein würden.

Sie fragte sich auch, ob der verheerende Sturm das Ende des Dorfes bedeuten würde, so wie die Unwetter von 1953 zum Ende der Fischerei in Crovie geführt hatten.

»Dieses Dorf hat schon so viel überlebt«, sagte Robert ein paar Tage später, als sie abends alleine in der Küche saßen. Pat und Robbie waren schon schlafen gegangen. »Man muss einfach daran glauben, dass es weitergehen wird.«

»Aber der Wiederaufbau ist zu anstrengend, die Leute haben ohnehin viel zu tun«, sagte Anna. »Pat hat schon ein gewisses Alter erreicht, und Franks Tod setzt ihr furchtbar zu. Terry und Susan sind auch nicht mehr die Jüngsten, und die anderen von den üblichen Verdächtigen – Phil und Marie und David und Glynn – leben nicht dauerhaft in Crovie. Ich könnte mir vorstellen, dass alle sich anderswo umtun. Vielleicht sogar hier in Gamrie. Das wäre doch viel einfacher.«

Robert nickte. »Ja, wäre durchaus denkbar.«

Sie versanken in Schweigen und spürten wohl beide, dass etwas Unausgesprochenes zwischen ihnen stand. Anna streckte die Hand aus, und Robert ergriff sie, hielt sie mit beiden Händen fest. Etwas hatte sich verändert, seit Anna im Haus der MacKenzies untergekommen war. Es kam ihr vor, als sei die Stimmung zwischen Robert und ihr intensiver geworden. Doch sie sprachen nicht darüber, es zeigte sich nur in Momenten der Nähe wie diesen.

»Du musst tun, was sich für dich richtig anfühlt«, sagte

Robert schließlich. »Was gut für dein Kind ist. Ich habe volles Verständnis dafür.«

Anna seufzte. »In einem zerstörten Dorf zu leben, das vorerst nur übers Meer zu erreichen ist ... Selbst wenn Fishergirl's Luck unversehrt sein sollte, selbst wenn ...«

»Ich weiß. Ich weiß.«

Anna schüttelte den Kopf, brachte keine weiteren Worte hervor. Sie wünschte sich, dass Robert sie küssen würde, aber er machte keinerlei Anstalten. Auch sie hätte den ersten Schritt machen können, tat es aber nicht. Was hatte es für einen Sinn, eine neue Liebe zu beginnen, wenn sie bald weggehen würde? *Wie absurd*, dachte Anna, *dass ich mich in meinen ersten Tagen in Crovie danach gesehnt habe, gleich wieder von hier zu verschwinden. Und jetzt sehne ich mich danach, bleiben zu können ...*

»Sobald das Wetter besser ist, fahre ich mit dem Boot rüber«, sagte Robert leise. »Mit allen, die dabei sein wollen. Wir nehmen Cassie's Joy, da passen mehr Leute drauf. Sobald weniger Seegang ist.«

Der Moment zwischen ihnen war verflogen, und Anna zog sachte ihre Hand zurück. Robert stand auf und stellte die Teebecher in die Spüle, kehrte Anna den Rücken zu. Ihr Blick fiel auf das Foto mit Cassie am Kühlschrank, und plötzlich hatte Anna den seltsamen Gedanken, dass eines Tages dort ein weiteres Foto hängen könnte, eines von ihr und dem Baby, das in ihrem Bauch heranwuchs. Sie stand auf und sagte Robert gute Nacht, solange er noch abgewendet war, solange sie noch die Kraft hatte, sich zu lösen.

»Ich finde, du solltest dich nicht davor verschließen«, sagte Cathy später, als Anna im Dunkeln auf dem Sofa lag, das Handy ans Ohr gepresst.

»Muss ich aber.«

»Wieso denn?«

Anna gab ein kurzes bitteres Lachen von sich. Cathy war der einzige Mensch, dem sie ihr neues Geheimnis anvertraut hatte: Taymar Zetelli hatte ihr eine Stelle als Chefköchin in ihrem Restaurant angeboten, das im nächsten Jahr in Newcastle eröffnet werden sollte. Von Annas Zustand hatte sie sich nicht im Geringsten beirren lassen. Ganz im Gegensatz zu dem Chef des einzigen Restaurants im näheren Umkreis von Crovie. Der Mann hatte einen Blick auf Annas Bauch geworfen und ihr mitgeteilt, die ausgeschriebene Stelle sei von einem Tag auf den anderen besetzt worden.

»Ich kann nicht hierbleiben«, sagte Anna zu ihrer Freundin. »Es war vorher schon unpraktisch, und jetzt wäre es der reinste Irrsinn.«

Einen Moment lang herrschte Schweigen am anderen Ende. Dann sagte Cathy: »Ich wünsche mir, dass du einen Job findest, den du verdienst, ganz ehrlich. Du bist so talentiert, und du liebst das Kochen so sehr. Aber ich möchte auch, dass du ein Leben hast. Familie. Liebe. Wenn du Zetellis Angebot annimmst, musst du Robert MacKenzie verlassen, und ich glaube nicht …«

Anna fiel ihr ins Wort. »Er hat nicht … Es gab keinerlei … Das war kein Thema. Es wird auch kein Thema sein.«

»Aber du weißt es doch auch, oder?«

»Ich weiß gar nichts«, erwiderte Anna, »außer dass mein einziges Zuhause ein Dorf ist, in dem man vielleicht nicht mehr leben kann, und dass man mir eine Rettungsleine zugeworfen hat, um anderswo einen Neuanfang zu machen.«

Mein Selkie-Mädchen,
natürlich kann ich nichts verlieren, das gar nicht existiert hat, und trotzdem ...
Nachts liege ich wach und überlege, wie du es Robbie erklären würdest. Du würdest ihm vielleicht sagen, das Leben sei wie das Meer, mit seinen eigenen Gezeiten. Du würdest vielleicht sagen, dass die Ebbe etwas davonträgt und die Flut etwas mitbringt, und dass es im Leben genauso ist.
Das sage ich mir auch. Dass es nur die Gezeiten sind, wenn sie geht – und es ist doch gar nicht anders möglich, oder? Ich sage mir, dass ich nichts verliere, weil ein Mensch nicht zweimal in einem Leben so viel Glück haben kann.
So viel Liebe kann es doch gar nicht geben auf der Welt.

31

An dem Tag, bevor die üblichen Verdächtigen zum ersten Mal nach Crovie zurückkehrten, flog Liam nach Neuseeland. Anna fuhr ihn zum Flughafen in Inverness. Liam hatte angeboten, noch bis zu Franks Bestattung in der nächsten Woche zu bleiben, aber Anna sah keinen Sinn darin. Zwei oder drei Tage – oder auch Wochen – würden rein gar nichts ändern und hätten Liam nur zusätzliche Ausgaben auferlegt, die er sich nicht leisten konnte. Er versprach, sich zu melden, sobald er zu Hause war, dann trennten sie sich. Anna war erstaunt über ihre Gelassenheit und fragte sich, ob sie womöglich gefühlskalt geworden war.

Meer und Himmel waren noch immer bleigrau, als die kleine Gruppe auf Cassie's Joy die Bucht durchquerte. Robert hatte den protestierenden Robbie bei seiner Großmutter gelassen, und auch Douglas McKean blieb in Gamrie, aber Terry und Susan waren ebenso mit von der Partie wie David und Phil. Letzterer war seit dem Sturm in engem Kontakt geblieben und hatte beschlossen, eigens herzukommen, um die Schäden zu begutachten. Marie würde in ein paar Tagen für Franks Bestattung anreisen.

Anna hatte Pat eigentlich überreden wollen, sich die Fahrt nach Crovie zu ersparen, und hatte angeboten, Fotos zu machen oder sogar zu filmen. Doch die Freundin war hartnäckig geblieben.

»Ich muss mich dem stellen, Liebes«, hatte sie gesagt. Seit Franks Tod klang ihre Stimme matt und leblos. »Nützt doch nichts, wenn ich mich davor drücke.«

Als das Boot die große Klippe passierte, erstarben die Gespräche an Bord. Eine unheimliche Stille schien über dem Dorf zu liegen. Anna schauderte unwillkürlich. Sie brauchte einen Moment, bis sie verstand, dass es an den fehlenden Vogellauten lag. Nirgendwo segelten Möwen im Wind, kein Kreischen war zu hören. Crovie wirkte wie ein leeres Haus, einsam und verlassen.

Nachdem Robert an der Mole angelegt hatte, halfen sich alle gegenseitig beim Aussteigen. Dann nahmen sie das Dorf in Augenschein. Auf dem Uferweg mussten sie immer wieder über Schwellen aus Geröll und Schlamm hinwegsteigen. Der Parkplatz und die Autos waren mit Schutt und Trümmern übersät. Annas Fiat, den der Sturm quergestellt hatte, war mit Schlamm und Erdklumpen bedeckt. Überall lagen dunkle Felsbrocken und Holzstücke herum, die Anna als Überreste der Schubkarren identifizierte, zu Spänen zerlegt durch die Wucht der Böen. Ein intensiver Geruch nach nasser Erde überdeckte die gewohnten Meeresgerüche.

Anna ergriff Pats Hand und hielt sie ganz fest. Wie die Überlebenden einer Apokalypse blickten alle stumm um sich.

»O Gott«, murmelte David. »Wie soll man denn das alles wegschaffen?«

Niemand antwortete, und plötzlich hörten sie in der Grabesstille das Dröhnen eines Hubschraubers, der über die Bucht flog und auf Crovie zusteuerte.

»Das sind bestimmt die Reporter«, sagte David finster. »Von denen wird es hier bald nur so wimmeln.«

Schweigend gingen sie den Uferweg entlang, versuchten den Lärm zu ignorieren. Das Crovie Inn schien unversehrt, von Schlammflecken an den Wänden abgesehen. Der Hubschrauber verharrte jetzt direkt über ihnen in der Luft, und Anna packte plötzlich eine heftige Wut auf den Piloten, der sie ganz offensichtlich verfolgte. Sie fand es ungeheuerlich, dass sie bei ihrem ersten Aufenthalt in dem verwüsteten Dorf von Reportern beobachtet wurden. Jedem Menschen mit etwas Einfühlungsvermögen musste doch klar sein, was für ein traumatisches Erlebnis das war, wenn man so viel verloren hatte. Und dann würden diese Bilder womöglich noch durch die Welt gehen.

Anna blieb stehen und starrte erbost nach oben. Doch im selben Moment brach ein Lichtstrahl durch die graue Wolkendecke, und sie konnte nicht erkennen, wer sie von dort oben beobachtete. Anna spürte, wie jemand ihre Hand berührte. Robert war zu ihr getreten.

»Beachte sie nicht«, sagte er. »Wir können nichts dagegen tun. Und was sie filmen, gibt uns vielleicht mehr Aufschluss über den Zustand des Dorfes, als wir selbst sehen können.«

Sie gingen langsam weiter. Der Uferweg war übersät mit Glassplittern. Pflanztöpfe waren zerschmettert oder durch Fenster geschleudert worden, Dachziegel waren auf dem Beton verstreut. Vorhänge flatterten im Wind, auch beim Ferienhaus der Thorpes. Nachdem sie die Mole passiert hatten, wo auch der kleine Bach ins Meer mündete, wurde der Zustand des Wegs immer schlimmer. Es sah beinahe aus, als seien die Klippen explodiert.

Von Gamrie aus hatte Anna gesehen, dass Fishergirl's Luck noch stand, und insgeheim die Hoffnung gehegt, dass ihr Haus unversehrt geblieben wäre. Doch als sie näher kam, trat sie auf ein Stück kornblumenblaues Holz. Obwohl es ihr vage bekannt vorkam, konnte sie es im ersten Moment nicht zuordnen. Dann wurde ihr schlagartig übel, als ihr klar wurde, dass es ein Teil ihrer Fensterläden war. Dass sie weggerissen worden waren, hatte sie in der Küche schon miterlebt, aber dieses Bruchstück zu sehen, war ein Schock. Es wurde auch nicht besser, als sie sah, was mit Liams Tisch geschehen war. Der Sturm hatte ihn quer gegen das Weaver's Nook geschleudert, wo er jetzt mit gesplitterter Platte an der Wand lehnte.

Die Gartenzäune waren verschwunden, vermutlich ins Meer geweht worden. Von den vier alten Schornsteinen, die Anna bepflanzt hatte, war nur noch einer übrig, in zahllose Teile zerbrochen. Der Garten war mit Bruchstücken von Dachziegeln und Glasscherben übersät, in denen sich der Himmel spiegelte. Als Anna nach oben blickte, musste sie feststellen, dass ihr Schlafzimmerfenster nicht mehr vorhanden war. Sie schaute direkt in den Himmel und verstand erst gar nicht, was das zu bedeuten hatte. Dann wurde ihr klar, dass nicht nur Dachziegel davongeweht worden waren. Der Sturm hatte den halben Dachstuhl abgerissen. Während sie wie gelähmt nach oben starrte, begann es wieder zu regnen. Fishergirl's Luck war schutzlos den Elementen ausgesetzt.

Anna stieß einen Schrei aus und wollte zur Haustür laufen, aber Robert hielt sie fest.

»Tu das nicht«, sagte er. »Es ist gefährlich.«

»Ich muss aber«, sagte Anna. »Ich brauche … Ich hatte keine Zeit, es mitzunehmen, als ihr uns geholt habt.«

Robert ließ ihren Arm los, und sie betrat das Haus. Das Wohnzimmer wirkte seltsam unberührt, abgesehen von der kalten Luft, die vom Obergeschoss herunterwehte. Anna steuerte auf die Reisetasche zu, die sie bei dem überstürzten Aufbruch zurückgelassen hatte. Sie war zum Glück unversehrt, und Anna öffnete sie und nahm das Familienfoto heraus, das sie an die glücklichen Zeiten mit ihren Eltern erinnerte. Den Tränen nahe starrte sie auf das Foto.

»Wo wir jetzt schon hier sind«, sagte Robert leise neben ihr, »solltest du alles mitnehmen, was du noch brauchst.« Er warf einen Blick auf die Treppe, gespenstisch fahl beleuchtet durch das Tageslicht, das durchs Dach drang. »Aber nur das, was nicht oben ist.«

Anna schloss die Tasche wieder und nahm sie hoch. »Ich habe alles, was ich brauche.« Nicht die Gegenstände *in* Fishergirl's Luck waren ihr wichtig, sondern das Haus selbst. Und das konnte sie nicht mitnehmen. Sie musste es zurücklassen, so verletzt und beschädigt, wie es noch nie zuvor gewesen war.

Als sie nach draußen traten, stellten sie fest, dass Terry und Susan offenbar mit Pat ins Weaver's Nook gegangen waren.

»Bleib du am besten hier«, sagte Robert. »Ich schaue nur rasch, in welchem Zustand Dougies Haus und das Ferienhaus von Pat sind. Sorge bitte dafür, dass sie nicht dort hinkommt, bevor ich Bericht erstattet habe, ja?«

Anna nickte. »Pass gut auf dich auf.«

Er warf ihr ein Lächeln zu, aber es wirkte bedrückt. Anna sah Robert nach, während er sich vorsichtig an Liams Tisch vorbeibewegte und darauf achtete, nicht über Felsbrocken und Erdklumpen zu stolpern.

Im Weaver's Nook waren alle Fenster zerstört, die Räume

voller Trümmer und Wasserschäden. Anna fand Pat in ihrem privaten Wohnzimmer oberhalb der Küche. Der Schaukelstuhl stand nach wie vor neben dem Kamin, ebenso wie Franks alter Sessel aus Eichenholz, einander zugewandt wie eh und je. Pat stand reglos da und starrte tränenüberströmt auf den Sessel.

»Was soll ich nur tun?«, weinte sie. »Was soll ich nur ohne ihn tun?«

Anna nahm ihre Freundin in die Arme.

»Er hatte noch nicht mal mit der Wiege angefangen.« Pat schluchzte. »Sie sollte ganz besonders schön werden für dein Baby, hat er gesagt. Schau, hier liegen noch die Entwürfe. Da hat er sie an dem Abend hingelegt.«

Anna griff nach dem Notizbuch und blätterte darin. Frank hatte bereits detaillierte Angaben über Maße und Holz gemacht. Den Zeichnungen nach zu schließen, wäre es ein wundervolles Möbelstück geworden, und jetzt kamen auch ihr die Tränen.

»Wir sollten nicht zu lange hierbleiben, Pat«, sagte sie schließlich. »Sobald es geht, kommen wir wieder, aber vorerst – was möchtest du mitnehmen?«

Pat packte ein paar Fotos von Frank, Schmuck und einige Kleidungsstücke ein.

»Behalt du das«, sagte sie, als Anna ihr das Notizbuch zurückgeben wollte. »Das würde Frank bestimmt so wollen. Er hätte sich so gern um das Baby und dich gekümmert.«

Als sie nach unten kamen, sahen sie Robert im Gespräch mit Terry und Susan.

»Ich muss mir das Ferienhaus anschauen«, sagte Pat. »Um zu sehen, wie es darum steht.«

»Lieber nicht, Pat«, erwiderte Robert sanft. »Nicht jetzt jedenfalls.«

Pat starrte ihn entsetzt an. »Also ist es zerstört?«

»Ich fürchte, ja«, antwortete Robert leise, und Anna brach fast das Herz, als Pat laut aufschluchzte. Robert nahm die Freundin in die Arme und hielt sie ganz fest.

»Kommt, ihr Lieben«, sagte er nach einer Weile. »Wir sollten jetzt zurückfahren.«

Draußen verfolgte der Hubschrauber sie aufs Neue, ein erschöpftes Häufchen Überlebender, das seine wenigen Habseligkeiten mit sich trug. Das Dröhnen der Rotoren vermischte sich mit dem Donnern der Wogen und dem Heulen des Windes, als Cassie's Joy ablegte und die Bucht durchquerte. Niemand sprach, alle hielten sich nur aneinander fest. Pat war inzwischen ganz still geworden, starrte nur mit leerem Blick übers Meer, und Anna fragte sich, ob sie überhaupt etwas wahrnahm.

»Ich habe dich in den Nachrichten gesehen«, sagte Cathy später. »Es tut mir so leid, Anna.«

Anna strich sich erschöpft übers Gesicht. Die Belastungen der letzten Tage hatten Spuren hinterlassen. Am liebsten hätte sie sich in einem abgedunkelten Zimmer verkrochen, aber ein Treffen mit Rhona stand an, bei dem sie die Bewirtung nach Franks Bestattung planen wollten. Das war das Mindeste, was Anna tun konnte. Pat hatte Phil gebeten, sie wegen irgendeines Banktermins nach Elgin zu fahren, obwohl Anna ihr dringend geraten hatte, sich vorerst nur auszuruhen. Doch Pat wollte sich nicht von ihrem Plan abbringen lassen, und Anna sagte sich schließlich, dass die Freundin vielleicht das Gefühl brauchte, irgendetwas ordnen und organisieren zu können.

»Dann weißt du mehr über den Zustand von Crovie als ich«, sagte Anna jetzt zu Cathy. »Ich konnte mich noch nicht überwinden, mir die Bilder anzusehen.«

»Tja, sieht nicht gut aus«, musste Cathy zugeben. »Zwei Häuser scheinen komplett zerstört zu sein. Und dieser Erdrutsch, der die Straße verschüttet hat ...«

Anna schloss die Augen. »Ich weiß«, sagte sie. »Ich weiß.«

Sobald sie ihr Gespräch mit Cathy beendet hatte, klingelte das Handy aufs Neue, und Anna meldete sich, ohne aufs Display zu schauen. Sie bereute es sofort, als sie Geoffs selbstgefällige Stimme hörte.

»Hab dich in den Nachrichten gesehen«, verkündete er. »Du schaffst es allmählich, richtig berühmt zu werden, wie?«

»Was willst du?«, fragte Anna schroff.

»Wie wäre es mal mit ein bisschen Dankbarkeit?«

»Wofür?«

»Für diesen Anruf, mit dem ich dir die Chance gebe, mein Angebot doch noch anzunehmen. Dein Leben ist doch jetzt das reinste Chaos.«

»*Was?*«

»Ganz recht, ich werde deine Karriere retten«, erklärte Geoff großspurig. »Du kannst immer noch eine gute Stellung in der neuen Restaurantküche haben, obwohl ich beschlossen habe, die Chefkochstelle zuerst selbst einzunehmen. Dann können wir ja immer noch schauen, ob du mit dem Stress klarkommst. Du wirst mir also unterstellt sein, aber in dieser Position bringst du doch immer die besten Leistungen, nicht?«

Anna blieb einen Moment still und überlegte, was sie darauf erwidern sollte. Schließlich sagte sie langsam und betont: »Was ich jetzt sage, entspricht meiner vollen Überzeugung: Du bist ein kolossales Arschloch.«

Damit beendete sie das Gespräch und sperrte Geoffs Nummer.

32

Die Trauerfeier für Frank fand in der Kirche von Gardenstown statt, die bis auf den letzten Platz besetzt war – er hatte viele Freunde gehabt. Der Pfarrer hielt eine bewegende Rede über Franks Leben, auch über die Zeit, bevor er nach Crovie gezogen war. Anna erfuhr vieles, was sie noch nicht gewusst hatte, und es schmerzte sie sehr, dass sie nicht mehr mit Frank darüber reden konnte. Erst jetzt wurde ihr richtig bewusst, wie wichtig Frank für sie geworden war, eine feste Größe in ihrem Leben, die ihr Orientierung gegeben hatte. Natürlich konnte er ihr den Vater nicht ersetzen, aber Frank und Pat waren zu ihrer Familie geworden, seit Anna in Crovie lebte. Die Intensität dieser Bindung spürte sie erst jetzt in vollem Ausmaß.

Der Leichenschmaus wurde im Garden Arms in Gamrie abgehalten. Die meisten Menschen, die sich in dem Pub drängten, kannte Anna kaum. Sie blieb bei den üblichen Verdächtigen und achtete sorgfältig auf Pat. Anna war beeindruckt von ihrer Stärke, denn die Freundin wirkte gefasst und strahlte trotz ihrer Trauer Würde aus. Dennoch fand Anna die Vorstellung schrecklich, dass Pat nun auch noch mit den verwüsteten Häusern zurechtkommen musste.

»Ihr werdet Pat doch alle helfen, oder?«, sagte sie irgendwann leise, als die Freundin sich gerade mit anderen Leuten unterhielt. »Ich meine, das weiß ich natürlich, aber ich finde es furchtbar, dass ich dann nicht mehr da sein und mithelfen kann.«

Rhona warf einen Blick in die Runde. »Hört sich ja an, als wolltest du uns verlassen.«

Anna starrte in ihre Zitronenlimonade. »Ich weiß einfach nicht, was ich sonst tun sollte.«

Ein Schweigen entstand. Als Anna aufblickte, sah sie, wie Susan Phil mit dem Ellbogen anstupste und Rhona ihm einen bedeutsamen Blick zuwarf. Terry nickte, und Marie zuckte die Achseln.

»Was ist?«, fragte Anna. »Was ist los?«

Phil schaute zu der Runde hinüber, bei der Pat stand, und sagte dann zu Anna: »Entschuldige mich kurz.« Er ging zu Pat und raunte ihr etwas ins Ohr, worauf sie zu Anna herüberschaute. Dann kamen die beiden zu ihr, und ein unangenehmes Gefühl beschlich sie.

»Kann ich mal kurz draußen mit dir reden, Liebes?«, sagte Pat. »Ein paar Schritte an der frischen Luft würden mir nicht schaden, offen gestanden.«

Anna sah die anderen an, die ihr lächelnd zunickten. Draußen gingen die beiden Frauen den Weg entlang, der vom Pub zum Ufer führte. Das Meer war ruhig, Familien mit kleinen Kindern, die in den Felstümpeln spielten, waren am Strand. Das Wetter wurde schöner in diesen Tagen, keine weiteren Stürme waren gemeldet. Wie auf einem Gemälde brachen die Sonnenstrahlen durch die Wolken und tauchten die Landschaft in ein unwirkliches Licht. Von hier aus wirkte das halb zerstörte Crovie wie ein Spielzeugdorf, das ein Kind achtlos hatte fallen lassen.

Pat setzte sich auf die alte Steinmauer, Anna ließ sich neben der Freundin nieder und merkte dabei – nicht zum ersten Mal –, dass ihr Bauch sich immer mehr rundete. Sie legte eine Hand darauf, und Pat lächelte.

»Allmählich sieht man's«, sagte sie.

Anna lachte. »Jedenfalls habe ich jetzt eine richtig gute Ausrede, um mir neue Klamotten zuzulegen.«

Pat schaute übers Meer. »Frank war so gespannt auf das Baby, weißt du. Er hat kaum noch von etwas anderem geredet.«

»Ach, Pat …«

Sie legte ihre Hand auf die von Anna. »Lass nur, Liebes. Sonst verliere ich die Fassung, und das möchte ich jetzt nicht. Viel lieber will ich etwas mit dir besprechen. Und dir vorher ganz klar sagen, dass du dich deshalb nicht unter Druck gesetzt fühlen musst. Angesichts der Sturmschäden in Crovie hätten wir ohnehin irgendetwas in der Art gemacht, auch ohne dich.«

Beunruhigt sah Anna ihre Freundin an. »Wovon redest du überhaupt, Pat? Worum geht es?«

Sie schaute wieder zum Horizont. »Wir haben beschlossen, das Crovie Inn zu kaufen. Wir alle zusammen.«

Anna blinzelte verblüfft und starrte Pat an. »Was?«

»Frank und ich hatten ein paar Ersparnisse, und er hätte die Idee auf jeden Fall toll gefunden. Der Preis ist niedrig angesichts des jetzigen Zustands von Crovie, und kann sich nach einer baulichen Bestandsaufnahme vielleicht noch weiter reduzieren.« In Pats grauen Augen leuchtete jetzt etwas, das seit Franks Tod erloschen gewesen war. »Ich habe die üblichen Verdächtigen gefragt, ob sie Miteigentümer sein wollen, und sie haben alle eingewilligt. Phil und Marie übernehmen neben mir den größten Anteil. Aber auch Terry und Susan, Rhona, David, Glynn und der alte Robbie – alle wollten mit von der Partie sein, als ich von der Idee erzählt habe. Und gemeinsam können wir uns die Investition leisten.«

Anna hatte es die Sprache verschlagen. »Aber ...«, stammelte sie schließlich, »aber, Pat, deine Häuser, das Ferienhaus ... Für die Reparaturen brauchst du doch auch Geld.«

Pat schüttelte den Kopf. »Ich habe die Nachrichten gesehen, Liebes. Das Ferienhaus ist nicht mehr zu retten. Da kann ich nur hoffen, dass ich von der Versicherungssumme die letzten Raten abbezahlen kann – und dass irgendwann jemand einen Wiederaufbau wagt. Terry und Susan müssen irgendwo unterkommen, während sie überlegen, was mit ihrem Haus passieren soll – und ich auch. Im Weaver's Nook kann ich zurzeit nicht bleiben, will aber auch nicht die ganze Zeit Robert zur Last fallen. Sobald wir wieder ins Dorf zurückkehren können – also hoffentlich bald –, werden wir das Crovie Inn Schritt für Schritt renovieren und dann als B&B vermieten.«

Anna blieb stumm, während sie diese Information verarbeitete, und blickte auf die blaugrauen Wellen, die heute sachte plätschernd ans Ufer rollten. Wenn das Meer so sanft war, konnte man sich die brutale Gewalt kaum vorstellen, mit der es so viel zerstörte. Zugleich hatte es sie und ihre Freunde noch enger verbunden.

»Dort wäre auch Platz für dich und das Baby«, sagte Pat leise. »Und dann ist da natürlich das Erdgeschoss.«

»Das Erdgeschoss?«, wiederholte Anna verständnislos.

Pat lächelte und schaute wieder über den Ozean. »Die Küche, Liebes. Der Essraum. Da ist ein Restaurant, das darauf wartet, dass jemand es nutzt. Wie Phil dir gleich ganz zu Anfang gesagt hat.«

Anna brachte kein Wort hervor.

»Ich weiß, das ist ein großes Thema, und noch dazu heute«, fuhr Pat fort und ergriff Annas Hand. »Wir wollen dich zu nichts drängen, das möchte ich unbedingt klarstellen. Du sollst dich unter keinen Umständen verpflichtet fühlen, hierzubleiben, wenn du das nicht möchtest. Es ist einfach nur eine Option, weiter nichts. Und keiner von uns würde es dir verübeln, falls du sie nicht nutzen willst.«

Kurz danach stand Pat auf, um zu den Trauergästen zurückzukehren, aber Anna hatte das Gefühl, alleine sein zu müssen.

Langsam spazierte sie zum Hafen. Die Wellen schwappten glucksend an die Kaimauer, so ruhig, dass nicht einmal Gischt entstand. Als Anna Richtung Crovie schaute, stahl sich ein weiterer Sonnenstrahl durch die Wolken und glitzerte auf dem Rest des Dachs von Fishergirl's Luck. Von hier aus wirkte das Häuschen unversehrt und heil, ein sicherer Zufluchtsort, wie er es früher auch immer für Bren gewesen war.

Anna machte sich auf den Weg nach Crovie. Der Pfad am Fuß der Klippen war übersät mit verrottenden Algen, Teilen von Fischernetzen, Sand, Steinen, Schlamm. Als sie das Dorf erreichte, herrschte dort die gleiche bedrückende Stille wie vor zwei Tagen. Vor dem Crovie Inn blieb Anna stehen und betrachtete das noch immer robust und unbeschädigt wirkende Haus.

Sie ging den Uferweg entlang und betrat Fishergirl's Luck. Drinnen hörte sie das Rascheln der Plane, die inzwischen über das zerstörte Dach gespannt worden war. Das Licht wirkte blau und diffus im Raum, nur durch das kleine Küchenfenster, das seiner Läden beraubt worden war, drang Tageslicht. Anna kam es einen Moment lang vor, als befände sie sich mitsamt ihrem Haus in einem riesigen Aquarium.

Sie wäre gerne nach oben gegangen, wagte es aber nicht. Ein modriger, feuchter Geruch lag in den Räumen, und Anna war klar, dass alles im Schlafzimmer ruiniert sein würde, auch der Schrank und ihre Kleidung, vielleicht sogar der Boden.

Doch im Erdgeschoss gab es kaum Spuren von Zerstörung, die kleine Küche wirkte beinahe unberührt, war nur vollgestellt mit allem, was sie an dem letzten Abend aus dem Weaver's Nook geholt hatten. Dank der Treppe war auch das Tischchen vor Wasser geschützt worden, obwohl die Treppe selbst wahrscheinlich ersetzt werden musste. Im Wohnzimmer blickte Anna zu den Deckennischen auf, in denen sie ihre Kochbücher verstaut hatte, und griff nach einem von Taymar Zetelli. Da sie inzwischen nicht mehr ganz so agil war, konnte sie es nicht erreichen, und im selben Moment hörte sie eine Stimme hinter sich.

»Warte, ich helfe dir.«

Es war Robert. Er trug noch immer den Anzug, in dem er bei der Bestattung gewesen war, nur jetzt ohne Krawatte. Langsam trat Robert zu Anna, zog das Buch heraus und reichte es ihr.

»Ich wollte nachschauen, ob die Bücher schimmelig geworden sind«, erklärte Anna.

Robert sah sich um. »Wir sollten uns nicht hier aufhalten, das ist zu gefährlich.«

»Ich musste das Haus noch mal sehen«, erwiderte Anna. »Um mir Gewissheit zu verschaffen.«

Robert sah sie an, aber den Ausdruck seiner Augen konnte sie in dem trüben Licht nicht erkennen. »Gewissheit worüber?«, fragte er.

»Was ich mit Fishergirl's Luck machen soll. Es müsste so viel repariert werden.«

Ein Schweigen entstand, und Robert wandte sich ab, fragte aber: »Was willst du damit machen? Es verkaufen?«

»Nein, das will ich nicht. Wirklich nicht. Aber man muss so viel Geld reinstecken. Ich kann das Haus doch nicht verkommen lassen, es hat so viel Geschichte. Ich spüre die immer noch, du nicht? Sie ist in den Wänden. Ich bringe es nicht übers Herz, Fishergirl's Luck verrotten zu lassen, nur weil ich mir die massiven Reparaturen nicht leisten kann.«

Robert blieb stumm, und einen Moment lang hörten sie nur das Rascheln der Plane in dem unwirklichen bläulichen Licht.

»Pat hat mir erzählt, dass du auch Geld in das Crovie Inn investiert hast«, sagte Anna schließlich.

Robert nickte, ohne sie anzusehen. »Dougie muss ja irgendwo unterkommen.«

»Was, *Douglas McKean* soll da wohnen?«, sagte Anna völlig verblüfft. »Wissen die anderen das schon? Weiß *er* das schon?«

Robert lachte. »Ja. Wo soll er denn sonst hin, Anna? Er hat sein gesamtes Leben in Crovie verbracht. Ich kann ihn nicht in ein Heim bringen, zumindest vorerst nicht. Das kann ich dem alten Mann einfach nicht antun.«

Nach einem weiteren Schweigen sagte Anna: »Vielleicht könnte er ja hier wohnen.«

Robert erstarrte, dann drehte er sich zu ihr um. »Was hast du gerade gesagt?«

»Wenn das Dach und alles andere ausgebessert ist, könnte Douglas McKean im Fishergirl's Luck wohnen. Meinst du, er würde das annehmen?«

Wieder wandte Robert den Blick ab, schaute zum Küchenfenster, der einzigen Lichtquelle. Anna beobachtete ihn.

»Du ...«, sagte er und verstummte, schüttelte leicht den Kopf. Dann steckte er die Hände in die Hosentaschen und begann von Neuem. »Du hast es also schon beschlossen. Crovie zu verlassen, meine ich.«

Das war eine Feststellung, keine Frage, und sein Tonfall war so ernst, dass Annas Herz schneller schlug.

»Schau dir das Haus doch an, Robert. Es war schon vor den Sturmschäden nicht dafür geeignet, hier ein Kind großzuziehen.« Anna blickte auf das Buch in ihren Händen, von dem Taymar Zetelli sie anstrahlte. »Ich habe dir das noch nicht gesagt, aber diese Starköchin hier«, Anna hielt das Kochbuch hoch, »hat mir eine Stelle angeboten.«

Sie spürte, dass Robert sie unverwandt ansah, wich aber seinem Blick aus.

»Du sollst für sie arbeiten?«

»Ja. Sie eröffnet ein neues Restaurant und will mich als Chefköchin. Taymar wäre mit Sicherheit eine gute Arbeitgeberin, sie ist bekannt dafür, dass sie Frauen mit Kindern unterstützt. Das ist eine großartige Gelegenheit für mich. Wäre es in jedem Fall gewesen, aber jetzt ganz besonders ...« Anna verstummte.

»Wo?«, fragte Robert. »Wo ist das Restaurant?«

Anna schluckte. »In Newcastle.« Mit einem bemühten kleinen Lachen fügte sie hinzu: »Ist immerhin nicht so weit weg wie London.«

Er nickte schweigend, schaute beiseite.

»Pat hat gesagt …« Anna holte tief Luft und sprach weiter. »Pat hat gesagt, im Crovie Inn sei Platz für uns beide. Für mich und das Baby, meine ich. Ich könnte unter keinen Umständen mit Douglas McKean unter einem Dach leben, aber wenn er noch anderswo wohnen kann, bis Fishergirl's Luck repariert ist, wäre das eine Lösung.«

Langsam wandte Robert den Kopf und sah sie an. »Was?«

Anna legte das Kochbuch auf den Couchtisch. In ihrem Inneren herrschte Aufruhr, sie spürte, dass sie den Fragen nicht mehr länger ausweichen konnte, sie brachen jetzt mit voller Wucht über sie herein. *Was bedeuten wir uns? Wer sind wir zusammen, wir beide?*

»Ich werde mit Pat im Crovie Inn leben. Terry und Susan werden sich bestimmt bald etwas anderes suchen, danach haben wir mehr Platz. Es ist einfacher so, auch mit dem Kind. Ich kann ein Babyfon in die Küche stellen, außerdem ist Pat ja da. Im eigenen Lokal zu wohnen, ist immer gut, vor allem zu Anfang. Keine Wege, weniger Kosten, und …«

Anna fiel auf, dass sie vor Nervosität redete wie ein Wasserfall. Robert trat näher zu ihr.

»Du wirst also bleiben?«

Jetzt platzte ein kleines Lachen aus ihr heraus, und es fühlte sich ungeheuer erleichternd an. »Natürlich! Selbstverständlich bleibe ich! Hat wirklich auch nur einer von euch geglaubt, ich würde weggehen, wenn sich mir irgendeine Chance bietet zu bleiben, und sei sie noch so klein?«

»Na ja«, gab Robert zögernd zu, »ich war mir nicht sicher. Du hättest anderswo zweifellos mehr Möglichkeiten. Das wäre viel einfacher für dich.«

Anna sah sich um und nickte. »Ja, klar. Taymars Angebot anzunehmen wäre bequemer.«

Robert trat noch einen Schritt näher. »Und warum bleibst du dann?«, fragte er leise.

Sie schaute zu Boden, blickte dann zu Robert auf.

»Weil ich mich in Crovie zu Hause fühle«, antwortete sie schlicht. »Weil ich nirgendwo anders sein möchte. Und weil es hier Dinge gibt, weil es hier *Menschen* gibt, die ich nicht verlassen könnte, ohne einen Teil von mir selbst zu verlieren.«

Als er lächelte, dachte Anna – nicht zum ersten Mal –, dass sie viel Zeit damit verbringen könnte, dieses Lächeln zu betrachten.

Einen Moment lang zögerte Robert, dann ergriff er Annas Hand, betrachtete sie, strich mit dem Daumen über den Handrücken. Annas Herz pochte wie wild, und sie fragte sich, worauf Robert wartete. Ob er darauf wartete, dass sie den ersten Schritt unternahm. Oder ob sie sich irrte und er weiterhin nur ihr verlässlicher Freund, der gute alte Robbie, sein wollte, wie von Anfang an.

»Ich …«, begann Anna, um die unerträgliche Spannung aufzulösen. »Oh!«

Ganz plötzlich spürte sie etwas Neues in ihrem Bauch. Eine kleine Bewegung.

»Was?«, fragte Robbie. »Was ist?«

»Ich glaube …« Das Gefühl wiederholte sich. Eine sachte Regung. »Ich glaube, ich habe das Baby gespürt!«

Anna legte Roberts Hand auf ihren Bauch, hielt sie dort fest. Reglos standen sie beide da, dann …

»Da! Spürst du es?«

»Ja!«

»Gott, ist das seltsam«, sagte Anna und lachte. »Das arme Ding regt sich wahrscheinlich über meinen Herzschlag auf.«

Robert sah sie lächelnd an und zog eine Augenbraue hoch. Dann glitt seine Hand zu Annas Taille, und er legte auch den anderen Arm um sie. »Herzschlag? Wieso, stimmt damit etwas nicht?«

Anna stockte fast der Atem. »Hm, bisschen schnell vielleicht«, murmelte sie.

»Ach ja? Warum denn?«

Anna schüttelte den Kopf. »Keine Ahnung.«

Robert legte den Kopf schief. »Wirklich nicht?«

»Nicht die geringste …«

Im nächsten Moment spürte sie seine Lippen auf den ihren, weich und zärtlich, und dieses Gefühl war ganz neu und fühlte sich doch an, wie nach Hause zu kommen.

Später verließen sie zusammen Fishergirl's Luck, wanderten Hand in Hand den Uferweg entlang und blieben vor dem Crovie Inn stehen.

»Glaubst du, das ist zu schaffen?«, fragte Anna mit Blick auf die abblätternde Farbe an den Wänden und das verwitterte Schild.

Robert hob ihre Hand an die Lippen und küsste sie. »Ich weiß, dass wir es schaffen. *Du* wirst es schaffen.«

»Einfach wird es bestimmt nicht.«

»Nein, wahrscheinlich nicht.«

Anna nickte, wandte sich um und schaute übers Meer zum Horizont. Die Sonne ging unter, färbte die Wolken in Orange und Rosa. Weiter draußen in der Bucht nahm Anna plötzlich eine Bewegung wahr. Etwas kam näher. Grauglitzernde schlanke Gestalten, die spielerisch aus dem Wasser sprangen und wieder verschwanden, nur um kurz darauf wieder aufzutauchen.

»Na, ist das zu glauben, Anna Campbell«, sagte Robert, legte ihr den Arm um die Schultern und drückte ihr einen Kuss aufs Haar. »Die Delfine sind gekommen, um uns Glück zu wünschen.«

Epilog

Anna legte ihr Handy beiseite und betrachtete wieder die bunten Korrekturabzüge, die vor ihr auf dem Tisch ausgebreitet waren. Das Kochbuch stand kurz vor der Fertigstellung, in drei Tagen brauchte Melissa die Korrekturen. Nachdenklich klopfte Anna mit ihrem Stift auf das Foto von den Stachelbeeren, das sie auf den neuen Arbeitsflächen in der Küche aufgenommen hatte, kurz nachdem sie fertig geworden waren. Das Licht war perfekt gewesen an diesem Tag, helle Sonnenstrahlen hatten den Raum erleuchtet, in dem Anna inzwischen viel Zeit verbrachte. Die Eröffnung des Crovie Inn würde zwar erst in drei Monaten stattfinden, aber mit ihrer neuen Küche war Anna schon jetzt sehr vertraut.

Sie las den nächsten Satz, merkte aber, dass sie sich schlecht konzentrieren konnte, und fing wieder mit dem Bleistiftgetrommel an.

In diesem Moment hörte sie hinter sich ein Glucksen und einen fröhlichen kleinen Laut. Lächelnd stand Anna auf und trat zu der Wiege, in der ihre Tochter gerade aus dem Mittagsschlaf aufgewacht war. Die Wiege hatte Robert anhand von Franks Zeichnungen gebaut, in monatelanger Arbeit. Robert hatte sich enorme Mühe gegeben, damit sie so wunderschön wurde, wie der Mann es sich gewünscht hätte, den das kleine Mädchen leider nicht mehr kennenlernen würde.

»Ja, wer ist denn da schon wach?«, fragte Anna, nahm ihre Tochter hoch und küsste ihre entzückenden dicken Bäckchen. »Hast du ein schönes Nickerchen gemacht, meine Süße?«

Die Antwort bestand aus munterem Glucksen und begeistertem Strampeln mit Ärmchen und Beinchen, weil sich die Kleine sichtlich freute, wach zu sein und geliebt zu werden.

Anna kehrte den Korrekturen, mit denen sie ohnehin gerade nicht weiterkam, den Rücken zu und trat in den Flur hinaus. Aus einem der Gästezimmer, das bald fertig renoviert sein würde, war Radiomusik und Gemurmel zu hören.

»Pat, Susan!«, rief Anna. »Ich brauche eine Pause, wir machen einen Spaziergang zum Fishergirl's Luck. Sind bald wieder da!«

»Ist gut, Liebes!«, rief Pat zurück.

Die Kleine beklagte sich ein bisschen, als Anna sie in das Tragetuch wickelte und eine kleine Mütze auf ihren flaumigen Kopf setzte. »Ich weiß, ich weiß, du magst das nicht«, murmelte Anna und küsste das Baby auf die Stirn, »aber es muss sein, wegen dem Wind.«

Anna trat auf den Weg hinaus. Der Wind war lebhaft, aber es war ein milder Tag mit viel Sonnenschein, der das Dorf in goldenes Licht tauchte. Als sie außer Möwengeschrei auch das Dröhnen eines Baggers hörte, drehte Anna sich um und winkte dem Fahrer zu, der noch immer mit den Aufräumarbeiten nach dem Erdrutsch beschäftigt war. Sie dauerten bereits Monate an, und es schien noch nicht abzusehen, wann die Straße wieder frei sein würde – und ob sie dann überhaupt von den Dorfbewohnern benutzt werden konnte.

»Anna!«, hörte sie jemanden rufen und entdeckte Robbie, der sich auf dem Küstenpfad von Gamrie näherte, wie immer mit dem Fernglas um den Hals.

»Was machst du denn hier?«, fragte Anna, als der Junge zu ihr gerannt kam und sie nach unten zog, damit er dem Baby einen dicken Kuss auf die Wange geben konnte. »Du bist doch hoffentlich nicht alleine unterwegs?«

»Nee, nee, Rhona kommt auch gleich«, antwortete Robbie. »Sie will dir was zeigen. Dad kann heute nicht mit mir zur Delfinpatrouille rausfahren, weil er die letzten Arbeiten am Fishergirl's Luck fertig machen will. Deshalb hab ich Rhona gesagt, ich komme mit ihr. Vom Küstenweg kann man auch gucken, besser als gar nichts.«

Anna wuschelte ihm durch die Haare, die denen seines Vaters so sehr ähnelten, und als sie aufschaute, kam Rhona auf sie zu.

»Na, Mädels«, sagte die Freundin, als sie zu ihnen trat. »Wohin des Wegs?«

»Ich habe den ganzen Vormittag die Korrekturabzüge vom Kochbuch gelesen. Hab eine Pause gebraucht, da dachte ich, wir schauen mal, wie weit Robert mit dem Haus ist.«

»Ah, verstehe. Ich wollte dir noch ein paar neue Glasuren zum Vergleich mit denen von letzter Woche zeigen.« Rhona streichelte das Baby. »Komm, Schätzchen, lass dich mal knuddeln. Aber nicht zu viel sabbern, ja?«

»Bäh!« Robbie verzog das Gesicht. »Das hättest du jetzt aber nicht sagen müssen!«

Rhona legte dem Jungen den Arm um die Schultern. »Na komm, dann gehen wir beide mal rein und machen Tee für Pat und Susan.«

»Sie sind oben und bringen Vorhänge an«, erklärte Anna. »Könnten sicher auch gut ein Päuschen gebrauchen. Und macht euch was zu essen, das Brot ist noch warm, frisch aus dem Ofen.«

Während Anna den Uferweg entlangging, redete sie leise mit ihrer kleinen Tochter. Die Wellen schwappten träge an die Mauer, zogen sich mit sanftem Rauschen wieder zurück. Aus den Häusern am Weg war Hämmern und Sägen zu hören, und hie und da grüßten Nachbarn. Anna winkte den anderen Dorfbewohnern zu. Seit dem furchtbaren Sturm waren sich alle nähergekommen, man bildete eine enge Gemeinschaft, und alle waren damit beschäftigt, Crovie gemeinsam wieder aufzubauen. Niemand wollte, dass die lange Geschichte des Dorfes mit dieser Katastrophe endete. Sogar die Hausbesitzer, die nur selten hier sein konnten, beteiligten sich am Wiederaufbau. Es ging allerdings langsam voran, die Arbeiten waren durch den Wegfall der Straße enorm erschwert, und die Gelder, die man durch die Ferienhäuser eingenommen hatte, fehlten in den Kassen.

Aus dem Fishergirl's Luck waren keine Arbeitsgeräusche zu hören, und als Anna näher kam und die beiden Männer sah, die an Liams Tisch saßen, wusste sie auch, weshalb. Den beschädigten Tisch hatte Robert eigenhändig repariert, obwohl es wesentlich einfacher gewesen wäre, einen neuen zu kaufen. Aber er hatte behauptet, der Tisch gehöre untrennbar zur Geschichte von Fishergirl's Luck und müsse deshalb erhalten bleiben. Anna freute sich sehr darüber, denn das empfand sie genauso.

Der alte Mann hob in einer Art stummem Gruß das Kinn, als Anna zu den beiden trat. Robert stand lächelnd auf. Eine

Windböe zerzauste sein Haar, als er Anna küsste und auch der Kleinen einen Kuss auf den Kopf drückte.

»Hallo, ihr zwei. Wie geht's mit dem Kochbuch voran?«

»Ach, keine Ahnung.« Anna verzog das Gesicht. »Ich weiß einfach nicht mehr, ob es gut oder völlig misslungen ist. Mal denke ich das eine, mal das andere.«

Robert küsste sie zärtlich. »Es ist ganz hervorragend.«

»Woher willst du denn das wissen?«, erwiderte Anna lachend. »Du hast es doch noch gar nicht gesehen!«

»Liegt aber nahe, weil alles toll ist, was du anpackst.«

»Schmeichler.«

»Ist meine aufrichtige Meinung.«

»Also, ich glaube nicht …«

Ein Räuspern war zu vernehmen, und Anna spähte über Roberts Schulter.

»Hallo, Dougie.«

Der Alte nickte leicht, blieb aber stumm.

Robert schob Anna sachte zum Tisch, obwohl sie nicht wusste, ob sie sich setzen wollte. Douglas McKean und sie hatten eine Art vorsichtigen Waffenstillstand geschlossen, waren aber dennoch nicht versessen auf Gespräche.

»Lass mich die Kleine doch mal ein Weilchen nehmen«, sagte Robert, und Anna löste ihre Tochter lächelnd aus dem Tragetuch und reichte sie Robert. Er hielt das Baby behutsam im Arm und setzte sich neben Douglas McKean, Anna ließ sich gegenüber nieder.

An diesem strahlenden Tag war es kaum vorstellbar, dass das Wetter anders als wunderschön sein konnte. Auf den verwüsteten Klippen waren längst Wildblumen und Gras gewachsen, und spätestens in einem Jahr würde die Narbe von dem Erdrutsch nicht mehr zu erkennen sein. Die Geschichte des furchtbaren Sturms würde nun künftig Teil der Legenden von Crovie sein.

Anna hatte sich in ihren Gedanken verloren und merkte erst jetzt, dass Douglas McKean sie mit verengten Augen betrachtete.

»Wolltest du schauen, ob Fishergirl's Luck Fortschritte macht, Dougie?«, fragte sie, um ein Lächeln bemüht.

Der alte Mann nickte langsam. »Ja. Robert hat mich auf der Cassie's Joy mitgenommen.«

»Und, was meinst du? Hat er nicht großartige Arbeit geleistet?«

McKean schaute über den Ozean. »War davor ja noch nie drin gewesen. Hab keinen Vergleich.«

Anna sah Robert an, der lächelte und mit den Schultern zuckte. Die Bewegung brachte das Baby zum Lachen.

»Hab gehört, die Kleine heißt Bren«, sagte Dougie. Verblüfft sah Anna zu, wie er seine knorrige Hand ausstreckte und vor Brens Gesicht hielt, bis das kleine Mädchen einen Finger zu fassen bekam.

»Ja«, sagte Anna. »Ich fand das ... passend.«

»Stimmt, wo sie auch im Fishergirl's Luck gemacht worden ist.«

»Dougie, das muss jetzt aber nicht ...«, begann Robert.

»Hat Kraft, das Mädel, spürt man«, fuhr der Alte fort, als Bren seinen Finger fest umklammerte. »Genau wie die alte Harpyie selbst. Ja, ist 'n passender Name für ein starkes Mädchen. Die Kleine wird dich auf Trab halten, merkt man jetzt schon. Und wer weiß, vielleicht wohnt sie ja irgendwann im Haus, wenn ich mal nicht mehr bin. Das fänd ich passend.«

Diese Bemerkung überraschte Anna, weil sie selbst noch nie daran gedacht hatte, dass die kleine Bren Campbell – die vielleicht bald Bren MacKenzie heißen würde – einmal selbst im Fishergirl's Luck leben könnte. Die Vorstellung brachte Anna zum Lächeln. Wie würde Crovie dann wohl sein? Sicher würden andere Menschen hier leben, aber wahrscheinlich würde das Dorf im Großen und Ganzen noch immer so aussehen wie früher.

»Ja, stimmt, Dougie«, sagte sie. »Ich fände das auch passend.«

Anna betrachtete die winzige Hand ihrer Tochter, die Douglas McKeans runzligen Finger umschlang. In diesem Moment waren die älteste und die jüngste Person von Crovie miteinander verbunden, und dieser Anblick erinnerte Anna an ihr Telefonat mit Melissa.

»Es ist was passiert«, sagte sie.

Robert betrachtete sie stirnrunzelnd. »Was meinst du damit?«

»Nichts Schlechtes. Kam nur ziemlich überraschend. Melissa hat mich vorhin angerufen.« Anna holte tief Luft. »Filmleute haben sich an den Verlag gewandt. Es soll eine Fernsehserie zum Kochbuch geben.«

Robert sah sie mit großen Augen an. »Na, das ist ja fantastisch!«

Anna lächelte. »Meinst du? Ich bin mir nicht ganz sicher. Vor der Kamera zu stehen hat mich eigentlich nie interessiert. Das Kochbuch zu schreiben, ja, das ist etwas anderes, aber ...«

Robert legte seine Hand auf die ihre. »Hey, du musst es nicht machen, wenn du nicht möchtest.«

Anna ergriff seine Hand. »Ja, ich weiß. Und meine erste Reaktion war tatsächlich auch, abzulehnen. Aber Melissa sagte, ich solle es mir in Ruhe überlegen, und es ist ja auch so«, sie blickte den Uferweg entlang, »dass es nicht nur um mich gehen muss, nicht wahr? Die Serie könnte von Crovie handeln. Mein Essen ist Teil davon, aber es gibt ja jede Menge andere Themen hier. Die Dorfgeschichte, Anekdoten und so weiter. Ich könnte zum Beispiel über Brens Rezeptbuch sprechen, ihre Anmerkungen sind ja in sich schon Erzählungen.«

Die kleine Bren zappelte und gluckste, und Robert küsste sie auf die Stirn. »Tolle Idee, finde ich.«

»Ich werde mal mit den Dorfbewohnern reden, um zu hören, was sie davon halten«, sagte Anna und sah Douglas McKean an. »Wie ist es mit dir, Dougie? Hättest du Lust, ins Fernsehen zu kommen? Du hast doch garantiert jede Menge interessante Geschichten zu erzählen.«

Douglas McKean grinste, was trotz fehlender Zähne erstaunlich fröhlich aussah.

Plötzlich hörten sie einen Schrei und sahen Robbie, der aufgeregt auf sie zugerannt kam, die Wangen rot, das rötliche Haar vom Wind zerzaust.

»Sie haben es geschafft!«, schrie Robbie. »Sie sind durchgekommen! Die Straße ist wieder frei!«

Anmerkung der Autorin

Als mein Mann und ich 2017 zum ersten Mal in Crovie waren, tobte das Meer so wild und der Wind war so stark, dass wir auf dem Uferweg nur mit Mühe den Wellen ausweichen konnten. Auf dem Rückweg gelang es uns gar nicht mehr, und als wir zurückkamen, waren wir bis auf die Haut durchnässt, und ich hatte mein Herz an dieses kleine Dorf verloren. Ich habe immer schon den Wunsch gehegt, an einem Ort zu leben, den andere als unpraktisch empfinden, und Crovie entsprach genau dieser Vorstellung.

Damals hatte ich auch schon den wunderbar restaurierten Ponystall entdeckt, aus dem in meinem Buch Fishergirl's Luck wurde. Die zauberhafte Besitzerin, Marie West, lud mich zum Tee ein und schilderte mir, wie es sich anfühlt, in einem so winzigen Haus zu leben. Ihr Stall steht zwar in einem anderen kleinen Fischerdorf, aber nach meinem Besuch in Crovie, mit Ausblick auf das schöne Gardenstown, wurde mir klar, dass ich beides zusammenfügen konnte, um die Idee für diese Geschichte, die bereits in meinem Kopf Wurzeln geschlagen hatte, Wirklichkeit werden zu lassen.

Deshalb ist das Crovie in ›Fishergirl's Luck‹ zwar an den echten Ort angelehnt, aber keine originalgetreue Abbildung. Im echten Crovie geht es wesentlich lebhafter zu, die Häuser gehören Menschen aus ganz Europa, und im Sommer treffen sich alle Freunde und Familien dort und feiern ihr Wiedersehen. Alle lieben das Dorf von ganzem Herzen und sind sich bewusst, dass sie einen Ort erhalten, der aus Lebensumständen entstanden ist, die es vielleicht nicht mehr geben mag, die jedoch in Erinnerung behalten werden sollten.

Im September 2017 blockierte ein massiver Erdrutsch die einzige Straße nach Crovie. Es dauerte ein Jahr, bis sie wieder benutzbar war, in dieser Zeit war das Dorf nur zu Fuß oder per Boot erreichbar. Dieses Ereignis hätte Crovie zu einem Geisterort machen können, doch das geschah ebenso wenig wie nach dem verheerenden Sturm von 1953. Die Bewohner ließen sich nicht unterkriegen. Um in Crovie zu leben, braucht man Mut, Zähigkeit und die Bereitschaft, das Wetter so zu nehmen, wie es kommt. Man lebt hier im Echo der Geschichten von Menschen, die genau das schon seit Jahrhunderten getan haben.

Während ich das schreibe, sitze ich in der Küche von Haus Nummer 23, wo ich meine Tage damit verbracht habe, ›Fishergirl's Luck‹ den letzten Schliff zu geben. Es ist sieben Uhr morgens, und durchs Fenster höre ich das Motorbrummen eines Fischerbootes in der Bucht. Der Himmel ist heute nach mehreren sonnigen Tagen wieder bleigrau. Ich liebe dieses kleine Dorf, bei jedem Wetter, und hoffe, euch geht es genauso.

22. Juli 2020, Crovie

Danksagung

Mein Dank gilt Polly MacGregor, Angela Ritchie, Jess Woo und Amanda Lindsay für ihre stetige Ermutigung, Unterstützung und die hilfreichen Ratschläge. Herzlichen Dank auch an Marie West, die mir ihr bezauberndes kleines Haus gezeigt hat.

Ich danke meiner großartigen Agentin Ella Kahn – ohne dich hätte ich niemals geglaubt, dass ich Romane für Erwachsene schreiben kann.

Vielen Dank an Charlie Haynes und Annie McCracken von Six Month Novel – ihr Online-Schreibkurs befähigte mich dazu, die erste Fassung dieses Romans fertigzustellen, während ich mich von einer Operation erholte. In dieser Zeit wohnte ich auch bei Pennan in der Mill of Nethermill, wo Lynn Pitts wunderschöne Millshore Pottery mich zu Rhonas Töpferei inspirierte.

Großer Dank gilt auch Simon & Schuster, meinen wundervollen Lektorinnen Clare Hey und Alice Rodgers für ihre Kompetenz, tolle Betreuung und Sorgfalt, Pip Watkins für das zauberhafte Originalcover, Genevieve Barratt für die Öffentlichkeitsarbeit, Sara-Jade Virtue für das Marketing, Anne O'Brien fürs Korrekturlesen, Maddie Allan und Kat Scott für den Vertrieb und Francesca Sironi, die organisatorisch dafür sorgte, dass alle Abläufe funktionierten.

Der erste Keim für die Idee zu diesem Buch entstand vor zehn Jahren bei einem Urlaub an der Küste von Aberdeenshire mit meinem damaligen Freund. Er ist inzwischen mein Mann, und der Erstveröffentlichungstag des Romans fällt auf unseren zehnjährigen Hochzeitstag. Adam, es war ein wundervolles Jahrzehnt mit dir, und ohne dich gäbe es dieses Buch nicht. Danke.